丝绸之路历史文化研究书系

第三辑

杨富学 主编

回鹘文焉耆文本『弥勒会见记』对勘研究

郑玲 著

国家出版基金项目
NATIONAL PUBLICATION FOUNDATION

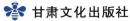

甘肃文化出版社

图书在版编目（CIP）数据

回鹘文焉耆文本《弥勒会见记》对勘研究 / 郑玲著
. -- 兰州 : 甘肃文化出版社, 2023.9
(丝绸之路历史文化研究书系 / 杨富学主编. 第三辑)
ISBN 978-7-5490-2622-7

Ⅰ. ①回… Ⅱ. ①郑… Ⅲ. ①回鹘语－佛教－宗教剧－剧本－文学研究－新疆－古代 Ⅳ. ①I207.364.5

中国国家版本馆CIP数据核字(2023)第167475号

回鹘文焉耆文本《弥勒会见记》对勘研究
郑 玲 | 著

项目策划 | 郧军涛
项目统筹 | 周乾隆 贾 莉 甄惠娟
责任编辑 | 刘 燕
封面设计 | 马吉庆

出版发行 | 甘肃文化出版社
网 址 | http://www.gswenhua.cn
投稿邮箱 | gswenhuapress@163.com
地 址 | 兰州市城关区曹家巷 1 号 | 730030(邮编)

营销中心 | 贾 莉 王 俊
电 话 | 0931-2131306

印 刷 | 北京联兴盛业印刷股份有限公司
开 本 | 787 毫米 × 1092 毫米 1/16
字 数 | 280 千
印 张 | 20.5
版 次 | 2023 年 9 月第 1 版
印 次 | 2023 年 9 月第 1 次
书 号 | ISBN 978-7-5490-2622-7
定 价 | 98.00 元

总 序

丝绸之路是一条贯通亚、欧、非三洲经济文化交流的大动脉。自古以来，世界各地不同族群的人都会在不同环境、不同传统的背景下创造出独特的文化成就，而人类的发明与创造往往会突破民族或国家的界限，能够在相互交流的过程中获得新的发展。丝绸之路得以形成的一个重要原因，就在于东西经济文化的多样性和互补性。

在中西交往的经久历程中，中国的茶叶、瓷器及四大发明西传至欧洲，对当时的西方社会带来了影响，至今在西方人的生活中扮演着重要角色。反观丝绸之路对中国的影响，传来的大多是香料、金银器等特殊商品，还有胡腾舞、胡旋舞等西方文化。尽管这些西方的舶来品在考古现场有发现，在壁画、诗词等艺术形式上西方的文化元素有展示，但始终没有触及中华文明的根基。

早在远古时期，虽然面对着难以想象的天然艰险的挑战，但是欧亚大陆之间并非隔绝。在尼罗河流域、两河流域、印度河流域和黄河流域之北的草原上，存在着一条由许多不连贯的小规模贸易路线大体衔接而成的草原之路。这一点已经被沿路诸多的考古发现所证实。这条路就是最早的丝绸之路的雏形。

草创期的丝绸之路经历了漫长的历史演进，最初，首要的交易物资并不是丝绸。在公元前 15 世纪左右，中原商人就已经出入塔克拉玛干沙漠边缘，购买产自现新疆地区的和田玉石，同时出售海贝等沿海特产，同中亚地区进行小规模贸易交流。而良种马及其他适合长距离运输的动物也开始不断被人们所使用，于是大规模的贸易往来成为可能。比如阿拉伯地区经常使用的耐渴、耐旱、耐饿的单峰骆驼，在公元前11世纪便用于商旅运输。而分散在亚欧大陆的游牧民族据传在公元前4世纪左右才开始饲养马。双峰骆驼则在不久后也被运用在商贸旅行中。另外，欧亚大陆腹地是广阔的草原和肥沃的土地，对于游牧民族和商队运输的牲畜而言可以随时随地安定下来，就近补给水、食物和燃料。这样一来，一支商队、旅行队或军队可以在沿线各强国没有注意到他们的存在或激发敌意的情况下，进行长期、持久而路途遥远的旅行。

随着游牧民族的不断强盛，他们同定居民族之间不断争斗、分裂、碰撞、融合，这使原始的文化贸易交流仅存于局部地区或某些地区之间。不过，随着各定居民族强国的不断反击和扩张，这些国家之间就开始了直接的接触，如西亚地区马其顿亚历山大的东征，安息王朝与罗马在中亚和地中海沿岸的扩张，大夏国对阿富汗北部、印度河流域的统治以及促使张骞动身西域的大月氏西迁。这些都说明上述地区之间进行大规模交通的要素已经具备，出入中国的河西走廊和连通各国的陆路交通业已被游牧民族所熟知。

丝路商贸活动的直接结果是大大激发了中原人的消费欲望，因为商贸往来首先带给人们的是物质（包括钱财等）上的富足，其次是来自不同地域的商品丰富了人们的精神文化生活。“紫驼载锦凉州西，换得黄金铸马蹄”，丝路商贸活动可谓奇货可点，令人眼花缭乱，从外奴、艺人、歌舞伎到家畜、野兽，从皮毛植物、香料、颜料到金银珠宝、矿石金属，从器具、牙角到武器、书籍、乐器，几乎应有尽有。而外来工艺、宗教、风俗等随商人进入更是不胜枚举。这一切都成了中原高门大户的消费对象与消费时尚。相对而言，唐代的财力物力要比其他一些朝代强得多，因此他们本身就有足够的能力去追求超级消费，而丝路商贸活动的发达无非是为他们提供了更多的机遇而已。理所当然的就有许许多多的人竭力囤积居奇，有钱人不仅购置珍奇异宝而且还尽可能在家里蓄养宠物、奴伎。诚如美国学者谢弗所言：7世纪的中国是一个崇尚外来物品的时代。当时追求各种各样的外国奢侈品和奇珍异宝的风气开始从宫廷中传播开来，从而广泛地流行于一般的城市居民阶层之中。古代丝绸之路的开辟，促进了东西方的交流，从而大大推动了世界各国的经济、政治发展，丰富了各国人们的物质文化生活。

丝绸之路上文化交流，更是繁荣昌盛。丝绸之路沿线各民族由于生活的环境不同，从而形成不同的文化系统，如印度文化系统、中亚诸族系统、波斯—阿拉伯文化系统、环地中海文化系统、西域民族文化系统、河西走廊文化系统、黄河民族文化系统、青藏高原文化系统等等。而在这其中，处于主导地位的无疑是中原汉文化、印度文化、希腊文化和波斯—阿拉伯文化。

季羡林先生曾言："世界上历史悠久、地域广阔、自成体系、影响深远的文化体系只有四个，即中国、印度、希腊和伊斯兰……目前研究这种汇流现象和汇流规律的地区，最好的、最有条件的恐怕就是敦煌和新疆。"这两个地方汇聚了四大文化的精华，自古以来，不仅是多民族地区，也是多宗教的地区，在丝绸之路沿线流行过的宗教，如萨满教、祆教、佛教、道教、摩尼教、景教、伊斯兰教，甚至还有印度教，以及与之相伴的各种文化，都曾在这里交汇、融合，进而促成了当地文化的高度发展。尤其是摩尼教，以其与商人的特殊关系，始终沿丝绸之路沿线传播。过去，学术界一般认为摩尼教自13世纪始即已彻底消亡，而最近在福建霞浦等地发现了大批摩尼教文献与文物，证明摩尼教以改变了的形式，在福建、浙江一带留存至今。对霞浦摩尼教文献的研究与刊布，将是本丛书的重点议题之一。

季先生之所以要使用"最好的"和"最有条件"这两个具有限定性意义的词语，其实是别有一番深意的，因为除了敦煌和新疆外，不同文明的交汇点还有许多，如张掖、武威、西安、洛阳乃至东南沿海地带的泉州，莫不如此。新疆以西，这样的交汇点就更多，如中亚之讹答剌、碎叶（今吉尔吉斯斯坦托克马克）、怛罗斯、撒马尔罕、布哈拉、塔什干、花剌子模，巴基斯坦之犍陀罗地区，阿富汗之大夏（巴克特里亚）、喀布尔，伊朗之巴姆、亚兹德，土耳其之以弗所、伊斯坦布尔等，亦都概莫能外，其中尤以长安、撒马尔罕和伊斯坦布尔最具有典型意义。

西安古称长安，有着 1100 多年的建都史，是中华文明与外来文明的交流的坩锅，世所瞩目的长安文明就是由各种地域文化、流派文化融汇而成的，其来源是多元的，在本体上又是一元的，这种融汇百家而成的文化进一步支撑和推动了中央集权制度。在吸收整合大量外域文化之后，长安文明又向周边广大地域辐射，带动了全国的文明进程，将中国古代文化的发展推向高峰，并进一步影响周围的民族和国家；同时中国的商品如丝绸、瓷器、纸张大量输出，长安文明的许多方面如冶铁、穿井、造纸、丝织等技术都传到域外，为域外广大地区所接受，对丝绸之路沿线各地文明的发展产生了重大影响，体现出长安文化的扩散性和长安文明的辐射性。这是东西方文化长期交流、沟通的结果。在兼容并蓄思想的推动下，作为“丝绸之路”起点的长安，不断进取，由此谱写了一部辉煌的中外文化交流史。长安文化中数量浩繁的遗存遗物、宗教遗迹和文献记载，是印证东西方文化交流、往来的重要内容。

撒马尔罕可谓古代丝绸之路上最重要的枢纽城市之一，其地连接着波斯、印度和中国这三大帝国。关于该城的记载最早可以追溯到公元前 5 世纪，其为康国的都城，善于经商的粟特人由这里出发，足迹遍及世界各地。这里汇聚了世界上的多种文明，摩尼教、拜火教、基督教、伊斯兰教在这里都有传播。位于撒马尔罕市中心的“列吉斯坦”神学院存在于 15—17 世纪，由三座神学院组成，他们虽建于不同时代，但风格相偕，结构合理，堪称中世纪建筑的杰作。撒马尔罕的东北郊坐落着举世闻名的兀鲁伯天文台，建造于 1428—1429 年，系撒马尔罕的统治者、乌兹别克斯坦著名天文学家、学者、诗人、哲学家兀鲁伯所建，是中世纪具有世界影响的天文台之一。兀鲁伯在此测出一年时间的长短，与现代科学计算的结果相差极微；他对星辰位置的测定，堪称继古希腊天文学家希巴尔赫之后最准确的测定。撒马尔罕北边的卡塞西亚，原本为何国的都城，都城附近有重楼，北绘中华古帝，东面是突厥、婆罗门君王，西面供奉波斯、拂菻（拜占庭）等国帝王，这些都受到国王的崇拜。文化之多样性显而易见。

伊斯坦布尔为土耳其最大的城市和港口，其前身为拜占庭帝国（即东罗马帝国）的首都君士坦丁堡，地跨博斯普鲁斯海峡的两岸，是世界上唯一地跨两个大洲的大都市，海峡以北为欧洲部分（色雷斯），以南为亚洲部分（安纳托利亚），为欧亚交通之要冲。伊斯坦布尔自公元前658年开始建城，至今已有2600年的历史，其间，伊斯坦布尔曾经是罗马帝国、拜占庭帝国、拉丁帝国、奥斯曼帝国与土耳其共和国建国初期的首都。伊斯坦布尔位处亚洲、欧洲两大洲的接合部，是丝绸之路亚洲部分的终点和欧洲部分的起点，其历史进程始终与欧亚大陆之政治、经济、文化变迁联系在一起，见证了两大洲许许多多的历史大事。来自东方的中华文明以及伊斯兰教文化和基督教文化在这里彼此融合、繁荣共处，使这里成为东西方交流的重要地区。

综上可见，丝绸之路上的文化多元、民族和谐主要得益于宗教信仰的自由和民族政策的宽松——无论是中原王朝控制时期，还是地方政权当政期间，都不轻易干涉居民的宗教信仰和民族之间的文化交流。丝绸之路上各种思想文化之间相互切磋砥砺，在这种交互的影响中，包含着各民族对各种外来思想观念的改造和调适。“波斯老贾度流沙，夜听驼铃识路赊。采玉河边青石子，收来东国易桑麻。”通过多手段、多途径的传播与交流，中西文化融会贯通，构成一道独具魅力、异彩纷呈的历史奇观。从这个意义上说，丝绸之路可称得上是一条东西方异质经济的交流之路和多元文化传播之路，同时又是不同宗教的碰撞与交融之路。

为了进一步推进“丝绸之路”历史文化价值的研究，本人在甘肃文化出版社的支持与通力合作下策划了“丝绸之路历史文化研究书系”，得到全国各地及港澳台学者的支持与响应。幸运的是，该丛书一经申报，便被批准为国家出版基金资助项目。

“丝绸之路历史文化研究书系”为一套综合性学术研究丛书，从不同方面探讨丝绸之路的兴衰演进及沿线地区历史、宗教、语言、艺术等文化遗存。和以往的有关丝绸之路文化方面的论著相比，本套丛书有自身个性，即特别注重于西北少数民族文献与地下考古资料，在充分掌握大量的最新、最前沿的研究动态和学术成果的基础上，在内容的选取和研究成果方面，具有一定的权威性和前沿性。整套丛书也力求创新，注重学科的多样性和延续性。

杨富学

2016年8月23日于敦煌莫高窟

目 录

研究导论

一、研究方法及研究内容

民族古籍文献是指在我国境内除汉族外的55个少数民族,在不同历史时期使用各自语言文字所形成的纸质和碑刻铭文等文献的总称。鉴于其内容之丰富广博、涉及领域之宽泛的特点,它既是传承和记录我国各民族文化的主要载体,又是中华民族不可或缺的文化遗产和人类文明的宝贵财富。当前学界对民族古籍文献的研究利用通常从微观和宏观两个层面展开。微观层面视之,整理和研究民族古籍可以客观真实地再现不同民族的发展历程;宏观层面来看,民族古籍的整理可以为语言学、民族学、历史学等诸多相关学科提供重要的资料支撑和研究依据。因此,学界对民族古籍文献的研究利用不囿于文献学专业,其学术价值已超出了自身专业范畴,客观再现了少数民族的社会生活场景和历史走向,并在长期的传播交流过程中发挥了社会作用。

从地域范围上讲,"西域"特指我国西部的玉门关、阳关以西、葱岭以东的广大区域;从时间广度上而言,"西域"一词始自《汉书·西域传》的记载,汉武帝派遣张骞初通西域,汉宣帝始置西域都护,延至19世纪末期,"西域"之名才废弃不用。西域是古代中国对外交流交往的重要通道,它不仅是一条经济通商之路,更是一条文化交流的长廊。出于经贸往来和文化交流的便利,作为中西文化的荟萃之地——西域创制了类型众多的少数民族语言文字系统，保存了数量可观的民族古籍巨著。这些保存完整的古籍文献极具区域和民族特色，可为相关学科的研究提供丰富翔实的历史依据，利于民族传统文化的传承和发扬。

据史料记载，西域经历了中亚游牧文化、古印度佛教文化和中原汉文化等几大主要文化的接触和碰撞，外来宗教诸如祆教、摩尼教、佛教、基督教等均在此地区得以广泛传播。在众多宗教的传播流布中，尤以佛教对西域的文化发展影响最甚。源于古印度的佛教文化传入西域，得到了西域诸国上层统治者的青睐与支持，助推了佛教教义与义理的传布，使得佛教文化在西域各地生根开花。延至魏晋南北朝时期，佛教发展成为西域占主导地位的宗教信仰。有唐一代，国力鼎盛，加之统一的西域有力地保障了丝绸之路的通畅，西域佛教的发展随之达至历史巅峰。客观地说，正是得益于佛教在西域的长期传播与发展，数量可观且独具西域特色的宗教典籍才得以传承下来，其中尤以佛教典籍的交流传译为甚。

彼时作为活跃在西域历史舞台的主要民族之一的回鹘，在长达6个多世纪的历史进程中，始终保持宽容开放的姿态，广泛吸纳外来文化之精华，创造了内容丰富、题材广泛且至今仍广为流传的民族古籍文献。以佛教故事为原型，经过独具匠心的艺术加工，回鹘译者创作出卷帙浩繁、体裁多样的文学作品，其中尤以诗歌作品居多，诸如格言诗、田园诗、劝喻诗等。除诗歌外，回鹘戏剧艺术也得到了长足发展，《弥勒会见记》则是其中的经典之作。

本研究属于文献学范畴内的对勘研究，对勘所用原始材料分别为吐火罗文焉耆文本的《弥勒会见记》（以下简称“吐本”）和回鹘文哈密本的《弥勒会见记》（以下简称“回本”），其中吐本已被季羡林先生全文释读并已结集出版，而回本则由耿世民先生解读并做出了系列研究，可以说，本研究是二手文献的再研究，是站在巨人肩膀上的再研究。以下分章节概述本书的主要内容：

第一、二章：同源异本之《弥勒会见记》

除去研究导论部分，全书共包含6章22节内容，第一章和第二章是文本对勘部分，展现的是回鹘文本中第一、二品（幕）与吐火罗文本中对应内容的比较对勘。具体的每一节按照故事情节的发展而设置，将内容对等或相似部分展开对勘，对勘格式采用吐火罗文转写、吐火罗文英文译文（这两部分内容是季羡林先生所译）、吐火罗文汉文译文（作者本人翻译）和回鹘文转写、汉文译文（这两部分内容是耿世民先生所译）并举，每行对勘之后增加作者案语，主要关注吐本和回本中文字的增删有无、措辞差异、词语借用、语音演变、翻译技巧等诸多方面。

第三章：接触与互动——《弥勒会见记》外来词的生成与演变

从普通语言学角度切入，以语言接触理论为基石，以借词为研究焦点，重点关注吐火罗语对回鹘语语音、词汇和语法的影响，回鹘语在吐火罗语的影响下产生的有规律可循的语音演变，佛教借词的构成，以及语言接触的个案研究——kim 新增句法功能是本章写作的主要内容。

第四章：流布与融合——《弥勒会见记》之宗教文化学意义

该章主要探讨三大问题：高昌回鹘佛教的特征、弥勒信仰在西域的流布及《弥勒会见记》在弥勒信仰东渐中的历史贡献。

第五章：继承与吐纳——《弥勒会见记》翻译风格探析

该部分主要从西域佛经翻译史、汉译佛经翻译理念、《弥勒会见记》之翻译风格和继承吐纳的经典之作四个维度分析该部文献的翻译特色。作为佛经翻译史上力作之一的《弥勒会见记》，浸染隋唐时期汉译佛经翻译理论，在继承汉译佛经翻译理论精华的基础上，同时彰显自身的翻译魅力。

第六章：反思与重构——《弥勒会见记》之文学史价值

该部分尝试性地将《弥勒会见记》置于文学史研究的大视域下探讨中国历史上佛典翻译的文学史价值、中国戏剧的来源、《弥勒会见记》的文学因子及其自身彰显的文学价值三个方面的问题。《弥勒会见记》的出现远远早于中原戏剧的形成，伴随着佛教文化的东传，西域戏剧对中原戏剧的产生和发展必然产生影响，因此，从这个角度可以看出《弥勒会见记》在西域戏剧史，以及在中国戏剧起源和发展历史上都应占有一席之地，对中国戏剧的影响及贡献在于使人们突破了戏剧成熟于元杂剧的传统观点。因此我们今天重观该剧本在中国戏剧发展史中的价值，重构其在中国文学史中的地位便显得十分必要。

二、《弥勒会见记》的版本学概说

(一)《弥勒会见记》的发现

据佛教典籍记载，原本出身婆罗门的弥勒是重要的菩萨之一，之后成为佛弟子，自佛授记(预言)将继承释迦牟尼位为未来佛("当佛")。《弥勒会见记》首先是一部佛教典籍，主要讲述弥勒出家得道、授记成佛、普度众生的故事，但与传统佛教典籍不同的是，它以文学剧本的形式呈现，1个序幕和27个正幕是其主要表现内容。置于篇首的序幕部分包含了佛教说教的内容和布施者功德回向的愿望，正幕部分则围绕弥勒的生平事迹展开。从佛教教派性质的归属上看，《弥勒会见记》不单纯是一部小乘佛教作品，其中夹杂有大乘佛教的部分观点。就目前出土情况来看，传世的《弥勒会见记》有回鹘语、吐火罗语、于阗语等多种语言版本，其中的回鹘文本因其发现地的不同，被学界分别命名为哈密本、胜金口本和木头沟本，这些不同版本的《弥勒会见记》被分别保存于我国新疆维吾尔自治区博物馆和德国科学院等地。

回鹘文本《弥勒会见记》一经发现，便引起了世界各国学者们的关注。作为佛经翻译典范之一的《弥勒会见记》，于20世纪分别出土于我国新疆哈密、吐鲁番等地，其中回鹘文本的发现要早于吐火罗文本。1959年，在天山以北的哈密地区的脱米尔底佛教遗址中，回鹘文哈密本《弥勒会见记》由一名牧羊人发现，后经文物部门和考古工作者初步鉴定为《弥勒会见记》的残卷。其装帧方式为梵文式，装帧材质为褐黄色硬纸，全文在书写字体的颜色上略有差别，每页由浅黑色边线画出，全文由黑色字体书写，每幕则用红色字体标明演出地点。该部文献属于不可多得的大部头文献，共293叶(586页)之多，其中保存完整无损或大体完好的为114叶，约占全文的百分之四十。之后该文本被保存于新疆维吾尔自治区博物馆中，为与德国收藏的胜金口本和木头沟本作区别，学界通常称其为哈密本。

（二）《弥勒会见记》不同文本之渊源递嬗关系

在哈密本《弥勒会见记》的跋文中有多处关于该文献来源的记载，原文如是记录：

> alqu šastar nomlaraɣ adartlayu uqtačï waybaš šastarlaɣ noš suwsuš ičmiš aryčantri bodiswt kši ačari änätkäk tilintin toxri tilinčä yaratmïš prtnarakšit kranwaziki türk tilinčä äwirmiš maitrisimit(nom bitig)dä badari bramannïng yaɣïš yaɣamaq(atlaɣ baštïnqï)ülüš tükädi(.)[①]

耿世民先生将上述文字译为汉文：

> 精通一切经论的像甘露一样痛饮毗婆沙诸论的圣月大师从印度语制成吐火罗语，智护戒师又译成突厥语的《弥勒会见记》中的‘跋多利婆罗门行施舍’。第一章完。[②]

诸如上述文字在该文献中多次出现，具有极高的研究价值，可为我们深入探讨《弥勒会见记》文本来源、文本性质等问题提供参考：

首先，本段文字中出现了三个重要的关键词语“印度语”“吐火罗语”“突厥语”，由此可以断定《弥勒会见记》的原始记录语言应为古印度语，吐火罗语和回鹘语是二度翻译所使用的语言；

其次，《弥勒会见记》三个不同语言版本之间存在母本与子本的渊源关系，上述译本应离不开两位翻译大师的努力与贡献，一位是精通佛理的圣月菩萨大师，一位是能娴熟运用吐火罗语和回鹘语的语言大师智护戒师；

最后，有关《弥勒会见记》文本性质的归属问题，“制成”一词表明该文献自

---

① 耿世民：《回鹘文哈密本〈弥勒会见记〉研究》，北京：中央民族大学出版社，2008 年，第 89—90 页。

② 耿世民：《回鹘文哈密本〈弥勒会见记〉研究》，北京：中央民族大学出版社，2008 年，第 89—90 页。

古印度文本开始，便历经圣月、智护两位语言大师的改编和再创作，文本中多次出现表明戏剧元素的专有名词，如场次、场景变化、出场人物、演出曲调等，这些都彰显了《弥勒会见记》文学剧本的属性。

（三）《弥勒会见记》研究概述

《弥勒会见记》回鹘文本的发现早于吐火罗文本，对该部文献的释读、转写和翻译等工作国外学者要早于国内。20世纪初德国探险队在我国新疆首获回鹘文本《弥勒会见记》，随之便开启了对该部文献的语文学研究。

1. 1957年德国学者葛玛丽·冯佳班（A.v.Gabain）首次影印刊布了庋藏于西德美因茨科学院的共约113叶残片，并将其研究成果命名为 *Maitrisimit-Faksimile der alttürkischen Version eines Werkes der buddhistischen Vaibhasika--schule I*（《〈弥勒会见记〉——一佛教毗婆沙师著作回鹘译本的影印本（一）》），其中附有对该文献的转写、翻译等相关研究内容的报告一册。

2. 1961年葛玛丽·冯佳班又影印刊布了保存在柏林科学院的残叶（共114叶），题为 *Maitrisimit-Faksimile der alttürkischen Version eines Werkes der buddhistischen Vaibhasika-schule II*（《〈弥勒会见记〉——一佛教毗婆沙师著作回鹘译本的影印本（二）》），附有研究报告一册。上述两个影印本的附册不仅对弥勒及其相关文献做出了简要概述，而且分别介绍了《弥勒会见记》的两个德国版本的主要内容。

3. 1980年土耳其人色那西·特肯（Ş·Tekin）在葛玛丽·冯佳班的研究基础上，再次对分别保存于德国美因茨科学院和柏林科学院约计227叶的《弥勒会见记》进行影印出版，题为 *Maitrisimit nom bitig. Die uigurische uebersctzung eines Werkes der buddhistischen Vaibhasika-schule.1. Teil: Transliteration, Uebersetzung, Anmerkungen; 2. Teil: Analytischer und ruecklaeufiger Index.*（《〈弥勒会见记〉回鹘文译本研究》），所不同的是该学者并未采用语文学研究常用的转写法，而使用拉丁符号的换写法对文献进行了换写、德文译文和注释。

国内对《弥勒会见记》的研究始于历史学范畴。1962年历史学家冯家昇在《文物》上刊布的一篇题为《1959年哈密新发现的回鹘文佛经》的文章拉开了国内研究《弥勒会见记》的序幕。随之诸如耿世民、伊斯拉菲尔·玉素甫、牛汝极、多鲁坤·阚白尔、阿不都克由木·霍加等学者先后对该文献展开文本的释读、翻译和注释等基础研究工作,相继发表多篇质量颇高的学术论文。可喜的是有两部学术专著先后结集出版:《回鹘文弥勒会见记 (1)》(新疆人民出版社,1987年)集中笔墨对哈密本《弥勒会见记》的前5幕内容进行研究,包括原文图版的影印、文本的转写、汉文译文和注释、维文译文和注释等;2008年耿世民先生出版专著《回鹘文哈密本〈弥勒会见记〉研究》(中央民族大学出版社,2008年),对哈密本1个序幕和27幕正文进行了转写、汉文译文和注释,这是目前所能见到最为全面且权威的系统研究。

值得提及的是,早在20世纪80年代,对于回鹘文本《弥勒会见记》国外学者就已将研究视角转入不同版本的语言比较研究中,劳特(J·P·Laut)在其著作*Der fruehe tuerkische Buddhismus und seine literarischen Denkmaeler*(《早期突厥佛教及其文献》)一书中首次系统全面地对不同版本的《弥勒会见记》进行语言学的比较研究。

近年来,国内年轻一代学者对回鹘文本《弥勒会见记》的语言学研究也值得关注。

1. 艾力·阿布拉的《〈弥勒会见记〉之中的对偶词研究》是一篇对《弥勒会见记》中的对偶词进行研究的学位论文。《弥勒会见记》运用古代维吾尔文学语言描绘了弥勒的生平事迹。该文以语言学和修辞学的规范来叙述对偶词的语法形式与修辞特点。作者认为这部文学作品的卓著成就得益于对偶词的使用,因此研究对偶词的语法形式及这些语法形式所表达的意义对维吾尔语修辞学分析尤其重要。

2. 热孜亚·努日的《回鹘文哈密本〈弥勒会见记〉名词研究》重点对该部文献的名词进行语言描写。《弥勒会见记》作为迄今已知极其重要的回鹘文文献之一,自20世纪被发现起,各国学者对此进行了多方面的研究,但至今尚未见到对《弥勒会见记》语法的系统研究成果。该文写作目的是在历史语言学和比较语言学基础上叙述其语言规则。在维吾尔语中名词占其词汇系统的很大部分，用不同的形态变化来表达不同的语法意义方面都有非常丰富的表现力，并且名词的语法特征与其他静词相比更为突出。所以研究名词语法形式及其所表达的语法意义对分析维吾尔语形态学尤为重要。

3. 伊斯拉菲尔·迪拉娜在《回鹘文〈弥勒会见记〉动词词法研究》一文中认为，《弥勒会见记》的语言既不同于当时的世俗文献语言，也与其他时期的文献语言有一定的差异。作者首先用描写法对《弥勒会见记》的词法结构进行系统分析，再次对其进行归纳和统计。通过内部形态变化，动词可表示肯定、否定、语态、式、时、数、人称等语法范畴，同时也具有形动词、名动词、副动词等形式。因此，认清动词的变位系统，正确认识动词的各种语法范畴，对维吾尔语的学习和研究都具有重要的理论意义和实际价值。

4. 热孜亚·努日的《〈弥勒会见记〉属于 n- 方言吗？》（《呼伦贝尔学院学报》2006 年第 2 期）一文，通过分类举例概述《弥勒会见记》的相关研究，对该文献的方言归属问题提出了自己的观点，即《弥勒会见记》与多数回鹘文献语言一样属于 y- 方言，但同时也存在 n- 方言的语言现象。

5. 柳元丰在《回鹘文〈弥勒会见记〉的语音研究》（《喀什师范学院学报》2008 年第 1 期）一文中从语音方面对回鹘文《弥勒会见记》中的 8 个元音、21 个辅音进行了分类描述，粗略分析了短元音、长元音、复元音及元音和谐等问题。同时，还总结了这一时期古代维吾尔语在语音方面的一些特点，比如：元音之间及音节尾的 b 变成 w，元音之间及音节尾的古音继续保留，词首辅音 b 变 m，辅音 ž、v、h 出现在回鹘文中等现象。

目前能见到的文献对勘成果，如张铁山的《吐火罗文和回鹘文〈弥勒会见记〉比较研究——以吐火罗文 YQ1.3 1/2、YQ1.3 1/1、YQ1.9 1/1 和 YQ1.9 1/2 四页为例》（《敦煌吐鲁番研究（第十二卷）》，上海古籍出版社，2011 年）。文章以《弥勒会见记》吐火罗文本和回鹘文本的四页为例，首次对两文本展开逐页逐句比较，标注两文本的差异并分析差异存在的原因，又对语言学、文献学、佛教学等多学科进行尝试研究。可以说，该成果的出现为我们进行文本对勘提供了很好的范例。

用吐火罗文 A 方言记录的《弥勒会见记》于 1974 年 3 月在天山以南的锡克沁千佛洞北大寺出土，共 44 张 88 页，是由婆罗米中亚斜体字母书写而成。针对该文献展开的语文学方面的研究成果层出不穷，主要有：

1. 1921 年 E.Sieg 和 W.Siegling 出版 *Tocharische Sprachreste* 一书[①]，对吐火罗文《弥勒会见记》德国本进行了研究。

2. 季羡林先生对 1974 年出土于新疆焉耆的 44 张 88 页吐火罗文《弥勒会见记》残卷（因其保存在新疆维吾尔自治区博物馆，故称“新博本”）进行了文献解读、译释等系统研究，先后发表多篇文章，如：《吐火罗文 A 中的三十二相》（《民族语文》1982 年第 4 期）、《新博本吐火罗与 A（焉耆语）〈弥勒会见记剧本〉第 41、20、18 张六页译释》（《西北民族研究》1989 年第 2 期）、《新博本吐火罗文 A（焉耆文）〈弥勒会见记剧本〉第十五和十六张译释》（《中国文化》创刊号 1989 年）、《吐火罗文和回鹘文本〈弥勒会见记〉性质浅议》（《北京大学学报》（哲学社会科学版）1991 年第 2 期）、《吐火罗文〈弥勒会见记剧本〉译文——对新疆博物馆本（编号 76 YQ1.16 和 1.15）两叶的转写、翻译和注释》（《语言与翻译》1992 年第 3 期），1998 年结集成书《吐火罗文〈弥勒会见记〉译释》（江西教育出版社，1998 年）（*Fragments of the Thocharian A Maitreyasamiti-Nāṭaka* of the *Xinjiang Museum*, *China*, Transliterated, translated and annotated by Ji Xianlin, in collaboration with Werner Winter, Georges-Jean Pinault, Berlin-New York, 1998）。

除了上文提及的几大文本外，目前存世的还有于阗文本和粟特文本等残页，这些用不同古代语言文字翻译或记载的文本，都是回鹘文本《弥勒会见记》研究的重要补充材料。

① E.Sieg und W. Siegling, *Tocharische Sprachreste*, Berlin-Leipzig, 1921.

三、《弥勒会见记》多学科研究价值

（一）文本史料学价值

选取哈密本《弥勒会见记》的前两品内容，按照国际语文学研究惯例，对其进行原文转写、汉译、注释和考证。同题异本研究，是其他领域研究的基础，可以为相关领域的研究提供第一手原始文本，也为语言演变规则、翻译理念和技巧的运用、哈密本《弥勒会见记》的文学归属问题的讨论，以及该文献在文学史中的地位和贡献等问题提供翔实有力的文献依据。

（二）语言学价值

语言是历史的产物、文化的符号，更是传播文化的工具。任何一个民族都不是孤立存在的，势必与其他民族发生互摄性的交流，这种交流表现在语言方面的是不同语言相互之间存在较大范围和较深层次的影响和接纳，并在相互影响和渗透中得以不断的演变发展。《弥勒会见记》的几大存世版本有一个共同的原始文本出处，他们均译自吐火罗文本，在不同质素语言传译过程中，语言接触势必带来词汇等方面的变化，与季羡林释读的吐火罗文本相对勘，不难发现吐火罗语对回鹘语词尾形式的影响较为明显，且有规律可循；以回鹘语中的佛教词汇为例，分析外来词的来源及其类别，特别是合璧外来词这一借词方式，进而分析吐火罗语对回鹘语词汇层面的深度影响，并选取具有典型语法功能演变的个例“kim”一词展开谈论，为研究吐火罗语和回鹘语的语言接触提供历史语言学依据。

（三）翻译学价值

回鹘文《弥勒会见记》译自吐火罗文，分别经由圣月大师和智护大师之手编译，在二度翻译过程中佛经翻译的“五失本”“三不易”等理念及翻译技巧如呼语的使用、修饰语的增加等丰富了我国少数民族佛经翻译理论，具有一定的借鉴价值。对回鹘文本《弥勒会见记》展开的对勘研究，同样具有重要的现实意义。2013年习近平主席提出“一带一路”的伟大倡议，赋予了丝路文化新的发展

契机，对保留至今的民族典籍的再研究，既为深入了解民族地区典籍翻译提供前期基础，又为我国文化典籍翻译的研究和实践提供新的研究点。

（四）宗教学价值

《弥勒会见记》是高昌回鹘时期盛行的小乘佛教剧本，以它为研究对象可以了解佛教在西域的传播流变过程、回鹘佛教的特征、弥勒信仰东渐，以及《弥勒会见记》在东渐中的历史贡献等诸多问题，从而为比较宗教学提供一份翔实可信的文献资料。

（五）民族学价值

民族文献不仅是民族文化的记录，更是中华文化的重要组成部分。存世的《弥勒会见记》除回鹘文本外，还有吐火罗文、于阗文和粟特文等其他文本，多语本彼时在西域的流行说明弥勒信仰是多民族交往、和谐共处的历史见证，因而该研究对于加强民族团结、实现民族共荣等具有现实意义。

（六）文学史研究价值

深入剖析以哈密本回鹘文《弥勒会见记》为代表的佛经翻译文学对西域少数民族文学乃至中国文学在文学语言、行文体制、文学体裁及文学思维方式等方面的影响，由此反观该文献之文学价值及其在中国文学史中的地位。

第一章 “跋多利婆罗门举行布施”之对勘研究

回鹘文本称该章为第一幕“跋多利婆罗门举行布施”。原文献共保存有 16 叶,每叶包含正、反两面,共 32 页,其中每页平均书写 30 行的回鹘文。就保存现状而言,本幕中缺少第 13 叶正反两面的内容,第 1、7、9 叶中部分内容残缺不全。

此处,需对本书第一章和第二章中每节每行中的顺序编号做一说明。以第一节中的“焉耆本 YQ 1.30 与哈密本 6b 18—7b 24 之对勘”为例:YQ 1.30 是季羡林先生释读吐火罗 A(焉耆)文本所定编号;6b 18—7b 24 是耿世民先生释读的、内容与焉耆本对应的回鹘文本编号,具体指哈密本第一品中的第 6 叶 b 面(反面)第 18 行至第 7 叶 b 面(反面)的第 24 行的内容,以下对勘编号与此例类同。

第一节 跋多利婆罗门举行布施 天神启示佛祖显世

一、焉耆本YQ 1.30与哈密本6b 18—7b 24之对勘

YQ 1.30 1/2 [正面]

a 1 ///(sarvapā) < [ṣ̣](ā)ṇḍik̲、talke ' lo armāṃ lkāt̲ar̲、kᵘyalte ' ceṣ̱、y[ā]vśi ––––

> brāmnāñ$^{\ddot{a}}$、caraki parivrā-

a 1 ...(the Sarvapāṣāṇḍika sacrifice is seen coming to an end. Why that?These yāvśi ... , ...)Brahmins, wandering religious students, religious mendicants,

……(一切异学的布施就要结束了。为什么要举行这个布施呢?那些yāvśi……,……)婆罗门们,流浪的出家人,宗教行乞者,

6b 18—20　badari bilgä braman(srwa-)(pašantik)atlïɣ uluɣ yaɣïšda sačaɣda ... -lar ... čarakilar p(a)riwračikilar

智者婆罗门跋多利在进行(一切异学)的布施大会……C 和 P 等

案语:这是故事的开始部分,从两个文本的比较来看吐火罗文本的第 1行残缺严重,残缺部分应该有相当长的文字来讲述布施活动,所以吐火罗文本的第 1 行并不是该幕的真正开头。除此之外,该行中的“čarakilar”和“p(a)riwračikilar”两个词语,“-lar”是表示名词复数的后缀,具体含义无法判断,耿世民先生只将其简单译为 C 和 P。最后,值得关注的一个语言现象:Sarvapāṣāṇḍika→sarvapāṣāṇḍiḵ→srwapašantik,从梵语→吐火罗语→回鹘语的翻译过程中,词尾元音发生了 a→Ø 的变化。

2 <jak(i)' nmuḵ ṣ̱a̱ k pi wäknā w(aṣṭaṣ̱、lantu ṣ̱、)>///<luneyā>k<ā>tkmāṃ nāṃ-tsuṣ̱、ṣñi ṣñi ḵa̱ lymeyaṃ lo

2 (those who left their homes in ninety-six(ways)were delighted by(the receiv-ing of alms),(return)each in his own direction.

那些以九十六种(外道)(出家为僧的人)因(得到布施),高兴地(回到)各自的住地。

6b 21—24　... toquz on artuq altï azaɣ ... dintarlar ... ögdir anču ayaɣ(čiltäg)kä tägip ö(grü)nü säwinü uluɣ ... käntü käntü ärgüläringärü

九十六种外道……僧人……得到赞美、恭奉和尊敬后,都高兴地(回到)……各自的住处。

案语:该行中出现了表达佛教义理的专有名词“九十六种外道”,据《佛学辞典》可知,“九十六种佛世前后出现于印度而异于佛教之流派。又作九十六

术、九十六径、九十六道、九十六种异道”[①]。该词属于外来词的范畴，回鹘译者在不破坏词语本义的基础上，将其回鹘语化，译为“toquz on artuq altï azaɣ”。此外，在行文表达中，吐火罗文本和回鹘文本略有差异，在讲述出家僧人回归住处的原因时，吐火罗文本归因为“得到布施”，而回鹘文本则认为得到了“赞美、恭奉和尊敬”等，比较而言回鹘文本较吐火罗文本描述得更为细腻。

3 < yiñc$^{\ddot{a}}$、‖ haimava(ti tra̱ṅka̱)[ṣ̱、]tāpa̱(r)k ṣ̱akkat ṣ̱、klyom metraḵ、śuddhavāṣiṉa̱s > ñäktasā śaśärsu bādhariṃ brāhmaṃ raryura̱–

3 ‖ Haima(vati)(say)s: Now, surely the noble Metrak was instructed by the Śuddhāvāsa gods: Having left Bādhari the Brahmin

‖ 雪山(说道):现在,圣弥勒一定得到了天神的教导:离开跋多利婆罗门。

6b 25—30　xaymawati inčä tip tidi ... maitri bodiswt ... tängrilärning ... baxšïsï badari bilgä(braman)titip qodup tükäl bilgä tngri(tngrisi burxan)nïng nomïnta toyin

(雪山)这样说道:……弥勒菩萨……天神将舍弃其师父跋多利(婆罗门),想依照全智的天中(天佛)的教导出家为僧,

案语:该行中有两点需要关注。第一,涉及回鹘文本翻译技巧方面,通观回鹘文本,我们可以看到回鹘译者比较注重语境和文意的贯通流畅,常常运用一些翻译技巧,比如增加修饰语等。该行中在对于“天神”一词的翻译时,吐火罗文本仅译为“śuddhavāṣiṉa̱s”,而回鹘文本则增加“tükäl bilgä(全智的)”和“tngri tngrisi(天中天的)”两个修饰语对其进行描述。第二,“inčä(这样)”属于回鹘译者用于贯通文意的常用词,此类词语的使用使得回鹘文本的口语色彩更加浓厚,更利于凸显《弥勒会见记》作为文学剧本的舞台效果。

4 (ṣ̱、) /// < ptāñktac wa ṣ̱ta̱ṣ̱la̱ntassi(da)kṣināpathäṣ madhyadeśac$^{\ddot{a}}$、>(ś)[m̱ā]ṣ̱、‖ purṇake tra̱ṇḵa̱ṣ̱、ceṣpenu ñäkciñi

4 ...(in order to leave his home to go to the Buddha) he will come(from Dakṣiṇāpatha to Madhyadeśa). ‖ Pūrṇaka says: Also these divine

① 宽忍:《佛学辞典》,北京:中国国际广播出版社,香港华文国际出版公司,1993 年,第 8 页。

……(为了出家为僧)他将从(南印度)来到(中印度)。‖圆满说道:这些大力天神也

7a 1—5 bolɣalï dkšanpt uluštïn ortun änätkäk ili madyadiš ulušqa kälgäli saqïnur(.) anta ötrü purnaki inčä tip tidi ... anï körmäz mu siz uluɣ küčlüg tngrilär iligläri öz öz adašlarï

从南印度来到中印度。之后,圆满说道:你没有看到吗,诸大力天神都与自己的伙伴

案语:该行音译借词、词尾元音弱化和回鹘文本内容增加这三个方面值得注意。第一,对于回鹘语中本不存在的专有名词,在实际翻译过程中,译者通常采用音译方式灵活处理,比如该行中出现的“dkšanpt(南印度)”“madyadiš(中印度)”两个地名,在其音译词之后,回鹘译者又增加了表示意义类属“uluš(国家)”一词,词语表达更为清晰明确;第二,吐火罗文本和回鹘文本的比较,为我们提供了大量的语言接触演变的实例,比如该行中“purnaki(圆满)”一词,源自梵语“pūrṇaka”,中介语吐火罗语将其译为“purṇake”,该词尾元音发生了 a→e→i 的高化现象,而这种元音高化现象在《弥勒会见记》不同语本中极为普遍,出现频率很高;第三,在顺通文意方面,回鹘译者常常使用“anta ötrü(之后)”这一词组,除此之外,回鹘文本还增加“anï körmäz mu siz(你没有看到吗?)”“öz öz adašlarï birlä(与自己的伙伴)”等内容,使得译文表述更为具体完整。

5 < lāñś^{ä}、wasāk s̱a̱ rki lo kakmu ṣ̱、‖ >(sātagiri tr̲a̲)ṅk̲a̲ṣ̱、p(i)cäs was kucne waiśravaṃ wä̱l、pāṣānak ṣulaṃ klyo m̲a̲ n̲t̲ met[r̲a̲]–

5(kings have come following us. ‖(Sātagiri) says: Let us go! As King Vaiśravaṇ–a on Pāṣāṇaka Hill (has given ... order)

(跟随我们到这里来了。‖(七岳)说道:请您让我们去吧!因为多闻天在孤绝山上(已经给出了……指示)

7a 6—13 birlä bizing udumïzta kälmäklärin(.)anta ötrü sadagiri ... inčä tip tidi ... korür ... wayši(rwani) ... –ning ... –ni t–I ... pašanak taɣ ...

一起,跟随我们来到这里。之后,七岳……说道:……看……多闻天……

的……孤绝山……

案语：首先，通过对勘可知，回鹘文本不及吐火罗文本保存的内容完整，能看到的仅是表达神名和山名的一些专有名词；其次，词尾元音脱落现象在该行依旧存在，以“孤绝山”一词为例，梵文“Pāṣāṇaka”→吐火罗文“pāṣānak”→回鹘文“pašanak”，据此可以推断该词的写法更接近吐火罗文，在由梵文到回鹘文的二度翻译过程中，吐火罗文扮演了中介语这一桥梁作用，而对于专有名词，回鹘译者在音译的基础上，增加“taɣ（山）”一词用以表达该借词的意义类属。

6 < kyāp mosaṃ ārwar y(atsi wo)tka m̱、ṯa̱m pyām̱a̱s̱、> ṯa̱ preṃ klyom metraḵ、śma-ṣ̱ṯa̱ preṃ parmā was̱、ptāñḵa̱ṯ ḵa̱ṣṣiṃ lkālun[e]--

6 (to prepare for the sake of the noble Metrak, let us do the same!)The so noble Metrak will come, so we on our part(let us do) that(because of our wish)to see the Buddha, the teacher! ‖

（为了准备圣弥勒的称号，请您允许我们做同样的事情吧！）既然圣弥勒将要到来，那么也让我们出发前去吧，（因为我们的愿望）想要见佛天！‖

7a 14—16 ... biz tükäl bilgä tngri tngrisi burxanaɣ köralim ... ikinti maitri bodiswtqa tapïnalïm ät'öz ...

让我们（首先）见全智的天中天佛吧！其次，让我们向弥勒菩萨膜拜吧！

案语：该行从对勘文本的增删和修饰语的增加两个方面进行说明。第一，吐本和回本在内容表述上差异较大，在吐本“想要见天中天佛”的基础上，回本增加了“其次，让我们向弥勒菩萨膜拜吧！”的相关内容，表达出对弥勒的崇拜之情；第二，在“佛”这个词语之前，回鹘文本较吐火罗文本增加了“tükäl bilgä”和“tngri tngrisi”两个词语进行修饰。

7 /// <(pyām)tsāc[ä]、‖ haima(vati)------weñā > ṣ̱ṯ、ṣu picä s̱、ḻcär poñś[ä]、‖ prave-śakk āṟ、‖ ‖ sās nu tāp a̱ rḵ、plāc[ä]、da-

7 Haima(vati says: Well)spoken! Let us go away from here! All went away. ‖ The interlude ends. ‖ The (following) part must now be

（雪山说道：）说得好！让我们从这出发吧！所有演员下场。‖ 插曲结束。‖

(下面的)部分现在应该

7a 17—20 äd qïlalïm(.)munïlayu sözläšip uluɣ küčlüg sadagiri ximawati pur-naki(üč)urungutlar pašanak taɣ(qa bardï)(.)amtï bu nomluɣ sawaɣ dkšanpt(uluš-taqï)

这样说着,大力的七岳、雪山和圆满(三位)大将朝着孤绝山走去。现在此法的故事发生在南印度

案语:对于《弥勒会见记》文本的性质归属,学界莫衷一是,而在该行中,吐火罗文本中的“所有演员下场”和“插曲结束”等语句的出现,可以为《弥勒会见记》戏剧剧本的推断提供佐证和依据,而这些关键性的提示语并没有出现在回鹘文本中,从这个层面上看在吐火罗文本中其剧本性质表现得较为明显。在上下语境的连接方面,回鹘译者的处理方法较为丰富,比如该行中增加使用了“munïlayu sözläš-(这样相互说着)”这样的语句,达到了自然顺畅的表达效果。

8 <kṣiṇā(pathaṃ)>/// <(ḵa̱)rsnālyi ' t m̱a̱>[ṣ̱](、) kumseñc^{ä}、klyo m̱a̱ nṯ、metraḵa̱ṃ neṣontā p̱a̱ ñ ḵänṯ、manarkāsyo worpu ' nmo-

8 (understood as) taking place in Dakṣiṇā(patha) ... Then they come, with the noble Metrak in the lead, surrounded by five hundred disciples, with bent

(应知故事)发生在南印度……之后他们来了,以圣弥勒为首,在五百弟子的围绕下,曲身

7a 21—25 badari bilgä bramanïng ... yirintä uqmïš krgäk ... badari bilgä d--ta ulatï biš yüz braman birlä tägrikläp ängitä ät'özin

跋多利婆罗门的……地方。跋多利在五百婆罗门(弟子)的围绕下,曲身

案语:该行的对勘结果主要体现在两个方面:首先,回鹘文本中增加了“badari bilgä bramanïng ... yirintä”这样一个故事地点;其次,吐火罗文本中的“以圣弥勒为首”这一语句,未能在回鹘文本中找到对应内容。

YQ 1.30 1/1 [反面]

b1 <sāṃ kapśiñño bādhari brāhmaṃ ' metṟa̱ kyāp tsarā (ts)[i](toṟa̱ṣ̱、)>///[tṟa̱] ṅḵa̱ṣ̱ klyom metraḵ、kātkmāṃ nasam se kucne parnonṯ、wraso m̱a̱ ntaśśäḻ、 b1 body, Bādhari the Brahmin, (having touched)...with the hand of Metrak, says: Noble Metrak, I am full of joy, my son, as ... together with a radiant being ...

跋多利婆罗门(握着)……弥勒的手,说道:圣弥勒,我非常高兴,我的孩子,因为……与有福之人……

7a 26—30　maitrining ilgin tutup ... yumšaq sawïn inčä tip tidi ... oɤlum maitria (.)ärtingü ögrünčülüg säwinčlig ärür mn kim sini osuɤluɤ tüzün qutluɤ tïnlïɤ(birlä soguštum)

握着弥勒的手温柔地说道:我的孩子弥勒,我非常高兴与像你一样的有福之人相见

案语:该行中回鹘译者翻译技巧的使用为文本的文学性增资添色。在描述跋多利婆罗门讲话这一动作举止时,回鹘文本使用工具格的状语成分进行修饰,即增加"yumšaq saw(温柔的话语)+ ïn(工具格,"用、以"之义)以温柔的话语",译为"温柔地",使得人物形象更加生动。

2 ///<·i kurosāṃ kapśiñño > [pe]nu tāp̱a̱ rḵ、oṅkraci wākmat s̱a̱ṃ bram lame ḵa̱lp-āluneṣiṃ ākālyo

2 (already 120 years old), with a worn body too, now with the wish to obtain the excellent immortality, the position of Brahmā,

(已经 120 岁),年老体衰,现在为了能够得到不朽的梵天的地位,

7b 1—3　inčip ymä bu muntaɤ uluɤ qarï yüz ygrmi yašïmta mängülüg mängikä täggülük uluɤ ilig äzrua tngri yirin(tä)

在我一百二十岁年迈之时,为了能生在永享幸福的梵天

案语:该行中吐本和回本在文意表达方面差异明显:原吐火罗文本中的"为了能够得到不朽的梵天的地位",在回鹘文本中被翻译为"mängülüg mängikä täggülük(永久快乐的梵天)"。

3 /// (sarvapā) < ṣāṇḍi[ḵ、]>(talke śaśmā)wā P̱a̱ lkār se ‖ etwaṃ ‖ nmuḵ s̱̣a̱ k pi wäknā kusne wa ṣ̱ta̱ṣ̱、lantuṣ neñc^{ä}、:[b](rā)-

3 ... I (have arranged the Sarvapāṣāṇḍika sacrifice.) Look here, my son! ‖ In

the Etun[tune] ‖ Those who have left their home in ninety-six ways, Brahmins,

……我(已经举行了一切异学的布施。)看,我的儿子! ‖ Etu(曲调) ‖ 那些以九十六种外道出家为僧的人,婆罗门们,

7b 4—6　toɣɣuluq uluɣ kösüšin sarwapašantik atlaɣ yaɣïš turɣurdum(.)taqï ymä toquz (on) artuqï altï türlüg dintarlar

我举行了名叫一切异学的布施大会。并有九(十)六僧人

案语:本行中出现的“etwaṃ”一词,季羡林先生将其译为“Etu(曲调)”,这就说明从此处开始,下文将是依照“Etu(曲调)”翻译的韵文部分,可能是需要演员歌唱的诗歌部分。但是这一重要的曲牌名并没有被翻译到回鹘文本中,尽管如此,回本中与之相对应的部分确为诗歌的内容,即形式缺失、内容保留是回鹘文本在转译过程中的最大变化。

4 < mnāñ^{ä}、caraki nagni parivr > (ājaki:)-- /// gaveyñ^{ä}、ājivikāñ^{ä}、nigranthāñ^{ä}、: govradulukikāṣāl[i]kā-

4 wandering religious students, naked pilgrims, religious mendicants, ... -*gaveyñ*, Ājīvikas, Nigranthas, ascetics living after the mode of cows and given to severe austerities, etc ...

流浪的宗教学生,裸露的朝圣者,宗教信仰者,……-gaveyñ, Ājīvikas, Nigranthas,以牛的方式生活并实行严格自律的禁欲主义者等。

7b 7—13　... -man- ... -qa y- ... -k ... -larqa ... -a ... -qa ... toqï- ... kälip

5 (ñ^{ä})、(---:l)/// -n[ä]ṣ̱、:sāṅkhya vaiśeṣiḵ、vedāyurveṯ、lokāyaṃ(:)

5 ... Sāṅtkhva, Vaiśeṣika, Veda, Āyurveda Lokāyata,

7b 14　... puran wyakran ... šastar

富兰那、授记、经纶

案语:就目前保存状况而言,吐本相对完整,尤其是第4行。第5行内容缺失严重,仅留下表示经文的专有名词,我们无法通过吐本或回本对其中任何一个文本做出相应的补充,因而无法做出深入的对勘。

6 /// pki ṣ、el wsā : 2 kus pat nu ānās tālo

6 ... to everybody I gave alms. 2. Whoever (was) poor and miserable,

……对每一个我布施过的人。2. 无论贫困和悲苦,

7b 15—21 ... –mïš alp ... –rkä ... anču birdim ... yoltaqï ... –rq sačɣuča ... –qar yaɣšïlar ... –ni barča ädgü ... –iwätim ... –m ymä irinč yarlïɣ yoq(čïɣay)qoltɣučï iglig käml ... –l ... iligsiz adaqsïz ämgäk(lig tïnlïɣlar)

……我也给了……路上的……像撒……一样……捐施所有好的……还有可怜的穷苦乞丐、病人……无手无脚的受苦(之人)

案语:本行中两大文本均有残缺,只有零星的词语可以做一对应,比如"贫困"和"悲苦"等。

7 /// e[kr]orñeyā lok̲a̲ṣ̲ yeñc[ä]、ːpki s̲、puk̲、

7 ... they go away (free of) poverty. To everyone (I gave) all

……他们免费获得财产。对每一个(我给予)所有

8 /// el̲(、)[e]ṣlac kāsw P̲a̲ lskāñ m̲a̲ skantr̲a̲

8 ... they are full of sympathy for those to be given alms.

他们对那些被施舍之人充满同情之心。

案语:因为回鹘文本中没有与吐火罗文本相对等的内容,故第 7 行和第 8 行只列出吐火罗文转写、英文译文和汉文译文,无法实现两文本的对勘。

二、焉耆本YQ 1.32与哈密本9a 28–10a 3之对勘

YQ 1.32 1/1 [正面]

a 2 /// [r·] n· y· m· t̲a̲ [p̲] r(eṃ) k [āck·] k· sn· –

a 2 ... so much ...

……很多……

案语:吐火罗文本保存不佳,第 1 行完全丢失,而在第 2 行中留有只言片语,无法找到与之对应的回鹘文内容,因此,此行不能做出对勘。

3 /// (kā)tkmā [ṃ] m̲a̲ sk̲a̲r̲、‖ tiṣye tr̲a̲ṅk̲a̲ṣ̲ s̲a̲s̲、śkaṃ

3 they were joyful. ‖ Tiṣya says: This one too ...

他们很高兴。‖提舍说:“这一个也……”

9a 28 ärdi... ötrü tiši at(lïɣ)...

然后提舍……

案语:该行中人名“提舍”词尾元音的变化是对勘的主要内容,其中在吐火罗文本中季羡林先生将 tiṣye 译为“帝沙”,而该词借自梵文“Tiṣya”,回鹘译者依据回鹘语的发音规律将其译为“tiši”,耿世民先生将其汉译为“提舍”,该词的词尾元音明显呈现出 a→e→i 的演变过程。

4 /// [p]r(a)[ṣ]t(aṃ) ālu kāsu yatsikk at s̱、ākāḻ、ṉa̱ṃ p̱a̱

4 ... (all) the time he has the wish to do good indeed for others.

……他一直希望真正为别人做好事。

9a 29—9b bu ymä maitri ... ärd- ... kim qamaɣ ödün adnaɣuqa asaɣ(tusu) qïlïp qanmaz ...

弥勒也……他随时都为别人谋利益,从不满足,

案语:本行的对勘重点在修饰语的增加和运用上。对于弥勒的乐施行善之举,回鹘文本增加了“qanmaz(从不满足)”一词对其进行描述,行文较吐本更为细致。

5 ///(pu)ḵ(、) y(ä)rkanṯ、wärpnātsi āṣāniḵ m̱a̱ ttaḵ、: "pādhyāṃ bādhariṃ nu puḵ、

5 ... to be honored in every way, the venerable one himself. Now the teacher Bādhari in all (manner) ...

……在每一方面都被尊敬,他本人是值得尊敬的。现在师父跋多利以各种方式

9b 3—4 qop yir suwdaqï tïnlïɣlardïn aɣar ayaɣ tägingäli tägimlig ärür ... (bax)-šïmïz badari bramanaɣ artuqta artuq

他受到世上所有人的尊重。我们的师父跋多利十分……

案语:该行对勘主要在两文本的文字增删和差异方面,其中讲到主人公受人尊敬这一细节时,两文本表述差异较为明显,吐火罗文本侧重被尊崇的范围

之广“在每一方面”，而回鹘文本则强调“尊崇”这一动作的实施者“qop yir suw-daqï tïnlïɣlar(世上所有人)”。

6 ///(p̱a̱ ñ^{ä}、ḵa̱ n)[ṯ、]m(a)narkāśśi sne eṃt s̱、sne ṣtare pkis̱、āḵḻa̱ṣ、śāstṟa̱ ntu ∶ piwāṣṣ oky ak[ṣ]a–

6 ... to all (five hundred) novices he teaches the Śāstras without attachment, without effort ... as it were (the) syllables (?)

……他毫不费力教授所有(500)新手Śāstras……似乎Śāstras 就是乐音(？)

7 (ṟa̱ s) /// ñcä s̱、ya ṣ̱、m=ālye s̱、knānmāñcä s̱、ya ṣ̱ kārūṇik wraso m̱ ∶ āpāṣtu–

7 ... he makes ... (knowledgeable), he does not make...knowledgeable, the compassionate being. Unheededness ...

……他使得……(知识渊博)，他没有使……(成为)知识渊博、有同情心的人。

8 (ne) /// [ñi] ḵa̱ rsiñc^{ä}、śāstṟa̱ kranṯ、tiri ce s̱m̱a̱ḵ s̱a̱m̱、ṣtmāṣi ṣ̱、tmaṃ sne et s̱ ∶ m=ālyme s̱、

8 ... may ... they know; may he instruct them with respect to Śāstra and good be-havior. Then, without attachment, not ...

……愿……他们知道；他教导他们尊重Śāstras 并且行为得当。然后，没有……

案语：吐火罗文第 6 至第 8 行，保存情况良好，而回鹘文本严重残缺，暂无对应，省去不做比较。

YQ 1.32 1/2 [反面]

b 1 /// ‖ acite tṟa̱ṇ̱ḵa̱ṣ̱、ālu kāsu yalis mosaṃ ṯa̱ṣ̱ s̱a̱s̱、m̱ḵa̱ lto penu pu

b 1 ‖ Acita says: For the sake of doing good for others, he being only small, discerned(?)that.

‖阿逸多说：“为了给别人做善事，他很渺小，察觉到(？)”

案语：本行中吐火罗语文本保存良好，内容相对完整，但无法找到与之对应的回鹘文内容，故本行只录转写、译文，不做对勘。

2 /// ṣ madhyadeśäṣ ḷa cᵃ︐ype ypeyā wrasaśśi kāsu yatsi ‖ jinakkenaṃ ‖

2 ... he left Madhyadeśa, in order to do good for the beings, from land to land. ‖ In the Jinakke[tune] ‖

……他离开了中印度国,为了给他人做善事,从一个地方到另一地方。‖ Jinakke[曲调]‖

9b 23 ...(u)luštïn ulušqa

从……国到……国……

案语:该节中回鹘文本的保存状况不及吐火罗文本,大部分内容残缺不全,实施对勘有难度。

3 /// smāṃ：āpāṣṭʰneyäṣ tsa knāmāṃ pāpṣuneyaṃ ṣṭa msamāṃ：sañceyäntu wi-

3 ... Pulling away from unheededness, establishing in observance, driving away (?) the doubts ...

……摆脱被忽略,建立规则,驱除(？)疑虑……

4 (ka s···) /// (k)[ā]rūniḵ︐dakṣināpathᵃ︐ḵa lyme tāṣ︐：1 ‖ tṣaṃ penu pa lkāṃt ā

4 ... the compassionate one will be headed in the direction of Dakṣināpatha. 1 ‖ At this point they even saw ...

……富有同情心的人将朝南印度国方向前行1‖此处,他们甚至看到了……

案语:上面录入的是吐火罗文本的转写和中英文译文,这两行的内容暂无回鹘文与之对应,故省去不做对勘。

5 /// [m]ā ṭa ppreṃ ḵaṣṣi ñomyo kʰyalteʾ ‖ tsuntaṃ ‖ ḵaṣṣi

5 ...not so much with the name of teacher. Because ‖ In the Tsunta (?)[tune] ‖ Teacher ...

……不能以老师的名义(做)这么多。因为‖Tsunta(？)[曲调]‖师父……

10a 2—3 nang baxšï：atïn anča uluɣ iš išlägäli umaɣay mn(.)nä üčün tip tisär

我绝不能以师父的名义做这些大事。因为……

案语:该行对勘结果有两点需注意:其一,关于曲牌名,吐本有而回本无,至于回鹘文本中未采用曲牌名的原因,可以从《弥勒会见记》回鹘文本更加注重佛教义理和弥勒信仰的传播，而非用于舞台演出所需剧本的角度可以说明；其二，吐本和回本在表述上略存差别，比如，吐本中强调“事情之多”，而回本更注重“事情重大”的表达。

6 /// [s] iñc mā naṣ nāk̲a̲ myo ∶ tsopat s̲、pāl̲k̲a̲ṣ̲ k̲a̲ṣṣi

6 they ... not with denigration and blame: the great teacher shines ...

他们……不是诋毁和谴责:伟大的师父照耀……

7—8 /// t̲a̲ṣ̲ s̲a̲s̲、klyom metrak̲、śäk we pi pu（klyi）

7—8 ... that: the noble Metrak, twelve years old, ...

……:圣弥勒,十二岁,……

案语:吐本中的第6、7、8三行保存相对完整,而回本完全损毁,故无法实现两文本的对勘。

三、焉耆本YQ 1.28与哈密本10a 16–10 b30之对勘

YQ 1.28 1/2［正面］

a 1 /// (w)[l](e)[ṣ]lun(e)yo bādhari brāmne yärk̲、

a 1 ... by performing ..., ... veneration to Bādhari the Brahmin.

……通过举办……,崇敬跋多利婆罗门

2 /// lo katkar̲、ārśo śkaṃ kene saubhāṣ ani

2 ... and they went away today. Whose ... serving as reward(?)

……今天他们离开了。谁的……回报(？)

3 /// (s̲a̲ r)k[i]ñco niṣpal̲、mā śkaṃ lipāci ‖ apratitu–

3 ... and at last there is no property left for you. ‖ In the Apratitu–

……最后没有为你留下任何财物。‖［Apratitu–］

案语：该节中的吐火罗文本保存较为完好，未找到与之对应的回鹘文内容,无法对两文本进行对勘。

4（lyenaṃ）///（wā)mpu ṣ̲、yetwentuyo kowi opsi kayurṣāñ[ä]、∶ ma–

4 (lye) [tune] ‖ ... (vehicles)adorned with decorations, cows, oxen(?), bulls, bu-(ffalos)

(lye)[曲调]‖ ……装饰精美的马车，母牛、公牛、水牛

10a 26—27 larïn yarat(aɣlaɣ körtlä qangï1ar uluɣ) bädük ud (ingäk buqalar qoduz ögüzlär)

套上骏马的漂亮大车、大的母牛公牛、

案语：该行中吐本出现了新的曲牌名“Apratitulye”，说明此处之后的内容将是伴随该曲调进行吟唱的诗歌部分，而回本中依旧没有显示曲牌名。

5 (hirṣāñ^{ä}、) /// [ā] ṣ [i] ñ (i) śoś、āsāṇi ṟa klunṯ、wsālu yetweytu: śwātsi yoktsi-

5 ... small cattle consisting of goats ..., seats, covers, clothes, decorations, food and drink

……小的牲畜包括山羊……，座椅、被褥、衣服、饰物、饮食、粮食

10a 28—30 tadun turpïn(buzaɣular irk ärkäč täkä)oɣlaɣ tült(orun äšük tüsäk ton ätük itig)(yarataɣaš ičgü ï tarïɣ)...

牛犊、小山羊、被子、褥子、外衣、靴子、饰物、饮食、粮食等

案语：本行主要描述跋多利婆罗门的布施之物，吐本和回本的描述基本一致，差别体现在个别词语的使用上，举一例即可说明，如吐本中的“装饰精美的马车”和回本中的“yarataɣlaɣ körtlä qangï1ar(套上骏马的漂亮大车)”；再有在专有名词的使用上，两文本出现了此有彼无的现象，比如吐本有“水牛”而回本无，回本有“牛犊”而吐本无。

6 (ntu)/// -ḵant、wält ṣ、wäknā puk lo āraṟ、eḻ、esmāṃ : kātkmāṃnyo kalkar dakṣina-

6 ... in 100,000 ways.All things had gone away, being given as alms.The recipients, full of joy, went away

……在十万个方面。所有的财物已经作为施舍物施舍而空。得到物品的人，非常高兴，离开

10b 1—3 adïn äd tawar mïng mïng tümän tümän qurla bušï birdingiz ... tägintäči dintarlar äd (tawar) bulup ärtingü ögrünčülüg säwinčlig boltï(lar)(.)

千万种物品。得到物品的僧人都非常高兴。

案语:该行开始处吐本有残缺。本行对勘在于两文本用语和表述的差异方面,比如吐本中的“在十万个方面”,在回本中则被译为“千万种物品”;吐本中有完整的一句话在回鹘文本中并无对应;对于吐本中出现的“接受者”一词,回鹘文中与之对译为“dintarlar(僧人)”。

7 (ki)/// ‖ kātkmāṃ nāṃtsu bādhari brāmaṃ kurosāṃ kapśiñño k̠s̠a̠ṅk̠ k̠s̠a̠ṅk̠、karemāṃ

7 ... ‖ Being overjoyed, Bādhari the Brahmin, with his aged body (and) gleefully laughing

…… ‖ 十分高兴,跋多利婆罗门,躬着衰老的身体笑着

10b 4—9 (anïn amtï bilgä) baxšï uluɣ ilig äz (rya tngri yirintä toɣɣalï arïɣ ärzün.) bu(sawaɣ išidip angsïz ögrünčülüg)(säwinčlig bolup badari braman)(uluɣ qarï bükülmiš ät´özin)(kirt kurt külčirä inčä tip tidi.)

为此,现在愿师父能生在梵天之地!听到这番话后。跋多利婆罗门十分高兴,躬着衰老的身子笑道:

案语:该行吐本和回本的内容相似度比较高,其中回本内容保存相对完整,可以为吐本残缺部分提供补充,文本间的此有彼无现象较为普遍,也是对勘的重要内容之一。

8 /// ṣ tāp a̠ rk̠ n̠a̠s̠̣、t̠s̠a̠ṣṣ aci sne tr̠a̠ṅklune P̠a̠l̠t̠s̠a̠kyo ṣo ṃ、wlalune P̠a̠ lko tām̠、

8 ... Now I will, from this point on, with a carefree mind look forward only to (my) death.

……现在,从此刻起我将无牵挂地等待死亡。

10b 10—12 (ädgü ädgü tüzün oɣlum mäning)(ürdä bärü bu muntaɣ türlüg)(sawlar išidgäli uluɣ kösüsüm ärdi)...

好,好,我的孩子,很久以来,我就想听到这样的话。……

案语:本行中,从吐本和回本已释读的内容来看,两文本无法实现内容上的对应或相互补充,因此不能盲目进行对勘。

YQ 1.28 1/1［反面］

b1 /// smāṟ、ṯm̱a̱ṣ̱、tsaṟ、orto cacluṟa̱ṣ̱、tṟa̱ṇ̱ḵa̱ṣ ṣu picäs sewāñ[ä]、psesāćñi ku–

b1 ... I will ... Then, with his hand raised, he says: Let us go, my sons! Support my a(ged body)

……我将……然后，举起他的手说道：让我们去吧，我的孩子们！架起我（衰弱的身体）

2 /// lo s̱a̱s̱、koṃṉ̃ḵa̱ṯ、wmāluneya m̱ yä ṣ̱、was penu ṣñi ṣñi wṣeṃñesac[ä]、lo

2 ... The sun is going down. Let us too (go) away to our resting places, each to his own!

……太阳要落山了。也让我们回到各自的住处去吧！

案语：吐火罗文本的第 1 行、第 2 行暂无回鹘文对应，暂不做比较。

3 /// (mana)rkāñ[ä]、bādhariṃ brāhmaṃ āmpārc[ä] sesantṟa̱ ' ṯm̱a̱ṣ̱、bādhari brahmaṃ ṣñi kapśi–

3 ... the disciples supported Bādhari the Brahmin on both sides. Then Bādhari the Brahmin ... by the (sight) of his body

……弟子们从两边架着跋多利婆罗门。之后，跋多利婆罗门……看着自己的身体

10b 20—25 (anta ötrü prinkiki upaswami bu i)ki urï(lar badari bramnïɣ ikidin)(yöläyü tuta ilit)dilär(.)anta(ötrü badari braman käntü)(ägrilmiš bükül)miš (ät´özin)

然后，宾齐奇和乌波斯瓦摩两个童子从两边架着跋多利婆罗门把他送出去。之后，跋多利婆罗门看到自己弯曲的身体，这样心中难过地说道：

案语：该行内容回本中保存相对完整，可为吐本提供补充，比如跋多利婆罗门的两个弟子“prinkiki”（宾齐奇）和“upaswami”（乌波斯瓦摩）；而回本中再次增加修饰语“ägrilmiš bükülmiš（弯曲）”一词对跋多利婆罗门的身体进行修饰说明。

4 (ññis) /// (w)[äṣp]ā nu ṣālypu na ṣ̱ṯ、kusne ñi tatmurāṣṣ aci s̱a̱ḵs̱a̱ḵ、pukli ṣolā–

4 ... (is worried in mind and says): Certainly you are disgusting(?)From my birth to the time when I was sixty years old

……(心中难过地说道):你真的这般丑陋衰老(?)从出生到我六十岁

10b 26—27 (körüp köngli irinčkäyü inčä)tip tidi. ančama yarasïnčïɣ otun qarï-maq) sn kim (toɣmïšta bärü altmïš yašqa tägi

你自己是如此衰老。从出生到六十岁,

5 (raṃ)///(ṣa ptuḵ、pukli)[y]äšš aci ḵa nṯ、wiki puklyi ṣolāraṃ konakoṃ puklāyo

5 (... my physical strength, blood and bones were growing).From (when I was seventy years old) until I turned one hundred and twenty, day by day over the years

(……我的力量和身体在成长)。从(七十岁)至一百二十岁,日益

10b 28—29 (küč küsün ät qan üstälü ükliyü turdï.) yitmištä inarü(yüz ygrmi yašqa tägi

你精力充沛。七十岁后到一百二十岁,你日渐衰老

6 /// (ka)[p]ś(i)ññäṣ、nati pañi śkaṃ mokone kāmatñi ' ‖ a

6 ... old age took away from me strength and splendor of my body. ‖

……衰老吸干了我的力量和精神。‖

10b 29—30 (kün küningä sn qarï)maqlïɣ suq yäk sora sora soɣurdung) ...

(衰老之鬼日渐吸干你的精力)。

案语:吐本中的第4行至第7行,在长达4行的内容中吐本和回本出现了对勘中的第一次基本吻合,两文本对应工整。

7—8 /// [ṣñ](i) ynāsmāṟ、: ote ṯa preṃ suḵ、krañcsaśśä-(1) ///(tranka) ṣ-(、) hiś[t][a]、tāki ṣ、ekrorñeyi ṣ、

7—8 ... I will transport(?)my own ... oh, for the good luck ... with the good people(speaks:)Shame on poverty!

……我将把自己的……传递,为了好运……和善良的人们一起……(说道:)因贫穷而感到羞耻!

案语:吐火罗文本中的第7行和第8行,暂无回鹘文与之对应,回鹘文本

中的第11叶未能保存于世,因此上述两行无法进行文本对勘。

第二节 尼达那婆罗门索要无果 以“顶法”恶意诅咒

焉耆本YQ 1.16与哈密本12a 10—13a 3之对勘

YQ 1.16 1/2 [正面]

a1 /// (bādhari brā)hma(ṃ) ṣñi waṣtwaṃ kakmuraṣ、plumā-

a1 ... (Bādhari the Bra)hmin, having come back to his quarters, floating(as it were)

……跋多利婆罗门回到自己的住处后,像飘在天上一般

12a 2—3 anta ötrü badari b(raman)käntü äwintä oluru kök tngrikä qalïr täg

之后,跋多利婆罗门坐在自己的家中像在天上,

案语:本行对勘主要体现在回本对吐本的补充方面,吐本起始处残缺严重,而回本保存相对完整,依据文意应该指接受了跋多利婆罗门的施舍之后,“niridani braman yaqïšlïɣ yirdin ünüp bar-(尼达那从施舍之处出去了)”。在回本中,出现了“niridani(尼达那)”一词,该词梵文作“nirdhana”,吐火罗语作“nirdhane”,可见该词词尾元音呈现出由a变e再变i的演变规律。

2 (nn oki) /// (: s)n(e) eṃtsālne pe ṣokyo pāplu ṣāstra ntwaṃ : wsā

2 ... (He says :) ... Not clinging to property is also highly praised inthe śāstras. I have given

……(他说:)……在śāstras中也高度赞誉布施财物。我已经给

12a 4—8 artuq ögrünčülüg säwinčlig bolup inčä tip tidi ... ančama ögmiš alqamïš törü ärür ... kim äsirgänčsiz könglin äd tawar bušï birmäk(.) mn ymä alqu aɣï baram iligsiz tutuq(suz) könglin bušï birdim

十分高兴地说道:这值得称赞的法,就是慷慨地布施东西。我毫无根据吝惜地布施了。

案语:由于吐本和回本均有部分残缺,该行对勘主要体现在文意的互补方面。在该行的起始处,回鹘文本保存较为完整,据此可为吐本进行补充“artuq ögrünčülüg säwinčlig bol-(变得十分高兴)”。“bušï”是汉语借词,意为“布施”,采用直接音译的方式译入回鹘语。

3 /// [s]ukyo skassu nä ṣ、: 1 ‖ tmaṣ、kumnä ṣ、nirdhane brā-

3 ... I am very happy. 1. ‖ Then comes Nirdhana the Brahmin

……我很高兴。1. ‖ 然后尼达那婆罗门来了

12a 8—12 ... amtï qïlmïš ädgü qïlïnčïm(qa säwinčlig) ögrünčülüg äräyin(.)(bu sawaɣ sözläyür) ärkän anïng ara niri(dani braman älgin) yoqaru kötürüp ayayu (aɣïrlayu badari b)raman üskintä turup

现在我为我的善行而感到高兴。当他说这番话的时候,(尼达那婆罗门)高举双手恭敬地站在跋多利婆罗门的面前

案语:整体而言,该节内容回鹘文本较吐火罗文本保存得较为完整,在文意顺通方面,回鹘文本可以为吐火罗文本提供可资借鉴的补充材料,比如该行中,吐本的表达不及回本完整,回本道出了跋多利婆罗门欣喜高兴的主要原因“amtï qïlmïš ädgü qïlïnčïm(qa säwinčlig) ögrünčülüg äräyin(现在我为我的善行而感到高兴)”,而这正是吐本残缺的部分;除此之外,回本在塑造人物形象方面,较吐本更加形象生动,比如该行中描述出场人物尼达那时,吐本简练,而回本连用两个修饰语“älgin yoqaru kötürüp ayayu-aɣïrla-(高举双手、恭敬地)”进行修饰,人物形态丰满。

4 (hmaṃ) /// (traṅ) kaṣ、bho bho ᵘpādhyā ‖ yaśodharavilāpaṃ ‖ sne wasteśśi

4 ... he says: My respect, oh teacher! ‖ In the Yaśodharavilāpa[tune] ‖ For the helpless ones

……他说:噢,我尊敬的师父! ‖ Yaśodharavilāpa[曲调] ‖ 对于无助的人们

12a 13—16 (inčä tip tidi)... bu bu baxšï-ya mini ošuɣ(luɣ) ... (čï)ɣaylaraɣ irinčkägüči siz ... –p mungqa tägmiš qutsuz qïw(ï) ... –dačï siz ärmiš siz(,)

说道:师父,你怜悯像我这样的穷人,可怜像我这样不幸的人。

案语:该行对勘主要体现在曲调名方面。吐本所用的“Yaśodharavilāpa[曲调]”表明,以下部分尼达那将有韵律地吟唱对跋多利婆罗门施舍的感激之情,而回本并未保留该曲调名称。此外,对于跋多利婆罗门的称呼,吐本比回本多出了“尊敬”一词。

5 ///(pu)[kk](e)[ṣa]nt̲、krañś[ä]、wrasañ[ä]、pa̲llāntarci puk̲、tkaṃsaṃ: wäṣpā ne tā-t̲、p[u]ki s̲、e-

5 ... oh giver of (everything), good people praise you, in all places. Indeed, you are going to be an (almsgiver) to everyone.

……噢(所有物品)的捐赠者,善良的人们赞颂你,在所有的地方。事实上,你将成为一个向所有人(施舍的人)。

12a 17 ... alqunï birgüči ärsär siz ... amtï

你如给所有的,现在

案语:该行内容吐本保存相对完整,回本仅存只言片语,其余部分损毁严重,依据文意,吐本可为回本做出一定的补充。

6 (ṣant)///(paṣñi p a̲ ñ k̲a̲)nt̲、tinār̲a̲s̲、lyutñam pare tāṃ、skassu :1 ‖ śla nat̲a̲k̲、klopasunt̲、akma-

6 ... (Give me five hundred)gold pieces. I will pay my debts and be happy. 1. ‖ Reluctantly and with a sorrowful face

……(给我五百个)金币。我将偿还我的债务,我将很高兴。1. ‖ 不情愿地并且满面愁容地

12a 18—21 ... (yrlïqan)čučï köngül turɣurung ... biš yüz yartmaq birgil ... kim birimimin(ötäp inčin äräyin) ... bu sawaɣ(išidip)(ämgäklig yüzin ïy)a taya(badari braman)

请发慈悲之心,给五百金币,让我还债安心。听到此话后,跋多利面有难色,

案语：该行中吐本开始处有残缺，依据回本可作一补充："amtï ... (yrlïqan)-čučï köngül turɣurung ...（现在请发慈悲之心）"，至此尼达那对跋多利婆罗门的赞誉之辞结束。

7—8 (lyo) /// (mtsā)ṣ ṣu niṣpaḻa ntu kākropunṯ、ṣeñc^{a}、to s̱a m nä s̱、klyo m̱a nṯ、metraknaśśl ṣiya (ḵ)、///(ākā)[lyo] ˈ p^{u}kis puḵ、essi pratim yāmu ˈ śäk we pi p^{u}ḵaḻ、sarvapāṣāṇḍik ñomā ta-

7—8 ... These properties were brought together from everywhere; I (gathered) them with (the intention) of coming together with the noble Metrak ... I made the resolve to give all of them away to all kinds of people. For twelve years I performed the sacrifice called Sarvapāṣāṇḍika.

……这些财产从各处聚集到一起；我(归拢)它们(打算)等待圣弥勒一起到来。……我下定决心把所有的财产捐赠给所有的人。十二年来，我举行了名叫一切异学的布施大会。

案语：第 7 行至第 8 行的开始处，吐火罗文本保存仍不够完整，回鹘文文本完全损毁，导致两文本无法对勘。

YQ 1.16 1/1 ［反面］

b 1 (lke) /// p^{u}ki s̱、puḵ、ākāḻ、knässi pke: śäk we pi p^{u}kuḻ、wsā elanṯ、ārarñi pu-

b 1 ... I intended to make my wish come true completely. For twelve years I gave alms; gone are all

……我打算让我的愿望全部实现。十二年来我施舍；我所有的财产

案语：该行仅在吐本中见其的相关内容记载，而回本中残缺损坏，无法释读，故该行暂不做比较。

2 <k niṣpalntu: ni> ///·s· : P̱añ^{a}、kśāñ mā neñc^{a}、tāP̱a ṟḵ、k^{u}cä s̱ P̱a ñḵä nṯ、tñ=āyim̱、tināṟas̱、: 1 ‖ yu-

2 (my properties) ... Now that I do not even have five copper coins, how could I give you five hundred gold pieces?

已尽……既然我甚至连五个铜币都没有，我怎么能给你五百个金币呢？

12b 1—2 （tawarïm yoq.）qanta taqï biš yüz altun yartmaq bušï birgäy mn（.）

没有东西。我到哪里施舍给你五百金币呢?

案语:该行在回鹘文本中有较为完整的语句可以释读,内容与吐火罗文本基本对应。

3 <tkonṯ、a(kmalyo)> ///(k)[ā]rūṃ pyāmtsāṟ、^{u}pādhyā ∶ paṣñi tālontāp pare luṯa-ssi P̱a ñḵä nṯ、tinā ṟa-

3 With a sorrowful face(Nirdhana says:)Take pity on me, oh teacher! Give me miserable one five hundred gold pieces so that I can pay my debts!

愁容满面地(尼达那说:)噢,师父,可怜可怜我吧! 给我这个可怜的家伙五百个金币好让我还债!

12b 3—6 burqïraq yüzin niridani braman inčä tip tidi ... mn irinč yrlïɣ tïnlïɣ üzä yrlïqančučï köngül turɣurung(,)biring manga biš yüz yartmaq(.)sizingä umunč-(luɣ)ïn ayïɣ

这时尼达那生气地说道:请可怜我这个可怜的人,给我五百金币。怀着对你的希望,

案语:该行两文本内容保存都比较完整,对勘主要体现在文字的增删、此有彼无方面。比如,吐本中“好让我还债”一句,回本中没有体现出来,回本中的“sizingä umunč(luɣ)ïn ayï ɣ(怀着对你的希望)”一句,吐本中没有该句。除此之外,对于一些词语和语句的表达,回鹘译者在不破坏吐本原意的基础上,使用民众易于接受的词语进行再创作,如吐本中的“愁容满面地”,回本则将其译为burqïraq(忧愁的)+ yüz(脸)+ in(工具格,“以……”),意为“生气地”。

4 <s̱、∶ loḵ、tkanäṣ ṣu ṣo(kyo)> /// [k](a)[km](u) nasa m̱、k^{u}prene mā etñi wtāk ṣakkat s̱、dhanīke protkaṃ prutkāṣñi 1 ‖ ṯa-

4 I have come(a long way from a far-away place);if you do not give me (the money),the rich man will surely have me shut up in prison! 1. ‖

我(从远处走了很长的路)来到这里;如果你不给我(钱),富人一定会把我投进监狱! 1. ‖

12b 7—9 yïraq yoltïn ämgänü kälmiš mn(,) umuɣsuz qïlmang(.) birök(in birmäz ök)ärür siz(,)mini ikilä(tünärig qïnlïq)ta bäklägäylär ... tünin (künin toqïɣaylar.)

我从远处艰难地走来,不要使我失望。你若不给,将使我再次陷入囹圄,他们将日夜殴打我。

案语:该行主要叙述尼达那向跋多利婆罗门索求金币的过程,其中在描述其历经艰难困苦前来求得施舍时,回鹘文本较吐火罗文本首先多出一个表示程度的副词"ämgänü(艰难地)",其次增加侧面描写的想象之语"tünin künin toqïɣaylar(他们将日夜殴打我)",勾勒出尼达那索要金币的急切心理。

5 <rmmāṃ waśenyo bādhari t̲r̲a̲ṅk̲a̲ [ṣ̱]、> /// k [^{u}y]al̲、śkaṃ smale t̲r̲a̲ṅk̲a̲m̲ s̲a̲m̲okāk̲、tinār mā śkaṃ naṣ̄ñi ku-

5 (With trembling voice, Bādhari says:) ... And why should I tell you a lie? I do not have a single gold piecehow

(用颤抖的声音,跋多利说:)……那么我为什么要向你撒谎呢?我连一个金币都没有,如何

12b 11—15 bu sawaɣ išidip titrä(yü)ü(nin badari braman) inčä tip tidi ... ay oɣlum (uluɣ qarï yüz) ygrmi yašlïɣ mn (.) qačan nang (äzük sözlä) mäči mn(.) bir baqar tänginčä äd(im tawarïm yoq) biš yüz baqar taqï qanta bulɣay(.)

听到此话后,跋多利声音颤抖着说道:我的孩子,我活了一百二十岁,从未说过谎。我连一个东西都没有,到哪里去找五百金币?

案语:文字的增删、此有彼无是本行对勘的主要内容。比如与吐火罗文本相比而言,回鹘文本增加了"bu sawaɣ išid-(听到此话后)"和"ay oɣlum (uluɣ qarï yüz) ygrmi yašlïɣ mn (.) qačan nang (äzük sözlä-) mäči mn.(我的孩子,我活了一百二十岁,从未说过谎。)"等语句。

6 <[c^{ä}、] śkaṃ p̲a̲ ñ k̲a̲ nt tākeñi ‖ r̲a̲ skr̲a̲ arū nirdhane t̲r̲a̲(ṅk̲a̲ṣ̱、)> ///(ā)[k](na)-t s̱、kuro mok̲、kuprene etñi kāsu śāwaṃ ākā-

6 (am I going to have five hundred? Nirdhana says greatly angered:) ... You

ignorant, feeble old man! If you give me (the money),

(我如何才能有五百个呢? 尼达那极度愤怒地说:)……你这个无知愚蠢的老头! 如果你给我(钱),

12b 16—18 (bulɣanïp)(tärkišläni)p nirdani braman inčä(inčä tidi ay)(mun-mïš)qarï biligsiz braman(birökin altun) yartmaq birsär sn(.)

尼达那发怒道:唉,老东西,无知的婆罗门,你给我金币则罢,

案语:该行是两文本对勘中出现的第二处内容基本对应的部分。

7 <l̠a̠ ntu knāsamci ' ku (prene)[n]u mā etñi ' ‖ samakkorrenaṃ ‖ ṣ̠ p a̠ t koṃsaṃ ywā[rckā]> /// [p̠a̠] lske s̠、kalamci āriñc wākal̠a̠ṃ : ṣ̠a̠ pt̠a̠ ñciṃ

7 (I will make your)great wishes (come true!) If, however, you do not give it to me, ‖ In the Samakkore [tune] ‖ In one week ... of your mind. I will cause your heart to break. On the seventh

(我会使你)伟大的愿望(实现!)如果,然而,你不给我钱, ‖ Samakkore[曲调] ‖ 一周以后……你的头。我将令你的心破碎。在第七天

12b 19—20 ... birmäsär sn ... täg ...

假若不给你……

案语:本行内容吐火罗文本保存较为完好,而回鹘文本损毁严重,无法释读,从文意对勘的角度看,回鹘文本残缺的部分可由吐火罗文本提供补充。

8 < koṃ śla klop、wra ṣ̠a̠l̠、ṣ̠ p̠ a̠ t pā(k̠、ats̠、la)p wākñamci ok̠a̠m̠ p̠a̠ tstsār sne kip-mok̠、: śäk we(pi pk̠a̠ l)> (pki s̠、el̠、) esam weñās̠t̠、: ākā konaṃ ṣo m̠

8 (day with sorrow and pain I will split your head into seven parts. Be on your guard, you shameless old man! For twelve years)I have given (alms to all), you said. In the end now, on one single day ...

(带着忧伤和疼痛我会把你的头分成七块。提防着吧,你这个无耻的老家伙! 你说,十二年来)我已经对(所有人施舍),现在到了最后,在某一天……

13a 1—5 qïzɣutïng bolzun iki ygrmi yïl yaɣïš qïlïp alqu äd tawar bušï birdim tip tir sn(.) äng kin yalunguz manga biš yüz yaratmaq äsirgäyür sn(.) bu munča saw sözläp bulɣanu öwkälänü ünüp bardï ... anta ötrü

我将……你将受惩罚。你说施舍了十二年的财物,但你最后唯独对我吝惜五百金币。说罢,愤怒走出。

案语:该行主要讲述在索求金币无果的情形下,尼达那对跋多利婆罗门的恶意诅咒,吐本保存较好,而回本内容缺失严重,更为详细的内容可依据吐本为其做出补充。

第三节 天中天佛降生人世 宝贤满贤奉命传达

焉耆本YQ 1.15与哈密本13a 6—14a 3之对勘

YQ 1.15 1/2［正面］

a 1 /// (mā)ṇ [i] bhadre purṇabhadre yakṣeñi tā-

a 1 (Then come) (Ma)ṇ(i)bhadra and Pūrṇabhadra, the leaders of the Yakṣas.

(然后)宝贤和满贤两个夜叉神首领来了。

13a 6—7 manibatri purnabadari iki yäklär urungutlarï birlä qawïšïp

宝贤、满贤二夜叉大将相遇,

案语:该行内容吐本和回本保存相对完整,两文本表述简单,但是可以对勘的关注点比较丰富,主要体现在词尾元音弱化、借词的回鹘语化、用语差异等方面。

首先,词尾元音的高化即词尾元音的 a→e→i 的演变规律,本行的两个夜叉神名“manibatri(宝贤)”和“purnabadari(满贤)”,在梵文“Maṇibhadra”“Pūrṇabhadra”到吐火罗文“māṇibhadre”“purṇabhadre”再到回鹘文的翻译过程中,词尾元音均发生了高化现象。

其次,“夜叉”一词本为专有名词,这一外来词被译者回鹘语化,该行出现了两个夜叉神，因此该词应为名词的复数形式，梵文作“Yakṣas”、吐火罗文作“yakṣeñi”，值得关注的是回鹘文的写法“yäklär”，显然“-lär”为回鹘语中名词复数的附加成分，该词的回鹘语化可为探讨语言接触提供语言实例。

再次，吐本和回本的用语有所差别，比如在描述宝贤和满贤两位夜叉神的出场，吐本仅用“来了”一词描述，而回本用语不同，“qawïš-（相遇）”，这说明两位夜叉神由不同方位相遇至此。

2 <śśi mā[ṇi](bhadre tṟa̱)ṅḵa̱ṣ pracaṟ、purṇa(bha)[dr]e: k^{u}yall aśśi ṯa̱ṣ was vaiś-ravaṃ wäḻ、ptāñḵa̱ṯ ḵa̱ṣ>[y]<ā>p̱、ārkiśoṣṣaṃ pāḵa̱ r naslune bādhariṃ brāmnā

2 （Maṇibhadra speaks: Oh brother Pūrṇabhadra! Why did King Vaiśravaṇa order us to make known)the appearance of the Buddha -god theTeacher)on earth through Bādhari the Brahmin?

（宝贤对满贤说道：噢，满贤兄弟！为什么多闻天王让我们告诉）通过跋多利婆罗门天中天佛已降生的消息？

13a 7—12 （öküš türlüg)äsängülük sawïn aytïšïp manibatri purnabatriqa inčä tip tidi(,)nä oɣrïnta nä tïltaɣïnta bizing bägimiz wayširwan ilig tngri tngrisi burxanïng yirtinčüdä blgürmišin badari baramanqa uqïtɣalï yrlïqar ärki ...

互致问候后，宝贤对满贤说道：为什么我们的多闻天王要把天中天佛降生人世的消息告诉跋多利婆罗门？

案语：本行吐火罗文本和回鹘文本所述内容基本一致，值得关注的是合璧外来词的语言现象。“多闻天王”一词，梵文写作“Vaiśravaṇa”，吐火罗语将其译为“vaiśravaṃ”，而回鹘文写作“wayširwan ilig”，显然回鹘文较梵文和吐火罗文增加了一个回鹘语固有词语“ilig（国王，王）”，这种在音译外来词的基础上缀加表示意义类属的词语现象，我们称之为“合璧”，对于民众陌生的外来专有名词，回鹘译者通过增加表示意义类属的回鹘语词，使得改造过的借词更容易被普通民众所接受，也利于文本的流通。

3 <śär ṣ̱a̱ s(s)i(woṯa̱ḵ、) ‖ purṇabhadre tṟa̱(ṅḵa̱ṣ̱、)klyo m̱a̱ nṯ、metṟa̱ kyāp、ptā>ñḵa̱ṯ、ḵa̱ṣṣinac wa ṣ̱ ṯa̱ṣ̱ ḻa̱ ñclune p̱a̱ lkoṟa̱ṣ̱、‖ māni-

3 (Pūrnabhadre says:)Having seen(that the noble Metrak)will leave his home in order to go to the Buddha-god the teacher. ‖

(满贤回答说:)我们已经知道(圣弥勒)将要出家为僧到天中天佛那里去。‖

13a 13—16 purnabatri inčä tip tidi ... bu iš ködüg antaɣ ärsär t(üzün maitri)-ning tngri burxan nomïnta toyin (bolɣusï) üčün bizingä uqïtɣalï yrlïqar(.)

满贤说道:事情是这样的:因为仁者弥勒要依照佛法出家为僧,所以告诉了我们。

案语:该行更多地关注语句的增删和"nomïnta"一词。其中在讲述满贤和宝贤两位夜叉神到来的缘由时,回本的描述更为流畅,增加"bu iš ködüg antaɣ ärsär(事情是这样的)"的语句来连接上下文,而吐本的描述较为简单;此外回本还增加了"nomïnta toyin bolɣusï(依照佛法出家为僧)"一句,该句中多出的"nomïnta"一词比较有趣,该词由 nom(佛法)+ï(第三人称领属附加成分)+n(增音)+ta(位从格)构成,可翻译为"依照佛法"。

4 (bhadre) /// (śär s̱a̱)<si mā>(wo)tka m̱、‖ purṇabhadre t̲r̲a̲ṅ̲k̲a̲ṣ̣ śāwes ñäktasā t̲a̲ṣ̣̲ s̱a̱ s wra m̱、

4 Ma(ṇibhadre says:) ... did not (order us)to make known?Pūrṇabhadra says: By great gods this matter and this task

宝贤(说道:)……没有让我们告诉?满贤说:就这件事情伟大的神们

13a 17—20 (manibatri) inčä tip tidi ... antaɣ ärsär tüzün maitriqa oq uqïtɣalï aymaz ... ötrü purnabatri inčä tip tidi ... bu iš ködüg ymä uluɣ küčlüg tngrilärning kängšäšmiš iš ärki ... nä üčün tip tisär

(宝贤)说道:那么,为什么不直接告诉仁者弥勒呢?满贤答道:关于此事,大力神们还要商量。因为

案语:该行吐本部分文字缺失,依据文意可由回本为其做出补充。除此,对于天神的翻译,吐本中的"伟大的神们",回鹘译者在尊重原词原意的基础上,灵活地译为"uluɣ küčlüg tngrilär",汉译为"大力天神们",这也体现出了回本在不破坏原意的原则下,能直译就直译,需意译则意译。

5 /// (ñäkta)ñ(ä、) bram ñḵa̱ṯ、śaśärsār kar̲、' bra m̲、ñḵa̱ṯ、śkaṃ wlāñḵa̱ṯ、śaśär s̲、wlāñḵäṯ、śkaṃ

5 ...(the Śuddhāvāsa gods) told only God Brahmā, and God Brahmā told Indra, and Indra (told)

……(净居天神)只告诉了梵天,梵天告诉了帝释天,帝释天(告诉了)

13a 21—23 ... šudawas tngri yirintä(ki) tngrilär äzrua tngrikä u(qïtmïš äz)rua tngri xormuzta tngrikä uqïtmïš ... xormuzta tngri

净居天诸神要告诉梵天。梵天要告诉帝释天。帝释天

案语:该行起始处吐火罗文本有文字缺失现象,而回鹘文本保存相对完整可做补充,比如“bu iš ködüg ymä uluɣ küčlüg tngrilärning kängšäšmiš iš ärki ... nä(大力神们还要商量。因为)”,一句可以使吐火罗文本文意顺通。本行对勘重点关注佛教外来词的回鹘语化和“合璧”现象,典型的实例有:“净居天诸神”,该词梵文作“šudawas(净居天)”,首先回鹘译者直接采用该词的梵文写法,将其直译到回鹘语中,并在该词之后缀加表示意义类属的名词“tngri yirintä(ki)<yir(世界、地方)+i(第三人称领属附加成分,净居天的)+n(增音)+tä(ki)(位格,表示范围,净居天范围内的)”,这一“合璧”的处理使得佛教类属的专有名词在回鹘文本中更符合回鹘语的表达习惯,诸如此类的处理本行中还有“梵天”“帝释天”等神名。

6 <vai>(śravaṃ śaśär s̲、) /// [·n·] ske pyām̲、m̲a̱ṃtne dakṣiṇāpatṣi bādhari brā-mmaṃ ptāñḵa̱ṯ ḵa̱ṣyāp、kātklune wä-

6 (King)Vai(śravana): Make every effort that Bādhari the Brahmin of Dakṣiṇ-āpatha will fully understand the rising of the Buddha-god the teacher, and that this one indeed in this (way) ...

多闻天(王):一定要让南印度的跋多利婆罗门完全知道天中天佛已经显世,并且用这种方式跋多利婆罗门

13a 24—28 ... wayširwan bägkä ayïtmïš(.)sn yäklär bägi qataɣlanɣïl kim dkšanapat iltäki badari bilgä baraman tükäl bilgä tngri tngrisi burxannïng yirtinčü yir suwda blgürmišin otɣuraq uqzun(.) antaɣ (awant)

对多闻天说：你们要努力让南印度的跋多利婆罗门一定知道全智的天中天佛已经显世。要有这样的

案语：本行吐本和回本内容基本一致，值得关注的是语言接触中的“合璧”现象，对于本行出现的“南印度的”一词，回鹘译者在音译梵语“dkšanapat”的基础上，增加表示类属名词“il（国家）”，并根据文意表达的需要，又缀加了表示范围的位格附加成分“-täki”，实现了佛教外来词的回鹘语化。

7 <tkāḻ[t ṣ̱、] krasa ṣ̱、ṣ̱m̱a̱ k ṣakkat ṣ̱ ṯa̱ mne> ///(klyo)m m(e)traḵ、ymāṟa̱ḵ、ptāñ-ḵa̱ṯ ḵa̱ṣ̱ṣinacä、śm̱a̱ṣ̱、‖ māṇibhadre tṟa̱ṅḵa̱ṣ̱、śärsā śä-

7 ... the (noble) Metrak will immediately come to the Buddha-god the teacher. ‖ Maṇibhadra says: I know, I (know).

……（圣）弥勒即刻将要到天中天佛那里去。‖ 宝贤说道：我懂了。

13a 29—13b 1 tïltaɣ turɣurzun kim tüzün maitri ...(tärk ödün) tngri burxan tapa kälzün ... ötrü manibatri inčä tip tidi ... uqtum uqtum timin ök(.)

因缘，让仁者弥勒快来见佛天。之后，宝贤说道：我懂了，我懂了。

案语：吐火罗文第6行末尾和第7行行首均有破损，部分文字无法释读。可依据回鹘文本做一补充，“antaɣ(awant)tïltaɣ turɣurzun”，意为“若有这样的因缘”。吐火罗文中的“（圣）弥勒即刻将要到天中天佛那里去”一句，在回鹘文本中则用祈使命令的手法表达出来，回鹘文作“maitri ...(tärk ödün)tngri burxan tapa kälzün（让仁者弥勒快来见佛天）”，其中“tärk ödün”意为“快速，迅速”，“kälzün”中的“-zün”是第三人称命令语气附加成分，本句的语气主要由它体现出来。

8 (rsā) ///· klyo m̱、metrak krasa ṣ̱ s̱a̱m̱、śkaṃ ptāñḵa̱ṯ ḵa̱ṣ̱ṣinac wa ṣ̱ṯa̱ṣ̱ ḻa̱ ntassi kalka ṣ̱ ṯa̱m̱、

8 ... Once the noble Metrak knows that, he too will leave his home to go to the Buddha-god the teacher. That

……一旦圣弥勒知道了，那么他也将会出家为僧。

13b 2—5 qačan badari baraman tngri burxanïng yir suwda bälgürmišin uqmasar tüzün maitri uqup tngri burxan nomïnta toyïn dintar bolɣalï barsar ...

当跋多利婆罗门尚不知天佛已显世,而仁者弥勒已知,并按照佛法要出家为僧时,

案语:本行主要对勘文本的此有彼无、互为补充,其中吐火罗文本在起始处有残缺,依据文意表达的需要,可以由回鹘文本对其做出补充,即“qačan badari baraman tngri burxanïng yir suwda bälgürmišin uqmasar(当跋多利婆罗门尚不知天佛已显世时)”。

YQ 1.15 1/1 [反面]

b1 /// [klo]p、śmaṣ、kucyone āriñc[ä]、wāka ṣaṃ o mal、ysār ṣuṅkac kāpa ṣaṃ tamyo

b1 ... pain will come through which (Bādhari's)heart will burst. Hot blood will rise to his throat. Thus

……痛苦将发作,跋多利的心脏炸裂。热血将涌上他的喉咙。因此,

13b 6—8 otɣuratï tüzün maitridin adralmaqlaɣ ačïɣ ämgäkkä badari braman-nïng yüräki yarïlïp isig qan qusup ät'öz qodɣay(.)

那时跋多利婆罗门将因离别仁者弥勒的痛苦, 而心肝俱裂, 口吐鲜血死去。

案语:首先,本行内容较为完整,可以为吐火罗文本做出一定的补充,比如“otɣuratï tüzün maitridin adralmaqlaɣ ačïɣ ämgäkkä(那时跋多利婆罗门将因离别仁者弥勒的痛苦)”一句。此外,对于爱徒弥勒将要离别的描述,吐本和回本有较大差距,体现在跋多利婆罗门的伤心程度不同,吐本的“心脏炸裂,热血涌上他的喉咙” 翻译到回鹘文本中程度加深,“badari bramannïng yüräki yarïlïp isig qan qusup ät'öz qodɣay(心肝俱裂,口吐鲜血死去)”。从用语和描述程度的差异可以看出,跋多利婆罗门对弟子的爱意越深,愈发不舍。

2 /// [to]ṣ、bādhari brāmne waṣtu ‖ māṇibhadre trankaṣ、piṣ tu bādhariṃ pśär ṣ、na-

2 ...(Pūrṇabhadre says:... Look! This) is the Brahmin Bādhari's dwelling place. ‖ Maṇibhadra says:Go and tell Bādhari; (I),

……(满贤说道:……看!)这里就是跋多利婆罗门的住处。‖ 宝贤说道:你去告诉跋多利:(我)

13b 9—14 täk anïn angar uqïtɣalï-ï ayur ... ötrü purnabatri inčä tip tidi ... antaɣ ärsär muna badari baramannïng äwi barqï bu ärür ... ötrü manibatri inčä tip tidi ... bar sn badari bramanqa tüzü tükäti tuyuzɣïl ...(amtï) mn

所以要先告诉他。之后满贤说道:那样的话,这就是跋多利婆罗门的家。宝贤说道:你去,把所有的情况告诉跋多利婆罗门! 我

案语:吐火罗文第二行开始处文字丢失,据回鹘文可做补充,“täk anïn angar uqïtɣalï-ï ayur”,意为“所以要先告诉他”。回鹘文的“... ötrü purnabatri inčä tip tidi(之后满贤说道)”一句中,根据语义我们可以在“ötrü”之前补充“anta”一词。该行中吐火罗文第二处缺失的文字,据回鹘文可补充为:“antaɣ ärsär”,意为“那样的话”,使上下文更加顺畅。

3 (ṣ) /// śtwar lāñś[ä]、tsopat ṣ̱a̱ṃ ynāñmuneyo ñäkciṃ ārkiśo ṣ̱ṣ̱a̱ṣ̱、ṣu peṃ wināssi wo-

3 (will go to the noble Metrak and tell him that Indra and) the four kings have ordered to (come) from the divine world to honor his feet with great respect,...

(将要去见圣弥勒,然后告诉他帝释天)和四大天王已经命令我们从天上来到这里表达对他的敬意,……

13b 14—18 tüzün maitri tapa barayïn xormuz(ta tngritä) ulatï tört maxarač tngrilärning ayayu aɣarlayu yükünü äsängüläyü ayïtmïšïn tägüräyin(.)bu munča türlüg saw(sö)zläšip ikigü öngi yorïp bardïlar..

去仁者弥勒那里,把帝释天及四大天王(对他)的问候传达给他。说完这些话后,他们二人就各自走开了。

案语:在吐火罗文第3行中,与“四大天王”相对应的回鹘文作“tört maxarač tngrilär”,回鹘文译者在不影响原词意义的基础上,将其用回鹘文直译出来。该行中吐火罗文的“表达对您的敬意”,在回鹘文中则略有差异,写作“ayayu aɣarlayu yükünü äsängüläyü ayïtmïšïn tägüräyin”,意为“(对他)的问候传达给他”。从

此处开始至第 4 行行首处，均有破损之处，文字无法释读，可据回鹘文将其补充为，“bu munča türlüg saw(sö)zläšip ikigü öngi yorïp bardïlar”，意为“说完这些话后，他们二人就各自走开了”表明该情节暂告一段落。

4 （tkarñi）/// ‖ ṯm̱a̱ṣ̱、bādhari brāmmaṃ nirdhaneṃ brāmnā warśeṃ kto ' śla ḵa̱-rye oṣeñi

4 … ‖ Then Bādhari the Brahmin，cursed by the Brahmin Nirdhana，（thinks）with sorrow during the night

…… ‖ 之后，跋多利婆罗门，想到尼达那诅咒他的话语，整夜悲伤

13b 19—21 anta ötrü badari braman ol niridani baramannïng aymïš söküšïn öp saqïnïp saqïnčlïɣïn（qadɣ）ulïɣïn

之后，跋多利婆罗门想到尼达那婆罗门责难他的话后，心中闷闷不乐。

案语：该行吐本和回本所述内容基本一致，只是从此行开始，中心人物换成了跋多利婆罗门。

5 ///（ku)sne ṯa̱ m brāhmaṃ ṣ̱p̱a̱ t pāḵ、pkātñi mrāc[ä]、tsṟa̱ ssi ' mar s̱a̱ m canä-

5 … What is the reason why that Brahmin desires to have my head split in seven parts? May he not（succeed）in this（matter）!

……是什么原因那个婆罗门想要我的头裂七块？但愿他的诅咒破灭！

13b 21—24 tünlä ornïnta yatu inčä saqïntï(.) kim ärdi ärki ol baraman kim mini yiti öngi töpüng yarïlɣay tip tidi .. inčä bolmazun

夜间躺在床上想道：那个婆罗门是谁？他诅咒我要顶裂七块。愿不要发生那样的事！

案语：吐火罗文第 5 行开始处破损，文字缺失，据回鹘文本将其补充为“tünlä ornïnta yatu inčä saqïntï. kim ärdi ärki ol baraman”，意为“夜间躺在床上想道：那个婆罗门是谁？”

6 （k）///（ā)[r]i[ñ](c)[i]ṣ̱、ṣ̱a̱ pṯa̱ ñcäṃ koṃ śkaṃ ṣ̱ p a̱ṯ pāḵ、mrāc[ä]、lap wāḵ、ñäṣñi

6 …（of the heart），and on the seventh day，will split my head into seven parts.

……（心脏），在第七天，将我的头撕裂七块。

13b 24—27 ol ärsär ädgü ärdämkä tükällig bolsar ... birökin yiti kün icintä yüräkim yarïlɣu täg ämgäk kälsär yitinč küntä(töpüm) bašïm yiti öngi yarïlur ärsär ... ötrü

如那样,像我一心行善之人在七天之内心胆俱裂,第七天又顶裂七块,那时

案语:吐火罗文第6行行首语句丢失,据回鹘文可作补充为"ol ärsär ädgü ärdämkä tükällig bolsar ... birökin yiti kün icintä yüräkim yarïlɣu täg",意为"如那样,像我一心行善之人在七天之内"。

7 /// śäk we pi puklā talke śaśśä m̱、bādhari ' ṣpa̱t pā–

7 ... (the heretics will say:)For twelve years Bādhari has performed the sacrifice. Into seven pieces

……(异教徒们会说:)跋多利婆罗门十二年来举行布施。变成七块

13b 30—14a 2 ... tüši ... badari baraman iki ygrmi yïl äksüksüz bušï birdi... tüpintä yana yiti öngi bašï yarïlïp...

……结果……跋多利婆罗门十二年内不断布施,最后头裂七块,

8(k) ///(keṃ p̱a̱)[lk]āñ weñeñc[ä]、eḻ、wawurā mrāc[ä]、lap̱、

8 ... the heretics will say: As a result of giving alms, his head ...

……异教徒们会说:因为布施的原因,他的头……

13b 29 (bolu)r ... inčä tip tigäylär ... qayu bušïnïng

他们会说那是布施的……

案语:吐火罗文第7行可释读为"(异教徒们会说:)跋多利婆罗门十二年来举行布施。变成七块"①,季羡林先生认为该行对应回鹘的13叶b面的第29行"(bolu)r ... inčä tip tigäylär ... qayu bušïnïng",该句意为"他们会说那是布施的……",很显然,两句不能对应起来。我们认为该行应与回鹘文本的13b 30–14a 2对应。而吐火罗文第8行,应与回鹘文的13b 29对应,季羡林先生却将其对应为14a 1–3,此处注释有出入。

① 季羡林:《吐火罗文〈弥勒会见记〉译释》,北京:外语教学与研究出版社,2009年,第208页。

第四节 满贤天神梦中启示 跋多利谒佛无望

一、焉耆本YQ 1.3与哈密本14a 13—15a 10之对勘

YQ 1.3 1/2［正面］

a 1 /// [purṇa] bhadre ñk̲a̲t̲ k̲a̲ lnmāṃ m̲l̲a̲ṅkmāṃ yetwe–

a 1 ... the god Pūrṇabnadra,（looking at）his ornaments（which were）touching each other and making a（pleasant）noise,

……满贤天神,(看着)自己的首饰,相互碰撞并发出(悦耳)的声音

14a 12—14 anïng ara purnabatri urungu tängridäm itig yaratïɣ yiwik tizikig čïngra(tïp čïngraq) sayu yüzüki biläzüki yaltrïnyu ya(šyu badari)

这之间,满贤大将使(其身上的)天上的装饰物发出响声。随着响声,他手上的镯子、戒指也发出亮光,

案语:该行对勘要点落在“Pūrṇabhadra”一词上:首先,该词不是首次出现,前文中季羡林和耿世民两位先生已统一将其译为“满贤”,而此次季羡林先生将其音译为“分那跋特罗神”,这是两文本在翻译称谓上的差异;其次,该词在前文中已分析过其词尾元音历经 a→e→i 的有规律的演变;再次,对于该词,季羡林先生认为其为神名,将其译为“分那跋特罗神”,耿世民先生根据语义在其后缀加表示意义类属的成分“urungu(大将)”;最后,两文本在表述上略有差异,比如“ängridäm itig yaratïɣ yiwik tizikig čïngratïp[使(其身上的)天上的装饰物发出响声)]”一句,在吐本中为“(看着)自己的首饰”,值得注意。

2（s）///（o)stu ṣiraśä、lyalyuku̲r̲a̲ṣ̲、bādhariṃ brāmnacä、

2 ... having illuminated the dwellings all around,（comes）to Bādhari the Brahmin

……照亮了周围的住所,(来到)跋多利婆罗门

案语:吐火罗文第 2 行开始处文字丢失,据该行保留的文字"照亮",再依据回鹘文可补充为"čïngraq sayu yüzüki biläzüki yaltïnyu yašyu",意为"随着响声,他手上的镯子、戒指也发出亮光"。需要注意的是,该行中的"(*o*)*stu*(房子、住所)"一词,季羡林先生认为 Thomas 对该词的释读是不完整的,而认为该词似借自吐火罗语 B"*ostuwa*(房子)",复数形式为"*ost*"。[1]我们认为季先生的判断应该是准确的,因为在回鹘文译文中"badari bramannïng äwin(跋多利婆罗门的家)",其中的"äw"就是"家,房子,住所"之义。

3 (t̲r̲a̲ṅk̲a̲ṣ̲、) /// [mā mrā]c^{ä}、knāna ṣ̲、mā penu mrāci ṣ̲、klālune knāna ṣ̲、

3 ... he does not know the 'top', nor does he know the 'falling from the top'

……他不知道头顶,也不知道从头顶坠下

14a 15—20 bramannïng äwin yarutup y(ašutup badari)qa inčä tip tidi ... qorq-ma qor(qma) sn badari-ya(.) säning adang tudang yoq(.)nä üčün tip tisär ... nang ol baraman (töp)üg uqar

照亮跋多利婆罗门的家,并对跋多利这样说道:不要害怕,跋多利。不会有什么危险。那个婆罗门不懂顶法。

案语:吐火罗文第 3 行行首处破损,关于"头顶""顶法"一词,两文本译法不同。吐火罗文的"头顶"写作"mrācä",回鹘文作"töp"。季羡林先生曾以《贤愚经》为证,说明"顶法"就是"关于顶的法"[2],耿世民先生以旁引为基础,将其译为"顶法"[3]。

4 /// t̲a̲ mne we ‖ t̲a̲ m kaklyuṣur̲a̲ṣ̲、bādhari brāhmaṃ tsāt̲s̲a̲ rwu

4 ... Thus he spoke. ‖ Having heard this, Bādhari the Brahmin, consoled

……他这样说‖听了这话以后,跋多利婆罗门得到了安慰。

---

① 季羡林:《吐火罗文〈弥勒会见记〉译释》,北京:外语教学与研究出版社,2009 年,第 212 页。

② 季羡林:《新博本吐火罗语 A(焉耆语)〈弥勒会见记〉1.3 1/2、1.3 1/1、1.9 1/1、1.9 1/2 四页译释》,《敦煌吐鲁番文献研究论集》第 2 辑,北京:北京大学出版社,1983 年,第 56 页。

③ 耿世民:《回鹘文哈密本〈弥勒会见记〉研究》,北京:中央民族大学出版社,2009 年,第 80 页。

14a 19—23 nang ymä aɣï baramqa azlanmaqïn baššïz közsüz äzük yalɣ(an) sawïn sini sökti ... anï išidip badari ba(raman)

他因嫉妒你的财产才这样胡说八道。听到这些话后,跋多利婆罗门

案语:本行中吐本不及回本保存完好,据回本可知在吐本开始处有多处文字丢失,据此可补充为“nang ymä aɣï baramqa azlanmaqïn baššïz közsüz äzük yalɣ(an) sawïn sini sökti(他因嫉妒你的财产才这样胡说八道)”。

5 /// (tr̲a̲ṅk̲a̲) ṣ̲、kus nu tṣa ṃ m̲a̲l̲k̲a̲ rteṃ mrāc[ä]、knāna ṣ̲、kus pat nu mrācä ṣ̲、klālune knā-

5 ...(he says:)Who is it here,oh noble one,that knows the‘top’? Or who knows the ‘falling from the top’?

……(他说道:)“好伙计,在这里谁知道头顶呢?谁又知道从头顶坠下呢?”

14a 22—25 külär yüzin qatɣurar qašïn tängridäm urungu tapa körü mungadu adïnu inčä tip tidi ... kim ärki tüzünüm bu yir suwda töpüg uqɣučï(,)qayu ärki töpüdin tüšmäkin bilgüčilär ...

眉开眼笑地惊奇地看着天将说道:仁者,在这个世界上谁懂顶法?什么人知道“从顶上滑落”是怎么回事?

案语:该行中吐本行首处残缺,回鹘文本补充为,“külär yüzin qatɣurar qašïn tängridäm urungu tapa körü mungadu(眉开眼笑地惊奇地看着天将)”,该句回鹘文本描写得较为形象生动,将得到满贤大将安慰的跋多利婆罗门的欣喜之情表达得更为丰满;该行中跋多利婆罗门对满贤天神的称谓,两文本有异。季羡林先生据 Pinault 的释读,将其转写为 mälkärteṃ,译作“好伙计”①,而回鹘文作 tüzünüm,“仁者”之义。从人物关系角度分析,我们认为回鹘文译者廓清了神与人之间的关系,此种译法更符合人物身份。

6 (naṣ̲、) /// (k̲a̲ṣyā) [p kā]swoneytu yneśś oki ś[ś]aśmur̲a̲ṣ̲、devadattenaṃ ‖ ṣñi knānmuneyo vajrā-

① 季羡林:《吐火罗文〈弥勒会见记〉译释》,北京:外语教学与研究出版社,2009 年,第 212 页。

6 ... having placed before his eyes, as it were, the virtues of (the Buddha-god), the teacher, (he says:) ‖ In the Devadatta[tune] ‖ (Having seated himself) through his own wisdom on the diamond throne,

……(满贤天神)回想了佛的德行,就好像成了化身一样,(他说:)‖ Devadatta [曲调] ‖ 用自己的智慧,在金刚座上

14a 26—30 anta ötrü purnabatri tükäl bilgä tngri tngrisi burxanaɣ saqïnu yitinčsiz ädgüsin öp saqïnïp inčä tip tidi ... kim kä(ntü tükäl) bilgä biligi üzä wižir örgün (üzä) olurup

之后,满贤想到全智的天中天佛,想到他的无所不能,这样说道:他(佛)以自己的全部的智慧坐在金刚座上,

案语:该行对勘主要关注回鹘文本的翻译技巧,主要体现在修饰语的增加和使用上。其中有两处译文值得关注:首先,对于佛的称谓上,回鹘译者在"burxan(佛)"一词之前,增加使用两个词语"tükäl bilgä(全智的,足智的)"和"tngri tngrisi(天中天)"对其进行修饰;其次,在讲述佛的功德"ädgü(德行、好处)"时,增加"yitinčsiz(无量的)"来进行修饰,这一翻译技巧的运用是回鹘译者翻译智慧的体现。

7 (sanā) /// [wra]m puk ka̱rsnāntāṃ yoma̱s̱、kusne knāmune ka̱lpo ñoṃ、klyupuḵ、knānmāṃ : ñä-

7 ... he has attained (the state) of omniscience, having gained fame, the all-knowing one: gods ...

……他得到了全知,获得了智慧、荣誉他全知(神仙们的)

14a 30—14b 3 nizwanïlarïɣ tarqardï ... üzmälä(di. uq)ɣuluq törülärin alqu uqtï bilti ... bulɣuluq ädlärig tükäl bultï ... atï küsi yadaltï ... tngri yalnguqnung baxšïsï ol

斩断一切烦恼,明白一切应知之法,得到一切应得到的东西,名声远扬,成为天、人的导师。

案语:该行中吐火罗文本在行首处和结尾处均有残缺,可以根据回鹘文本对文意表达进行补充。其中行首处可补充为"nizwanïlarïɣ tarqardï üzmälädi",译

为“斩断一切烦恼”;结尾处和第 8 行行首处可补充为“atï küsi yadaltï ... tngri yalnguqnung baxšïsï ol”,汉译为“名声远扬,成为天、人的导师”。

8（ktas）/// [kn]ānaṣ̱、mrācäṣ̱、penu letlune: 1 ‖ ṯṃ̱aṣ̱、bādhari brāhmaṃ ptāñ-ḵaṯ ḵaṣ̱yāp ñoṃ̱、

8 ... he knows(the‘top’)and also the‘falling from the top’. 1 ‖ Thereupon Bādhari the Brahmin,(having heard about) the fame of the Buddha-god the teacher,

……他知道(头顶),也知道“顶坠”。1 ‖ 于是跋多利婆罗门(听到了)佛天师的荣誉,

14b 3—7 uqar töpüg ol oq bilir ... töpüdin tüšmäkig taymaqïɣ ... anta ötrü badari baraman bu muntaɣ türlüg öngrä kisrä išidmädük tngri tngrisi burxannïng ädgü atïn küsin išidip alqu

他知道顶法,他也知道从顶上滑落之法。之后,跋多利婆罗门听到从来没有听过的天中天佛的名字后,

案语:该行中需注意回本增加修饰语这一翻译技巧的使用,主要体现在对“天中天佛”一词的修饰上,回鹘文作“öngrä kisrä išidmädük(从来没有听过的)”;第二处需存疑的是关于吐本中的“荣誉”一词在回本中被译为了“at kü(名字,名称)”,其中“at”和“kü”都是表示“名字”之义的名词,根据文意的表达,我们认为此处译为“名字”比吐本中的“荣誉”更为恰当。

YQ 1.3 1/1［反面］

b 1 /// [yo] ypic[ä]、oki akmalyo tampewāt ṣ̱aṃ kāckeyo nmosāṃ kapśañi smakk orto

b 1 ... with his face full,as it were, of ...,with mighty joy,a bent body with ... straight (turned) upwards

……完全,好像带着一副……面孔,十分高兴地躬身,(身上汗毛)都竖起了

14b 8—11 ät'özintäki tüü tüpläri barča yoqaru turdï süzük könglin yazuq yüzin angsïz ögrünčüligin ängitä ät'özin

他全身的汗毛都竖立了起来。他虔诚地、面带笑容地、十分高兴地躬着

身子，

案语：吐火罗文第一行部分文字丢失，保留下来的文字不完整。其中"带着一副……面孔"，似与回鹘文的"yazuq yüzin（以罪脸）"对应，而在回鹘文本中耿世民并未将其译出。张铁山认为此处的"yazuq（罪）"有"解惑、忏悔、悔过"[①]之义，我赞同这种解释。该行中吐火罗文"smakk orto"一词，季羡林先生根据分别出现在 YQ1.14 和 YQ1.12 中的佛之三十二相的第十九相表达推测出，"smak"大致相当于梵文"rju-""直立、竖立，正直"[②]之义。回鹘文"tur-""竖立"的意义，由此可见，上述推断是合理的。

2 /// （s̱a̱）[m] m̱a̱ḻḵa̱ rteṃ ptāñḵäṯ、ñom kene nä ṣ̱、ño m̱、klyoṣluneyo kleśāṣiṃ āwaranyo kli–

2 ... oh noble one, whose name is Buddha, by the hearing of whose name I see, (among the beings lying) under the burden of Kleśas,

……好伙计，叫作佛天的是什么人？我听到他的名字，受烦恼重压的。

14b 11—16 ... külčirä yüzin tngri tapa körip inčä tip tidi ... tüzün tïnlïɣ（ki）m ärki ol burxan atlɣ ... kim anïng atïn（išidip inčä）saqïnčïm boltï ... nizwanïlïɣ aɣar（uwïn udïmïš）tïnlïɣlar ara yalunguz oduɣ（saq ol är）miš. anta ötrü purnabatri inčä（tip）tidi ...

微笑地望着天神，说道：仁者，名叫佛的是谁？我听了他的名字后这样想道：在陷于沉睡的众生中，只有他是清醒的。之后，满贤说道：

案语：吐火罗文第 2 行的行首文字丢失，据回鹘文可作补充为"külčirä yüzin tngri tapa körip inčä tip tidi"，汉译为"微笑地望着天神，说道"。值得注意的是，同在一叶上吐火罗文的"仁者"一词，回鹘文中前后出现了两种不同的译法，在正面的第五行中写作"tüzünüm<tüzün（好人）+üm（第一人称领属附加成

① 张铁山：《吐火罗文和回鹘文〈弥勒会见记〉比较研究——以吐火罗文 YQ 1.3 1/2、YQ 1.3 1/1、YQ 1.9 1/1 和 YQ 1.9 1/2 四页为例》，《敦煌吐鲁番研究》（第十二卷），上海：上海古籍出版社，2011 年，第 69—72 页。

② 季羡林：《吐火罗文〈弥勒会见记〉译释》，北京：外语教学与研究出版社，2009 年，第 212 页。

分)”,而在本行中作“tüzün tïnlïɣ”,说明该词在回鹘语中还未形成统一固定的译名。

3 (soñcäs) /// ptāñk̲a̲ tt at ṣ̲、wāwrunt̲、lkām̲、‖ pruṇabhadre t̲r̲a̲ṅk̲a̲ṣ̲、kᵘcä ṣ̲、ñi s̲a̲ m cämplune

3 ... the Buddha-god awakened indeed. ‖ Pūrṇabadra says: Whence (will) I (have) the ability,

……佛天,我看到大觉者。” ‖ 满贤天神说:我的能力从哪里来?

案语:该行中吐火罗文本内容暂无回鹘文对应,暂不作比较。

4 /// [ṣñi]kek nu waltsurā weña m̲ P̲a̲ klyo ṣ̲、na ṣ̲、himavant̲、ṣuli s̲ k̲a̲ lyme-

4 ... however, I will tell in short. Listen! There is, (in) the direction of the Himalaya mountains,

……然而,我想简短地告诉你,请细听! 在喜马拉雅山地区有

14b 17—21 ... mäning amtaɣ küčüm küsünüm yoq(kim)tngri tngrisi burxannïng ädgüsin(ärdämi)n king alqïɣ küläyü sözlägülük(.)(nä)ymä tir(w)äk(?)yïɣwïraq ayu biräyin(.)xim(awanti)taɣnïng yïngaqïnta..

我没有能力详细赞述天中天佛的善德,我只能简要地告诉你。在雪山方面,

案语:吐火罗文第4行行首处残缺,据回鹘文可补充为“mäning amtaɣ küčüm küsünüm yoq(kim) tngri tngrisi burxannïng ädgüsin(ärdämi)n king alqïɣ küläyü sözlägülük(.)”,译为“我没有能力详细赞述天中天佛的善德”。该行中“喜马拉雅”,梵文作 Himalaya、吐火罗文作 himavant̲、回鹘文作ximawanti。由此可知,该词虽然为梵文借词,但它更接近于吐火罗文。译者在传译过程中,通常在表示人名、地名等专有名词的基础上缀接表示类属的词,比如在 ximawanti 之后连接了“taɣ”一词,外来词的回鹘化特征更加明显。

5 (yaṃ) /// (tā)m nu riyaṃ cakkravartṣi ikṣvākuy sark̲a̲ṣ̲、gauta m̲、kot̲r a̲-

5 (on the banks of the Bhāgīrathī river, a lovely and beautiful city named Kapilavastu.) In this city now (there is) from the lineage of the Cakravartin king Ikṣ-

vāku and the Gautama family

（在波加罗河两岸，有一个美丽的名叫迦毗罗卫的城市），现在在城里，有甘蔗王族转轮王世系，乔达摩氏族

14b 22—28 bagirati atlɣ（ö）güz qïdïɣïnta kapilawastu atlaɣ kösänčig körklä balïq bar（.）ol balïqta čkrwrt ilig xanlarnïng käzikintä tizikintä gaudam oɣušïntïn töz-intin blgürmiš（qamaɣ ša）ki tözlüg bodun boqun üzä（ärkli）g türklüg šudotan atlɣ xormuz（ta tngri）kä yöläši ilig xan bar（.）

在波加罗河边，有一美丽的名叫迦毗罗卫的城市，在那座城市的转轮王中，有一位出身乔达摩氏、统治整个释迦族的、像帝释天一样的净饭王。

案语：该行吐火罗文本残缺不全的部分内容，可依据回鹘文本为其做出补充。这里需要关注的是回鹘译者所坚持的翻译原则问题，在整个文本的翻译过程中，回鹘译者主要坚持“五不翻”的主张，遇到专有名词尤其是“此无故，如阎浮树，中夏实无此术”时，译者将梵文地名“kapilawastu（迦毗罗卫）”直接音译到回鹘语中。

6（ṣ） /// [w]（l）āñ（ḵa̱）[t n]a ṣ̱、cami nu lānṯ、mahāmāyā lātsuneṣ̱im̱

6 ... there is an Indra-god（named Śuddhodana）.For this king，Mahāmāyā，（the jewel）of queenship（gave birth to a son）.

……有一个名叫净饭王的帝释天。王后大幻夫人（摩诃摩耶）为国王生了一个儿子。

案语：该行中吐火罗文本残损较为严重，具体内容可依据回鹘文本为其做出补充，从回本的表述来看，残缺部分应为对净饭王的赞美之辞。

7（ñemi） /// [traṃ] ' vijai muhurtaṃ ' taryāk we pi lakṣaṇäsyo

7 ... in the hour of Vijaya，（endowed）with the thirty-two marks

……在叫做吠阇耶的时辰，（生了一个孩子）有三十二吉相

14b 29—15a 3（ilig bäg）ning maxamaya atlɣ qatunluɣ（ärdini tngri）din lum-bani atlɣ arïɣ da ašok （at）laɣ adïnčïɣ sögüt altïnta ikinti ay säkiz yangïqa puš yul-tuzqa wičay atlaɣ muxurtqa iki qïrq qut buyanlaɣ irü bigükä tükällig

那国王的夫人摩诃摩耶在蓝毗尼园奇异的无忧树下，于二月初八，沸星出现，毗左野时辰生下一个有三十二吉相、

案语：该行中回鹘文本保存较好，内容相对完整，主要讲述摩诃摩耶夫人生产的时间和具体地点，吐本的残缺可据回本为其做出补充。

8 /// – ‖ hetuphalaṃ̱ ‖ ṭa̱ m tatmu ṣa̱ṃ̱、sne

8 ... ‖ In the Hetuphala [tune] ‖ Just born, this one without (fear)

…… ‖ Hetuphala[曲调] ‖ 他一生下来，没有(畏惧)

15a 4—10 säkiz on türlüg nayraɣïn yarataɣlïɣ körtlä körkin qulača yaruqïn yaltrïyu qaltï bulutdïn önmiš kün tngri täg oɣulluɣ čintamani ärdini bälgülüg boltï(.) nä toɣa birlä käyiklär xanï arslan täg qorqunčsuzïn yiti mang

八十种好、漂亮的像从云中出来的太阳一样的宝贝儿子。他一生下来就像兽中之王狮子一样无畏地走了七步，

案语：该行主要描述新生儿佛陀出生时的种种瑞象，吐火罗文本残缺严重，仅留“Hetuphala[曲调]”，除此之外的内容可据回鹘文本为其做出补充。

二、焉耆本YQ 1.9与哈密本15a 11—16a 11之对勘

YQ 1.9 1/1 ［正面］

a 1 ///(brahma)svar wa[śe] nyo we ː ṣa̱ s ñy ākessu cma–

a 1 ... he spoke with a Brahmā–like voice: This is my final birth.

……他用(梵)声说道：这是我最后的降生。

15a 11—13 törtdin yïngaq titirü körüp braman sawar ünin otɣuraq sawïn inčä tip saw sözlädi (.) bu mäning äng (kinki to)ɣum ol(.)

注视着四方，用洪亮的声音说道：这是我最后的降生。

案语：吐火罗文第 1 行“qkessu cma–”，意为“最后的降生”。季羡林先生在《新博本吐火罗语 A(焉耆语)〈弥勒会见记剧本〉1.3 1/2 1.3 1/1 1.9 1/1 1.9 1/2 四页释读》中未做解读，而在《季羡林全集》中将其补译出来。他认为在此之前

并未见过 ākessu 这个词，但是对比吐火罗语 A 方言和 B 方言后发现，在吐火罗语 A 中 āk 意为“最后，结束”，而吐火罗语 B 写作 āke，因此，认为ākessu 该词很可能借自吐火罗语 B。[①]该行中的“梵音”，回鹘文作“bramansawar ünin”，其中的 bramansawar，吐火罗语作 brahmasvar，意为“梵音”，其后缀接回鹘文 ün（声音），起到解释说明的作用，此处-ïn 为工具格，表示“用、以”之义，耿世民先生将其意译为“洪亮的声音”。该行行首处破损，据回鹘文可将其补充为“törtdin yïngaq titirü körüp”，意为“注视着四方”。

2（lune）/// śla t s̲a̲ rk̲、karel̲、: 1 ‖ t̲a̲m̲ p a̲ lkor̲a̲ṣ̲、ñä-

2 ... with musical instruments and laughter. ‖ Having seen this，... divine ...

……伴随着乐器和笑声。‖ 看到这些以后，……

15a 14—19 üstün tängrining alt(ïn yalnguq-)nung yalunguz baxšïsï mn ärür (.) m(untaɣ) saw sözlädüktä üč mïng uluɣ mïng yirsuw titrätdi .. qamšatdï..kök qal-(ïqtïn) xua čäčäklig yaɣmur yaɣdï .. törtdin yïngaq ïr üni yangqurdï .. anï körüp

我要成为天上、人间唯一的师父。当他说这番话的时候，三千大千世界颤动着，天空上落下了花雨，四方响起了祥瑞之声。看到这些后，

案语：该行中吐火罗文本行首处残损严重，文字丢失较多，对勘回鹘文本可知该行主要描述佛陀出生时大千世界呈现出的种种特异景观，文意表达和内容可据回鹘文本为其做出补充。

3（kci） ///（po）tkar kuprene s̲a̲ s wa ṣ̲t̲、lama ṣ̲、ṣ̲ p a̲t̲、ñemintu

3 ... they distinguished (?)：If he stays at home，the seven jewels ...

……他们辨别出（？）：如果他留在家中，（他将成为）七宝（俱全的转轮王）……

15a 20—24 bil(gä) tngri yalnguq irü bälgü biltäči bögülüglär ... iki türlüg yolïn aydïlar ... birökin bu oɣul äwdä barqta ärsär ... yiti ärdni(kä) tükällig tört yirtinčü yir suwda ärklig čkrwty ilig xan bolɣay ... qačan birök

① 季羡林：《吐火罗文〈弥勒会见记〉译释》，北京：外语教学与研究出版社，2009 年，第 216 页。

懂得瑞象的睿智的天和人作出了两种预言，说：如果这孩子留在家里，将成为具有七宝的、统治四方的转轮王，如果

案语：吐火罗文第 3 行行首处残缺，据回鹘文本补充为“bil(gä) tngri yalnguq irü bälgü biltäči bögülüglär ... iki türlüg yoľïn aydïlar”，意为“懂得瑞象的睿智的天和人作出了两种预言说”。季羡林先生在此处释读出一词“辨别、认出”[①]，但对该解读似乎没有把握。该行末尾处也残缺不全，据回鹘文可知，应为“ükällig tört yirtinčü yir suwda ärklig čkrwty ilig xan bolɣay”，意为“统治四方的转轮王”。

4 /// (ku)[pr](e)ne nu wa ṣ̱ṯa̱ṣ̱ ḻa̱ ñcä ṣ̱、ktset s̱、puttiśpaṟa̱ṃ̱ ḵa̱ lpāṯṟa̱ ṯm̱a̱ṣ̱ s̱a̱m̱、

4 ... (if), however, he leaves his home, he will attain the perfect status of Buddha (*samyak-sambodhi*). Thereupon this

……(如果)他出家，他将获得正等觉，以后他

15a 25—27 äwig barqïɣ qodup dintar išin išläsär tüzkärinčsiz yig burxan qutïn bulɣay tip tidilär ...

出家为僧，将获无上正果。

案语：该行对勘需要特别关注“samyak-sambodhi(正等觉)”一词，这一梵文借词被译为“tüzkärinčsiz yig burxan qut(无上正果)”，该词还出现在反面的第 1 行中，其语义与“无上正等觉”“无上正果”“无上佛果”相对应。

5 /// (sa) [n] (ä) ḵ、wiki ñu pi puklyi nasmāṃ mokone wlaluneyā mroskaṯ、ywārc^{ä}、wṣe

5 ... This one, at the age of twenty-nine, became appalled by old age and dying; at midnight

……这个人，在二十九岁的时候，害怕老、死，在半夜

15a 27—15b 5 anta ötrü ol qutluɣ tïnlïɣ suwdaqï linxua čäčäk ošuɣluɣ ... ulɣatdï bältrüdi ... alqu är ärdämi(n) boltï ... toquz otuz yšïnta yašod(ra)marika tngri

① 季羡林：《吐火罗文〈弥勒会见记〉译释》，北京：外语教学与研究出版社，2009 年，第 215 页。

qïzlarïnga yöläši qatunlarïn qunčularïn qatunlrïn altï tümän yinčkä qïrqïnlarïn qodu ïdalap igmäk qarïmaq ölmäk bu üč türlüg törükä qorqup ayïnïp šankar tünlä

之后,那个有福之人,像水中的莲花一样,(很快地)长大,具有所有男人的品德。二十九岁时舍弃像天女一样的耶输陀罗夫人等六万宫女因惧怕病、老、死这三种法则,而于午夜时分,

案语:吐本第 5 行行首处残缺,据回鹘文可将其补充为“anta ötrü ol qutluɣ tïnlïɣ suwdaqï linxua čäčäk ošuɣluɣ ... ulɣatdï bältrüdi ... alqu är ärdämi(n)boltï”,意为“之后,那个有福之人,像水中的莲花一样,(很快地)长大,具有所有男人的品德”。该行回本较吐本多出“toquz otuz yšïnta yašod(ra)marika tngri qïzlarïnga yöläši qatunlarïn qunčularïn qatunlrïn altï tümän yinčkä qïrqïnlarïn qodu ïdalap”这样的语句,讲述了佛祖主动舍弃宫廷生活。在讲述人生规则时,吐本只写出了“老、死”两种,而回鹘文写作“igmäk qarïmaq ölmäk”,译为“病、老、死”,比吐火罗文多出一种,并且排列顺序有所差异。

6 /// (ā)rāḍeṃ udrakenäṣṣ aci riṣak̲a̲śśi m̲a̲ rkampal̲、papr̲a̲ṅkur̲a̲ṣ̲ ṣ̲a̲k̲、p^{u}kul mā-ski pā-

6 ... Having rejected the doctrine of Ārāḍa, Udraka and the other ṛṣis, (he)for six years (observed) the hard to (observe austerity)

……先人们阿蓝迦、郁陀仙等人的学说,不接受。六年苦行

15b 6—10 kapalwastu balïqtïn ünüp tapowan arïɣqa bardï.. anta tägip arati udar akita ulatï uluɣ küčlüg äržilarnïng nomïn törüsin taplamadïn altï yïl älp qïlsïɣ iš išladi ...

从迦毗罗卫城出走,来到陀波万林中。到达那里后,因不喜阿蓝迦、郁陀迦等大力仙人的理论,进行了六年苦行。

案语:该行中吐火罗文本的起始处文字残缺不全,根据文意的需要,可据回鹘文本做出补充,即“kapalwastu balïqtïn ünüp tapowan arïɣqa bar-(从迦毗罗卫城出走,来到陀波万林中)”。

7 (ṣ̲l̲a̲ṃ) /// (·na)ndāṃ nandabalnä ṣ̲、śäk̲ ṣ̲ äk pi ātklumināṃ oṅkriṃ wärwor̲a̲ṣ̲、

bodhivaṃ

7 ... having received from Nandā and Nandabalā the rice pap, condensed sixteen times, in the Bodhi forest,

……从和难陀波罗(手中接受乳糜),他走到那一个具有十六种功德的地方后,菩提树下

15b 11—16 älp küzädgülük čɣšpt küzädi ... ol nätäg ät'öz ämgänmäkning tüšin utlïsïn bulmadïn(nanta nanta)bala atlaɣ äkä baltïzlardïn(bodiwan)atlɣ süt ügrä ašap ... atlɣ brktä naryančan ögüz (qïdï)ɣïnta bodi sögüt altïnïnta wižir

遵守了难以遵守的斋戒。但没有得到苦行的结果。在他取食了难陀、难陀跋罗姐妹献给的乳粥后,在菩提林园尼连禅河畔菩提树下,以金刚石

案语:该行吐本行首处残缺,文字遗漏,因此可以比对回本的内容做一补充,即“älp küzädgülük čɣšpt küzädi ... ol nätäg ät'öz ämgänmäkning tüšin utlïsïn bulmadïn(遵守了难以遵守的斋戒。但没有得到苦行的结果)”。除此之外,对于成佛之地的描述吐本和回本略有差异,回鹘文本中“atlɣ brktä naryančan ögüz (qïdï)ɣïnta(在菩提林园尼连禅河畔)”应该与吐本中“那一个具有十六种功德的地方”相对应。

8 /// [p](r)[ā]kr̲a̲ṃ pratimyo waśirṣiṃ āsānā lyä m̲、taryāk̲ ṣ̲a̲ k pi koris kotr̲a̲-ntwā mār ñä-

8 he took his seat with firm decisiveness on the diamond throne. (The army) of the god Māra, with his thirty-six myriads of companies, (he defeated)...

下定决定,坐在金刚座上,三十六亿魔军(被挫)

15b 17—19 ošuɣluɣ bäk qataɣ könglin wačrazan (ör)gün üzä baɣdasšïnu oluru yrlïqadï(.) (alt)ï qïrq kolti sanï šmnu tngrining süüsin (utu)p yigädip

一样的决心,跏趺在金刚座上,战胜三十六亿魔军,

案语:本行吐火罗文本与回鹘文本在内容表述上基本一致。

YQ 1.9 1/2 [反面]

b 1 (ktes) /// (sne lyutā)r̲ ktset s̲、puttiśpar̲a̲ṃ k̲a̲ lpāt̲、‖ viśikkonaṃ ‖ wāskat̲、 tkaṃ ṉ̃ka̱ t kāckeyo ḵa̱-

b 1 ... he obtained the matchless perfect status of Buddha (*anuttara-samyak-sambodhi*). ‖ In the Viśikko [tune] ‖ The earth trembled with joy, (in all) directions

……他得到了无上正等觉。‖ Viśikko[曲调]‖ 大地愉快地震动,在四方

15b 20—23 otuz artuq törtünč kšan (ödtä) tüzkärinčsiz burxan qutïn bulu (yr)-lïqadï.. ol oɣurda yitinčsiz yaɣïz yir altï türlügin täbrädi..qamšadï

在三十四岁时,获得无上佛果。那时,褐色大地作六种颤动,

案语:首先,对于曲牌名吐本有而回本无;其次,吐本残缺部分可由回本做出补充,即"otuz artuq törtünč kšan ödtä(在三十四岁时)";最后,对于自然奇观的描述,回本中运用增加修饰语这一翻译手段,在"yir(大地)"这一词语前增加了表示颜色的修饰语"yaɣïz(褐色的)",在"täbrä-qamš-(颤动)"前多出了表示数量的词语"altï türlüg(六种)",使得回本较吐本更加细腻生动。

2 (lyme-ḵa̱ lyme) /// (e)pr [e]raṃ śäk ḵa̱ lymentwaṃ wrasaśśi kācke ta m̱a̱ṯ、: spantar krañcäs wrasaśśi kʷšala-

2 ... in the sky, in the ten directions, joy of the beings was born. They took confidence in the root of happiness (*kuśalamūla*) of the good beings

……天空中,在大地十方,生物产生了喜悦。精心为善良众生的福利

15b 23—28 ... taluy ögüz suwï yayqantï .. sumir taɣ titrädi ... ontïn yïngaq (ï)r oyun külčirmäk ünlär ištilti ... namo but qïlmaq ünlär ištilti ... tünlä küntüz alt(ï) ödün uduɣïn saqïn sansïz tümän ... asaɣ tusu qïlu yrlïqar qop

江河水溢出,须弥山抖动,听到十方传来的欢声笑语和"南无佛"的声音。日夜六时自觉地为无数众生谋利益。

案语:吐本第2行行首处部分文字丢失,就回鹘文可补充为"taluy ögüz suwï yayqan-... sumir taɣ titrä-",意为"江河水溢出,须弥山抖动"。该处和第1行末紧密相连,仍为描述弥勒成佛时天地自然之变化。自此处开始直至吐火罗文第6行,两文本差异较大。

3 (mūlyo) /// (na)[mo] buddha rake kare̱ḻ、t ṣa̱ rkaśśäḻ、ywār klyo ṣ̱a̱ l täḵ、: 1

gautam kotr̠a̠ṣ̠、ikṣvā–

3 ... the words‘Reverence to Buddha’[*namo buddha*] were heard among laughter and music. 1. From the Gautama family and the lineage of Ikṣvā(ku)

……在欢笑声和音乐声中南无佛的声音听到了。1 在乔达摩氏族甘蔗王族

15b 29—30 (tïnlïɣ)larïɣ qutɣardačï tükäl bilgä (tngri tngrisi) burxan titir ... bu sawaɣ išidip

他被称作拯救一切众生的全智的天中天佛。听到这些话后,

4—6 (kuy) ///(: k̠a̠ rsnā)[l̠a̠ṃ] wra m̠、puk̠、k̠a̠ rso wik̠a̠ṣ̠l̠a̠ṃ wra m̠、wawiku knānmāṃ pāpṣu : lkātsy a–(sin̠a̠ t) /// ritāt s̠、:k̠a̠ṣ̠ṣi ñäktas napeṃśśi waste p̠a̠r̠maṅk̠、wrasaśśi /// (a)ñumāski ote t̠a̠ preṃ weyeṃ sas wrasom kar tanne

4—6 ... having learned everything that can be learned,having removed everything than can be removed, wise and disciplined, whom one cannot see enough, ... striving for ..., teacher of gods and men, refuge and hope of living beings,... wondrous. Oh, how wonderful! this one being ... thus only

……知悉一切事物,去掉了应去掉的事物,智慧和受过锻炼、看……努力……,师尊是神和人的庇护者,是众生的希望……苦难,哎呀,真奇怪啊!一个这样的人

案语:吐火罗文本中的第 4—6 共 3 行的内容目前没有找到与之对应的回鹘文,因此无法实现两文本的对勘,为了保持文本的完整性,只将吐火罗文本的转写、英文和汉文译文列举出来。

7—8 /// [t](r̠a̠) ‖ ñk̠a̠t̠、tr̠ṅk̠a̠ṣ̠ p̠a̠ klyo ṣ̠ m̠a̠l̠k̠a̠ rteṃ äntāne /// (bra)[m]ñäkteṣ̠、kākkurā bārāṇasi riya

7—8 ... The god says:Listen, noble one! When ... at the invitation of(god) Brahmā,(he went to the vicinity) of the city of Vārāṇāsī.

……天神说:“请听,好伙计!当着”……受到(梵)天的邀请,他(走向)贝拿勒斯城

16a 6—12 purnabatri tngri inčä tip tidi ... išidgil tüzünüm ... qayu ödün tngri tngrisi burxan burxan qutïn bulu yrlïqadï yiti yiti kün bodi sögüt tüpintä dyanlaɣ (mängi)mängiládi ... anta basa äzrua tngri ötügingä barnas ulušta äršwidan sängrämdä nomluɣ ti(lgä)n täwirdi(.)

满贤天神说道:你听好,仁者! 当天中天佛获得佛果后,七七(四十九天)坐在菩提树下享受禅定之乐。之后,依照梵天的请求,在波罗奈国鹿野苑寺转法轮。

案语:该行要注意的是吐火罗语对回鹘语的影响,该行中出现的梵文 Vārāṇāsī,吐火罗文写作 bārāṇasi,季羡林先生将其译为“贝勒纳斯”,该词回鹘文写作 barnas,耿世民先生译为“波罗奈城”,写法更接近于吐火罗文,说明了在被回鹘语吸收之前,一定经过了吐火罗语的过滤,这也为吐火罗语影响回鹘语提供了实证。除此之外,吐本开始处残缺部分内容可见回本作出的补充,即“qayu ödün tngri tngrisi burxan burxan qutïn bulu yrlïqadï yiti yiti kün bodi sögüt tüpintä dyanlaɣ(mängi)mängiládi ... anta basa[当天中天佛获得佛果后,七七(四十九天)坐在菩提树下享受禅定之乐。之后]”。

三、焉耆本YQ 1.1与哈密本16a 14—16 b30之对勘

YQ 1.1 1/1 [正面]

a 1 /// (o)[k] āḵ、bārāṇas riyäṣ māgaaṯ、ype-

a 1 ... all the way from the city of Vārāṇāsī (to) the Māgadha country

……从贝勒纳斯城来到摩伽陀国

16a 13—15 biš pančaki toyïnlaraɣ säkiz tüm (än tngrilärig)qutɣaru yrlïqap baranas känt ul(uštïn yana)magit ilkä yrlïqadï

在拯救了五比丘和八万天神后,又从波罗奈城来到摩伽陀国。

案语:该行内容回鹘文本保存完整,可以为吐火罗文本提供材料补充,即“biš pančaki toyïnlaraɣ säkiz tüm(än tngrilärig) qutɣaru yrlïqap(在拯救了五比丘和八万天神后)”。

2（yaṃ）/// –ntwa（ṃ）ymā[ṃ] pāṣānak ṣulaṃ ye ṣ̱、tmaṃ tāP̱a̱ rk̲、ñä

2 ... going he went to the Pāṣāṇaka Hill. Here now（by gods）...

……他去了孤绝山。在那里现在(受到神的)……

16a 15—18 ... anta sinayani bramannïng sozaqïntaqï nanta nantabala äkä baltïzlaraɣ qutɣarïp magit iltin yana pašanak taɣqa bardï(.) amtï tngri yalnguqnïng tapï–(ɣïn)

在那里，在西那延婆罗门村又拯救了难陀、难陀跋拉姐妹后，又从摩伽陀国去了孤绝山。他受到天、人的尊敬，

案语：该行对勘有三点需要关注：首先，借词词尾元音脱落现象，“孤绝山”一词为梵文借词，梵文作 Pāṣāṇaka、吐火罗文作 pāṣāṇak、回鹘文写作 pašanak，该词再用吐火罗语翻译时，词尾元音 a 已经脱落，之后再用回鹘语翻译时，遵从吐火罗文的写法，词尾元音以零形式对应；其次，该行的吐火罗文 ñª 在原文中丢失，季羡林先生据回鹘文本“受到天、人的尊敬”将其释读出来，并且认为此处应为“ñªktas”复数“神”的词首[①]；再次，对于吐火罗文本残缺之处，根据文意的表达，可据回鹘文本为其做出补充，即“anta sinayani bramannïng sozaqïntaqï nanta nantabala äkä baltïzlaraɣ qutɣarïp magit iltin yana(在那里，在西那延婆罗门村又拯救了难陀、难陀跋拉姐妹后，又从摩伽陀国)”。

3 　///（e）ytuyo ṣ̱ panto tri imentwāśśi ṣtmāṣluneytu–

3 ... with the ... ,relying on the three Smṛtyupasthānas,

……和……，依靠三念住，

16a 19—20 uduɣïn ašayu on küčin küčädü üč türlüg ürük ornanmïš ög turïɣïn (öq)

增强了十力，努力于三念住，

案语：吐本第 2 行行末和第 3 行行首破损，据回鹘文可补充为“amtï tngri yalnguqnïng tapï(ɣïn) uduɣïn ašayu on küčin küčädü”，译为“他受到天、人的尊

① 季羡林：《吐火罗文〈弥勒会见记〉译释》，北京：外语教学与研究出版社，2009 年，第 220 页。

敬，增强了十力”。该行中的“三念住”值得注意，梵文作 Smṛtyupasthānas，吐火罗文作 tri imentwāśśi ṣtmāṣluneytu-，根据季羡林先生的解释，“ime”对应梵文的“smṛti”，“ṣtmāṣlune”为动词“站立”之义，两词意义为汉语的“念住”。此处回鹘文并没有使用音译梵文借词，而是将“三念住”意译为回鹘语，写作“üč türlüg ürük ornanmïš ög turïɣïn（öq）”。季羡林先生在220页注释[2]中写到“对应回鹘文 16a 20-21 可知，存在四念住”，我们认为该注释有误，因为回鹘文中明确写出“三念住”“四无畏”，而非“四念住”。

4（yo）/// [s]kantr̲a̲ ‖ t̲a̲ m kaklyuṣur̲a̲ṣ̲、bādhari brāhmaṃ pāṣānak ṣu-

4 ... ‖ Having heard this, Bādhari the Brahmin ...（of）the Pāṣāṇaka Hill

……‖ 听到这些话后，跋多利婆罗门……孤绝山

16a 21—24 lanu tört türlüg qorqïnčsïz ... yazalmaq（laɣ）biligin yazïlu uluɣ yrïqančučï biligin ornanu pašanak taɣda yrlïqar ...

展开四无畏，以大慈悲之心，在孤绝山上说法。

案语：本行中仿译词的出现值得注意，即“tört türlüg qorqïnčsïz（四无畏）”和“uluɣ yrlïqančučï bilig（大慈悲心）”，这两个词语本属佛教术语，回鹘语中没有与之对应的词语，在翻译过程中译者依据该词语义，运用回鹘语中固有词语将其组合翻译出来，构成了用回鹘词语表达的佛教专有名词的“仿译词”，其中的 qorqïnčsïz（名词，“无畏”）<qorqïn-（动词，“畏惧、恐惧”）+č（名词构词附加成分）+sïz（否定附加成分）。此外，回本能为吐本起始处残损部分做出语义上的补充，即“lanu tört türlüg qorqïnčsïz ... yazalmaq（laɣ）biligin yazïlu uluɣ yrlïqančučï biligin ornanu pašanak taɣda yrlïqar ...（展开四无畏，以大慈悲之心，在孤绝山上说法）”。

5（lis） /// ṣ̲、mñe k̲a̲ rṣto ' t̲a̲ rmmāṃ kapśiñño klopasuṃtsāṃ waśenyo śertmāṃ tr̲a̲-

5 ... hope cut off. With his body trembling, with a sorrowful voice and weeping he says:

……希望破灭。颤抖着身子，痛苦地哭道：

16a 23—26 bu sawaɣ išidip badari braman pašanak taɣnïng ïraqïnga umuɣï üzülmiš ošuɣluɣ bolup uluɣ tïna titräyü qamšayu ät´özïn ämgäklig ünin ïɣlayu

听到这话后，跋多利婆罗门因为孤绝山遥远，不能亲自去听说法而叹息，颤抖着身子，痛苦地哭着

案语：该行吐本行首处残缺，根据上下文应为“bu sawaɣ išidip badari braman pašanak taɣnïng ïraqïnga umuɣï üzülmiš ošuɣluɣ bolup”，译为“听到这话后，跋多利婆罗门因为孤绝山遥远”。该行中吐火罗文仅有“希望破灭”些许内容，而回鹘文保留的内容相对完整，讲述了跋多利婆罗门哭泣的原因。

6（ṅḵa̱ṣ̱、）/// [ga]tinaṃ ‖ wraske mokone wlalune wiḵa̱ ssi nä ṣ̱、pa p̱a̱ lyke pḻa̱ś-luneytu

6 ...（In the ... gati [tune].）‖ In order to remove sickness, old age, and death, I practiced austerities,

……（gati［曲调］）‖ 为了清除病、老、死，我进行了苦行。

16a 27—16 b1 ïɣlayu inčä tip tidi..näčük qïlayïn qanča barayïn munča ürkič ödtä bär(ü igmäk) qarïmaq ölmäk törülärig öčürgälir tarqarqalïr üčün tapašačaran törü(sindä ät´özümin) ämgätdim

说道：怎么办？我到哪里去？我虽然很长时间以来为(清除)病、老、死之规律，依照苦行规则，磨炼我的身体，

案语：吐本第6行出现了一个曲调名，尽管保留得不完整，但由此可知，该行中跋多利婆罗门所说的话应属韵文。该行与回鹘文对应不严整。从内容角度看，吐火罗文行文简洁，而回鹘文更为详细：一方面，回鹘文中增加了部分内容，比如“näčük qïlayïn qanča barayïn?（怎么办？我到哪里去？）”“munča ürkič ödtä bärü（这样很长时间以来）”“nang asïɣïn bulmadïm（我没有得到任何益处）”；另一方面，即使在表达相同或相近内容时，回鹘文本显得更为详细，例如“我进行了苦行”一句，回鹘文则表达为“tapašašaran törüsindä ät´özümin ämgätdim”，意为“依照苦行规则，磨炼我的身体”。

7 /// （m）[ā]ytsi cāmpamo ∶ loḵ s̱a̱m̱ ḵa̱ṣṣi klop a̱ ntwä ṣ̱、ts̱a̱ lpṣanṯ、mā cam̱ lkālṣy ākā-

7 ... unable to go. Far away is the teacher who frees from sorrows. The wish to see him (is) not (fulfilled).

……不能前去。能解除我一切痛苦的老师离我远去。我不能见到他。

16b 1—5 (nang asïɣïn) bulmadïm ... ap ymä ažunluɣ taluy ögüzdin ozdum qutrultum ang kinintä irinčtä irinč yrlïɣda yrlïɣ mn qarï qul boltum ... kim qop mung-ta qutɣardačï qutluɣ tïnlïɣ körmädin

但没有得到任何益处。我虽从尘世之海得救,但最后仍是一个可怜的老奴。我将见不到解脱一切痛苦的那有福之人,

案语:增加修饰语是回鹘文本常见的翻译手段,在天中天佛这一佛名前,回鹘译者使用“qutluɣ(有福的)”一词进行修饰。除此之外,吐本行首处严重损毁,残缺部分可据回本做出参考补充,即“ap ymä ažunluɣ taluy ögüzdin ozdum qutrultum ang kinintä irinčtä irinč yrlïɣda yrlïɣ mn qarï qul boltum(我虽从尘世之海得救,但最后仍是一个可怜的老奴)”。

8 (1) /// (wä)ḻḻa̱ smāṟ、: 1 ‖ ñḵäṯ、ṯṟa̱ṅḵa̱ṣ̱、bādhari mar klopasu na ṣ̱ṯ、mā ptāñḵ-a̱ṯ ḵa̱ṣyāp、

8 ... I will die(without being able to see the Buddha-god the teacher.) 1. ‖ The god says: Bādhari, do not be sorrowful. It is not(in the nature)of the Buddha-god the teacher (to be far away).

……我将无法见到天中天佛的遗憾中死去。‖ 天神说道:跋多利,不要悲伤。(事实上)天中天佛没有离我们远去。

16b 5—10 alqu adata arïlɣučï adïnčïɣ tngri tngrisi burxanaɣ körmädin ölür mn (.) anta ötrü ol tngri badari bramanqa inčä tip tidi ... ämgäklig busušluɣ bolmang(.) burxanlarnïng ïraq ol tip tigülük törül̤ari bultuqmaz(.)

见不到脱离一切危险的奇异的天中天佛而死去。之后,那天神对跋多利婆罗门说道:不要难过。没有佛离开我们已远去的说法。

案语:吐火罗文第8行中的“wäḻḻsmāṟ”一词,意为“死”,是季羡林先生依据

回鹘文本的 16b 6 行补译出来的[①]。该行中对天中天佛的描述,回鹘译者通常采用增加修饰语的翻译手法,比如增加使用“alqu adata arïlɣučï(脱离一切痛苦的)”和“adïnčïɣ(奇异的)”两个修饰语。

YQ 1.1 1/2 ［反面］

b 1—2 ///(kori) X syo ārkiśoṣintu āsuk k̲a̲ tkor̲a̲ṣ waineṣi-(nās) /// X kāruṃ k̲a̲ lko ' kṣaṇaṃ s̲a̲ rkiñco waineṣināṃ

b 1—2 ... having passed through(innumerable) worlds,(he will come) to his devotees ... having shown mercy, after an instant, the devotees'...

……在经历了(无数)世界后,(他将来到)虔诚的信徒身旁。……在表达了怜悯之心后,立刻,信徒的……

16b 11—18 nä üčün tip tisär ... köngül öritmiščä ödtä asanki sanïnča ïraq uluš balïqlarqa t(ägip san)sïz tümän tïnlïɣlarqa(asaɣ tusu qïlɣalï) ärngäk soquɣïnča ödtä ... käli yrlïqar ... alqu tïnlïɣlar üzä adartsïz tüp tüz köngüllüg yrlïqar (.) siz(ni) osuɣluɣ qurtultäči tïnlïɣlarnïng ödintä (qolu)sïnta (ä)rtürü yrlïqamaz ...

因为只要起诚心,他可以在弹指间到达阿僧祇远的国度,为无数万人谋利益。他以平等之心对待一切人。到时候他不会放弃像你们这样的人。

案语:吐本第 1 和第 2 行与回本在表述上有较大差异,两文本对应并不工整,暂不做对勘。

3 ///(sp a̲ ntā) X 1 na s̲a̲ l na s̲t̲、t̲a̲ preṃ wewñur̲a̲s̲、tmāk nak̲a̲t̲、‖

3 You have to be (confident).Having spoken in this way,right away (the god) disappeared.

你们要怀有信心。说完这些话后,立刻(天神)消失不见了。

16b 19—20 anïn siz ymä(u)munčluɣ äring ... artuq čökmäng(.)bu munča(saw) sözläp anta oq itlinip bardï ...

你们要怀有希望,不要灰心。说完这些话后,他就消失不见了。

---

① 季羡林:《吐火罗文〈弥勒会见记〉译释》,北京:外语教学与研究出版社,2009 年,第 220 页。

案语:本行在文字表述和内容表达上吐本和回本对应工整,基本一致。

4 ///(kās̱、) X woneytu opyāc[a]、klāluneyo wṣe lu-

4 (recollecting the Buddha's) virtues, (Bādhari spent) the night (weeping)

(回想佛的)美德,(跋多利)哭了一夜。

16b 21—23 anta ötrü badari braman tngri tngrisi burxannïng(ädgü)sin öyü saqïnu bir tün ïɣlayu sïɣtayu tünüg yarutdï ...

然后,跋多利婆罗门想念天中天佛,哭了一夜。

案语:本行吐火罗文本与回鹘文本有一个翻译差异,吐火罗文本中的"一整夜",德国藏回鹘文本中该处被译为"一整天",对勘回鹘文本可知,此处因翻译为"一整夜"①比较合适。

5—6 (ṯa smāṃ) /// (ārya) X candres raritwunṯ、maitreyasamiti nāṭkaṃ bā-(dhari) /// (maltowi) X nu nipāṯ、āṟ、‖ ca s̱、posṯaḵ、yälmi

5—6 In the Maitreyasamiti-Nāṭaka, composed by (the Vaibhāṣika Ārya)candra, (called)'Bādhari(the Brahmin's performing a sacrifice')... the (first) act has come to an end. ‖ This book ...

在《弥勒会见记剧本》中,(由圣月菩萨大师)编制,(起名为)"跋多利(婆罗门行施舍)"……(第一)幕结束。‖ 这本书……

16b 24—30 alqu šastar nomlaraɣ adartlayu uqtačï waybaš šastarlaɣ noš suwsuš ičmiš aryčantri bodiswt kši ačari änätkäk tilintin toxri tilinčä yaratmïš prtnarakšit kranwaziki türk tilinčä äwirmiš maitrisimit(nom bitig)dä badari bramannïng yaɣïš yaamaq(atlaɣ baštïnqï) ülüš tükädi(.)(namo but) namo drm namo sang ...

精通一切经论的像甘露一样痛饮毗婆沙诸论的圣月大师从印度语制成吐火罗语,智护戒师又译成突厥语的《弥勒会见记》中的"跋多利婆罗门行施舍"。第一章完。南无佛,南无法,南无僧……

案语:吐火罗文第5行出现的"maitreyasamiti nāṭka"正是季羡林先生将该

---

① 季羡林:《吐火罗文〈弥勒会见记〉译释》,北京:外语教学与研究出版社,2009年,第220页。

书定性为剧本的主要依据，该行出现的圣月大师，回鹘文本对其进行了详细描述，多出了三个修饰性词语“alqu šastar nomlaraɣ adartlayu uqtačï waybaš šastarlaɣ noš suwsuš ičmiš”，意为“精通一切经论的像甘露一样痛饮毗婆沙诸论的”。除此之外，吐火罗文本并未提供有关《弥勒会见记》原本、译本、译者等信息，而回鹘文本恰做补充。在回鹘文本中，“yaratmïš”“äwirmiš”两个词值得关注。“yaratmïš”意为“制成”，与之对应的吐火罗文“raritwunṯ”，本义为“联结，连接”，此处季羡林先生将其译为“编译”，意指该剧本是从印度语编译为吐火罗语，再由吐火罗文翻译为回鹘文的过程，回鹘文使用“äwirmiš（翻译）”一词，至少说明了吐火罗文本和回鹘文本存在母本和译本的关系，尽管在词汇、语言风格等方面两文本存在一定的差异，但是两文本的字句还是对应工整的。

7—8　/// (pi) X ktsi woṯaḵ、kāṣṣaṟ、kalyānagautamimṃñcä(s̱)、 /// X–– [· ā]k coṟ、śkaṃ poñś^{ä}、tāki m̱as̱、ptāñktañ^{ä}、‖

7—8 ... ordered (to copy). Kāṣṣar Kalyāna Gautami (?)... ... and ... *āk* the *čor*. May we all become Buddhas! ‖

……命令（抄写）。Kāṣṣar kalyāqna Gautami（？）……和……āk čor 愿我们都成佛！ ‖

案语：第 7 和第 8 行中，吐本内容暂无回鹘文对应，故不做两文本对勘。除此之外，还需注意的是回鹘文本在每幕的结束之处，通常以“namo but namo drm namo sang”作为标志。

第二章 “弥勒菩萨出家成道”之对勘研究

第一节 弥勒亦受天神启示 意欲启程出家

一、焉耆本YQ 1.2与哈密本1a 4—1b 30之对勘

YQ 1.2 1/1 ［正面］

a 1 /// [t] ṟa̱ṅḵa̱ṣ̱、bho bho ku ṣ̱、tṣā na ṣ̱、ṯm̱a̱ –

a 1 ///（Bādhari）says：Hello，who is there? Then

///（跋多利）说道：谁在那里啊？然后

1a 4—6 （anta）ötrü badari brahman tang yarïn（ïnta）turup inčä tip tidi ... ač bu muntaɣ kim sizlär ...

之后，跋多利婆罗门早上起床后这样说道：“啊，你们是谁？”

案语：该行对勘主要体现在语词使用的差异方面。在吐本中跋多利婆罗门所问之人，被传译到回本中则变为“kim sizlär（你们是谁？）”，这是两文本最大的差异，除此之外回本在叙述故事情节的时候，较吐本增加了“tang yarïn（ïnta）turup（在早上起床之后）”这一时间状语，描述更为细致。

2 （ṣ̱、）///（klyom metrak）[b]ādhari brāmnac[ä]、kakmu śla wäktasurñe tsar tlā–

2 /// （the noble Metrak），having come to Bādhari the Brahmin，respectfully raising his hand

///（圣弥勒），来到跋多利婆罗门面前，恭敬地举起自己的手

1a 6—11 anïng ara urïlar quwraɣïn tägrikläp aqru aqru manglayu ayaɣqa tägimlig maitri badari（bra）manqa yaqïn tägip（ili）gin yoqaru kötürüp öküš türlüg ayayu aɣïrlayu inčä tip tidi（：）

这时尊者弥勒在众童子的簇拥下缓步走近跋多利婆罗门高举双手恭敬地说道：

案语：本行对勘差异体现在回鹘文本翻译手段的使用和两文本用语的区别两方面。首先，对于主人公弥勒的出场，回鹘译者采用增加修饰语“anïng ara urïlar quwraɣïn tägriklä–（在众僧童的簇拥下）”和“aqru aqru mangla–（慢慢迈步走向）”的翻译手法，活灵活现地描写出弥勒出场的情景，将人物塑造得更为贴切细腻；其次，吐本与回本在描述弥勒的动作举止时，吐本所用的“手”，翻译到回本中则为“双手”，用语差异更能描摹弥勒对恩师跋多利婆罗门的恭敬之情态。

3 （luneyo）///（k）[l]（i）[s]（ā）ṣ̱ṯ、‖ kātkmāṃ akmalyo bādhari ṯṟa̱ṅḵa̱ṣ̱、kāsu

3 /// did you sleep（well）? ‖ With a face full of joy，Bādhari says：Good，

/// 您睡得(好)吗？ ‖ 面露笑容地，跋多利回答道：好，

1a 12—15 tngri baxšï köngli（nätä）gärdi .. tünki tünlä inč bol（tï mu）ärki ... ögirä säwinü külär yüzin badari braman inčä tip tidi ... ädgü ädgü tüzün oɣlum ... angsz inč artuq ädgü ärdim（.）

师父，您好！夜间（睡得）安稳吗？跋多利婆罗门高兴得面露笑容地答道：好，好，我的孩子！我很好。

案语：该行对勘主要表现在回本增加副词用以描述人物形态，总体来看，在描述人物动作举止和相貌形态等方面回本比吐本更加细致入微，比如在描写与爱徒弥勒寒暄时，回本增加使用“ögir–säwin–（高兴地）”这一修饰语，使得

跋多利婆罗门的形态尽收眼底。

4 /// (wi)[k](i) p(u)kly[i] tākā ' śtwar tmāṃ tri wäl̠t s̠、we k̠a̠ nt̠、wṣeñ katkar ṣoṃ、wṣe

4 /// I have become(120) years old. 43,200 nights have gone by. (Not)one (single) night

/// 我现在已经(一百二十)岁了。四万三千二百个日子已经过去了。只有一个晚上

1a 16—20 nä ücün tip tisär ... yüz ygrmi yaš yašadïm(.) tünig adïra sanasar tört tümän üč (mïn)g iki yüz tünlär ärdi(.) ol anča uzun ödtä (bärü birkiyä) ymä tün t(ünläki) täg

因为我现在已经一百二十岁了,如算夜的话,也是四万三千二百夜了。在如此漫长的时间里,只有昨夜

案语:本行吐本和回本内容基本对应,回本增加了"ol anča uzun ödtä bärü (在如此漫长的时间里)"这样一句表示时间的状语成分,用以突出跋多利婆罗门昨夜未曾入眠,这一翻译手段的使用为下文天神的出现营造出神秘氛围,增强该剧本的故事性。

5 <okāk̠、n̠a̠ṣ ta>(nne wk̠a̠ nyo mā /// (nak)cu [kli]sā ‖ mandoharinaṃ ‖ k̠a̠lnmāṃ m̠l̠a̠ṅkmāṃ yetwesyo ñk̠a̠ t yeṣ nakcu ñy an̠a̠–

5 (did I sleep as well as) I slept last night. ‖ In the Mandodhari [tune] ‖ With ornaments touching each other and making a [pleasant] noise, a god came to stand before me in the dark.

像昨夜一样(没有睡好)。‖ Mandodhari [曲调] ‖ 身上的装饰相互碰撞,并发出[悦耳]的声音,黑暗中一位天神站在我面前。

1a 20—24 inčkülüg mängiligin udïmïšïm y(oq ärdi)(.) nä üčün tip tisär tün tünlä (bir antaɣ kädim) ton ätük yi(wik) tizk kädmiš tonamïš körü qanïnčsïz yaruq yašuq yaltrïtdï bir tngri urïsï kök qalïqda turup

(没有)睡好。因为昨夜(梦中?)我见一穿戴整齐的、十分(漂亮的)、身发神

光的天童站在空中

案语:该行对勘结果有三:一是关于曲调名称,吐本有回本无;二是对于天神的称谓,吐本和回本差异较大,回本似乎未将其视为天神,而是将其译为“bir tngri urïsï(一个天童)”;三是对于天神的描述,回本更倾向于从衣着等角度进行描述,比如连用“kädim ton ätük yi(wik) tizk kädmiš tonamïš(穿戴衣服、靴子和装饰物等)”和“körü qanïnčsïz(看不够的)”来修饰,而吐本则侧重从听觉的角度进行描述。

6 (prāṣ) <epreraṃ śä m̱、: ṣñi ā̱ṣ̱ṯa̱ ryāṃ swā[ñce]>(n)y(o) lyalyuk=waṣtu śla poto rake nṣac we : ptāñḵaṯ ḵa̱ṣy ārkiśoṣṣaṃ pāḵa̱ṟ nātsu bā–

6 Having brightened the house by (his own shining rays), he spoke politely to me: The Buddha–god the teacher has appeared in the world, oh Bā(dhari),

(他的光芒)照亮了屋子,他礼貌地对我说:佛天已经显世,噢,跋多利

1a 25—26 manga inčä tip tidi ... tükäl bilg(ä tn)gri tngrisi burxan yir suwda blgürmiš ärür (.)

这样说道:全智的天中天佛已显世,

案语:该行吐本保存较为完好,叙述更为详细,两文本可互为参考。

7 <dhari ḵa̱ rsor tāśśi : spārtwṣā wärḵa̱ nṯ、sne lyutār ṃa̱ rka>(mpalṣi bā)rāṇas riyac kātse : 1 ‖ smimāṃ akmlyo klyom metraḵ、ṯra̱ṅḵa̱ṣ、äntā a–

7 (you should know that! He made turn the excellent wheel of the Law) close to the city of Benares. ‖ With a smile on his face, the nobleMetrak says: Where then

(你应该知道这个情况! 佛天转动了法轮)在波罗奈城附近。‖面带微笑,圣弥勒说道:那么在哪里

1a 27—30 kašip burxan yir suwda bärü äwrilmädük nomluɣ tilgän baranas känt ulušta täwirdi ... ötrü külčirä yüzin tüzün maitri inčä tip tidi(:)

现在,自迦叶佛涅槃以来,未曾转动的法轮在波罗奈国转动了。之后,仁者弥勒微笑着这样说道:

案语:该行对勘主要体现在两大方面:第一,借词的回鹘语化现象,如专有

名词“法轮”,该词在回鹘语中无对应之词,译者采用意译方式,用回鹘语固有词“法”[nomluɣ < nom(名词,“经、法”)]和“轮子”(tilgän)构成偏正结构的“nomluɣ tilgän”;第二,回鹘译者使用增加修饰语的翻译手法进行翻译,比如该行中回本增加了表示时间状语的语句“kašip burxan yir suwda bärü(自迦叶佛涅槃以来)”和“äwrilmädük(未曾转动的)”对法轮进行一定的说明。

8 <ṡśi tāP̱a̱rḵ、s̱a̱m̱、āṣānikḵ、m̱a̱skat̲a̲r̲、‖ bā>(dhari t̲r̲a̲ṅk̲a̲ṣ̲、māgatṣin)ās̲、ypeyänt-waṃ pāṣānak ṣulaṃ m̱a̱ skatr̲a̲ kar̲、‖ t̲a̲ m kaklyuṣur̲a̲ṣ̲、āṣānikḵ、

8 (is at this moment this venerable one? Bādhari says:)Right now he is on Mount Pāṣāṇaka in the lands of Magadha. Having heard that, the venerable

(此刻尊者在? 跋多利说道:)现在他正在摩羯陀国的孤绝山上。听到此话后,圣

1b 1—5 antaɣ ärsär amtï ... ol ayaɣqa tägimlig tngri tngrisi burxan qanta bolur ärmiš (.) ötrü badari braman inčä tip tidi-i(.) magit iltä pašanak taɣda yrlïqar ärmiš (.) anï išdip tüzün maitri bodiswt öz kön-

那么,尊者天中天佛今在何处? 之后,跋多利婆罗门说道:(天中天佛)在摩羯陀国孤绝山上说法。听到这话后,仁者弥勒

案语:该行吐本和回本在内容上基本保持一致。

YQ 1.2 1/2 [反面]

b 1 <metrakḵ、āymaśl̲a̲ kk ats t̲r̲a̲ṅk̲a̲ṣ̲、> ///(ñä)[kta] ñ nokte tannek weñār̲、‖ mogharāje t̲r̲a̲ṅk̲a̲ṣ̲、perāk te nu ᵘpādhyāy kucne tā-

b 1 (Metrak says for himself: To me also) the gods ... told precisely that last night. ‖ Mogharāja says: oh, teacher, is it to be believed that

(弥勒自言自语道:对我也)天神昨晚确实跟我说了。‖摩轲罗倪说道:师父,人们会相信

1b 5—10 anï išdip tüzün maitri bodswt öz könglingä inčä tip tidi (:) manga ymä bu sawaɣ tünki tünlä šudawas tngri yirintäki tngrilär tüzü tükäti uqïtdïlar ... ötrü mogarači urï inčä tip tidi ... tngri baxšï-ya(,)

听到这些话后，仁者弥勒菩萨暗自想道：这些话昨夜净居天诸神也向我说了。之后，摩轲罗倪童子这样说道：师父啊，

案语：本行吐本和回本内容表述基本一致，对勘主要体现在词尾元音高化和佛教借词的回鹘语化两个方面。首先，“摩轲罗倪”这一人名回鹘文作“mogaračï”，吐火罗文作“mogharāje”，借自梵文“Mogharāja”，由此我们可看出该词在传译过程中，词尾元音发生了高化现象；其次，吐本中的“天神”，在回本中具体译为“šudawas tngri yirintäki tngrilär”，为“净居天诸神”之义，其中šudawas 借自梵文Śuddhāvāsa，词尾元音-a 发生了脱落，为“净居天”之义，缀接成分均为回鹘语词，共同表达“净居天诸神”之义。

2 <ṣ tanne wḵa̱ nyo kaliyūk praṣtaṃ m̱a̱ rtā[ṟa̱]>（ṃ śolaṃ ptāñḵa̱ṯ、）ārkiśoṣṣaṃ pāḵa̱ r tāṣ̱、‖ bādhari tṟa̱ṅḵa̱ṣ perāḵ、ñi se kᵘyalte kaklyuṣu ñi

2 （in such a Kaliyuga era，in a short lifetime a Buddha）will appear in the world? ‖ Bādhari says：My son，it is to be believed. Why? I（have）heard

（在如此短暂的五浊的时间里佛）会显世吗？ ‖跋多利说道：我的孩子，我们会相信的。为什么呢？我（已经）听说

1b 11—17 bu muntaɣ biš čöbik bulɣanyuq iritmiš qïsɣa öztä yašta burxanlar yirtinčüdä blgürdi ... tip timiš sawaɣ kirgünür mu ärki ... ötrü badari braman inčä tip tidi（：）tüzün oɣlum（，）angsïz kirtgünür mn（.）nä üčün tip tisär ... söki qutluɣlarda öngräki bilgälärdä antaɣ išidmišim bar ...

人们能相信在此五浊短暂的时间内佛已显世的这样的话吗？之后，跋多利婆罗门说道：好孩子，（对这一点）我是确信不疑的。因为我听过去有福的智者

案语：该行两文本内容表述较为一致，其中值得关注的是“五浊”这一佛教专有名词，该词的梵文写法为“Kaliyuga”，被译为吐火罗文时发生了词尾元音丢失的现象，即写作“kalīyūk”，但有趣的是回鹘译者并未按照吐火罗语演变规律进行翻译，而是将该词意译为“biš čöbik bulɣanyuq iritmiš”，可见译者依文生意，翻译佛教专有名词时使用音译或意译的方式，既尊重了原文原意，又兼顾文本在西域民众中的接受程度与流通性。

3 <(ne)[ṣ](i)nä s̱、knānmānäñcä s̱ ḵa̱ṣ̱ṣi s̱a̱ṣ̱m̱a̱ skaṯa̱>r s̱a̱ m ṯa̱ nne wḵa̱ nyo kārum̤

kritām̤ tsraṣṣune wär ṣ̱ṣ̱a̱ ltsuneyo kaknu wrasomṣi wā–

3（it from the clever wise men of the past.）This in such a way excellent being, merciful, grateful(?), full of strength and energy

（从过去的一位智者那里这种情况。）这位优秀的、有着慈善之心的、充满力量和能力的人

1b 18—19 antaɣ türlüg alp ärdämlig qanamlaɣ yüräklig bäk qataɣ köngüllüg tïnlaɣ bolur ...

说过，（将来）有一位勇敢、刚毅之士

案语：本行内容两文本基本对应，举其中对“有福之人”的翻译可以看出文本的对应情况。其中“优秀”似可与“ärdämlig（有德行的）”对应，“有着怜悯之心”与回鹘文的“bäk qataɣ köngüllüg”对应，“充满力量和能力的”可与“alp”“qanamlaɣ yüräklig”对应，由此可见两文本行文对应较为工整。

4 <ḵa̱m̱、kusne tam̤ne（wä）[knu]minām̤ wärce praṣ̱ṯ、penu mā>[ka]ś toṟa̱ṣ̱、: wḵa̱m̤

wäknā sam̤sārṣinās̱、klyopantyo wāwneskunṯ、ārki–

4（not even）having taken into account（a bad epoch of that sort），（for the love of）the world tormented by all manner of woes of the circle of existences,

（甚至不）考虑（那短暂的恶世），出于对在生死轮回中饱受痛苦折磨的众生的爱，

1b 20—23 bu muntaɣ türlüg qïz qïsɣa yawaz ödüg qoluɣ sayu körmädin tüü türlüg ämgäklig tilgänin bašqa toqïtmïš sansar ičintäki tïnlïɣlarnïng ämgäkin körü umatïn

不顾这短暂的恶世，不忍看到众生在轮回中受到各种痛苦

案语：该行两文本内容基本对应，词尾元音零形式值得关注，以“轮回”为例，梵文作“Saṃsāra”，译为吐火罗文时作“saṃsār”，词尾元音 a 已丢失，再被译为回鹘语时该词写作“sansar”，回鹘译者首先考虑要保证译文自身的流畅性和文本的原汁原味，对于佛教教义和义理类的专有名词，通常使用音译的翻译

方式。

5 <śoṣi tuṅkiñluneyis mosaṃ puttiśpaṟa̱ṃ(ṣi) lame rināṯa̱>r (s̱a̱)m [nu] kākropu kāswoneyum māgaṯ、ypeyaṃ śtwar mār lā–

5 (who searches for the place pertaining to the rank of Buddha), he, with gath–ered virtues, (after vanquishing) the four Māra generals in the land of Magadha,

(他希求获得佛果),他,以他自身所积聚的善德,(在击败了)摩羯陀国的四种魔军后,

1b 24—26 burxan qutïn tiläyür ... amtï tükämiš ädgü qïlïnčlïɣ qutluɣ tïnlïɣ magt iltä tört türlüg šmnu süüsin utup yigätip

而希求佛果。现在品行高尚、有福之人已经在摩羯陀国战胜四种魔军,

案语:该行对勘主要有二:其一,合璧词“四种魔军”,该词组为粟特文、回鹘文合璧词组,其中 šmnu 借自粟特语的 šmnw,在此基础上缀接回鹘语词“tört türlüg(四种)”和表示类属的名词“süü(军队)”,这一使用意译方式形成的专有名词,体现出回鹘译者精通多种语言和熟练使用多种语言的能力,合璧外来词的形式在一定程度上更有利于该文本的广泛传播;其二,文本的此有彼无现象,吐火罗文本中的“以他自身所积聚的善德”一句在回鹘文本无与之对应的内容。

6 (ñcä s̱、) ///<sne lyutār (ptāñḵa̱ t) puttiśpaṟa̱ṃ ḵa̱ lpnāṯa̱ṟ、‖ maitraṃ ‖ puk pra>s̱̱ṯa̱ ntwaṃ s̱a̱ m puk wrasaśśi puḵ、wäknā ⁝ cmolu lyaly p̱a̱–

6 (obtains the rank of Buddha as the excellent Buddha–god. ‖ In the Maitär [tune] ‖ At (all) times, this one, for all beings, in all manner of ways, (of) births and acts

(得到了如同佛天一样好的称号。)‖ Maitär [曲调] ‖ 随时,他,对所有众生,以各种方式,生

7 (ntwi s̱、t s̱a̱ rśluneyntu pu)<k ḵa̱ rsnā(nṯ)、(⁝ ākṣi)s̱̱m̱a̱ rkampaḻ、ke(n)e [śa]–lpaḻ、saṃsāṟa̱s̱̱、⁝ lok kātse pe>nu ṣakkat s̱、klop a̱s̱、t s̱a̱ḻp a̱s̱̱ṯa̱ṟ、⁝ 1 ‖ näṣ penu

7 (knowing all the tortures, he teaches the Law to everyone who is to be freed from the Saṃsāra), also he certainly does free from woe(distant and close people). 1

‖(If) I also

(了解所有的痛苦折磨,他向那些需要从痛苦中解救出来的人说法),同时他也一定解救(远近受苦的众生)。1. ‖(如果)我也

1b 27—2a 2 burxan qutïn bulu yrlïqamïš (.) qamaɣ ödün inčsizin turančsïzïn alqu tïnlaɣlarnïng ämgäkin tolɣaqïn tarqarqalïr üčün ädgü nomluɣ yrlïɣ yrlïqayur ärmiš ... ïraqïnqï yaɣuqtïnqï mungluɣ taqlaɣ tïnlïɣlarïɣ buyanlap qutɣarur ärmiš ...

得到了佛果。他为了解除众生的一切痛苦,正在不辞辛苦地讲说善法,来造福、拯救远近受苦的众生。

案语:从行文内容看吐本中的第 6 行至第 7 行应该与回鹘文本中 1b 27 至 2a 2 数行相对应,二者内容基本保持一致。

8 /// (ykoṃ)<[oṣeñi] epreraṃ ñäkta s̱、asurās̱、nāgās yakṣāśśi ki[nna]>res-gandhārveśśi yo s̱、ymāṃ wsāḻwä s̱、

8 ...(day and night), in the sky, proceeding from the garments of the gods, the Asuras, the Nāgas, and the Yakṣas,) of the Kinnaras and the Gandharvas ...

……(日夜,在天空中,出现了天神的样子,阿修罗、药叉诸魔,)紧那罗和乾闼婆……

2a 2—6 taqï ymä qoduru könglänür mn ... biš qïrq yïlta bärü basa basa üstün kök qalïqdaqï uluɣ küčlig tängrilär asurla ... luular yäklär kintirilar g(a)ntarwlar ...

此外,我还仔细(这样)想过:三十五年以来,天上大力神、阿修罗、诸龙、药叉、诸魔、紧那罗、乾闼婆……

案语:该行中有两处对勘内容需关注。其一为合璧外来词的语言现象,yäklär <yäk(梵文借词 Yakṣa"夜叉")+ lär(回鹘文,名词复数附加成分)、kintirilar<kintiri(梵文借词 kiṃnara)+ lar(回鹘文,名词复数附加成分)、g(a)ntarwlar<g(a)ntarw(梵文借词 gandharva)+ lar(回鹘文,名词复数附加成分)、luular < luu(汉语借词"龙")+ lar(回鹘文,名词复数附加成分)等四位天神的名称,分别来源于不同类型的语言,回鹘译者将其化用到该文本中来,既易于为广大回鹘民众熟知接受,也为回鹘语词汇增添了新鲜血液,扩充了回鹘语的词汇量;其二,

在翻译手法的使用上，回鹘文本较吐火罗文本多出了表示时间长度的状语成分“biš qïrq yïlta bärü（三十五年来）”，该语句在吐火罗文本中并无对应。

二、焉耆本YQ 1.4与哈密本2a 10—2b 30之对勘

YQ 1.4 1/2［正面］

a 1 /// <namo buddha weñlune klyo s̱a̱ ṃṣā>wā ṯa̱ m nu mā kñasu kus taṃ bud-dhaṃ m̱a̱ skatṟa̱

a 1 /// I（kept hearing that ‘Reverence to the Buddha [*namo Buddha*] was said），but I did not know what *buddha* referred to.

/// 我（一直听到）“南无佛”的声音，但是我不知道这里的“佛”指的是什么含义。

2a 10—11 anïng ara namo but qïlmïš ünlär išidür ärdim（.）anï adïra uqmaz ärdim ... kim ärki ol buta yarlaɣ（.）

其间，我还听到南无佛的声音。我弄不清楚这声音是怎么一回事。

案语：该行内容吐本和回本基本一致。

2 /// <salu nikṣāntṟa̱ ṣi>w[ä]rḵa̱ nṯ lkātṟa̱ ykoṃ oṣeñi śkaṃ ākakk at s̱、tkaṃ

2 /// the（complete auspicious）wheel becomes visible，and by day and night consistently the earth

///（吉祥的）法轮变得清晰可见，日夜不停地，大地

2a 12—16 yana ymä üstün köktä altïn yaɣïzta qut buyanlaɣ irü blgülär blgülüg bolurlar ... tünlä küntüz yana yana yïlïnčɣa yir täbräyür ... basa basa yïparlaɣ yïdïn qatïqlïɣ yil äsin äsnäyür ...

还有，上面天上，下面地上都是吉祥的瑞兆，大地昼夜在（不停）震动。还有（不断）吹来香风。

案语：该行回鹘文本保存相对完整，释读程度较高，部分内容如“täbrä-（颤抖，震动）”“yïparlaɣ yïdïn qatïqlïɣ yil äsin äsnäyür（还有不断吹来的香风）”等可

以为吐火罗文本提供补充参考。

3 /// k̲、t̲a̲ myo k̲a̲ rsnām̲、yneś wätkāl̲t s̲、ptāñk̲a̲t̲ k̲a̲ṣṣ i ārkiśo–

3 /// Thereby I recognize that the excellent Buddha–god the teacher ... (in) the world

因此我意识到全智的佛天……(在)世上。

2a 17—18 anï inčä uqar mn(:) otɣuratï tükäl bilgä burxan yir suwda blgürmiš bolur ...

我想,这一定是全智的佛已降临世间。

案语:该行主要讲述天中天佛降临人间,吐火罗文本有部分残损,内容可由回鹘文本提供参考补充。

4 (ṣṣaṃ) /// (kāt)[k]mā(ṃ) nātsu ' maitr̲a̲ yo worūnt̲、aṣuk̲、s̲ pa̲ ntont̲、tsen yokāss a–

4 /// having become overjoyed, with his blue eyes full of friendship and totally confident,

/// 变得高兴起来,用他那充满友爱和完全自信的蓝色的眼睛,

2a 18—21 anta ötrü ayaɣqa tägimlig maitri bodiswt artuqta artuq ögrünülüg sawinčlig bolup äzök yazoq köküš önglüg körtlä közin

之后,尊者弥勒菩萨十分高兴地用他那长、宽并微带蓝色的眼睛望着

案语:该行对勘用语差异主要体现在对弥勒眼睛的描述上,吐本侧重表达眼睛所传达的内涵信息,而回本重在描述眼睛之形态。

5 (śänyo) /// [klyo]m̲、[u]pādhyā kuc[ä]、śkaṃ māk weña m̲、sne sañce ptāñk̲a̲t̲ k̲a̲ṣṣi ārkiśo–

5 /// Oh noble teacher, why should I say much? Without any doubt, the Bud–dha–god the teacher ... (into the) world

/// 噢,尊敬的师父,我为什么要说这么多话呢? 毫无疑问,佛天……(到)世上。

2a 22—25 badari bramanaɣ titirü körüp inčä tip tidi (:) tüzün baxšï (,) öküš saw krgäk ärmäz (.) sizikingiz üzlünzün (.) tükäl bilgä burxan yirtinčüdä blgürmiš ärür ...

跋多利婆罗门这样说道：尊敬的师父，这不用说一定是全智的佛已经降临世间，(对此)您不必怀疑。

案语：就目前吐本和回本的保存情况看，回本保存更为完整，部分残缺文字可由回本为其做出补充，此外在语句表达上，回鹘译者也做出了部分调整，比如吐本中的“我为什么要说这么多话呢？”一句在回本中无严格对应，回鹘译者根据文意，将其译为“öküš saw krgäk ärmäz”，直译为“过多的话不需要说”。

6 (ṣṣaṃ) /// (plāk̠am̠、) [w]nām̠、 ‖ vilumpagatinaṃ ‖ kupre ontaṃ tā ontaṃ udumparṣi pyāpy oki ptāñk̠a-

6 /// I put(a request to you). ‖ In the Vilumpagati [tune] ‖ Just as the Udumbara flower, at some time, somewhere, the Buddha-god the teachet (makes his appearance.)

/// 我(向您提出一个请求)。‖ Vilumpagati [曲调] ‖ 就如同优昙花一样，某时，某地，佛天(显世了。)

2a 26—28 anïn amtï sizingä yinčkä ötüg ötünür mn (.) udumbar čäčäkkä yöläši alpta alp söqušɣuluq burxanlar yirtinčüdä blgürmäkläri bolur(.)

现在我要向您禀报：(既然)像优昙花一样(千载)难逢的佛已经降临世间，

案语：该行对勘主要有三点值得关注：首先，借词的回鹘语化现象，“udumbar čäčäkkä(优昙花)”是在音译吐火罗语“udumbar”的基础上，缀加表示该词意义类属“花”的回鹘语词“čäčäk”构成的，这种意译借词的方式，属于佛典翻译中很常见的一种吸纳外来词的造词法；其次，关于两文本中出现的“请求”一词，回鹘文本中将其译作“yinčkä ötüg ötünür”，直译为“细地请求”，耿世民先生将其意译为“禀告”，更符合语境意义；最后，吐火罗文本中的“某时”“某地”在回鹘文哈密本中均无对应，据季本可知，上述两词对应 A214 a 3[①]。

7 （ṯ ḵa̱ṣṣi :）///（w）[m]（ā）[r ci]ntāmaṇi : yomuṟa̱ṣ kranṯ、ḵa̱ṣṣi ñi ṣñy āñcä m̱、ku-lypam̱、k^{u}yal mā cam sem yāmi–

7 /// a Cintāmaṇi jewel：having attained（it?），why should I，longing in my heart for the good teacher，not make him my protection?

///如意珍宝：在获得（它）以后，为什么我，内心期待佛天的出现，而不是期待他能保护我？

2a 29—30 anï ošuɣluɣ kiši ät'özlüg čintamani ärdini bulɣalï taqï alp ärür ...

（既然）很难找到像他那样的生为人身的如意珠宝，

案语：该行内容两文本均有损毁，可互为补充。此外关于合璧外来词“如意珍宝”的构成，回鹘译者采用梵文“Cintāmaṇi（如意珍宝）”附加表示意义范畴的回鹘词“ärdini（珍宝）”，使得该词更易于信众理解和接受。

8 （ māṟ、:）///（ḵa̱ṣṣina）c wa ṣ̱ṯa̱ṣ̱ ḻa̱ ñca m̱、: 1 ‖ ṯa̱ preṃ wewñuṟa̱ṣ̱、a̱ṣānik metraḵ、ṯm̱a̱ḵ、ptāñḵa̱ṯ ḵa̱ṣyāp kapśiṃñä–

8 /// I will go away from the house to the presence of （the Buddha–god）the teacher. 1 ‖ Having said so much，the venerable Metrak at this very moment ... from the body of the Buddha–god the teacher

///我将要出家到佛天那里去。1. ‖ 说完这些话后，圣弥勒这时……从佛天的身上

2b 1—8 amtï yaramaɣay angar yaqïn barmasar ... ymä yaramaɣay anï osuɣluɣ baxšï bolup umuɣ ïnaɣ tutmasar （.） amtï tngri baxšï bošuyu yrlïqazun kim tngri tngrisi burxanqa yaqïn barïp äwig barqïɣ qodup toyin bolup （.） bu munča saw sözläp tükätmäzkän（，）anïng ara tükäl bilgä tngri tngrisi burxannïng ät'özintä biš boduɣluɣ yaruq

现在不去他那里，不去皈依像他那样的师父恐不合适。请师父允许，我到

① 季羡林：《吐火罗文〈弥勒会见记〉译释》，北京：外语教学与研究出版社，2009 年，第 226 页。

天中天佛那里出家为僧。他的话还未说完，这时从全智的天中天佛的身上发出五色亮光，(那亮光)

案语：该行起始处吐火罗文本残缺不全，具体内容可参考回鹘文本。另外，两文本在个别语句的表述上差异较大，比如，吐火罗文本中的“说完这些话后”，在回鹘文本中为“bu munča saw sözläp tükätmäzkän”，意为“这些话还没有说完”。

YQ 1.4 1/1 ［反面］

b 1 （ṣ̱）、///（āṣāni）[kā]（ṃ）metrak̲a̲ṃ āpat̲、twantaṃ yāmur̲a̲ṣ̱、yneś puttśipar̲a̲ṃṣi kapśañi oki anapr̲a̲ k̲a̲–

b 1 /// having performed the rightward circumambulation round the venerable Metrak, stays before what was clearly the body of one who has the rank of a Buddha.

/// 在围着圣弥勒身旁向右绕行后，停在有着佛称号的人面前。

2b 9—13 yaltrïq ünüp matyadiš uluštïn šudlanu kälip tüzün maitrining ät'özin ongaru tägzinip tngri burxan ödintä turur täg maitri bodiswt üskintä yašuyu täbränč–sizin turdi

从中天竺国射(？)来，围着仁者弥勒的身子向右旋转，(并)像停在天佛那里一样，一动不动地停在弥勒菩萨的面前。

案语：除去行首破损处导致吐本部分文字丢失外，在内容表述上吐本和回本基本对应，其中回鹘译者在描述“停”这一动作时增加了“täbränč–sizin(不动地)”这一副词进行了说明。

2 （lyt̲a̲r̲）///（bādhar）[iṃ]（br）[ā]mnac tr̲a̲ṅk̲a̲ṣ̱ pa̲lkār̲、ᵘpādhyā s̲a̲s puttśipar̲a̲ṃsi cakravartti lānt̲a̲ṣ̱、ārt̲、kakmu

2 /// says to Bādhari the brahmin：See, oh teacher, this（light）proceeding over a distance from the Cakravartin–king of Buddha–rank

/// 对跋多利婆罗门说道：师父，您看，这(光亮)从遥远的转轮王发出的

2b 14—18 ... anï körüp ayaɣqa tägimlig maitri artuq süzülüp badari bramanqa inčä tip tidi ... körüng bilgä baxšï（.）bu tükäl bilgä tngri tngrisi burxan čkwrt ilig xantïn kälmiš yaruq yaltrïqlaɣ yalawačïɣ(.)

看到这亮光后，尊者弥勒非常虔诚地对跋多利婆罗门说道：你看，师父，这是天中天佛转轮王发出的光亮。

案语：从内容对应的角度对勘，回本较吐本更为完整，此外值得关注的语言现象是合璧词"转轮王"，该词在借用梵文"čkwrt(转轮王)"的基础上，缀加表示该词意义范畴 ilig xan("国王")一词，通过梵文与回鹘文合璧的形式构成了新的回鹘语词。

3 /// kapśiñño bādhari tra̠ṅka̠ṣ weyeṃ nasam se tma̠ṣ̠、tra̠ṅka̠ṣ̠、 ‖ maitraṃ ‖ tñik̠ ta̠ṣ、pa-

3 /// with(trembling) body, Bādhari says: My son, I am stupefied. Then he says: ‖ In the Maitär [tune] ‖ Only for you, that ...

/// 用(颤抖的)身体，跋多利说道：我的孩子，我很惊讶。之后他又说道：‖ Maitär [曲调] ‖ 只为你……

2b 19—24 amtï mn otɣuratï toyin oq bolmïšm krgäk ... ötrü titräyü ät'özin badari braman inčä tip tidi ... amraq oɣlum(,) säning bu muntaɣ türlüg sözläyü yitinčsiz qut buyan ädgüngin ädrämingin körüp ärtingü mungadur mn adïnur mn(.)

我定要(从他)出家为僧！之后，跋多利婆罗门颤抖着身子这样说道：亲爱的孩子，看到你有这般无量福禄善德，我感到十分惊讶。

案语：该行对勘主要体现在两大方面。一是两文本的此有彼无，吐本行首处残缺部分，据回本可补充为"amtï mn otɣuratï toyin oq bolmïšm krgäk[我定要(从他)出家为僧]"；二是回本增加使用"anta ötrü(之后)""inčä(这样)"等词语，在疏通文义的基础上，更加注重上下文的连贯性。

4 (ṟa̠ṃ) /// (wā)k[m]at ṣa̠ṃ lkāṃ̠、kāsu se : pāñ[ä]、cmolwāṣiṃsaṃ ptāñk̠a̠t k̠a̠ṣ-yāp sam kārūṃ le-

4 /// I see an excellent ..., my good son. The mercy of the Buddha-god the teacher is the same for (all) beings of each of the five incarnations

/// 我看到无量的……，我亲爱的孩子。佛天的慈悲之心对五世众生都是一样的。

2b 24—26 tngri tngrisi burxannïng yrlïqančučï bilgä biligi qamaɣ biš ažun tïn-laɣlar üzä tüz ol tip tiyürlär ...

人们说天中天佛的慈悲之心对五世众生都是一样的。

案语:吐本和回本在该行中的内容基本一致。

5 (ṯa̱k̲、) /// (ma)narkāñ weyeṃ nāṃtsuṣ pācinä ṣ̱、tsaṟa̱ṃ orto cacluṟa̱ṣ̱、āla m̱、

5 /// The brahmin youths, being stupefied, having raised their right hands ... each other ...

/// 婆罗门的学童们,感到惊讶,举起他们的右手……彼此……

2b 27—30 yana inčä körsär (,) aɣlaqta aɣlaq sini amrayu säwä yrlïqar ... anta ötrü ol qamaɣ titsi urïlar tanglap mungadïp braman törüsinčä ong qollarïn örü kötürüp bir ikintiš-

但看来他特别喜爱你。这时所有学童也都感到惊奇,(并)按照婆罗门的礼仪高举右手,彼此……

案语:该行中吐本起始处破损,内容可由回本对其进行补充。此外,回本行文中增加了部分修饰语成分,比如“按照婆罗门的礼仪”,该状语成分是这样构成的,braman törüsinčä < braman (婆罗门) + törüsinčä < törü (名词,“法规,制度”)+ si(第三人称单数领属附加成分,“……的”)+n(增音)+čä(“……的样子”)。

6—8 (wäc) /// (ko)[spr]eṃ ciñcär kospreṃ nu parno p̱a̱ ḻḵa̱ṣ̱、āṣāniḵ、klyom metra(k) /// (pari)weṣ yāmu puḵ、yärśāṟ、: klyom metraḵ ṯa̱ mneḵ、swā-(ñceṃ) /// [ā]paṯ、swāñcenāñ wineñcäṃ : keneñcäṃ o

6—8 /// how lovely, and how resplendent appears the venerable noble Metrak ///having made a dress, all around; then the noble Metrak ... rays (?)... ///rays appear (?) on his right side. They call him ...

/// 尊者圣弥勒变得多么可爱、多么熠熠生辉做好了衣裳后,四周,之后圣弥勒……发出光……光芒出现在他的右面。他们称他……

案语：吐本第6行至第8行内容在回本中暂无对应，无法实现两文本的对勘。

三、焉耆本YQ 1.42与哈密本4a 1—4a 19之对勘

YQ 1.42 1/1 ［正面］

a 1 ///(o)[p] pall oki kāckeyo ∶ 2 ‖ ṯm̱a̱ṣ̱、āṣāniḵ、

a 1 /// like a lotus flower, with joy. 2 ‖ Thereupon the venerable

/// 像莲花一样，充满欢喜。2. ‖ 由此，尊者

2 （metrak）/// wnāmā(ṃ) tr a̱ṅḵa̱ṣ̱、‖ subhādrenaṃ ‖ kārumṣiṃ ś^{u}ḵa̱ ryo

2 /// placing ... says： ‖ In the Subhadra [tune] ‖ With the sting of mercy

/// 放在……说道：‖ Subhadra［曲调］‖ 在慈悲之心的鼓励下

3 ///（ca)kravarttis lānṯ、watkurā puḵ、tkaṃsaṃ vaineṣiṉa̱ s kātkṣant i

3 /// on the order of the Cakravartin–king, making glad in all lands the followers of the Vinaya, ...

/// 按照转轮王的指示，使得Vinaya大地上的所有的追随者，……

4 /// [ñ(^{ä})、] kākkurā riṣaḵa̱śśi lāntac^{ä}、ytsi ∶ 1 ‖ ṯa̱ preṃ wewñuṟa̱āṣ̱、ā–

4 /// at the invitation of ... to go to the king of the sages. 1 ‖ Having said so much, the venerable（Metrak）

/// 在……的邀请下来到Sages王这里。1. ‖ 说了这么多话语后，尊者（弥勒）

5 （ṣānik metrak）///（bādha）ri brāhmaṃ mokoneyo lyutār nāṃtsu ṯa̱ rmmāṃ kapśiñño śla āñcālyi

5 /// Bādhari the Brahmin, with his body trembling excessively because of his advanced age, his palms placed together,

/// 跋多利婆罗门，因其年迈而颤抖着身体，合掌，

6 /// c^{ä}、yärṣlune yatṟa̱ klyoṣāṣ、ṉ̱ṣ̱a̱ṣ sewāñ ñäkte s̱、weñlune ' p̱a̱ lkāc m̱a̱ cceḵ、

ptāññä–

6 /// will pay his respect. You, my sons, have heard from me the words of the god. See yourselves ... the Buddha-god(s)

/// 要表达对他敬意。你们,我的孩子们,已经从我这里听说了关于佛的消息。愿你们自己……佛

7 (ktañ) /// (ka̠)[ṣṣi] nac kātse ytsi cesmi nä ṣ̠、ta̠ rkor ypa m̠、Pa̠ lākcᵃ、krañśᵃ、‖ pañcmaṃ ‖ ñäktañ ta̠ rkoṣ ñä–

7 /// I will grant the permission to them to go the presence of (the Buddha-god) the teacher. See, oh good ones! ‖ In the Pañcama [tune] ‖ The gods have been allowed, the goddesses (?)

///我将允许他们到(佛天)那里。你们看,善良的人们! ‖ Pañcama[曲调] ‖ 天神们已被允许,女神们(?)

8 (kteññäñ̠ᵃ、) /// (waṣ̠)[twä]ṣ̠、kārneñcᵃ、kumseñcᵃ、napeṃsacᵃ、: t sa̠ lpālune ākālyo yärkan̠t、ritwseñcᵃ、ptā–

8 /// from the ... houses they are descending, they are coming to the human beings; they are combining their homage to the Buddha-god with their wish to be freed.

/// 来自……房屋他们降临,他们将要来到人间;他们正在将自己对佛天的崇敬之情与期待被解脱的期望融为一体。

案语:上述 8 行内容暂无回鹘文与之对应,故暂不做对勘。

YQ 1.42 1/2 [反面]

b 1 (ñäktacᵃ、:) ///(kāru)[n̠]ik̠、1 ta̠ myo Pta̠ rka̠s、tirthenās、Pla̠śluneytu sne tspokās、: pāṣluneytu wiccā–

b 1 /// merciful one. 1. Therefor, you, give up the self-torments of heretics, tasteless ones, the observances of magic skills

/// 慈悲之人。1. ‖ 因此,你,放弃了因遵守异端的枯燥乏味的神秘技能带来的自我折磨,

2 (ṣṣās̠、) /// (kʰpre)[n]e kri näm ca m̠、lkātsi : Pa̠l̠cäs wa ṣ̠ta̠ṣ̠、ptäñäktac kene

kri näm śalpatsi : 2 ‖ tmaṣ、ā–

2 /// (when) your wish is to see him. Go away from the house to the Buddha-god, (you) whose wish it is to become freed! 2. ‖ Thereupon, the venerable

///(当)你的期待见到佛天时,出家为僧去佛天那里,(你)的愿望是得到解脱! 2. ‖ 因此,尊者

案语:该品由于回鹘文本的第 3 叶未保存下来,故吐火罗文 a 面 8 行和 b 面的前 2 行在回鹘文本中无对应,暂不做比较。

3—4 (ṣānik metrak) /// āṣānikāṃ ptāñkat kaṣṣinac wa ṣtaṣla nta ssi ārwar ma skatar tam Palkoraṣ tiṣyeṃ /// āṣānikāṃ metraknä ṣ、wätkatsi mā ka ryatsu maṣ、ākra aśnu ma–ṣ、śla

3—4 (Metrak) ///is ready to go away from the house to the venerable Buddha-god the teacher. Having seen that, ...(beginning with) Tiṣya,/// not wishing to be separated from the venerable Metrak, with eyes filled with tears, with (the palms of their hands placed together)

(弥勒)/// 准备启程出家为僧到佛天那里。看到这些,……(从)帝沙(开始),……///不愿与尊者弥勒分离,眼含泪水,(合掌)

4a 1—6 ... anï körüp tiši donili mogaračida ulatï altï ygrmi urïlar <altï ygrmi> ayaɣqa tägimlig maitridin adralmaq ämgäkkä yašlarï sawrïlu äliglärin qawšurup ängitä ät'özin tüzün maitriqa inčä tip ötüntilär(.)

(于是,弥勒)准备(启程。)帝沙、陈那、摩轲罗倪以及十六童子看到要离别尊者弥勒时都感到十分难过,于是合掌躬身对仁者弥勒这样说道:

案语:该行对勘主要体现在词尾元音弱化和文本的此有彼无上。其中,该行依次出现 3 个人名,分别为"tiši(帝沙)""donili(陈那)""mogarači(摩轲罗倪)",回鹘译者采用音译方式对其进行翻译,依旧遵循梵文到吐火罗文再到回鹘文,词尾元音由 a→e→i 的弱化规律。该行吐本破损严重,内容可由回本为其做出参考补充。

5 /// – ‖ pañcagatinaṃ ‖ pācar mācarṣiṃ kāpñune pukaṃ tampewāt ṣ、wra–

5 /// ‖ In the Pañcagati [tune] ‖ The love for father and mother(is)the strongest (sentiment) among the beings

/// ‖ Pañcagati[曲调]‖对父母的爱是人类所有(情感)中最强烈的。

4a 6—8 bu sansar ičintä alqu amranmaqta küčlügi ög qang üzäki amranmaq ärür ...

这世上最大的爱是对父母的爱。

案语:该行再次出现曲牌名的问题,吐本中的所有曲牌名,翻译到回鹘文本中均弃而不用,吐本中的曲牌名之后的内容应该是帝沙等人意欲随弥勒出家为僧时说的话,加之曲调的配合,可以想见在演出时该部分内容应由演员吟唱而出。

6 (saśśi) /// ṣa ṣ̱a̱ rku kuc praḵṣ̱a̱ḻ pācṟa̱ṣ̱、∶ kārūṃ pyāmtsār kārūṇik wasā

6 /// surpassed ..., what is to be asked of a father? Have mercy on us, oh merciful one!

/// 超越……,对师父有什么要求? 怜悯我们吧,仁慈之人!

4a 9—14 bizing yana inčä körsär sizni üzäki säw(ä)glig könglümüz amraq ät'öz isig özümüztä yigräk arür ... amtï bizni üzä yrlïqančučï köngül öriting (.)

我们爱你胜过自己宝贵的生命。愿你起怜悯之心,

案语:该行对勘主要体现在吐本残缺不全,内容不够完整,回本可为之提供参考补充。

7 ///(tṟa̱)[ṅḵa̱]ṣ̱、sanäk ñi ya ṣ̱a̱ṣ̱ puk pra ṣ̱ taṃ mñe ṣe ṣ̱、P̱a̱ lkāc krañś^{ä}、

7 /// says: All the time it has been my expectation to hear just this from you. See, oh good ones!

///(弥勒)说道:一直我希望从你们口中听到的正是这一点。善良的人们,你们仔细想想吧!

4a 13—18 siz bizni tïdmang tutmang sizing ödüng(iz)dä baralïm ... anta ötrü tüzün maitri ol urïlarqa inčä tip tidi ... manïng ymä bu oq kösüšüm ärdi ... kim sizlärning aɣ(i)zïngïzlarda bu muntaɣ türlüg ädgü saw išidgäli ... taqï ymä qoduru qolulanglar(.)

不要阻拦我们，我们也要随你而去！之后，仁者弥勒对众童子说道：我希望从你们口中听到的也正是这点。你们仔细想想：

案语：该行内容除去吐本行首处的严重破损外，其余内容两文本基本对应，其中残缺部分可参考回本，即"siz bizni tïdmang tutmang sizing ödüng(iz)dä baralïm"，意为"不要阻拦我们，我们也要随你而去"。

8 /// ' saṃsārṣiṃ nātki ṣ、kene kri tāṣ、āk yatsi

8 /// Whosoever intends to put an end to Saṃsāra the master

/// 无论谁想杜绝轮回大师，

案语：该行暂无回鹘文本对应，省去不做比较。

第二节 跋多利欣然应允 讲述佛之32相

一、焉耆本 YQ 1.8与哈密本4a 25—5a 26之对勘

YQ 1.8 1/2 ［正面］

a 1 ///(manarkā)ñä(、) ālam wcanä ṣ、śralune mā kla smāṃ ṣo-

a 1 /// (the brahmin youths,) unable to bear the separation from eachother, (very)

///(婆罗门的年轻学童们)，无法忍受彼此的分离，(十分)

4a 25—28 anta ötrü ol tüzün maitrida ulatï .. altï ygrmi urïlar bir ikintiškä amraqlaɣu quwraɣ(tïn) adralmaqï bolup qamaɣun turup badari braman tapa barïp

之后，仁者弥勒及十六童子互相友爱地一同站起，去见跋多利婆罗门，对他这样说道：

案语：该行主要叙述弥勒与其同门一起拜别恩师的情形。吐本行首处残缺严重，相关内容可由回本为其做出补充，吐本中的"无法忍受彼此的分离"一句

目前没有找到与之对应的回鹘文译文。此外,回本中增加使用“amraqlaɣu(友爱)”等词语对弥勒及其他童子进行更为细致的形象描写。

2 (kyo) /// (brāmnune) <ṣi> bra m̱、ñḵä̱ṯ、cu knānmuneṣi śoḻ、eṣpanṯ、pācaṟ、

2 /// Brahmā–god of (brahminhood), you, giver of the life of knowledge, father,

/// 具有婆罗门相的,您,知识的赠与者,师父,

4a 29—30 ... baraman körklüg äzrua tngri–i bilgä biliglig öz birdäčï ... baɣšïlaɣ qangïmïz(,)

具有婆罗门相(和)梵天睿智的、富有牺牲精神的师父,

案语:该行对勘差异在于回鹘文本增加了修饰语,其中吐火罗文本将跋多利婆罗门称之为“知识的赠与者”,而回鹘文本通过添加“äzrua tngri–i bilgä(具有梵天睿智)”对跋多利婆罗门的智慧进行修饰。

3 /// [m]ṯṟa̱ ci ∶ rimṣantāśśi <sewāśśi> riñlune ca ṣ̱、P̱ḵḻa̱、ᵘpādhyā pyām̱ ṯa̱rkor ḵa̱–

3 /// we ... you.Bear with the leaving of your sons that leave you, oh teacher! Give permission (for us to go) to (the teacher)

/// 我们……您。噢,师父,请您忍受离您而去的弟子带给您的离别之苦吧!请您允许(我们到)(佛师那里吧)。

4b 3—4 ... qulutlärnïng yoɣan inčkä qïlmïšïmïznï säring(,)

(对此)我们感到很羞愧。请您原谅我们的大小过错。

案语:该行吐本内容暂无回本与之对应,故不做两文本的比较对勘。

4—5 (ṣṣinac ytsi ∶) /// <ṣ̱ ṯa̱ m penu>(p)yāmām̱、kṣānti ∶ 1 ‖ ṯm̱a̱ṣ̱ s̱a̱m̱、bādhari brāhmaṃ ṣ̱a̱ ññuneyā ylā–<ṟ、ā> /// <ce s̱a̱m̱、śkaṃ manarkā>(s̱a̱)ṣ̱、ṣñi āñmes ṣakk atseḵ、śralune P̱a̱ lkoṟa̱ṣ̱、ākṟa̱ aśnu m̱、mokone–

4—5 /// For this also grant us forgiveness! Thereupon Bādhari the Brahmin, weak ... by his own nature, /// having (also) clearly seen his being separated from (those pupils), with tears in his eyes, beaten by old age

/// 为此也请您宽恕我们吧! 于是跋多利婆罗门, 因自身……年老虚弱 /// (又)清晰地看到他自己将与(那些学生们)分别,满含热泪,年老体衰

4b 5—11 kičigdä bärü tapïnu udunu umadïn tüzün könglüngüzni burtardïmïz ärsär（,）kšanti bolzun（! ）anta ötrü badari baraman käntü titsi<si-> larïnta bu muntaɣ ačïɣ sawlar išidip yana käntününg uluɣ qarï yašqa tägmišin saqïnïp yašlïɣ közin

我们从小对您伺候不周,如有冒犯,请您原谅！跋多利婆罗门听到弟子的这番令人辛酸的话语后,又想到自己年岁已老,于是,眼含热泪,

案语:首先,吐本中的“清晰地看到他自己将与(那些学生们)分别”一句暂无回鹘文译文与之对应;其次,回鹘译者常常根据语境的需要增加相应的语句,如本行用“bu muntaɣ ačïɣ sawlar iši-(听到这些令人辛酸的话语)”来顺通文意。

6 <yo kak̲a̲ rnu> /// <m(e)tr̲a̲>kyāp、tsarā eṃtsu tr̲a̲ṅk̲a̲ṣ̱、‖ mandodharinaṃ ‖ mokoneyo kuro n̲a̲ṣ krant̲、k̲a̲ṣṣiṃ ca(m̲)、

6 /// having grasped the hand of Metrak, says: ‖ In the Mandodhari [tune] ‖ Weakened by old age, I (cannot go to see) this good teacher.

///握着弥勒的手,说道:‖ Mandodhari［曲调］‖ 我已年老体衰,(不能亲眼见到)这位善良的师父。

4b 12—14 titräyü qamšayu ät'özin tüzün maitrining äligin tuta inčä tip tidi ..bir käntü uluɣ qarï ämgäkin qawrïlïp ädgü yolčï yirči baxšïɣ körü umadïn..

颤颤巍巍地握着仁者弥勒的手这样说道:我一因自己年迈,不能亲睹(佛)师,

案语:本行回本与吐本所述内容基本吻合,需特别注意的是回本中通过增加修饰语,如“titrä-qamša-(颤抖地)”等,细致入微地再现跋多利婆罗门离别爱徒弥勒时的痛苦心境。

7 <lkātsi ytsi mā cämpamo(:)> /// [nu] tāp a̲ rk̲、wtākotā walu nasa m̲、: m̲a̲ntne ᵘpādhyāyᵃ、āk̲l̲ṣlye iśe yalye t̲a̲ m nä ṣ̱、

7 /// but now for a second time I have died. Whatever a teacher can do for his disciples, I

///但是现在,第二次我已经死去。一个师父能为自己的学生所做的,我

4b 15—19 ... ikinti sizlärni ošuɣluɣ amraq oɣlanïmtïn adraltïm ... amtï timin tirigdä ölüg mn boltum ... nä ymä baxšïlarnïng titsilarqa qïlɣuluq iš ködüg ärti ärsär(,)alqunï mn tükäl qïltïm(.)

二因又要离开像你们这样的爱子,真是活着等于死去!我已尽了师父对弟子的责任。

案语:该行吐本中“第二次我已经死去”一句,回鹘译者在保证原意的基础上,将其增译为“ikinti sizlärni ošuɣluɣ amraq oɣlanïmtïn adraltïm ... amtï timin tirigdä ölüg mn boltum”,更为深切地表达出弥勒的离别使跋多利婆罗门生非常痛苦。

8 <ya ṣ̱、eśe yāmpe ∶ k^{u}prene> /// p a̱ḻt ṣ̱ kyo mar nä ṣ̱ m̱a̱ rsāc^{ä}、∶ 1 ‖ śla ḵ、śkaṃ sewāñ^{ä}、ṉa̱ṣ̱ ca ṣ̱、dakṣiṇāpath ḵa̱ lymeyaṃ wrasa–

8 (have done for you. If ...) /// do not forget me in your thoughts! 1 ‖ And in addition,my sons,I,by the people in this land of Dakṣiṇāpatha

///(已经为你们做了。如果……)/// 在你们的心里,请不要忘记我! 1. ‖ 再有,我的孩子们,我,南天竺国的人们

4b 20—22 qačan sizlärning bilgä biligilig közüngüzlär yarusar ol oɣurda mini ymä unïtmanglar inčip ymä oɣlanïm(,)bu dkšanapt iltäki tïnlïɣlar ...

当你们得道时,那时请不要忘记我吧!再有,我的孩子,这南天竺国的人们都

案语:该行对勘重点在于意译借词“南天竺国”(也可译为“南印度国”),回鹘译者将这一佛教专有名词转译为“dkšanapt il”或“dkšanpt uluš”,其中的“dkšanapt”为音译借词,“il”和“uluš”均为有“国家、王国”之义的回鹘语词,用以表达借词所属的意义范畴。

YQ 1.8 1/1 [反面]

a 1 <śśi ṯm̱a̱ k mā ḵ、āṣāni(k)> ///(äntā)[n](e) yas tāp a̱ r ḵ、nä ṣ̱、riñc ṟa̱ ptāñ ḵ a̱t ḵ a̱ ṣ̱ṣinac wa ṣ̱ṯa̱ṣ̱ ḻa̱ n ṯa̱ ssi ḵ a̱ lkāc mākis ṣakk a–

a 1 （I am held to be a great venerable ...）/// If you now leave me and go away from the house to the Buddha-god the teacher, with many indeed

///(人们认为我是一个非常值得尊敬的……)/// 如果你们现在离我而去，到佛天那里出家为僧，的确会有很多

4b 23—27 ayï uluɣ törülüg ayaɣqa tägimlig dintarča saqïnurlar ... birökin sizlär mini qodup tngri tngrisi burxan tapa toyin bolɣalï barsar sizlär(,)tälim öküš tïnlïɣlar sizklig bolɣaylar ...

对我十分尊重。你们若舍我而去天中天佛那里出家为僧，众人会产生怀疑说：

案语：本行除去行首处的损坏，吐本与回本内容基本吻合。

2 <ts sañce kātka [ṣ̱]、><(k^{u}ya)ll aśśi ceṣ ma>[na]rkāñä、bādhariṃ raryuṟa̱ṣ̱、ptāñktac wa ṣ̱ṯa̱ṣ̱ ḻa̱ ntseñc^{ä}、brāmnune raryuṟa̱ṣ、ṣāmnune

2 （the question will arise：Why）is it that these brahmin youths, having left Bādhari, will go from the house to the Buddha-god? Having left brahminhood, (is it the) monkhood

///(问题产生：为什么)那些婆罗门的学童们，离开跋多利，要出家到佛天那里去呢？舍弃婆罗门的称号，僧侣的称号

4b 28—30 nä oɣrïn nä tïltaɣïn ol urïlar badari bilgä baraman osuɣluɣ baxšïɣ qodup tngri burxan nomïnta toyin boltïlar ... tip tigäylär (.)

为什么跋多利婆罗门的弟子要舍弃自己的师父从佛为僧呢？

案语：该行两文本内容基本一致。吐火罗文本中的“舍弃婆罗门的称号，僧侣的称号”一句暂无回鹘文对应。

3 <eṃtssantṟa̱><(änt)āne tsopa > [t s̱a̱]ṃ kro p̱、wartsyaṃ lmonṯ、ptāñḵa̱ṯ ḵa̱ṣṣ–inac kātse śṃa̱ c^{ä}、ṯṃa̱ k yas cami kapśiññaṃ taryāḵ、

3 （they take on?）(When)you come to the presence of the Buddha-god the teacher, sitting surrounded by a large crowd, then you（go and try）to see on his body

///（他们能得到吗？）(当)你们靠近佛天时，被众人围坐在一起时，然后你

们(去努力)看他的身体

5a 1—5 anïn amtï sizlär oɣlanïm （,）tört türlüg tirin quwraq ara olurur ärkän tngri burxanqa yaqïn tägsär ... sizlär （.）anta sizlär ang ilki iki qïrq irü blgü qutïn buyanïn adïrtlaɣalï uqɣalï qataɣlanïnglar

我的孩子,当你们坐在四众中靠近佛天时,你们要首先看清他的三十二吉相。(关于)这些我已在

案语:本行主要讲述佛之32相,其中吐本与回本表述基本吻合,差异在于两文本对于32相的叙述顺序不同,并且在几个吉相的描述中所述内容也存在差异,详细的对勘以下逐条列出。

4 （wepi lakṣaṇä s̱、)<(lkā)t[s]i p a̱ skāyä s̱、>(ku)sne tom ya s̱a̱ṃ śāstṟa̱ ntwaṃ nṣā ākṣiññunṯ、ṯa̱ m m̱a̱ ntne lyāḵ、ṣira ś̱、tāp a̱–

4 the 32（marks）which have been described to you in my teachings as follows:（The soles of his feet）flat all around（like the front side）of a mirror（[1]);

/// 32(相),这些是我在书中已经向你们描述过的,他们如下:(他的脚掌)四周平滑(如同)镜子的(正面);

5a 6—8 kim sizlärkä šastarlarda adartlayu ayïtdïm ärdi ... inčä qaltï ang ilki közüngü täg tüp tüz adaqï ulï ärür ...

书中详细讲过。(三十二相是:)第一,如镜子一样平的脚掌。

案语:该行主要对佛之脚掌这一吉相的描述,吐本和回本在描述顺序和内容上基本吻合。

5 <kyi s̱、ānt oki śal(peṃ l)><(cākḵa̱)[r]（la)kṣaṃ>ālen yo śalaṃ penaṃ 2 cokis̱、slamm oki aṣuḵ P̱a̱ rkraṃ prārū

5 （the mark of a wheel）on the palms of his hands and the underside of his feet [2]; his fingers slender and elongated like the flame of a lamp

/// 手掌和脚心的(轮印);修长如灯焰一般的手指;

5a 9—12 ikinti mïng kigälig tilgänin yarataɣlaɣ tamɣa ayasïnta izängülükintä bägiz bälgülüg közünür ... üčünč yula yalïnïnga yüläši täg tüp tüz uzun ärngäkläri

第二，千福轮印在其手心脚心十分清楚。第三，像灯的火焰一样修长的手指。

案语：该行是对第2和第3两个吉相的描述，差异在于第2吉相中回本通过增加“mïng kigälig（千福）”“bägiz bälgülüg（清楚，清晰）”等修饰语的手段对轮印进行细致描述，而吐本中则无对应的词语。第3吉相吐本和回本内容基本一致。

6 （3）<（a）ṣuk kuk̲a̲ṃ 4 kośeññ oki wl（y）e（paṃ ālaṃ śalaṃ peṃ 5）>（sopi）ñ tsarnā prārwaṃ 6 tpo kāswe s̲a̲ rk̲、pe 7 aineyä lwāśśi lā–

6 （[3]；his heels slender[4]；the palms of his hands and the underside of his feet soft like silk [5]）；webs between the fingers of his hands [6]；tall and straight his in–step）[7]；like those of the *aiṅeya*king–of–wild–animals

///（修长的足跟；如丝绸一般柔软的手掌和脚心）；手指间的网；足背突起；像那些野兽动物之王中的aineya（麝子）一样

5a 13—17 ... törtünč oysuz kötkisiz tüz söngük ärür ... bišinč pantatu käbäz täg yïlïnčɣa yumšaq iligi ärür ... altïnč adaqï yüzi qopmïš köp kötki ärür ... yitinč ayniyi–i atlɣ yïpar käyik yotasï täg körü qanïnčsz yotasï ärür

第四，骨骼均平无凹凸之处。第五，柔软如棉花一样。第六，足面突起。第七，大腿像香麝子的一样百看不厌。

案语：该行是对佛之第4和第5吉相的描述，其中吐本行首处残损缺失，可依据回本做出相应参考补充，除此之外，两文本差异主要体现在吐本为“修长的足跟”，而回鹘文本连用三个形容词“oysuz（不凹的）”“kötkisiz（不凸起的）”“tüz（平直的）”描述佛之骨骼。对于第5个吉相的描述，两文本所用喻体不同，吐火罗文本用“如丝绸一般”，而回鹘文作“käbäz（棉花）”。吐本中的“手指间的网”暂无对应。

7 （nt oki）<pr[o]ñcäṃ 8 sne nmālune kapśiñño ā>（mpi ālenyo kanweṃṣinās tāP̲a̲–kyās̲、tkālune 9）（ājā）nai oṅk̲a̲ lyme oki elā k̲a̲ lko gośagat̲、10 nya–

7 （his calves[8]; [the ability] to touch with unbent body his kneecaps with both

palms[9])； his pundendum under cover like that of the *ājāneya* elephant[10];(like a) banyan

///(他的腿肚；不曲身手能够到膝盖的［能力］)；阴部如同 ājāneya 的大象；(如同)榕树

5a 18—21 ... säkizinč ängitmädük tongïtmaduq ät'özin ayasï üza iki tiz tilgänin börtä yrlïqar ... toquzunč ačanay atlɣ arɣun käwälning täg yašru patutluɣ uwut yini ärür

第八,不曲身,手能够到膝盖。第九,如骏马一样的藏阴。

案语:吐本和回本对于第 9 处吉相的描述,所用喻体有所区别,吐本用“大象”而回本则连用近义词“ačanay atlɣ”“arɣun käwäl”,意为“骏马”。

8 (gro<u>t</u>、)<ṣtāmm oki sam parimaṇḍa<u>l</u>、kosne kaṣyo [<u>ta</u>]> (preṃ kapśiñño kosne kapśiñño <u>ta</u> preṃ kaṣy)[o] 11 orto kapśañi yoku <u>m</u>、12 ṣom ṣo <u>m</u>、

8 (tree,of equal proportions,with his height equal to its arm span and viceversa) [11];with body-hair standing upright [12];(a lock of) individual

(高度与张开两手的长度一样)；身上的汗毛直立；(一撮)

5a 22—26 ... onunč nigrot atlɣ sögüt täg oɣšatï täp tagirmi ät'özi ärür ... näčä idizi ärsär ... anča qulačï(.) näčä qulačï ärsär anča bodï sïnï ärür ... bir ygrminč ät'özintäki qop tüüsi yoqaru yölänip turur..

第十,像尼拘树一样圆圆的身子,高度与张开(两手)的长度一样。第十一,身上的汗毛直立。

案语:该行是对佛之第 10 和第 11 处吉相的描绘,第 10 处吐本残缺部分可由回本做出补充。此外,还有一处回鹘译文“汗毛直立”还是“汗毛卷立”,依据回本的原文“ät'özintäki qop tüüsi yoqaru yölänip tur-”,可译为“自身的所有的汗毛向上直立”,但是耿世民先生将其译为“身上的汗毛卷立”①,对照吐本,参照回鹘文原文释读,我们倾向采用于“直立”而非“卷立”的解释。

---

① 耿世民:《回鹘文哈密本〈弥勒会见记〉研究》,北京:中央民族大学出版社,2009 年,第 106 页。

二、焉耆本 YQ 1.14与哈密本5a 27—6b 9之对勘

YQ 1.14 1/2［正面］

a 1 <yokaṣi spārtu taṯa̱ mṣu āpaṯ、sā(sp a̱ rtwu 13)> /// ṣ̱、lyḵä l=yät ṣ̱、15 ṣ̱ p a̱ṯ、papl̠a̱ tkunṯ、

a 1 ///（hairs turned toward the right [13];）（exceedingly）fine his skin [15]; seven prominent [places]

头发向右卷曲;)(非常)好的皮肤;七处突起的[地方]

5a 27—5b 2 iki ygrminč birär äwin tüüläri ongaru äwrilip tägzinčlänip tururl-ar ... üč ygrminč qoduru bïšurmïš šopaɣ altun ošuɣluɣ qïrtïšï ärür ... tört ygrminč aɣlaq yinčkä äwinlig atay qïrtïšï ... biš ygrminč yiti yirdä ödrülmiš ät'özi ärür ...

第十二,有几撮毛向右卷曲。第十三,有如纯(？)金一样的肤色。第十四,皮肤细滑。第十五,身上有七处特别的地方。

案语:该行内容较为丰富,对佛之皮肤展开细致的描写,其中回本较吐本更为细致入微,主要通过采用增加修饰语诸如“bïšurmïš šopaɣ altun ošuɣluɣ(像提炼过的纯金一样的)”“aɣlaq yinčkä(单细的)”“äwinlig(柔软的)”等实现。此外,吐本和回本在第 15 处佛之吉相的描述中,两文本用语差异较大,如吐本作“突起的七处”,而回本作“ödrülmiš(特别的)”。最后,对于七处特别之处如“两足、两手、两肩、一顶”,回本分别列出说明,只是由于吐本中此处内容破损,暂无对应。

2 <16 tsātseku oki>(esnaṃ 17) ... <w(a)kal kapś[a](ñi) (1)8> (t)s(o)pats kārme kapśiññum 19 kāsu woru esnu-

2 ([16]; sculptured as it were between his shoulders [17]; the upper part of his body ... [18]; large and straight his body [19]; with wellshaped shoulders

///(两肩之间如同被雕刻般;身体的上部分……;)长且挺拔的身体;圆满的双肩

5b 4—10 ... altï ygrminč yapa yaratmïš täg yadwï yarnï ... ikin araqï söngüki ärür ... yiti ygrminč bilintä örüki ät'özi kisär arslan xanïnga oɣšatï ärür ... säkiz ygrminč yulun täg köp köni körü qanïnčsïz ät'özi ärür ... toquz ygrminč tüšwi ängni

第十六，两腋充满。第十七，魁伟(？)的身子有如狮子王一样。第十八，身子端直如茎秆十分好看。第十九，(肩)圆满。

案语：该行文字为第16至第18处吉相的描述，其中回本中的第16处吉相暂无吐本相对应的内容，而对于佛之躯体的描写，吐本所用的两个修饰语“长”和“挺拔”，似与回本中第18处描写对应，回本以狮子王魁梧之躯作比，使得佛之形象更加具体。

3 <m、20 śtwarāk ka(mañä、21)> ... <23 ṣokyo ā(r)ky(aṃ)śä、>[ā]ṅkari 24 śiśä k̲、śanweṃ 25 tspokat s̲、tspokaṣinā-

3 ([20]; forty teeth [21];) /// [23]; very white his canines [24]; lion-jaws [25]; (having obtained

///(；四十颗牙齿；)///(第22，此处内容缺失)；门牙洁白；有如狮子一般的面颊；(具有

5b 11—17 ... ygrminč yinčü tizmiš täg yöp yörüng tükäl qïrq tiši ärür ... bir otuzunč irüksüz sadraqsïz tiši ärür ... iki otuzunč münsüz qadaɣsïz tüp tüz tiši arür ... üč otuzunč münsüz aɣlaq aq yörüng azaɣlarï ärür ... tört otuzunč arslanlarnïng täg king alqaɣ qašaɣï ärür(.)

第二十，有洁白如珍珠的四十颗牙齿。第二十一，牙齿密无缝隙。第二十二，牙齿整齐。第二十三，门牙洁白。第二十四，如狮子一样宽的面颊。

案语：该行吐本破损严重，关于佛之牙齿的描述，回鹘译者连用修饰语对其进行描写，如三个表示“白色”的形容词“aɣlaq”“aq”“yörüng”言其洁白，以“yinčü(珍珠)”作喻体，同时用“tüz(整齐)”示其整齐之状。

4 <s wākmant̲、yom[u]>(26) /// (brahmasvar) [waś](e)ṃ 28 tseṃ yokāñä、aśäṃ 29 kayurṣi s̲、oki P̲a̲ tkru 30

4 the distinction) of all kinds of tastes (26); ///a voice like that of (Brahmā)

[28]; blue eyes [29]; eyelashes like those of a [yak] bull [30];

/// 辨别)所有美味的能力;///(第 27 处内容空缺);有如(梵天)一样的声音;蓝色的眼睛;有如公牛一般的睫毛;

5b 18—24 biš otuzunč alqu tataɣlarda adruq tngridäm tataɣ azïɣïnta aqar ... altï otuzunč king yadwï yuqa yalïnčïɣ tili ärür （.）yiti otuzunč äzrua tngrining täg üni ärür ... säkiz otuzunč köküš önglüg közi ärür ... toquz otuzunč qoduzlar buqasïnïng täg kirpiki ärür

第二十五,所有最好美味从其臼齿中流出。第二十六,长且薄的舌头。第二十七,梵天一样的声音。第二十八,蓝色的眼睛。第二十九,像公牛一样的睫毛。

案语:该行文字是对佛的两个吉相的描写,其中第 25 处吉相,吐本和回本描述略有差异,主要体现在吐本强调佛之辨别美味的能力,而回本则具象描写“alqu tataɣlarda adruq tngridäm tataɣ azïɣïnta aqar(所有美味从齿间流出)”。由于吐本内容的缺失,回本的第 26 处吉相暂无对应。

5 <uṣṇīr mracaṃ 31 ārki kum P̱a̱ rwā>[naṃ] 32 kuprene toṣ camī taryāk wepi ṣotreyäntu pkāḵ、ypic salu ka–

5 （on his head an *uṣṇīṣa* [31]; a white tuft of hair） between（his eye brows） [32]. If all these thirty–two signs （are） complete in their entirety on his body,

///(头顶长有肉髻;)(眉间)白毫。如果所有这些 32 相完全出现在他的身体上,

5b 25—30 ... otuzunč ušnirïn yaratmïš töpüsi bašï ärür ... otuz artuqï bir yaɣuruqïa toɣmïš qazlar xanï atayï täg torluɣ ärngäki ärür ... iki qïrq iki qaš qawšutïnta urun atlaɣ yöröng tüüsi ärür ... muntada ulatï iki qïrq irü bälgüsi tükäl ök ärür

第三十,长有肉髻的头顶。第三十一,有如刚生下的鹅王一样的网指。第三十二,眉间的白毫。如这三十二相俱全,

案语:该行对勘差异主要表现在两文本不同的吉相顺序上,吐本的起始处略有破损,文字残缺不全,而回本中的第 31 处吉相暂无吐火罗文与之对应。

6 <pśiññaṃ tākeñcäṃ ' t̲m̲a̲ṣ yas cami ana>[P̲r̲a̲] ṣtm [o] r̲a̲ṣ̲、sne ṣotre P̲a̲l̲t s̲a̲-kyokk at ṣ̲、tanne wk̲a̲ nyo sañce P̲P̲a̲ rksācäṃ ' bādhariṃ brāhariṃ ku-

6 (then you),standing(in front of him),without a hint,in your minds only ask him question[s] as follows:About Bādhari the Brahmin,what

///(然后你们),站在(他的面前),没有任何暗示,只在心中问自己如下问题:关于跋多利婆罗门,什么

5b 30—6a 2 ... ötrü sizlär ädzü turup yašru könglin inčä tip sizik ayïtïnglar(:) bizing baxšïmïz badari baraman

那时你们就大声在心中这样疑问吧:我们的师父跋多利婆罗门

案语:本行吐本与回本内容基本吻合,差异体现在回本增加修饰语等翻译手段,如本行中多出了“ädzü turup yašru(大声地)”来修饰“ayït-(发问)”,使得回本的描述较吐本更为细致。

7 <c kotra ṣ̲、' kospreṃ puklyi ko(s)[pr](eṃ)manarkāśśi śāstr̲a̲ ntu āk̲l̲a̲ṣ̲、> [mr]āc kus m̲a̲ skatr̲a̲ mrācä ṣ̲、klālune m̲a̲ nt̲、m̲a̲ skat̲a̲ r kuprene s̲a̲ m ya s̲a̲ṃ caṣ penu P̲a̲ rklune ///

7 (is his descent?How old is he?How many brahmin youths does he teach the Śāstras) What is the ‘top’?What is ‘falling from the top’?If this one (is able to answer) these questions asked also by you

(是出身? 他年龄有多大? 他教给多少弟子经论?)顶法指的是什么? “顶坠”是什么意思? 如果这人也(能够回答)你们提出的这些问题

6a 3—9 nä osuɣluɣ tözlüg ärki ... näčä yašlaɣ sïšlaɣ ärki (.) titsilanriga qayu qayu šastarlar bošɣurur ärki ... taqï ymä inčä tip sizik ayïtïnglar (:) töpü nägü bolur ärki (.) töpüdin taymaq nägü bolur ärki(.) bu muntaɣ türlüg ayïtmïš sizikläringizni adartlayu yrlïqasar

是什么出身,多大岁数,他教给其弟子哪些经论? 你们再这样疑问:顶(法)是怎么回事,顶(坠)又是怎么回事? 他如能把你们的疑问(一一)回答清楚,

案语:吐本与回本所述内容基本吻合,其他需要关注之处在于回本中增加

“taqï ymä inčä tip sizik ayïtïnglar(你们再这样疑问)”这样的语句连接上下文，相比之下，回本的口语色彩更为浓厚。

8 < ' sne (t̠ a̠)ṅklune at̠ a̠ ṅk̠ a̠ t wätkā s̠s̠ äṃ ca m̠、yas wäṣpā w[ä]>(tkāl̠t s̠、t̠ a̠-mne)[w](ä)knā kakmunt̠、puk̠、knānmānänt̠、ptāñk̠ ä t̠、pk̠ a̠ r s̠a̠s̠、kᵘyalte ‖ daśabalaṃ ‖ taryāk wepi

8 (immediately and without hesitation, then you are indeed) to recognize him surely as the Tathāgata and the all knowing Buddha-god.Why that? ‖ In the Daśa-bala [tune] ‖ (A being endowed with the) thirty-two

/// (立刻并且毫不犹豫地，那么你们确实)可以认为他就是 Tathagata，即无所不知的佛天。若问为什么？‖Dasabala[曲调]‖(一个人具有)32

6a 10—15 ... ötrü sizlär inčä uqunglar (:) siziksiz tükäl bilgä tngri tngrisi burxan ärmiš ... nä üčün tip tisär ... kim qayu qutluɤ tïnlïɤlarnïng iki qïrq qut buyanlaɤ irü bälgüsi tükäl bar ärsär ... ol tïnlaɤ tükäl bilgä biliglig burxan atanur(.)

那么你们即可确信他就是天中天佛。若问为什么？具有三十二吉相者，即为全智的佛。

案语：该行吐本与回本所述内容基本吻合。

YQ 1.14 1/1［反面］

b 1 <ṣotreyntu salu wätkāl̠t s̠、y(p)i>(cä、yāmu ∶) /// (āri)[ñc]ä (、) kapśiññaṃ puk k̠ a̠ rsnānt̠、śkaṃ knānmune ∶ krasa s̠ P̠a̠ lskaṃ P̠a̠ lskont̠、puk̠、wätkāṣ wä-

b 1 (marks clearly and in their entirety present), /// in heart and body and the knower of all knowledge, will know in his mind all that has been thought and will an-swer firmly

///(相并且完全呈现)，/// 内心和身体上，无所不知的人将会记住所学，而且能够肯定地回答

案语：该行暂无回鹘文对应，故不做比较。

2—3 <tkāl̠t s̠、sn=ālak̠、wk̠ a̠ ṃ ∶ ca[m̠、]>/// [ñä]ktas napeṃśśi ∶ 1 ‖ kusne yas ṣome to s̠a̠ṃP̠a̠rkluneytu P̠a̠ rkcär̠、t̠ m̠a̠s̠、wāk̠ a̠ r ṣome ṣñi <ṣñi āk̠ a̠ lyuneyaṃ śla a[mo]

(k̠ a̠ ntu)>[ve]da vyākaraṇa ' lokāyana ' horagaṇita ' nakṣacarita purāṇä k^{u}pāraṃ mā-

2—3（without ambiguity, this one）... of gods and mortals. 1. ‖ When some of you have asked the questions mentioned, then some others on their part, each(according to his educational training, in connection with skills as)...Veda, grammar [*Vyākaraṇa*], materialism[*Lokāyatana*], honoroscope and astrology [*Horāgaṇita*], dancing and acting [*Nāṭyacarita*], legends [*Purāṇa*], deep and difficult

///（毫不含糊地，这人）是神和人的……。1. ‖ 当你们中的某些人问到上述问题，那么其他人，///（就自己所接受的教育训练，连同一些技能比如）……Veda，语法，唯物论，星象学和占星术，舞蹈和表演，传说，深奥

6a 16—22 sizlärning ara qayusï uluɣ ärsär sizlär ... ol öngräki sizikig ayïtzun (.) antada basa käzikčä käntü käntü bošɣunmïš wit upaw（i)t ... wayakr（a)n ... lokayata ulatï ... šastarlar ičintäki täring täring yörüglär sizik ayïtïnglar ... taqï ymä yultuz körüm ičintäki alp alp sizik ayïtïnglar ...

你们中（年龄）大的先发问。然后你们再依次就自己学过的吠陀、付吠陀、顺世外道诸论中的深奥义理发问吧！你们还可就星象学方面的疑难（问题）发问。

案语：吐本行首处所记录的文字内容在回本中暂无对应，此外，吐火罗文中的“某些人”似与回本中的“sizlärning ara qayusï uluɣ”直译为“你们中的年长的”对应。而对于要提问的问题，两文本呈现不同的内容。

4（skyā s̠、)<(sa)ñceyntu sāk̠ a̠ t̠ k̠ a̠ lymāṃ p̠a̠ l̠t s̠a̠ kyokk at[s̠、]>(lyu)[kr]ā s̠a̠-rki p̠p̠a̠ rksācäṃ ' k^{u}prene s̠a̠ m penu sne t̠ a̠ ṅklune wätk a̠ l̠t s̠、wätkā s̠s̠a̠m̠、

4（questions, quietly kept in your minds only,）ask him one after the other. If this one also gives his answers to you without hesitation and firmly,

///（问题，只默默地记在心中，）依次向他发问。如果此人也能毫不犹豫坚定地给出答案，

6a 23—24 ... ol ayïtmïš sizikläringizlärni tïdïɣsïz tutuqsuz kiginč birü usar(,)

他如能自如地回答你们提出的问题，

案语:该行对勘体现在吐本中的“坚定地给出答案”,在回本中被译为“tïd-ïɣsïz tutuqsuz”,意为“无妨碍地、自如地”,回本是对吐本的意译。

5 ///(māski)[ḵa̱]lpāḻa̱ṃ ' puttiśparṣ̣ināṃ ñemiṣiṃ praṅkā kakmuṣ yas sewāñ[ä]、'

5 /// you, my sons, having come to the jewel-island of the (difficult)-to-attain Buddha rank,

/// 你们,我的孩子们,进入难得的佛的宝岛,

6a 25—28 timin ök anïng titsisi bolungla (.) alp bulɣuluq burxan qutïlïɣ ärdinilig otruqta kirip qutrulmaqlaɣ yoluɣ ädgülüg ärdnilär köngülčä ïdïnglar ...

你们就立即做他的弟子吧!你们要诚心地把进入难得的佛的宝岛当作得救之路的珍宝!

案语:该行对勘差异为回鹘文本通过增加如“köngülčä(用心地)”“alp bulɣuluq(难得的)”“qutrulmaqlaɣ yoluɣ(得救之路)”等一系列词语描述跋多利婆罗门对其弟子的殷切期望,此外,回鹘文本可以补充吐火罗文本残缺的内容。

6 /// yomnāc[ä]、oṅkraci : ṣakkat s̱、śkaṃ ñ iṯ m̱a̱ṣ̱、pāḵ、plo s̱、ymā-

6 /// (when) you reach immortal(bliss), be sure and send part of it quickly (back) to me!

///(当)你们得到永久祝福,一定快速地还我一份祝福吧!

6a 29—30 ... qačan sizlär mängülüg mängikä tägsär sizlär manga ymä ädgülüg ülüš yanturu ïdïnglar ...

当你们得到永久之乐时,也请还我一份善德吧!

案语:该行两文本内容对应完整。

7 (r ṣkārā) /// [a]jiteṃ pracṟa̱ṣ̣ṣ̣ aci śäḵ P̱a̱ ñ pi manarkāsaśśäḻ、bādha-

7 /// with fifteen brahmin youths beginning with his brother Ajita,... (of) Bādhari

/// 与以其学兄阿耆多为首的十五位婆罗门弟子一起,跋多利的……

6b 3—4 anta ötrü tüzün maitri qadašï ačitida ulatï biš ygrmi urïlar birlä

之后,弥勒与其族人阿耆多(无胜)及其十五童子

案语:本行对勘差异体现在对“阿耆多”这一称呼上,吐火罗文本称其为“学兄”,回鹘文用“qadašï”与之对应,但此处耿世民先生将其译为“族人”,存疑。

8 (ris) /// (mana)r [k] āsā peypamāṃ bādharis prāmne waṣtwä ṣ̱ ḻacä

8 /// by the brahmin youths, making his obeisance, he left the abode of Bādhari the Brahmin

/// 在婆罗门学童们陪同下,鞠躬后,他离开了跋多利婆罗门的家

6b 5—9 badari bramanïng ïnaɣ sawïn täginip yašlarï sawrïlu ïɣlayu badari bramanqa kašanti qïlïp biš yüz braman urülarïnga tägürtü badari braman balïqïntïn ünüp b(a)rdïlar(.)

洒泪告别跋多利婆罗门和五百婆罗门弟子,走出了跋多利婆罗门(居住的)城市。

案语:该行对勘主要体现在个别语句使用的差异方面,比如吐火罗文本中的“鞠躬”在回鹘文中暂无对应,而回鹘文本中的“yašlarï sawrïl-”和“ïɣlayu(流泪、哭泣)”在吐火罗文本中也无对应部分。除此之外,吐火罗文本中讲到弥勒离开了跋多利婆罗门的“家”,而回鹘文本中译作 balïqïntïn < balïq(“城市”)+ï(第三人称单数领属附加成分,“……的”)+n(增音)+tïn(位从格,“从……”),两文本用词略有差异。

第三节　弥勒拜别恩师　南印度民众随其出家

一、焉耆本 YQ 1.13与哈密本6b 10—7b 15之对勘

YQ 1.13 1/2 [正面]

a 1 /// (ḵạṣ)[ṣ](iṃ) raryuraṣ̱、madhyadśac yä ṣ̱、kāpñe pā-

a 1 /// having left(his)teacher, he [the noble Metrak] goes to the Madhyadeśa ...

dear father (and mother)

/// 离开(他的)师父,他[圣弥勒]到中天竺国……亲爱的父亲(母亲)

6b 10—14 anta ötrü dkšanpt iltäki qalïn qara bodun inčä išidtilär (:) tüzün maitri baxšïsï badari bramanaɣ qodup matyadïš ulušqa b(a)rmïš ... qaltï amraq ög-intin qangïntïn adralmïš osuɣluɣ bolup

之后，当南天竺国中的众百姓听到仁者弥勒离开跋多利婆罗门去中天竺时,都像离别亲生的父母一样,

案语:本行对勘差异主要在于两文本叙述角度的不同,吐本以弥勒为叙述对象,而回本则以南天竺国(南印度国)的百姓为主要对象,讲述百姓听闻弥勒出家后的种种反应。

2 (car mācarṣi) ///. [k](ā)ñ[ä](、) k̠ a̠ lymek̠ a̠ lymeyäṣ kumpa kump、āk̠r a̠ aśnu-

2 ///... from all directions, in large groups, with eyes filled with tears,

/// ……从四面八方,成群地,眼含泪水,

6b 15—19 mïng mïng tümän tümän ärän išilär ... uluɣ kičig oɣlanqa tägi bu-lungtïn yïngaqtïn toyïn toyïn yïɣïlïp ïɣlayu sïɣtayu tüzün maitriqa yaqïn kälip aɣar ayamaqïn

成千上万的男女,大人小孩从各方涌来哭着走近仁者弥勒,并恭敬地

案语:该行记述城中百姓洒泪送别弥勒的场景,其中吐火罗文本缺失内容,可由回鹘文本做一补充。回鹘文本中的"aɣar ayamaqïn(尊重地、恭敬地)"在吐火罗文本中暂无对应。

3 (m̠a̠s̠、) /// [tr̠ a̠] ṅkiñc[ä]、 ‖ mandodharinaṃ ‖ kāswoneṣi par̠ a̠ ṃ ñk̠ät̠、 brāmnu-

3 /// they say: ‖ In the Mandodhari [tune] ‖ Oh glorious god of virtue, ... of brahminhood,

/// 他们说道:‖ Mandodhari[曲调] ‖ 噢,善福天,婆罗门的……,

6b 20—21 inčä tip tidilär .. ädgülüg qut tngrisi bramanlar arïɣï äzrua tngri(,) qop

这样说道：善福天，婆罗门的净梵天，

案语：该行主要关注曲牌名的有无，其中吐本中曲调名词的出现，意味着以下将是百姓以韵文的形式赞颂弥勒之言；而吐本中残缺的内容据回本补充为“arïɣï äzrua tngri”，为“净梵天”之义。

4 （neṣi） /// [v.] ḵ s̠̤ （、） m̠a̠ rkampalṣi ḵ a̠ r par̠ a̠ ṃ pākṣñām pācar̠、ː tsopats kār [ū] ṃ pkaṃ a̠–

4 ///... tell us, oh father, the dignity and glory of the Law! Great mercy toward all (has been) established.

/// ……告诉我们，哦，父亲，法的尊严和荣誉！对一切众生的慈悲之怀（已经被）建立。

案语：该行内容无回鹘文与之对应，故暂不对勘。

5 （lymāṃ） /// （kuc ḵ a̠ ly）[my a] śś（i） ytsy onu na s̠̤ t̠、ānāsās was ke aśśi senik ḵ a̠ l̠pa̠s̠̤ t̠、ː 1 sne parnune

5 /// Where have you set out to go, under the care of whom did you make us mis–erable ones arrive? Without dignity

/// 你已经准备出发到哪里去？在谁的照顾下你使得我们这些可怜之人来到这里？没有尊严

6a 26 b （a）rdï .. bizni qodup qanča b（a）rɣalï saqïnur siz..

（如今）您抛弃我们想到何处去？

案语：上述 2 行吐本内容似无回本内容与之对应，其中第 5 行“你已经准备出发到哪里去？”一句似可与回鹘文的 6b 26 行内容对应，可参考。

6 /// s̠a̠s̠̤、ː parnore s̠a̠ s ke aśśi tampe ḵ a̠ lpo k^{u}cacne tu ytsi P̠a̠ knāṣtār̠、<ː>ākr̠–a̠ aśnä s̠̤ P̠a̠–

6 /// ... By whom such a splendor and strength has been obtained, to whom （do） you intend to go now? From those with tears in the eyes （do you intend ...?）

/// ……通过谁获得力量？你现在打算到谁那里？从那些眼含泪水的人那里（你打算……？）

7（knāṣtā̱ṟ、）///（:(kā)[ru](ṃ)ṣiṉa̱ s lotksaṃ wa s̱、opyācä、klitār mar ṯm̱a̱kyok riñitāṟa̱m̱、: 2 ‖ ṯm̱a̱s̱、āṣānik̲、klyo

7 /// May you remember us in merciful ways, may you not leave us at this mo-ment! 2. ‖ Thereupon, the venerable, noble

/// 愿您以慈悲的方式记住我们，愿您此刻不要离我们而去！ 2. ‖ 之后，尊者，圣

案语：上述两行内容暂无回鹘文对应，故不做比较。

8 （m̱、metrak ）/// [P̱a̱] l̲t s̱a̱ kyo ypeṣinäs wrassacä、oṅk̲ a̱ lmāśśi wäl̲、oki āpaṯ、ṣkārā sā s̱P̱a̱ rtwur̲ a̱s̱、

8 （Metrak）/// in his thoughts, having turned back toward the right like an ele-phant king, to the people of the land,

///(弥勒)/// 在他的思想里，像大象之王一样向右转过头来，对城中的百姓，

7a 1—8 anta ötrü ayaɣqa tägimlig maitri bodiswt közünür äzrua tngri ošuɣluɣ ol dkšanapt iltäki bodun boqunuɣ busušluɣ qadɣuluɣ körüp yangalar bägi ošuɣluɣ ongaru tägzinü qadïrlu qayïp amraq atasï bir … biräm ök oɣlaɣu oɣlïn amrayurča balïqlïɣ bodunqa

之后，尊者弥勒菩萨像当世的梵天一样看着南天竺悲伤的百姓，如大象之王一样，作右旋转，并像慈父爱怜其唯一幼子一样，对城中百姓这样说道：

案语：该行中，吐火罗文本行首处内容残缺，可据回鹘文本做一补充。吐火罗文本中的“在他的思想里”一句暂无回鹘文对应。回鹘文本在对弥勒描述时，更多使用譬喻手法，令人物形象生动。如该行中的“像当世的梵天一样看着南天竺悲伤的百姓”“像慈父爱怜其唯一幼子一样” 等勾勒出弥勒对城中百姓的怜惜之态。

YQ 1.13 1/1［反面］

b 1 ///（mar yutko）ṣ naś、klyo m̱a̱ṣ̱ saṃsāri s̱、wk̲a̱ṃ s̱a̱ s tanne wk̲a̱ nyo ' ‖ yarā-ssinaṃ ‖ aryu penu wärpātr̲a̱

b 1 /// Do（not）feel depressed, oh noble ones! Thus is the way of the Saṃpsāra.

‖ In the Yarāssi [tune] ‖ Even if for a long time (one) enjoys

///(不要)悲伤,哦,尊贵的民众! 这就是轮回的方式。‖ Yarāssi[曲调]‖ 即使长久(一个人)享受

7a 9—14 inčä tip tidi(:) artuq busušluɣ qaduɣluɣ bolmanglar(,) yirtinčü yir suwnung törüsi muntaɣ ärür ... nä üčün tip tisär ... näčä ürkič bu tïnlaɣ oɣlanï biš türlüg säwiglig mängi täginsärlär ... šor suw ičmiš ošuɣluɣ todmaz qanmazlar ...

你们切莫悲伤! 世间的法则就是这样。若问为什么? 人之子不论享有多久的五种快乐,总是像喝咸水那么永不满足。

案语:本行内容值得关注的是,吐本中的语句“这就是轮回的方式”,从内容上似乎可与回本中的“yirtinčü yir suw-nung törüsi muntaɣ ärür(世间的法则就是这样)”对应起来,此外,吐本中曲牌名的出现,之后的韵文部分,由于吐本残缺不全,只有部分词语可与回本对应起来。

2 /// (ce) [sma] śśā̤l̠、[a] ryu pe plānta ṣ̠、ākaṃ ś ralune t̠m̠a̠ kk ats kumnä ṣ̠、: aryu penu kapśañi pāṣ̠t̠a̠–

2 /// even if for a long time he is pleased with them, in the end separation will come for sure; even if for a long time he takes care of his body,

/// 即使他与他们欢乐多久,最终离别之痛必将到来;即使他长久珍爱自己的身体,

7a 15—19 ... näčä ürkič amraqlaɣü quwraɣ birlä mängiläsär ögrünčüläsär(,) kiningä amraqtïn adralmaq ačïɣ ämgäk k(ä)lmäki bar ... näčä ürkič bu ät'özüg ayayu čiltäyü küyü küzädü tutsar(.) ol oq tübintä ölmäki bar

不论他们与(自己)喜欢的人欢乐多久,离别爱人的痛苦终将到来。不论你多么长久地珍护此身,到头来终有一死。

案语:该行内容吐本和回本表述基本吻合,只是回本中的个别语句在吐本中暂无对应,如“ol oq tübintä ölmäki bar(到头来死亡会来临)”。

3 (r) /// [ny]o kaś tor̠ a̠ṣ̠ m̠a̠ rkampal yal̠、s̠a̠ mm ontaṃ mā rin̠ a̠ṣ̠ t̠ a̠ r̠、: 1 m̠a̠–rkampalṣi wäl̠、tāp a̠ rk̠、

3 ///... having taken ... into account, the Law is to be observed, one cannot disregard it. 1. Now the king of the Law

///……考虑到……，人们必须要遵守法，而不能漠视它的存在。1. 现在转轮王

7a 20—23 ... anïn bilgä yalnguq oɣlï ädgü qïlïnč qïlmïš krgäk ... kim ažun ažunta köligä täg basa barïr ... körü tïtmaz(.) amtï ymä bu yir suwda nomluɣ čkwrt ilig xan blgürmiš ärïr

为此，明智的人子应做善行。人世如影子，来去无踪。现在，转轮王已降临人间，

案语：该行除去如"现在转轮王（已降临人间）"短短数语外，吐本和回本基本不能对应起来，吐本重在强调劝解信众要遵守佛法，而回本则告诫人们要积善行德，并且运用譬喻的手法，"ažun ažunta köligä täg basa barïr ... körü tïtmaz"一句形象描述人世之短暂倏忽。

4 /// semśu ca m̱、eṣ̱ṣ̱a ṃ toriṃ śtwar wäknā ṣāmañy oko ː ṣomeśśi eṣ prattika-

4 /// （To whom he is）the protector, to this one he gives as a reward the four kinds of fruit of monkhood; to some he gives （the prophecy for the rank of）Pratyekabuddha,

///（对谁而言他是）保护者，他将给他四种佛果作为回报，给一些人以辟支佛果的称号的（预言），

7a 24—26 ... kim angar umuɣ ïnaɣ tutsar tört türlüg toyïn tüšin ögdir birü yrlïqar ... amarïnga prdikasanbut qutïnga alqïš birür

谁若皈依他，他将奖以四种道果。给一些人以辟支佛（？）果

案语：该行内容两文本基本吻合，其中吐火罗文本中"（对谁而言他是）保护者"，译者采取直译方式对其进行处理，似可与"kim angar umuɣ ïnaɣ tutsar（如果谁皈依他）"一句对应起来。

5 （puttiśparnac[ä] vyākariṯ、）///（sne）l[yu]tār se lāntune toriṃ ṣ̱a m kāruṇik wäḻ、ː 2 ṯa myo ñäktañ ñä-

5 /// (to some) he, the merciful king, (gives) as a reward the matchless princehood. 2. Therefore, the gods and goddesses(?)

///（对一些人）他，慈悲之王，（给予）他们无上正果作为回报。2. 因此，天神和女神们（？）

7a 27—7b 1 ... amarïnga tüzkärinčsiz burxan qutïnga uruɣ tarïɣ sačar(.)üstünki uluɣ küčlüg qut waxšiklar angar yaqïn barsarlar (,) alqïnčsïz ažunluɣ asaɣ alïrlar ...

给另一些人播撒成无上正果的种子。当大力福神走近他时，将获无尽世的益处。

案语：该行对天神和转轮王的称谓在两文本中差异明显，其中吐本中的“天神和女神们”，回本作“uluɣ küčlüg qut（大力福神）”，从称谓上可以看出两文本所指天神并不相同；而吐本中将转轮王称为“仁慈之王”，这样的称谓似无回鹘文与之对应。

6 （kteññāñ）///（ñare pretās lwāṣi）nāñ[ä]、opyāc[ä]、klorā cam ḵ a̱ ṣṣiṃ ḻ a̱ntseñc[ä]、klopa̱ṣ̱、' swā-

6 /// the (beings) belonging to (hell, to the ghosts, or to the beasts), having kept in mind that teacher, go away from woe ... rays(?)

/// 属于（地狱、鬼怪、或者畜界的）（众生），记住师父，远离痛苦……光明（？）

7b 2—7 taqï tamu pirit yïlqï ažumnta toɣmïš irinč yarliɣ tïnlïɣlar anïng ädgüsin saqïnïp ančaqïa ödtä süzük köngül öritsärlär ... ol ädgü qïlïnč küčintä üč yawlaq yol(1)uɣ özlärdin ozar ... qutrulur ... amtï bizingä ymä yaruq yaltruqlaɣ yalawačï k(ä)lti(.)

再有，如有生于地狱、饿鬼畜界的苦命众生思念他的好处，并能一时起虔诚之心，由于那善功之力，将从三恶道中得到解脱。而今，光明的使者已经来到（这里），

案语：该行对勘有三点值得注意。首先，吐本中的“光明”一词，回本中将其译为“yaruq”，由此出现的“光明使者”耿世民先生认为该佛教剧本极可能受到

摩尼教的影响①。这一问题有待学者进一步探讨；其次，回鹘译者使用“irinč”和“yarliɣ”两个形容词来描述众生之苦；最后，吐本中的“远离痛苦”在语义表达上似乎可以与回本中的“üč yawlaq yol(l)uɣ özlärdin ozar（从三恶道中得到解脱）”对应起来。

7（ñcenās）///（y)[p](e)yä ṣ̱ ṯa̱ myo yas mar śuracär ñi ḵa̱ lkorā：3 ‖ ṯm̱a̱–

7 /// from(this land). Therefore, you must not be worried because of my leaving! 3. ‖ Thereupon,

/// 从(此)。因此，你们一定不要因为我的离开而悲伤！3. ‖ 之后，

7b 8—11 anïng yrlïɣïn tükäl qïlmïš krgäk（.）anïn amtï bu uluštïn ünüp barïr mn(，) sizlär artuq bušanmanglar ...

人们应奉行他的教导。为此，现在我将离开这里，你们切莫悲伤！

案语：该行行首处吐火罗文本残缺不全，具体内容可参考回鹘文本。

8（ṣ̱） ///（klyo m̱a̱ nt metra)knā s̱a̱ rki yiñc[ä]、ṯ m̱a̱ṣ̱、āṣānik metraḵ、'

8 /// they follow（the noble）Metrak. Then, the venerable Metrak

/// 他们追随(圣)弥勒而去。之后，尊者弥勒，

7b 11—14 anta ötrü mïng mïng tümän tümän tïnlïɣlar käntü öglärin qanglarïn äwlärin barqlarïn qodup ayaɣqa tägimlig maitri bodiswt iyin bardïlar(.)

此后，有千万众生舍弃自己的父母、家庭，追随尊者弥勒菩萨而去。

案语：该行吐本与回本所述内容基本吻合，其中回本采用增加数量词“mïng mïng tümän tümän（千千万万的）”以示追随人数之多，用“öglärin qanglarïn äwlärin barqlarïn qodup(舍弃父母、家庭)”以示其追随弥勒之虔诚热切之心。相比而言，吐本言简意赅，而回本的文学色彩较为浓厚。

---

① 耿世民：《回鹘文哈密本〈弥勒会见记〉研究》，北京：中央民族大学出版社，2009 年，第 148 页。

第四节 途经中印度诸国 众生追随弥勒出家

一、焉耆本YQ 1.5与哈密本7b 15—8b 22之对勘

YQ 1.5 1/2 ［正面］

a 1 ///（ype）yaṃ ś m̱a̱ṣ̱、tmanäk̲、tmanäk̲、wältsantuyo

a 1 /// （if）he comes to the land （of Madhyadeśa）；everywhere by the thousands，

///（如果）他来到（中天竺国）；无论在哪里，被成千上万的，

7b 15—20 anta ötrü burxanlïɣ čkrwrt ilig xannïng uluɣï oɣlï tüzün maitri bodswt dkšanapt iltin matyadïš ulušqa täginčä qayu qayu ulušqa tägsär sansz öküs tïnlïɣlar uluɣ aɣar ayaɣïn utru ünärlär ärdi ... öküs türlüg tapaɣ uduɣ qïlurlar ärdi

当转轮王佛的长子仁者弥勒从南天竺国来到中天竺国时，不论走到哪里，都有无数众生以极大的尊敬迎接他，献给他多种供养。

案语：该行吐本和回本内容表述基本吻合，其中吐本残缺部分可由回本提供参考补充。对于“南天竺国”和“中天竺国”两个佛教地名，回鹘译者采用音译方式将其译入回本，并分别在上述二词之后缀加表述该词意义范畴的回鹘语固有名词“il”或“uluš”，这种灵活的翻译方式，既保留佛教词语之原汁原味，又便于回鹘民众接受，利于文本流通和佛教思想的传播。

2 ///（l̲ a̱）nt̲ a̱ smāṃ penu k̲ a̱ ntantuyo wrasañ[ä]、pācar mācr̲ a̱–

2 /// also when he left，people by the hundreds（part with）their parents

/// 当他离开时也，成百的人们与自己的父母(分离)

7b 21—23 ... qačan balïqtïn uluštïn ünüp barsar ... ärüš öküš tïnlïɣlar ädgü öglilär amraqlaɣu quwraqlarïn qodup titip

而当离开那里时，都有许多人舍弃（自己的）亲友，

案语：该行内容两文本基本吻合，吐本起始处有部分残缺，可依据故事情节参考回本相对应的部分内容。

3（ṣ）/// [y](i)ñcä、sne yärm śāwes kalpsaṃ tampewāt s̱a̱ ṃ wär ṣ̱ s̱a̱ ḻ s̱a̱a̱ ṃ maitṟ a̱–

3 /// they go.（Because of his）powerful and energetic kindness（shown）in innumerable great econs,

/// 他们离开。（因为弥勒的）在无数世中（显现）的有力的友善，

7b 24—26 tüzün maitri bodiswt basasïnta barïrlar ärdi ... sansïz öküs ažunta maitri ädgü ögli saqïnč bïšurmïš üčün alqu ädgüning ïdïšï bolmüš üčün

跟随弥勒菩萨而去。（此外，）由于在无数世中，弥勒怀有友善的思想和成为一切善器之故，

案语：该行对勘主要体现在两个方面：其一，吐本中的"有力的友善"，在回本中改译为"ädgü ögli saqïnč bïšurmïš（修炼的有智慧的思想）"和"alqu ädgüning ïdïšï bolmüš（所有善器）"；其二，吐本中的"他们离开"一句可与回本中的"tüzün maitri bodiswt basasïnta barïrlar ärdi（追随弥勒而去）"相对应。

4（yo）/// [m.]äñc <aṃ> wärtaṃne śm̱a̱ṣ̱、tmaṉa̱ḵ maitri ṣ̱ 、nikṣanā ewraṃ lwā o–

4 /// whichever forest he may reach, there,（goaded）by the prong of（his）kindness, the wild beats,（beginning with the）elephants,

/// 无论走到哪座森林中，在那里，受到弥勒善意的鞭策，那些野兽，（以）大象（为首），

7b 27—30 qayu qayu araɣ sämäkkä tägsär ... ol araɣda ärigmä qadar yawlaq arslan bars yangada ulatï käyiklär yawalmïš yawaš bolurlar

所以不论他走到哪座林中，那林中凶猛的狮子、老虎、大象及（各种）野兽都变得驯顺起来。

案语：本行吐本和回本基本对应，其中吐本的个别语句如"受到弥勒善意的鞭策"在回本中暂无对应。自该行始，回本将列举森林中几种凶猛野兽见到弥勒后的变化，侧面反映出弥勒的感召作用。

5 （ṅk a llmāñ）/// sunt、klyo ma nt、metr a kyāp yärk、ypeñcä、‖ maitraṃ ‖ śuṇḍaṃ oplāsyo oṅk a–

5 ///... pay homage to the noble Metrak. ‖ In the Maitär [tune] ‖ With lotus flowers in their trunks, elephants

///……向圣弥勒表达敬意。‖ Maitär[曲调]‖ 大象用鼻子卷起莲花

8a 1 ... yangalar tumšuqlarïnta linxua čäčäk yörgäp

大象用鼻子卷起莲花，

案语：该行是自然界众野兽受弥勒感召后的种种表现，回鹘文本对其进行细致描写，其中“莲花”一词是合璧外来词，linxua čäčäk < linxua（汉语借词，“莲花”）+ čäčäk（回鹘语，“花”），这样处理更符合回鹘语的表达习惯，易于回鹘民众接受。

6 （lmāñ）/// [t]w（a）nt[aṃ] ypāraṃ śla poto ⁝ śiśki ypesuṃntsāṃñ[ä]、kātsā klawra wsok、nāṃtsunt、⁝ śalaṃ peṃ

6 /// they performed respectfully the （rightward） circumambulation for him; lions and tigresses fell down on their bellies, full of joy; the soles of his feet

/// 它们尊敬地向右旋转，表达对弥勒的敬意；狮子和雌老虎高兴地伏地而卧，他的脚掌

8a 2—6 tüzün maitri bodiswt utrusïnta kälip ongaru tägzinip aɣar ayaɣ qïlurlar ärdi（.） arslanlar barslar baɣïrïn tüšüp süzük könglin tüzün maitri bodiswtnïng adaqïn ulïn yalɣayurlar ärdi（.）

迎着仁者弥勒走来，（并）右转向他致敬。狮子、老虎都伏地而卧，虔诚地舔着仁者弥勒菩萨的脚掌，

案语：该行对勘主要集中在吐本和回本用语差异和此有彼无方面。首先，吐本中出现的“尊敬地”和“高兴地”等词语，回鹘译者并未译出；其次，对于“老虎”一词的使用，吐本所用的“雌老虎”而回本只作“bars（老虎）”，未区分老虎的雌雄。

7 ///（wa sa）k（、）puk krañcäśśi nasam as、⁝ lwā koluneyo śol、śosamtra klopasunt、⁝

puḵ、wrasaśśi

7 /// we indeed are ... toward all good ones; by the killing of miserable animals we keep ourselves alive; of all beings

/// 我们的确对善良的众生……;杀害许多可怜的动物,用以养育自己;众生

8a 7—10 inčä tip tiyürlär ärdi..alqu tïnlïɣlarqa yazuqluɣ biz (,) irinč yarlaɣ käyiklärig ämgätü ölürüp käntü özümüzni igidür biz ...

这样说道:我们对众生有罪。我们杀害了许多可怜的动物,用以养育自己。

案语:除去部分文字丢失外,本行中回鹘文本和吐火罗文本内容对应较为工整。

8 /// p^{u}kis wa s̱、praski aṛ ṣ̱a̱ ntāñ^{ä}、: 2 k̲a̲ṃtsāsamtr̲a̲ maṅk̲、mā śkaṃ ypa m̲a̲s̲、o–m̲a̲ skeṃ : ālko–

8 /// to all we (are) instigators of fear. 2. We confess our sin henceforth we will do no evil. (Like) other (animals)

/// 对众生而言,我们(是)恐惧的煽动者。2. 我们承认我们的罪过——从今以后我们不再作恶。(像)其他的(动物)一样

8a 11—18 siz tngrim (,) alqu tïnlïɣlarnïng ädgü öglisi ärür siz ... siz (.) biz qamaɣnïng ayaɣ öglisi biz ... siz qop qamaɣ tïnlïɣlarïɣ säwär amrayur siz ... biz qop tïnlïɣlarïɣ qorqïtdačï qutsuz quwï tïnlïɣlar biz ... amtï bilinür biz käntü yazuqumuznï (.) büküntä inarü ayaɣ qïlïnčtïn tïdïlur biz (.) adïn adïn käyiklär ošuɣluɣ otïn suwin ät´öz iltinälim ...

您是我们的天,您是一切众生之友,而我们则是一切(众生)之敌。您怜爱一切众生,而我们则是给一切众生带来恐怖的不幸之物。现在我们都已知道自己的罪孽。我们决心从今以后,不再作恶。我们要像其他动物那样,

案语:该行对勘结果主要体现在两文本的此有彼无方面,其中回本中所描写的自然界中的众兽对众生所犯罪行的忏悔部分,并无吐本内容与之对应,应为回鹘文本的增译内容。

YQ 1.5 1/1［反面］

b 1 （nt̲）、（lwāk oki）///（klyo）[ṃ]（、）ṣakkat s̲、śmimtr̲a̲ cwaś̲ś̲ä̲l̲、ṣyak̲、: k̲a̲ rsima̲s̲ saṃsār t s̲a̲ lpi m̲a̲ s puk̲、klop a̲ ntwä ṣ̲、: 3 ‖ klyo–

b 1 /// Oh noble one, may we definitely come together with you, may we under– stand the Saṃpsāra and be freed from all woes! 3 ‖ The noble

/// 哦，尊敬的人，愿我们一定和您一起，愿我们懂得轮回之法，并且从痛苦中解脱出来！ 3. ‖ 圣

8a 20—22 ... bu bizkä ädgülüg tïltaɣ bolzun ... ažun ažunta sizni birlä tusušup sansardïn ozmaqïnmïz bolzun

愿以此作为我们的善缘，世世得以和您相见，从生死轮回中得到解脱！

案语：该行对勘主要体现在吐本和回本个别词语的对应方面，其中回本中的“ädgülüg tïltaɣ（善缘）”在吐本中无对应，而吐本中的“愿我们懂得轮回之法”在回本中暂无对应。

2 m metrak̲、）///（kā）[su] sewāñ ma <r> śkaṃ ya s̲、umpar yac[ä]、o m̲a̲ skenäṃ lyalypurā yas caṃ śonaṃ tatmuṣ naś、ku–

2 （Metrak）/// Good, my sons! Do henceforth no evil deeds! Because of your bad actions you have been born in this reincarnation class. When

///（弥勒）/// 善哉，我的孩子们！从今以后不要再作恶！由于你们的恶行，你们才被投胎成这般。当

8a 23—28 ... tüzün maitri bodiswt ymä yïlïɣ yumšaq sawïn ol käyiklärning baš– larïn sïqap inčä tip tiyür ärdi（:）ädgü ädgü oɣlanïm（,）ayïɣ yawlaq qïlmanglar ... sizlär käntü ayïɣ qïlïnč küčintä bu muntaɣ körksüz ažunta toɣmïš ärür sizlär

（这时）仁者弥勒菩萨抚摸着众兽的头，用温柔的语调这样说道：善哉，善哉，我的孩子们，你们（从今以后）不要再作恶。由于（前世）所做的恶事，（今世）才生为这等丑恶之形。

案语：该行对勘主要体现在回本增译内容的两处细节描写，再现了弥勒对众兽的慈爱之心：一处是“抚摸众兽的头”，回鹘译者作 käyiklärning < käyik（名

词,“野兽”)+ lär(名词复数附加成分)+ ning(第三人称复数领属附加成分,“……的”),bašlarïn < baš(名词,“头”)+lar(名词复数附加成分)+ï(第三人称领属附加成分,“……的”)+n(宾格附加成分),sïq-(动词,“抚摸”)+ -ap(副动词);第二处是“用温柔的语调”,即 yïlïɣ yumšaq sawïn < yïlïɣ yumšaq(温暖的,温柔的)+ saw(话语)+ ïn(工具格,表示方式,“用……”)。

3 (prene) /// orkmac k̠a̠ lkāc[ä]、t̠a̠ myo kāsu pyām̠a̠ s sewāñ m̠a̠ ntne ork̠m̠a̠ṣ̠、lyukś-oneyac k̠a̠ lkā-

3 /// you will go to the dark. Therefore, my sons, do good (deeds) so that you will go from the dark to the light.

/// 你们将走向黑暗。因此,我的孩子们,做善事,只有这样你们才能从黑暗走向光明。

8a 29—8b 3 ... amtï könglänmätin ayïɣ qïlïnčtïn tïdïlmasar sizlär ... qarangɣudïn kälip qarangɣuqa barmïš ošuɣluɣ bolɣay sizlär ... anïn amtï qataɣlanïnglar qarang-ɣudïn yaruqqa barɣay sizlärɣ

如不悔悟,停止作恶,那么你们将从黑暗走向黑暗。为此,现在你们要努力从黑暗走向光明!

案语:该行吐本起始处破损,文字残缺,依据文意可参看回本“amtï könglä-nmätin ayïɣ qïlïnčtïn tïdïlmasar sizlär(现在,如果你们不悔悟,停止作恶)”,其余内容两文本对应较为工整。

4—5 (c) /// [b](r)āhmañi wk̠a̠ṃ eṃtsw āṣt̠r̠a̠ṃ ∶ wärtaṃ ymāṃ lwā tuṅkiññā ypeyaṃ kakmu napeṃn̠a̠-(s̠)、///(∶ri)yaṃ ytāraṃ ykoṃ oṣeṃ mākis māk̠、ypā pur-ccamñe ∶ 1 ‖ t̠m̠a̠ṣ̠、kumse-

4—5 /// having adopted the pure brahmanic way, when going to the forest, he was kind to the animals, when coming to the land of man, in the city and on the road, in daytime and at night, to many he did many excellent deeds. 1. ‖ Then, come

/// 按照纯洁的婆罗门法,当弥勒来到森林中时,他善待众兽,当他来到城中时,/// 在城中或在路上,白天和黑夜,他对很多人行善事。1. ‖ 之后来到

8b 4—10 ... bu muntaɣ türlüg tüzün maitri arïɣ bramanlar törüsin tuta arïɣda yorïyur ... käyiklärkä asaɣ tusu qïlu tünlä äršär üstinki uluɣ küčlüg tngrilärig ögirtürü küntüz ärsär uluš balïqtaqï tïnlaɣlarqa uluɣ asaɣ tusu qïlu yol yorïr ärdi

就这样，仁者弥勒按照纯洁的婆罗门法在林中为众兽带来利益。夜间他取得了大力天的欢心，白天则到处为城中百姓谋利益。

案语：该行对勘体现在两文本的此有彼无和意译外来词方面，其中回本中增译部分如“tünlä ärsär üstinki uluɣ küčlüg tngrilärig ögirtürü（夜间弥勒取得了大力天神的欢心）”暂无吐火罗文对应；对于“大力天神”一词，回本中无固定表达，依据文意译者将其译为“uluɣ küčlüg tngrilär”，易于回鹘人理解并接受。

6（ñc[ä]）、/// [ñ][ä]（、）sne me m̱、śkaṃ kāmadhātuṣiñi ñäktañ ñäkteññāñ[ä]、klyo-

6 ///... and innumerable gods and goddesses of the Kāmadhātu...the noble

/// ……Kāmadhātu 的无数天神们……圣

8b 11—16 ... anta ötrü ažrua xormuzta tört maxarač tngrilär ... taqï ymä önglüg tngri yirintäki uluɣ küčlüg tngrilär（，）amranmaq ulušqa sanlaɣ altï qat tngri yirintäki tngrilär ... tngri qatunlarï

之后，梵天、帝释、四大天王和色天中的大力神、欲界六天之神及神女

案语：该行对勘值得关注的是意译外来词。首先，由于吐本文字丢失严重，相关内容可参照回本；其次，对依次出现的天神之名，比如“tört maxarač tngrilär < maxarač（< Skr. mahārāja）”“amranmaq ulušta sanlaɣ altï qat tngri yirintäki tngrilär（爱欲世界的六天之神）”“tngri qatunlar（神女）”等，回鹘译者采用意译的方法予以翻译。

7（m̱a̱ nṯ、metraḵ a̱ ṃ）///（ā）ñ[c]ālyi tsaṟ a̱ ṃ āntac[ä]、tsiṯ a̱ smāṃ tṟ a̱ ṅkiñc[ä]、‖ klum̱P̱a̱-

7（Metrak）///making their palms placed together touch their foreheads，say：‖ In the Klumpäri，[tune] ‖

///（弥勒）///合掌触额，说道：‖ Klumpäri［曲调］‖

8b 16—18 tüzün maitri bodiswtaɣ körüp alqu ängitä ät'özin ayalarïn qawšurup yaqïn kälip inčä tip tidilär(:)

看到仁者弥勒菩萨时都躬身合掌走近来,这样说道:

案语:该行吐本和回本内容基本吻合。

8 ryaṃ ‖) /// yt̠ār̠、ymāṃ penu kucne tu P̠a̠ l̠t s̠a̠ ṅkātār '

8 /// and also while going a ... way, what you keep thinking ...

/// 而且当您走……方式,您一直思考的……

案语:该行内容吐本与回本暂无对应,暂不做比较。

二、焉耆本YQ 1.6与哈密本8b 26—10a 5之对勘

YQ 1.6 1/1 [正面]

a 1 /// 1 na s̠ l̠ ṃ ptāñäkte wināsamśi : 1 ‖ t̠ m̠a̠–

a 1 ///... the future ... of the Buddha–god we venerate you. 1 ‖ Thereupon

/// 佛天的……的未来……——我们尊敬您。1. ‖ 之后,

8b 26—9a 1 alqu yir suwdaqï tïnlaɣlarnïng ädgü ögli–i bišüki ärür siz ... uluɣ ilig bolɣu qutunguzqa ymä yükünür biz ... anta ötrü waiširwani ilig bäg yüz änüngülüg tngridam singäklik tüzün maitrining bašï üzä tägzintürüp ordusinta yorïr ärdi

您是世间一切众生之友。我们向您大王尊前膜拜。之后,毗沙门(天)王让有一百轮辐(?)的天轿(?)盘旋在仁者弥勒的头上。尊前膜拜。之后,

案语:该行吐本损毁严重,大部分内容无法释读,仅留个别词语、语句可与回本相对应,如吐本中的“我们尊敬您”一句,从文意上比较,可与回本“uluɣ ilig bolɣu qutunguzqa ymä yükünür biz(我们向您大王尊前膜拜)”对应。

2 (ṣ) /// [v](i)rūḍhaki lānt̠、watkurā nandeṃ upanandenä–

2 /// On the order of King Virūḍhaka, ... beginning with Nanda and Upananda,

///按照毗卢则迦王的之令,……以难陀和优波难陀为首,

9a 2—3 ... wirutaki ilig bägning yarlïɣï–nga nantï upananti(da) ulatï kumbantilar iligläri

按照毗卢则迦(天)王之令,难陀、优波难陀及鸠槃荼等

案语:该行吐本和回本内容基本吻合,值得关注的是外来词词尾元音高化现象,其中“难陀 Nanda＞nande＞nantï ”“优波难陀 Upananda＞upanande＞upananti”二词词尾元音经历了由梵文的 a 到吐火罗语的 e 再到回鹘文的 i 这一高化的演变过程;另外“毗卢则迦 Virūḍhaka＞virūḍhaki＞wirutaki”一词词尾之音直接发生了 a 到 i 的高化，其中吐火罗语词尾元音 e 的变化阶段并不明晰，这也充分说明了在由源头语言向目的语传译过程中,吐火罗语起到了中介语的作用,相对于梵语而言,回鹘语与吐火罗语更接近。

3 (ṣ̤ṣ aci) /// (lyā)s(e)ñcä、virupākṣe s̱、lānṯ、watkurā jalaprabhenäṣ̤ṣ aci

3 /// (clean?) ... On the order of King Virūpākṣa, ... beginning with Jalaprabha,

///(打扫?)……依照广目天王之令,……阇罗波罗,

9a 4—7 tüzün maitri bodiswtnïng ötügintä yorïp yir sïpïrurlar ärdi(.) wirupakši maxaračnïng yrlïɣïnga čalaparabida ulatï luu bägläri

为仁者弥勒菩萨打扫土地。按照广目天大王之令,阇罗波罗比及诸龙官,

案语:本行吐本损毁严重,部分内容可参看回本,对勘结果主要体现在词尾元音弱化方面,以“广目天王”和“阇罗波罗”二词为例,其中“广目天王”梵文作 Virūpākṣa、吐火罗文作 virupākṣe、回鹘文作 wirupakši,“阇罗波罗”梵文作 Jalaprabha、吐火罗文作 jalaprabhe、回鹘文作čalaparabi,上述二词词尾元音遵循 a→e→i 的演变规律。

4 /// (viśva)[k](ā)r m̱、ñḵ ä̱ ṯ、wḵ a̱ ṃ wäknā pyāpyāsyo tkaṃ yṯä̱ṣ̱ ṯra̱: dhṟ a̱–ḍhirāṣṭre lā–

4 /// God (Viśva)karman beautifies the ground with all kinds of flowers. (On the order) of King Dhr̥tarāṣtra,

/// 毗湿缚羯磨用各种鲜花装饰道路。(依照)三十三天大王(之令),

9a 8—12 yïdlɣ yïparlaɣ suwïn yirig ölitü sačarlar ärdi ... wišwakrmi uz tngri tüü türlüg xua čäčäkin yirig yoluɣ itär yaratur ärdi ... tritraštri maxaračnïng yrlïɣïnga

在喷洒香水来润湿大地,毗湿缚羯磨神匠用各种鲜花装饰道路。按照三十

三天大王之令，

案语：本行内容在吐本中为残缺部分，根据文意可由回本做出参考补充，其中有两个词语的演变值得我们关注：其一为“三十三天大王”一词，由梵文 Dhṛtarāṣtra 传译为吐火罗文最终译为回鹘文 tritrašṭri 时，词尾元音发生了高化；其二为“毗湿缚羯磨 Viśvakarman＞viśvakārm＞wišwakrmi”一词词尾元音 a 在传译为吐火罗语时发生了词尾元音脱落的现象，而再次传译则基本遵照元音 a 至 i 高化的规则。

5（nṯ、watkurā）/// [g]（a）[ndha]rveñi lāñś[ä]、lālaṃṣkekk at ṣ̱ rape ypeñc[ä]、‖ ṯṃa̱ṣ̱、braṃ̱、ñḵ ä̱ ṯ、wlā–

5 /// the kings of the Gandharvas play，very softly indeed，music. ‖ Then，God Brahmā（says to God）Indra：

/// 乾闼婆诸王演奏音乐，非常轻妙地。‖ 之后，梵天对（帝释天）说道：

9a 13—16 timburi pančasikida ulatï gantarwilar bäglari–i išidü qanïnčsïz biš türlüg yinčkä oyun ätizürlär ärdi ... anta ötrü äzrua tngri xormuzta tngrikä inčä tip tidi

耽浮楼、般遮史迦及乾闼诸官演奏美妙的音乐。之后，梵天对帝释天说道：

案语：该行中吐本和回本内容对应工整。

6 （ññäktac[ä]、）///（nandavi）[lā]paṃ ‖ ortuneṣiṃ p a̱ ḻt ṣa̱ kyo klyom metraḵ、dakṣinaḵ a̱ śśi ∶ pācri mācri ḵ a̱ ṣṣiśśi–

6 /// In the（Nandavi）lāpa [tune] ‖ With friendly thought the noble Metrak（paid his respect）to receivers of gifts，to father and mother，to teachers，

///（Nandavi）lāpa［曲调］‖ 因为具有友爱的思想，圣弥勒对供养人、父母亲、师父，

9a 17—19 ... körüng kaužiki ilki ilki ažunlarda ädgü qutluɣ tïnlaɣlaraɣ dintarlaraɣ ögüg qangïɣ süzük könglin tapannïš udunmïš üčün

你看，乔石迦！第一，由于前世他敬心供养善福之人、僧众和父母，

案语：本行对勘体现在两文本的此有彼无方面，其中吐本起始处残缺部分可由回本做出参考补充；而吐本中“具有友爱的思想”“供养人”“师父”在回本中暂无对应；回本中增译语句如“ädgü qutluɣ tïnlaɣlar（善福之人）”在吐火罗文

中也无对应词语。

7（k̲）、/// [ñā]ss aru ṣ̲、spaktānac caṣi ∶ kārāśäntwä wärt̲ ntwaṃ yt̲ a̲ ṣtr oki tkaṃ ākāś caṣi ∶ 1 mā nu

7 /// have called forth to the desire for his service. In jungles and woodlands are earth and sky adorned for him as it were. 1. Not, however,

/// 产生了供养他的愿望。在丛林和森林中、地上和天上的都敬奉他。1. 不，然而，

9a 20—22 öngtä kürtükdä arïɣda simäktä tägdüktä tngri yalnguq äksüksüz krgäksiz tapaɣ uduɣ qïlurlar

所以当他来到荒野、丛林时，都有天人尽心地供养。

案语：该行内容吐本和回本对应工整。

8 /// （p̲a̲）[l̲]t ṣa̲ kyo ṣom lyukrā puk wrassā maitr̲ā yneś yatr̲ a̲、∶ wsokoneyo wcaṃ lyukrā yneś yatr̲a̲ ptā–

8 /// in his mind, he shows, in first place, kindness to all beings; in the second place, in his joyfulness, he shows ...（to the）Buddha–

/// 在他的内心里，他表现出，在开始的地方，对众生友善；在第二个地方，在他的欢喜中，他表现出……（对）佛

9a 23—28 ... ol antaɣ ačïɣ aɣraɣ bolup artuq ymä köwänč säwänč köngül öritmäz ... yänä bu muntaɣ uzun yolta yorïyu arïp sönüp čökmäz batmaz（.）bir yanglaɣ tüp tüz könglin alqu tïnlaɣlar üzä ädgü ögli saqïnč saqïnur(.)

他历尽辛苦，已不再起骄傲之心。他虽长途跋涉，十分劳累，但仍不知疲倦地十分关怀一切众生。

案语：由于吐本破损严重，仅有只言片语可与回本对应起来，对勘难度较大。

YQ 1.6 1/2［反面］

b 1 （ñäkte k̲ a̲ ṣyāp、∶）///(yne)[ś] yatr āṣānik̲、∶ 2 ‖ wlāñk̲ a̲ t tr̲ a̲ ṅk̲ a̲ ṣ̲ ṣokyo nu ptāñk̲ a̲ t̲ k̲ a̲ ṣ̲sinac wa ṣ̲ t̲ aṣ̲ l̲ a̲ nt̲ a̲ ssi ñās t̲ a̲–

b 1 (god the teacher) ///... he shows, the venerable one. 2 ‖ God Indra says: His desire to go away from the house and to go to the Buddha-god the teacher has become very strong.

///(天)///……他表现出，尊者。2. ‖ 帝释天说道：他想到佛天那里出家为僧的想法已经变得非常强烈。

9a 29—9b 5 ikinti ošuɣluɣ tngri burxanïng ädgüsin ärdämin saqïnu ... üčünč oɣurluɣ saqïnu sözläyü yitinčsiz täring dyan saqïnčlaraɣ saqïnur ... ötrü xormuzta tngri inčä tip tidi ... taqï artuqraq tngri tngrisi burxanqa yaɣuq tägip äwdin barqtïn ünüp toyïn bolɣali ängsiz kösäyür

第二，他常思念佛的善德。第三，他常思念无限深奥的禅念。帝释天说道：他为了更接近天中天佛非常想出家为僧。

案语：该行除去吐本中梵天讲述弥勒一心向佛的话语丢失外，其余被释读出的内容可与回本中的对应起来。

2 (mnäṣtṟ a̱ ṃ) ///(tseṃ śā)[k](w)aṣiṃ jar mrācaṃ naṯ a̱ kyo ymāṃ tsru ṣkārā yawtṟ a̱ ṃ oki ∶ tseṃ yokās kranṯ、aś a̱ nyo ā-

2 /// the topknot of (blue) hair on his head is leaning a little to the back as it were since he is moving forward pushing hard; with his beautiful blue eyes, ...

/// 他头上(蓝色的)发髻因为他急于赶路而有点松散；他蓝色的眼睛，……

9b 6—12 ... amtï körüng tngrim ... baštïnqï köküš önglüg toqïrï iwä täwä yorïmïšqa azqïa kitärü qamïtmïš ärür ... köküš önglüg körklä közin ol yïngaqïɣ titirü tälmirä basa basa körür(.) qayudïn yïngaq tngri tngrisi burxan yrlïqar ärür

你看，现在他头上蓝色的发髻由于忙着赶路而有些松散。他正在目不转睛地望着天中天佛所在的方向。

案语：本行吐本文字丢失，依据文意可由回本为其做出补充，即"ol yïngaqïɣ titirü tälmirä basa basa kör-"，意为"正在目不转睛地望着天中天佛所在的方向"。

3 /// (kapśa)[ñi] ∶ oñi cmolṣi ājānai lyutār mema ṣ̱、lālaṃṣke mā nu ṣāṣtru ∶ ṣ-

āmnune–

3 ///(his) body:human,of noble descent,exceedingly delicate,but not tired.(With the wish) for monkhood,

///(他的)身体:出身高贵,相当柔弱,但是并不疲倦。出家为僧的(愿望),

9b 13—16 ... toɣa ämgäk körmayük yïlïnčɣa yumšaq ät'özin uzun yoluɣ yorïp armïš ošuɣluɣ ymä ärmäz ... toyin bolmaq kösüšin töltrinü toqïnu tölükin yol yorïyur

他生来从未受过苦的较弱的身体,虽经长途跋涉,却丝毫不显得疲倦。这是(从佛出家)为僧的愿望,给他以长途跋涉的力量。

案语:本行对勘主要体现在用语差异和此有彼无两方面,其中关于弥勒的描写,吐本使用“高贵”一词,而回本则使用“toɣa ämgäk körmayük(出生以来未曾受过苦的)”进行细腻描写;此外,回本“toyin bolmaq kösüšin töltrinü toqïnu tölükin yol yorïyur(出家为僧为他拼命赶路带来希望和力量)”,吐本暂无内容与其对应。

4 (yis ākālyo) /// (pt)āñktā kārme : 1 ‖ saṃtuṣite tṟ a̱ ṅk̠ a̱ṣ̱、mā śkaṃ tā P̱a̱ rk̠、ptāñk̠ ä̱ t̠ k̠ a̱ ṣṣi lo–

4 ///by the Buddha–god the truth. 1 ‖ Saṃtuṣita says: No longer (is) the Bud–dha–god the teacher now far away.

///受到佛天的真理。1. ‖ 妙足天说道:现在距离佛天已经不远了。

9b 17—19 ... ötrü sandušiti tngri inčä tip tidi ... amtï tngri tngrisi burxan ymä artuq ïraq ärmäz ... nä üčün tip tisär

之后,妙足天这样说道:现在距天中天佛所在处已不远。

案语:该行重点对勘词尾元音弱化现象,如“妙足天 Saṃtuṣita>saṃtuṣite>sandušiti”一词,词尾元音由 a 高化至 i 的演变过程很明显;除此之外,吐本中的“受到佛天的真理”一句暂无对应,其余内容两文本基本吻合。

5 (k na ṣ̱、) /// ye ṣ̱、‖ suyāne tṟ a̱ ṅk̠ a̱ ṣ ceṣ penu madhyadeṣ̌ṣiñi wrasañ t̠ a̱–

5 ///has gone ... ‖ Suyāna says:The people of the Madhyadeśa, too,... (like a) cloud

///已经去…… ‖ 须夜摩说道:中天竺国的百姓,也,……(像)乌云一样

9b 20—24 ... maxamadyadiš ulušqa sanlaɣ yirkä suwqa tägdi ... suyami tngri inčä tip tidi ... anï ymä titirü körünglär (.) matyadiš uluštaqï tïnlïɣlar qara bulït täg toylap gang ögüz qïdïɣïnga tägi

属于中天竺国的地方。(这时)须夜摩天说道:你们注意看,中天竺国的百姓像乌云一样齐集恒河岸边,

案语:本行对勘主要表现在专有名词词尾元音高化现象,如“须夜摩Suyāna>suyāne>suyami”一词词尾元音发生了由 a 至 e 再至 i 的高化。

6 (rk̲ a̲ r) /// (metr̲ a̲)k(y)āp korpac kakmu s̲̣、‖ maitraṃ ‖ ṣome brāhmaṇiṃ cmol̲ p a̲llā–

6 ///having come to the presence of ... Metrak. ‖ In the Maitär [tune] ‖ Some praise (his) brahmanic descent,

/// 来迎接弥勒的到来。‖ Maitär[曲调] ‖ 有的人赞美(他的)婆罗门的出身,

9b 25—27 tüzün maitriqa utru kälmiš ärürlär (.) ol tïnlïɣlar amari tüzün maitrining araɣ braman oɣušin ögärlär

来迎接仁者弥勒。众人中有的赞美仁者弥勒纯洁的婆罗门出身,有的

案语:本行及以下内容主要叙述中天竺国百姓对弥勒的赞美,其中回鹘译者采用增加修饰语的翻译手法,使用“araɣ(纯洁的,洁净的)”一词表明弥勒出身高贵。

7 (ntr̲ a̲) /// (p a̲ l̲t s̲a̲)k̲ p a̲ llāntr̲ a̲ : ṣome lkātsi krant̲、kāwältune p̲a̲–

7 ///praise his thinking; some praise his beautiful appearance;

/// 赞美他的思想;一些人赞美他俊丽的外表;

9b 28—10a 1 ... amarï titrüm täring bilgä biligin ögärlär(,)amrïlarï qop qamaɣ tïnlaɣlar üzä maitri saqïnč saqïnmïšïn ögärlär(.) amarïlarï körü qanïnčsïz körtlä körkin ögärlär

赞美他深邃的智慧;有的赞美他对一切众生的仁慈;有的赞美他无比的英俊。

案语：本行对勘体现在回鹘译者常用的翻译手法——增加修饰语，如“titrüm täring(很深的，深邃的)”。此外回本中的“qop qamaɣ tïnlïɣlar üzä maitri saqïnč saqïnmïšïn(对所有众生的仁慈)”暂无吐火罗文对应。

8 (llāntṟ a̱) /// (metṟ a̱)kyāp korpā ymatuñcä s̱、wrasaśśi ḵ a̱(nṯ)、

8 ///... of the beings moving ... toward Metrak hundred (fold?)

///……众生跟随……朝向弥勒百(轮？)

10a 2—5 ... anta ötrü xormuzta tngri inčä tip tidi ... dkšanapt iltäki drmt ögüztin gang ögüz suwïnga täginčä tüzün maitriqa utru oqsuz

之后，帝释天说道：南天竺国从达罗毗荼河到恒河所有百姓都来

案语：本行内容在吐本中损毁严重，仅留个别词语如“众生”可与回本对应，而回本保存较为完好，可释读的信息较多。

三、焉耆本YQ 1.7与哈密本10a 7—11a 7之对勘

YQ 1.7 1/2［正面］

a 1 /// (yi)[ñ] cäṃ ce s̱、: āḵḻ a̱ ṣly oki ḵ a̱ ṣṣiyāp ceṣ nu

a 1 ///... these (go) towards him ... As disciples to a teacher, these now

/// ……这些百姓向弥勒走近……像弟子追随老师，现在这些

10a 5—9 tüzün maitriqa utru oqsuz täginčsiz tïnlaɣlar ... käli tururlar ... amraq qanglarï udu bir biräm ök oɣlaɣu oɣlanï basa barmïšča azu ymä qaltï bilgä baxšïlar udu bošɣutčï titsilar yorïyurča

像幼弱的独子跟随慈父一样，或者像弟子跟随贤明的师父

案语：该行对勘可在增加修饰语和此有彼无方面进行关注，首先，回鹘文本多出了“bilgä(贤明的，智慧的)”一词来修饰老师。其次，吐本中“像弟子追随老师”一句，可与回本中的“bilgä baxšïlar udu bošɣutčï titsilar yorïyurča”相对应，而回本中“像幼弱的独子跟随慈父一样”抑可补充吐本之缺失。

2 /// ṣṣ (o)ki ārwar yiñc[ä]、lkālṣy ākālyo metraḵ a̱ ṃ

2 ///(not having been ...) like ... they go readily with the wish to see Metrak.

///(还没有……)像……他们心怀观看弥勒的愿望,高兴地前往。

10a 11—14 uluɣ uluɣ bramanlar ... bilgäläri-i uluš balïq sayuqï bay bayaɣut kišilär tïqmïš täg yolta sïɣïnmadïn tüzün maitri bodiswtaɣ körgäli kösüšin basa yorïyurlar

一样,那些高贵的婆罗门智者、诸城国的富豪也都拥挤着来观看仁者弥勒菩萨。

案语:该行吐火罗文本损毁严重,更多信息可参看回鹘文本。在描述人群时,回鹘译者增加补充了如"uluɣ uluɣ bramanlar(地位高贵的婆罗门)""bilgälär(智者)""ulušbalïq sayuqï bay(大国的富豪)"等内容。

3 /// [nt.] dakṣiṇāpathäṣ ṣu ype ypeyā klyo m̱a̱ nṯ、metṟ a̱ kyāp、

3 ///to the noble Metrak, who (has come) here from the Dakṣiṇāpatha passing through many lands

/// 对圣弥勒,他(已经)从南天竺国长途跋涉(来到)这里

10a 15—20 ... anta ötrü äzrua tngri inčä tip tidi ... amtï dkšanaptdïn bärü ünüp kälmištä bärü balïq uluš sayuqï tïnlaɣlar yïɣïlïp tükäl qïrq tümän tïnlïɣlar ... bolt-ïlar ... kim tüzün maitri bodiswtqa titsilaɣ ät´özlärin urunčaq tutuztïlar

之后,梵天说道:从他自南天竺国出发以来,各城国已有四十万众生云集来执弟子礼,皈依仁者弥勒。

案语:本行内容吐本中破损严重,保留下的内容不够完整,丢失内容依据文义可由回本做出相应补充。

4—5 /// [·m](ā)[ga]ṯ、ypeyi s̱、wampe pāṣānak ṣuḻ a̱ ntāne s̱a̱m̱、tri ārkiśo(ṣintwi s̱、) ///(ptāñḵ a̱)[ṯ] ḵ a̱ ṣṣi · klyo m̱a̱ nṯ、metṟ a̱ kyāp、wa ṣ̱ ṯ aṣ̱、ḻ a̱ ñclune lmā ṣ̱ṯ a̱ ṟ、‖ bra m̱、ñḵ ä̱ ṯ、tṟ a̱ ṅḵ-

4—5 /// the Mount Pāṣāṇaka, the jewel of the land of Magadna, where this one, (the teacher) of the three worlds, the Buddha-god the teacher will keep waiting for the noble Metrak's going away from the house. God Brahmā says:

孤绝山,摩羯陀国圣地,在那里,三界的(老师),/// 佛天将会一直等到圣弥勒出家为僧。梵天说道:

10a 21—23 ... ötrü xormuzta tngri inčä tip tidi ... muna amtï äng magt ilning körki köwänči bolmïš pašanak taɤda üč qat yir suwnung umuɤï ïnaɤï baxšïsï tükäl bilgä tngri tngrisi burxan tüzün maitri bodiswtaɤ toyin kirgäli küdä oluru yrlïqar (.) anta ötrü äzrua tngri inčä tip tidi

之后,帝释天说道:你看,三界的希望和导师,全智的天中天佛正在摩竭陀国的圣地孤绝山上等候仁者弥勒菩萨出家为僧。之后,梵天说道:还有

案语:吐火罗文本和回鹘文本内容一致。“孤绝山”一词有两点值得注意:一是该词梵文作 Pāṣāṇaka、吐火罗文作 pāṣānak、回鹘文作pašanak,在传译过程中,词尾元音 a 发生脱落,该行中的“摩竭陀国”一词也经历了相同的演变;二是回鹘译者将其译为“pašanak taɤ”,属于典型的音译外来词缀接回鹘语类属名词构成的合璧词。该行中的“三界”,回鹘文作üč qat yir suw < üč qat(“三重,三层”)+yir suw(“天地,世界”)。而对于“佛天”一词,回鹘文多出了“tükäl bilgä(全智的)”修饰语。

6 (ṣ) ///- sne yär m̱、kinnareñ$^{\ddot{a}}$、gandharviñ$^{\ddot{a}}$、ptāñḵ ä̱ t ḵ a̱ ṣṣinā yärśār m̱a̱-rkampaḻ、klyossi

6 ///innumerable Kinnar as and Gandharvas around the Buddha-god the teacher in order to hear the Law.

/// 无数的乾陀罗和乾闼婆围坐在佛天的周围,为了听佛说法。

10a 29—10b 2 ol ymä uluɤ türlüg tngrilär asurlar lular yäklär ... ülgüsüz öküš kintiri gintirwlar ... tngri tnlgrisi burxan tägräsintä olurup nom tïnlayurlar

各种天神、阿修罗(天)龙、夜叉以及无数乾陀罗、乾闼婆都围坐在天中天佛的周围,在听佛说法。

案语:本行吐本部分文字丢失,可据回本为其做出补充,而保留下来的内容吐本和回本基本一致。此外,需关注的是汉语借词“龙”,此处回鹘文写作“lu”,不同于第一品 2a 2—6 行中的“luu”的写法,由此可见,汉语借词“龙”在被

借入回鹘语时,写法并未统一固定下来。

7 /// (t̲a̲)[m]n(e)[p] yā m̲a̲s̲、tmāk̲、śkaṃ se pācar̲、puttiśparṣinä s̲、lāñcä s̲、āmpuk̲、lkāluneyo a-

7 /// Let us do it in this way! And now, by seeing son and father, both kings of Buddha rank, with both (our) eyes ...

/// 让我们也这样去听佛说法吧!并且现在,看父子,有佛的称号的两个王,用(我们的)双眼……

10b 2—6 ... amtï biz ymä qodï inälim ... ötrü xormuzta tngri inčä tip tidi ... inčä qïlalïm insär inälim ... tngri tngrisi burxari burxan qutï bolɣuluq uluɣï oɣlï birlä qawïšmïš törüg körüp közümüzni qutluɣ qïlalïm

现在让我们也下去(听说法)吧!之后,帝释天说道:那么就下去吧!让我们也去观看天中天佛的大儿子(出家为僧)的仪礼,以饱眼福吧!

案语:本行吐火罗文本部分文字丢失,内容无法释读,而回鹘文本保留的内容较为完整,较吐火罗文本多出了"qod-(下去)"一语,且使用"ötrü xormuzta tngri inčä tip tidi(这之后,帝释天说道)"这样的语句,使上下文更加连贯,可达到情景再现的效果。

8 (śäṃ) /// (me)trak̲、bodhisattu ajitenäṣṣ aci ś a̲ k̲ p a̲ ñ pi manarkāsaśśäl̲、śtwarāk̲、tmāṃ vaineṣin̲ a̲-

8 ///the Bodhisattva Metrak, with the fifteen brahmin youths beginning with Ajita, and 400,000 adherents of the Vinaya,

/// 弥勒菩萨,以阿逸多为首的十五个婆罗门弟子,连同四十万 Vinaya 的追随者,

10b 7—10 ... anta ötrü tüzün maitri bodiswt ačitida ulatï biš ygrmi urïlar ... birlä taqï ymä adan qïrq tümän tïnlïɣlar

这时候仁者弥勒菩萨与阿耆多和十五童子以及其余四十万众生,

案语:该行吐本和回本所述内容基本对应。

YQ 1.7 1/1 [反面]

b 1 （saśśäl̠、）///（k̠ a̠ ṣṣi）[n]（a）c waṣ̠ t̠ aṣ̠ l̠ a̠ ñcluneṣiṃ ākālyo māgatṣinā s̠、ypeyäntwaṃ yme ymāṃ pāṣānak ṣulaṃ

b 1 /// with the wish to go away from the house to（the Buddha–god）the teacher, going through the lands of Magadha, on the Mount Pāṣāṇaka

/// 抱着出家为僧、到（佛天）那里去的愿望，遍历摩羯陀国的诸城，来到孤绝山上

10b 11—15 birlä toylap üstün tngri altïn yalnguqnung ayaɣïn čiltägin täginü toyïn bolmaq kösüšin magat ilkä sanlaɣ uluš balïqlar ... sayu yorïyu pašanak taɣqa tägdilär ...

得到天上诸神和地上众人的敬奉，他们抱着出家为僧的愿望，遍历属于摩竭陀国的诸城，（最后）来到孤绝山的。

案语：两文本内容基本对应，其中吐本行首处缺失文字，依据文意可参看回本，为其补充为“birlä toylap üstün tngri altïn yalnguqnung ayaɣïn（得到天上诸神和地上众人的敬奉）”。

2 ///（rā）[hu]ṃ svarbhaṇuṃ vemacitrenäṣṣ aci asureṃñi lāṃś、piṅgaleṃ elabhadrenäṣṣ aci nā–

2 ///the kings of the Asuras, beginning with Rāhu–Svarbhānu and Vemacitra, the（kings）of the Nāgas starting with Piṅgala and Elapatra,

/// 以罗睺和斯瓦尔巴奴为首的诸天神，以冰羯罗和依罗钵多罗为首的 Nāgas 的诸神，

10b 16—19 ... kördilär äzrua tngridä ulatï tngrilär iligläri raxu swarabanu wimačitridä ... ulatï asurlar bägläri pingali–i ilaptrida ulatï luu xanlarï durumi dumpurida ulatï

当梵天和诸天王罗睺、斯瓦尔巴奴、毗摩质多罗及阿修罗官员冰羯罗、依罗钵多罗及龙王童笼磨、

案语：该行对勘主要体现在借词的翻译方式和词尾元音弱化上。首先，对于天神之名的翻译，回鹘译者遵从佛经汉译中的“五不翻”原则，常采用音译方式处理，并加以回鹘化，使其更符合回鹘语的拼读和发音规律，易于民众接受。

比如“罗睺 rahu”，其梵文形式为“rāhu”等；其次，音译外来词中的“毗摩质多罗”“冰羯罗”“依罗钵多罗”三词，词尾元音变化呈现 a→e→i 的高化规律。

3（geñi lāṃś、）///（sne yä）r m̱、sne me m̱、kinnareñ gandharveñi lāñś[ä]、āṣānikāṃ metrak̲ a̱ ṃ rājavartt yokā s̱、

3 /// the innumerable and countless kings of the Kinnaras and Gandharvas（saw）the venerable Metrak（with his）multi-colored

/// 无数的乾陀罗和乾达婆（看到了）尊者弥勒（用他的）多色的

10b 20—23 ... sansaz öküš kintiri gintarwilarnïng ärkligläri ... ayaɣqa tägimlig maitri bodiswtnïng ražawrt önglüg kökϋs sačlïɣ toqïrïn bašïn

耽浮楼及无数乾陀罗、乾达婆王看到尊者弥勒菩萨头上梳有绀青色发髻、

案语：本行对勘主要体现在用语差异方面，对于诸天神眼中弥勒形象的描写，吐火罗文本中被译为“多色的，彩色的”，而回鹘文本中连用“ražawrt”“kökϋs”两个表示“青色”的近义词。

4 ///（yajñopa）[v] it̲、ājāl̲、wtont̲、knuṃt s̱a̱m̱ wsā yokāṃ aṃśuk tātkwäṅkunt̲、wrokṣinäs pannā-

4 ///... having put on the *yajñopavīta* rosary，wrapped in a supple，gold-colored cloak，with sandals decorated with pearls

///……戴着被称作 yajñopavīta 的头巾，披着柔软的金色大氅，穿着用珍珠修饰的靸鞋

10b 24—27 yaratmïš yatnopawit atlɣ yöp yörüng srinati yörgänmiš altun önglüg yaltrïq yalma yaqsïnmïš yinčülüg sap xay kädmiš biläzüklärin üzüklärin iligi adaqï

头戴称作 yajnopavita 的洁白头巾，缀有金色发亮镶边的珍珠鞋，用镯子、戒指装饰的手脚

案语：该行对勘体现在此有彼无和回本增译部分，吐本中的“披着柔软的金色大氅”一句描述，回鹘文本暂无对应；回鹘译者连用两个颜色词语如“yörüng（白色）”“altun（金色）”对弥勒的装束进行描述。

5（k̲a̱ syo）///（y）[e][tu]nt̲、ṣñi akmalyo bra m̱、ñk̲a̱ tt oki pāṣānak ṣulaṃ kakmunt̲、

5 /// adorned, like the God Brahmā (seen) in his own face, having come to Mount Pāṣāṇaka

///从他的脸上可以(看到的)像梵天一样,来到孤绝山上,

10b 28—29 itiglig yarayaɣlaɣ qaltï yögärü äzrua tngri ošuɣluɣ pašanak taɣqa tägmišin

像当代梵天神一样,到达孤绝山时,

案语:该行吐本中的“从他的脸上”,回鹘译者并未将其译出。

6 /// (s̱a̱)[m̱]、ñäkci kro p̱、pkāḵ、lameyäṣ kāṯaḵ、‖ śmāśānaśṟa̱ṅkāraṃ

6 /// that divine crowed rose everywhere from their seats. ‖ In the Śmāśānaśräṅkār [tune] ‖

///那些虔诚的信徒各自从自己的座位上站起来。‖ Śmāśānaśrkār[曲调]‖

10b 30—11a 5 anta oq otɣuraq uqtïlar ... tüzün maitri kälti tip ... ötrü uluɣ aɣar ayamaqïn käntü käntü orunlarïntïn örü turdïlar ... yaruq yaltrïqlaɣ iliglärin qawšurup ängitä ät'özin alanlarï börtä säwiglig közin körü

他们立刻领悟到:来到的人就是仁者弥勒。于是恭敬地各自从座位站起,合掌躬身触额,以柔和的目光望着,

案语:该行对勘主要关注回鹘译者增加修饰语这一翻译手法的使用:首先,吐本行首处损毁严重,依据文义可由回本为其做出补充;其次,回鹘译者在塑造人物形象时,善于增加修饰语,如本行中的“iliglärin qawšur-(合掌)”“ängit-(弯腰)”“alanlarï bört-(触额)”“säwiglig közin kör-(用充满爱意的眼神看着)”等对信众的虔诚之态进行细致描写。

7—8 (‖) ///ś[l]a weyeṃ āṣānikāṃ metraḵa̱ṃ weñār rake : kā-(su) /// (ḵa̱)ṣṣ[i] sne lyutāṟ、puttiśparṣiṃ : 1 ke mosaṃ ne

7—8 ///... astonished, they addressed the venerable Metrak: Good /// (the teacher) of matchless Buddha rank. 1 For what reason

/// ……惊奇地,他们告诉圣弥勒:好 /// 无比睿智的(老师)。1. ‖ 因为什么原因

11a 6—7 mungadu adïnu tüzün maitri bodiswtqa inčä tip tidilär ... kälmišingiz ädgü ayaɣqa tägimlig ödinčä kältingiz ... yrlïqančučï biliglig (.) muna anuq turu yrlïqar ... tüzkärinčsiz tükäl biklgä tngri tngrisi burxan

显出惊奇的样子对仁者弥勒菩萨这样说道:您来得正好,尊者,您来得非常及时。大慈大悲之人、无比睿智的天中天佛

案语:上述两行在吐火罗文本中破损严重,文字释读困难,依据文意可据回鹘文本为其做出的补充,而吐火罗文本"因为什么"在回鹘文本中并无对应。

第五节 弥勒及众人目睹天佛 孤绝山受戒为僧

一、焉耆本YQ 1.12与哈密本11a 16—12a 22之对勘

YQ 1.12 1/2 [正面]

a 1 /// [p](o)saṃ ye̱t̠、: saṃvarṣiṃ ca m̠、śol̠、eṣant̠ m̠a̠–

a 1 ///you have gone (down), offering this life of discipline, ... Law ...

/// 你已经降临到此世间,为世间带来规矩,……法……

11a 17—18 qodup bu yir suwqa intinigiz ärsär .. amtï ol sawlaraɣ üzä birdäči nomluɣ ata qang birlä qawušup

(以及)自己的天寿,降临到此世间。现在您将和能决断一切法王会见,

案语:本行对勘主要体现在两文本的此有彼无方面,其中吐本"为世间带来规矩"一句暂无回鹘文对应;而回本中的"amtï ol sawlaraɣ üzä birdäči nomluɣ ata qang birlä qawuš-(与能决断一切的法王会见)"并非依据吐本翻译而来,为回鹘译者增译部分。

2 (rkampalṣiṃ) /// (p̠a̠ r)[ma] ṅk na s̠a̠l̠、: 1 ‖ t̠m̠a̠ṣ̠ s̠a̠ m metrakṣi bra m̠、ñk̠ä̠t̠、putti–

2 /// to be the hope. 1 ‖ Thereupon, Metrak, as the God Brahmā, ... (the rank of) Buddha

/// 将成为希望。1 ‖ 之后,弥勒,作为梵天,佛的(称号)……

11a 19—21 tïnlaɣlarqa umuɣ ïnaɣ bolɣuluq uluɣ kösüšüngüz qanqalïr(.) anta ötrü maitrilaɣ äzrua tngri ... tngri tngrisi burxan ärdinig körgäli

实现您成为众生依托的伟大心愿。之后,慈氏梵天为了要目睹天中天佛宝,

案语:本行对勘主要有三点值得关注:第一,对于叙述对象的称谓不同,吐本叙述对象为“弥勒”而回本为“梵天”,二者有差异;第二,回本中在“äzrua tngri(梵天)”之前多出了修饰语“maitrilaɣ(具有慈悲之怀的,仁慈的)”,耿世民先生将其译为“慈氏”;第三,吐本起始处损毁严重,部分内容可由回本为其做出补充参考。

3 (śpa<u>ra</u>ṃ) /// [<u>Pa</u>]lkā<u>s</u> <u>sa</u>m、sne yär <u>m</u>、ñäkci kropaṃ ywārckā cindāmaṇisyo

3 /// ... in the middle of an immense crowd of gods, with Cintāmaṇi-jewels,

/// ……在无数神的簇拥下,用如意珠宝

4 ///(n)[<u>t</u>](、)yetwesyo yetun<u>t</u>、śiś<u>ka</u> syo wāmpun<u>t</u>、āsānā lmon<u>t</u>、<u>ma</u>-

4 /// seated on the throne adorned with lions and decorated with jewels, ... the Law

/// 坐在用珠宝装饰的狮子宝座上,……法

11a 22—29 kösüšin ol urïlar birlä tägrikläp tawratï anïng ara kördi (.) köz tägsiki yirdä tngri tngrisi burxanaɣ ülgüsüz sansïz tngrilär quwraɣï ortusïnta ärdinin itmiš altunluɣ taɣ ošuɣluɣ yüz iki ygrmi türlüg uluɣ qut buyanlaɣ čoɣ yalïnïn arslanlaɣ örgün üzä olurup nom nomlayu yrlïqamïšïn

于是在众童子的簇拥下迅速往座中看了一眼。只见天中天佛在无数天众之中如同用众宝装饰的金山一样,以一百一十二种吉祥和威严正坐在狮子王座上说法。

案语:本行有两点值得关注:首先,回本譬喻手法的使用,如“altunluɣ taɣ ošuɣluɣ(像金山一样的)”,用数字描述的有“yüz iki ygrmi türlüg uluɣ qut buyanlaɣ čoɣ yalïnïn(一百二十种吉祥和威严)”,弥勒形象被描写得更为细腻;其次,吐本中的“无数神”在回本中则被译作“urïlar(众多童子)”。

5 (rkampal) /// (mahāka)[l]ps(aṃ) ptāñäktaśśi kapśiṃñāṣ̱ P̱a̱ lkāluneyaṃ āklye yāmu āṣāniḵ、me-

5 /// the venerable Metrak, having been taught by seeing the bodies of Buddhas in ... great eons,

/// 圣弥勒,在无数大劫中……已经见到了诸佛,

11a 30—11b 1 sansaz tümän maxaklpta bärü burxanlaraɣ körü ögränmiš üčün

因弥勒无数大劫以来,已见惯诸佛之故,

案语:该行尽管吐火罗文本有部分内容丢失,但保留下来的内容可与回鹘文本形成工整对应。

6 (traḵ、) /// (ptā)ñḵa̱ṯ、ḵa̱ṣṣi s̱a̱s̱、: ṣñikek nu bādhari s̱、brāmne plāḵa̱m̱、opyāc[ä]、kloṟa̱s̱、wso-

6 /// this one is the Buddha-god the teacher! At the same time, however, having recalled the promise made to Badhari the Brahmin, joyfully

/// 这个人就是佛天!同时,然而,想起许给跋多利婆罗门的诺言,欣喜地

11b 2—6 siziksiz otɣuraq uqtï ... adansïɣsïz tngri tngrisi burxan ärür tip ... inčip ymä badari braman birlä išläšmiš ïnaɣ sawlaraɣ öp saqïnïp süzük könglin ötrü yašlaɣ közin ïɣlayu udɣaqï urïlarqa inčä tip tidi

所以他(马上)确知这就是天中天佛。(这时候)他想到和跋多利婆罗门的约言,于是含泪对随同来的众童子说道:

案语:该行对勘有两处明显差异:第一,吐本中“欣喜地”一词,回鹘译者改译为“yašlaɣ közin ïɣla-(眼含泪水地哭道)”;第二,回鹘译者使用“siziksiz(无疑)”“otɣuraq(一定)”“adansïɣsïz(非奇异的)”三个词语来加强肯定语气,除此之外,吐本起始处残缺内容可参考回本。

7 (koneyo) /// (P̱a̱ l)[k](ā)[c] krañcś[ä]、‖ bahudantākaṃ ‖ sne sañce wätkāḻts̱、ptāñḵa̱ṯ ḵa̱ṣṣi s̱a̱s̱、rājavartt yoḵ、uṣṇi-

7 /// See, you good ones! ‖ In the Bahudantāk [tune] ‖ Without any doubt, this one is the Buddha-god the teacher: multicolored (is) his body hair; (there is) the uṣṇīṣa (on the top of his head);

/// 你们看! ‖ Bahudantāk[曲调] ‖ 毫无疑问,这就是佛天:他的体发是多彩的;(他的头顶有)肉髻;

11b 7—11 ... körünglär ädgülärim (,) siziksiz tükäl bilgä tngri tngrisi burxan özi ärür(.) čïnɣaru-u körünglär qoduru qolulanglar ražawrt önglüg kök sačï(,) ušnir-laɣ töpüsi-i bašï(,)

你们看,上面无疑就是全智的天中天佛。你们再仔细看清楚他那绀青色的头发、长有肉髻的头顶

案语:本行及以下内容叙述弥勒所见佛之32吉相,吐本中使用的“多彩”一词,在回本中则被译为“ražawrt önglüg kök(蓝色的)”,这是两文本在用语方面的主要差异。

8 (r mrācaṃ) /// (tseṃ yo)[k]āñ[a]、aśäṃ brahmasvar wak̲、wärt s̲、knuṃt s̲、k̲antu yomu wākmat s̲、tspokṣinās̲、śiśkinäñ śa-

8 /// his eyes (are) blue; (he has) a Brahmā-like voice; wide and supple (is) his tongue; having attained distinctions of tastes; his jaws (are) like those of a lion;

/// 他的眼睛(是)蓝色的;(他有)梵天一样的声音;他的舌头宽而软;有能分辨美味的能力;像狮子一般的下颌;

11b 12—17 qaš qawšutïnta urun atlaɣ yörüng tüüsi ... buqalarnïng täg kirpiki (,) köküs önglüg közi ... äzrua ätinlig üni (,)yuqa yïlïnčɣa king yadwï tili ... tngridäm tataɣqa tägmiš taɣ tišläri ... arslanlarnïng täg qašïɣï ... aɣlaq yörüng azaɣlarï.

眉间的白毫、牛王一样的睫毛、蓝色的眼睛、梵天一样洪亮的声音、薄长的舌头、得天味的牙齿、如狮子一样的面颊、白净的门齿

案语:该行对勘差异主要体现在吐本和回本的词语使用方面,其中对天中天佛舌头的描述,两文本用语有异,吐火罗文用“宽而软”,而回鹘文用“yuqa(薄的)”“yïlïnčɣa(温软的)”“king yadwï(宽广的)”几个词语修饰,此处耿世民先生

将其译为"薄长的舌头",根据原文译为"薄软且宽的舌头"更为得当。回鹘文中的"aɣlaq yörüng azaölarï(白净的牙齿)"似无回鹘文对应。

YQ 1.12 1/1 [反面]

b 1 (nweṃ)///(kā)su worku esnaṃ wärt ṣ、: tsopat ṣ、smak kapśño tsātsekw oky esnaṃ ṣ p a t papl̲a̲ tkunt̲、lyk̲ä̲ l yä–

b 1 /// (he is) broad with respect to his well-formed shoulders; he is tall, with a straight(?) body; he is sculptured as it were between his shoulders; seven prominent [places]; fine (skin);

/// 健美的双肩;高而挺拔的身体;端庄的体形;七处突起的地方;白皙的皮肤;

11b 18—22 qïrq tükäl tiši ... irüksüz sädräksiz tüp tüz tišläri ... tüšwi körklä änginläri ... köp köni bodï sïnï ... yapa yaratmïš täg yarnï ... yiti yirdä kötkilig ät'özi ... altun önglüg qïrtïšï ...

四十颗齐密的牙齿、健美的双肩、

案语:本行对佛之牙齿的描写,吐本无而回本有;对于佛之皮肤的描写,吐本使用"白皙"而回本作"altun önglüg(金色)",两文本用语差异较为明显。

2 (ts) /// (yo)k(u)m̲、gośogat、ṣotre parimaṇḍal̲ sam kapśañi mā nmo kanweṃ tkālune : aineyä

2 /// with(upright) body–hair; the mark(of the) pudendum; well–rounded (is) his body; without bending (his body), his knees can be reached; (like those of) the *aiṇeya*–deer ...

///(直立)的体发;阴私处的标志;圆圆的身子;不曲身能够得到膝盖;像羚羊一般的……

11b 23—27 ongaru äwrilmiš tägzinmiš tüüsi ... yoqaru yölänmiš tüläri ... qïnta kizlämiš täg uwut yini (...)täp tägirmi ät'özi ... ängitmädük ät'özin tiz tilgänin börtär ... ayaniyi atlɣ käyikning täg yotasï ... köp kötki adaqlarï yüzi

右卷的体毛、上旋的汗毛、藏于套内的阴私处、圆圆的身子、不曲身触到膝

盖的身子、羚羊一般的臀部、突起的足面、

案语:该行对体毛的描述两文本出现差异,吐火罗文本中译作“直立”,而回鹘文译作“ongaru(向右)”“äwrilmiš tägzinmiš(卷曲的)”。

3 ///(so)piñ^{ä}、prārwaṃ wlyepaṃ āleṃ śalaṃ peṃ : aṣuk̠、krañś^{ä}、kuk̠a̠ṃ cākr̠a̠ lakṣaṇyo yetu–

3 /// webs between his fingers;soft(are)his palms and the underside of his feet; his heels(are)slender and beautiful;(his palms and the underside of his feet are) decorated with the wheel mark;

/// 指间的缦网;手掌和足底柔软;纤长而美丽的足跟;缦网状的(手掌和足底);

11b 28—12a 1 ... up uzun torluɣ iligi adaqï(,) pantatu käbäz täg yup yumšaq ulï ayasï(.) soqančïɣ körklä söngüki ... čakar tilgänlig ayasï ulï(.) idi tüp tüz izängülüki(.)

缦网状的手足、像棉花一样柔软的脚掌手掌、美妙的骨骼、轮状的手心脚掌、平平的脚心。

案语:该行对勘主要体现在两文本的此有彼无和用语差异方面。其中,吐本“纤长而美丽的足跟”在回本中暂无对应,而回本中的“soqančïɣ körklä (美丽的)”“söngüki(骨骼)”“idi tüp tüz izängülüki(平平的脚心)”等词语在吐本中并未出现相近信息;对于佛之手掌足底的描写,回本使用譬喻“pantatu käbäz täg(如同棉花一样的)”来描述其柔软程度。

4 (nt̠)、/// [n]yo : [ta]ryāk we pi toṣ śāwaṃ ṣotreytu ypic pa P̠l̠a̠ tkun̠t̠ wätkā̠l̠t̠s̠、wākmtsaṃ puk sa–

4 /// those 32 great marks(appear) in their entirety,fully developed, surely excellent and absolutely complete.

/// 那些标志完全(具有),绝对完整。

12a 2—5 bu muntaɣ türlüg iki qïrq türlüg qutadmaqlaɣ bälgüläri bägiz bkgülüg közünü tururlar ...

这些三十二吉相十分清楚。

案语:该行吐本和回本内容对应相对工整。

5 (lu) /// (w)[äṣ]pā wätkāḻt s̱、wäṣpā ptāñḵa̱ṯ ḵa̱ṣ̱ṣi s̱a̱s̱、' ote ṯa̱ preṃ lkālune–

5 /// indeed, surely indeed this one is the Buddha–god the teacher. Oh what an appearance

/// 的确,这便是佛天。哦,多么完美的吉相。

12a 4—12 ögrüčülüg säwinčlig bolup inčä tip tištilär ... čin kirtü tükäl bilgä tngri tngrisi burxan ärür ... čin kirtü tüzkärinčsiz tüzü köni tuymaqqa tägmiš tüzün tïnlaɣ ärür ... ančama körü qanïnčsïz körklä körki ... ančama ärim barïm olruɣï turuɣï ... ančama süčiklig tataɣlaɣ sawï sözi

他们又高兴地相互这样说道:他真是全智的天中天佛,真是获无上正等觉的仁者。他的相貌多么漂亮,仪态多么端庄,语言多么甜蜜!

案语:该行对勘主要体现在回本中排比语句的使用,用以表达诸童子对天中天佛吉相的赞美之情,其余如吐本起始处残缺部分,根据文意可由回本做出补充。

6 (yo) /// [r] (w)[ā] kmat s̱、' ṯṃa̱ṣ cem manarkāñ[ä]、bādharis prāmne plāḵa̱ṃ̱、opyā–

6 /// excellent. Thereupon, the brahmin youths, remembering the promise made to Bādhari the Brahmin,

/// 之后,婆罗门童子,想起了婆罗门的诺言,

12a 13—16 ... anta ötrü ol urïlar badari braman birlä tanuqlašmïš sawlaraɣ öp saqïnïp iliglärin yoqaru kötürüp tngri tngrisi burxanaɣ ayap čiltäp ädzü turdïlar ...

之后,诸童子记起了跋多利婆罗门的约言,于是高举双手,高声向天中天佛致敬。

案语:该行回本中的"iliglärin yoqaru kötürüp tngri tngrisi burxanaɣ ayap č–iltäp ädzü tur–"一句暂无吐火罗文相对应。

7 (c[ä]) 、(kloṟa̱ṣ̱、) /// manarḵ、p̱a̱ lskaṃn at s̱、yaṯa̱ r wa s̱a̱ṃ [u]pādhyā bādhari

7 /// The brahmin youth（Tiṣya） poses only in his mind（the question）：Our teacher，Bādhari，

/// 婆罗门弟子（帝沙）只在心中提出（这个问题）：我们的老师，跋多利，

12a 17—19 anta ötrü tiši atlγ urï yašruγïn könglin sizik ayïtdï（：）bizing baxšïmïz badari braman nä oγušluγ tözlüg ärki

之后，帝沙童子暗自问疑道：我们的师父跋多利婆罗门是何出身？

案语：该行吐本和回本内容对应工整，其中回本中的“nä oγušluγ tözlüg ärki（是何出身）”与吐火罗文暂无对应。

8 /// praka̱ ssi Pa̱ knāsantra̱ · kᵘyal mā na̱ṣ wätkā–

8 /// they intend to ask. Why（do）I not（with）firmness(?)

/// 他们打算提问。为什么我（不能）坚定地？

12a 20—22 ... ötrü tngri tngrisi burxannïng inčä saqïnčï boltï ... bu urïlar manga könglin sizik ayïtγalï saqïnurlar ... amtï bularnïng ayïtmïš siziklärin tïdïγsïz tutuγsïz bilgä biligin adartlayu biräyin ...

这时候天中天佛（心中）想道：这些童子想在心里向我问疑。现在让我以无碍智来回答他们的问疑，

案语：该行行首处吐本残缺严重，依据文意可参考回本，其中吐本中“坚定地”一词可与回本中的“tïdïγsïz tutuγsïz（无妨碍的，肯定的）”相对应。

二、焉耆本YQ 1.11与哈密本12a 27—13a 25之对勘

YQ 1.11 1/2［正面］

a 1（ltsuneyo）///（brahmasvar wa）[ś]（e）nyo ptāñka̱ṯ、ka̱ṣṣi tiṣyenac tra̱ṅka̱ṣ、

a 1 /// the Buddha–god the teacher says to Tiṣya with a Brahmā–like voice：

/// 佛天用梵天一样的声音对帝沙说道：

12a 27 äzrua ünin tiši urïqa inčä tip tidi..

以梵天一样的声音对帝沙（提舍）童子说道：

案语：该行吐本和回本内容无差异，基本吻合。

2 /// (ka)[k] lyu ṣ̱ uṟa̱ṣ manarkāñä、wtākot weyeṃ nāṃtsuṣ ṯṟa̱–

2 /// having heard (that), the brahmin youths, astonished again, say:

/// 听到(那些话)后，婆罗门弟子，再次惊讶，说道：

12a 28—12b 2 sön ödün baranas atlaɣ ärži ärdi (.) ol äržining käzikintä tizikintä saning baxšïng badari braman bälgürmiš ärür ... anïn baɣï barana titir ... anï išidip ol urïlar ikilä ärtingü mungadïp adïnïp inčä tip tištilär

从前有个名叫波罗奈斯的仙人，那仙人之后出世的是你们的师父跋多利婆罗门。为此，他被称作波罗那氏。听到这话后，他们更加惊讶不已，彼此说道：

案语：该行开始处吐火罗文本残缺严重，可据回鹘文本做出的补充，保留下来的内容可与回鹘文本相印证。

3 (ṅkiñcä、) /// [n·] (k)[ñ](ā)[ñ]ṯa̱ r wätkāḻt ṣ̱、wākmat ṣ̱、‖ ṯṃa̱ṣ̱、ajite manarḵ、p̱a̱–

3 /// will be recognized(?) as very excellent. ‖ Thereupon, the brahmin youth Ajita ... (in his) mind

/// 认为他的为非常好。‖ 之后，婆罗门弟子阿耆多……(在他的)心中

12b 3—5 ... tïdïɣsïz tutuɣsïz tükäl bilgä bögülüg ärdämi ... ymä artuq adïnčïɣ ärmiš(.) anta ötrü ačiti urï ... könglin inčä tip sizik ayïtdï

他的无碍全智本领确实让人惊讶！之后，阿耆多心中这样问疑道：

案语：本行吐本有部分内容缺失，回本中的"tïdïɣsïz tutuɣsïz tükäl bilgä(无碍全智)"可补充吐火罗文本之缺失。

4 (lskaṃ) /// (ko)spreṃ puklyi tāp a̱ rḵ、‖ cäñcäryāṃ wakyo ptāñḵa̱ṯ ḵa̱ṣṣ̱i ṯṟa̱ṅḵa̱ṣ̱、

4 /// How many years is (our teacher Bādhari) now old? ‖ With a tender voice, the Buddha-god the teacher says:

///(我的老师跋多利)现在多大年龄？‖ 佛天以温和的声音回答道：

12b 6—9 ... baxšïmïz badari braman näčä yašlaɣ sïšlaɣ ärki ... tngri tngrisi burxan bögülüg könglin bögülänü yrlïqap inčä tip yrlïqadï ...

我们的师父跋多利婆罗门多大岁数了？这时候天中天佛以睿智(稍一)思索答道：

案语：该行吐本和回本用语差异较为明显，其中吐本中“温和的声音”，而在回鹘文本中译作 bögülüg(睿智的)köngl(心)+in(工具格，“用……，以……”)，意为“以睿智的心”。

5 /// [t̠a̠]my [o] tāp a̠ rk̠、s̠a̠ m k̠ānt̠、wiki puklyi lo ‖ t̠a̠m̠ṣ̠、dhonaki manark̠、pa̠l̠t s̠a̠ kyo a-

/// therefore he is now exactly(?)120 years old. ‖ Thereupon, the brahmin youth Dhonaki (only) in his mind

/// 现在他有整整 120 岁了。‖之后，婆罗门弟子多奴齐(只在)心中

12b 10—12 ... saning baxšïng badari braman tükäl yüz ygrmi yašlaɣ ärür (，) ötrü donoki urï könglin sizik ayïtu ötünü ...

你们的师父跋多利婆罗门已整整一百二十岁了。之后，多奴齐童子心中问疑道：

案语：该行内容吐本和回本基本对应。

6 (ts) /// [k](o)spreṃ manarkāśśi śāstr̠a̠ ntu āk̠l̠a̠ṣ̠、‖ klanoṃtsāṃ wakyo ptāñk̠a̠t̠ k̠a̠ṣṣi tr̠a̠ṅk̠a̠ṣ̠、bā-

6 /// How many brahmin youths does he instruct in the Śāstras? ‖ With a re-sounding voice, the Buddha-god the teacher says: Bādhari

/// 我的老师跋多利教了多少弟子？ ‖佛天以洪亮的声音回答道：跋多利

12b 13—17 mäning baxšïm badari braman näčä qoluluɣ titsilarqa šasatar bilgä bilig bošɣurur ärki ... yangalarnïng täg yangquluɣ ünin tngri tngrisi burxan inčä tip yrlïqadï ... säning baxšïng badari braman

我们的师父跋多利婆罗门教了多少弟子？(这时)天中天佛以大象般洪亮的声音答道：你们的师父跋多利婆罗门

案语：该行在描述天中天佛洪亮的声音时，回鹘译者用“yangalarnïng täg(像大象一般的)”进行修饰，使语言更加生动形象。

7 (dhari) /// (ṯ)ma̱s̱a̱ k tāP̱a̱ rk̲、ya s̲ śak̲ P̱a̱ ñ pi manarkāñ ṣu kakmuṣ naś、‖ t̲m̲a̱s̲、mogharāje manark̲、p a̱(l̲)[t s̲a̱]-

7 /// From among them indeed you fifteen brahmin youths have come here. ‖ Thereupon, the brahmin youth Mogharāja ... (in his) mind

/// 其中你们十五个婆罗门弟子来到了这里。‖ 之后,婆罗门弟子摩轲罗倪……(在他的)心中

12b 18—22 biš yüz braman urïlarïnga šasatr bilgä bilig bošɣurur ... olarnïng ara sizlär altï ygrmligin munta kälmiš ärür sizlär ... (anta)ötrü ... mogarači urï könglin (inčä) sizik ayïtdï ...

教了五百弟子。其中你们十六名来到这里。之后,摩轲罗倪童子心中问疑道:

案语:本行对勘差异有二:其一,对于人名"摩轲罗倪",回鹘译者采用音译方式处理,但该词由梵文 Mogharāja 译为吐火罗文 mogharāje,再到回鹘文mogarači 时,词尾元音发生了由 a 到 e 再到 i 的高化现象;其二,对于跋多利门下出家为僧弟子的数目,两文本出现了差异,吐火罗文作 15 名,而回鹘文作 16名。

8 (kyo) /// t[r̲a̱]ṅktr̲a̱ mrāc t̲a̱ m ku s̲ m̲a̱ skatr̲a̱ ‖ nawontsāṃ wakyo ptāñk̲a̱t̲ k̲a̱ṣṣi t̲r̲a̱ṅk̲a̱ṣ̲、‖ ārśi niṣkramā[n](t)[aṃ]

8 /// is called the 'top'. What is that? ‖ With a bellowing voice, the Buddha-god the teacher says: ‖ In the Ārśi-Niṣkramant [tune] ‖

/// 被称作"顶"。它指代什么意思? ‖ 佛天用响亮的声音回答道: ‖ Āśri-Nikramant[曲调] ‖

12b 23—24 töpü töpü tip tiyürlär (.) töpü tigmä törü nägü ärki ... tngri tngrisi burxan ätinlig ünin inčä tip yrlïqadï ...

顶就是顶。所谓顶法指什么? 天中天佛以响亮的声音回答道:

案语:该行吐本和回本对应较为工整。

YQ 1.11 1/1 [反面]

b 1 ///(āklye yām)[lᵘn](e)yaṃ : pissaṅkṣiṃ ñemyi s̲、śkaṃ krañcäṃ spārtwluneyaṃ tsru yär m̲、wsokone ː kene P̲a̲ lskaṃ

b1 /// in (studying the Law) ... and (even) a little joy in the good way of life of the jewel of the Community of monks, in whose thought ...

/// 在(学习法的方面)……(甚至)一点高兴在僧众的团体中以恰当的方式,在他们的思想中……

2 /// (ː m̲a̲)nt(n)e yas manarkāñ[ä]、mrāc[ä]、pk̲a̲ r s̲a̲s̲、ptāñäkte k̲a̲ rsont̲、ākṣim-ññunt̲、ː 1 ‖ t̲m̲a̲s̲、upaśime

2 /// therefore you, oh brahmin youths, recognize that as the 'top' which is taught by the Buddha-god. 1 ‖ Thereupon, Upaśima

/// 因此,你们这些婆罗门弟子们,将此认为“顶法”,这一点佛天曾教过的。1. ‖ 之后,乌波萨摩

案语:吐本的第 1 行和第 2 行暂无回鹘文对应,故不做对堪。

3 /// sañce prak̲a̲s̲t̲a̲r̲ m̲a̲ nt nu āṣānik̲、mrācä s̲、klālune m̲a̲ skatr̲a̲ ‖ t̲P̲a̲ ryāṃ waśenyo

3 /// asks by himself the question: What, oh venerable one, is 'failing from the top'? ‖ With a loud voice,

/// 自我疑问道:噢,尊者,“顶坠”指什么? ‖ 以响亮的声音,

13a 2—6 ... anta ötrü upasimi urï ymä yašru sizik ayïtdï ... ayaɣqa tägimlig tngrim (,)töpüdin taynaq tüšmäk nä türlüg bolur ärki ... arslan ätinin ätinäyü inčä tip yrlïqadï ...

之后,乌波萨摩童子暗自问疑道:尊者天,顶坠指什么?佛作狮子吼答道:

案语:该行对勘需关注两点内容。其一,回鹘文本的描述较吐本更为细腻,比如吐本的“洪亮的声音”,译作回本中为 arslan(狮子)+ätin(声音)+ in(工具格,“以……”)“以狮子般的声音”;其二,专有名词“乌波萨摩(Upaśima＞upaś-ime＞upasimi)”,回鹘译者采用音译方式处理,该词词尾元音发生了 a→e→i 的高化。

4 /// (wras)[o] m̲ (、) tri ñemintwam̲ wsokoneyäs̲、ː letat̲a̲r̲ yä s̲、muskālune

kotluneyaṃ ː

4 /// If a being falls from the joy in the three jewels, he goes to vanishing and destruction.

/// 如果一个人不再敬奉三宝,他消失或破坏。

13a 6—9 kim qayu tïnlaɣ öngrä üč ärdinikä süzülüp kin yana anča munča tïltaɣïn aqlap süzük köngli isilär

若有众生,以前敬奉三宝,后因某种原因,诚信减少,

案语:该行两文本所表达内容相当。"三宝"这一佛教专有名词,吐火罗文作"tri ñemintwaṃ",意指"佛、法、僧",回鹘译者将其意译为"üč ärdini",这样处理更能使佛教思想在回鹘民众中推广普及,同时也体现了译者灵活运用多语言的能力。

5 /// [P̱ḵa̱]r s̱a̱s̱、mrācäṣ letlune manarkāñ^{ä}、ː 1 ‖ ṯm̱a̱ṣ̱、paiṅgikeṉa̱ ṣṣ a–

5 /// recognize (this), oh brahmin youths, as 'falling from the top'! 1 ‖ Thereupon, Paiṅgika and the other ...

/// 哦,婆罗门弟子,你们可以将此认定为"顶坠"! 1 ‖ 之后,宾祈奇和其他……

13a 10—11 qorasar bu ärür ... töpüdin taymaq tüšmäk ... anta ötrü pryankkikida ulatï qalmïš onaɣu urïlar ...

即为顶坠。之后,宾祈奇及其余十位童子

案语:该行吐本和回本基本对应。

6 (ci) ///(ālko)[nṯ、] (ti)r(th)eṣinās̱、śāstṟa̱ ntwaṃ k^{u}pāraṃ māskyās̱、arthantu P̱a̱ḻt s̱a̱–

6 /// deep and difficult problems connected with other heretical Śāstras, ... (in their) mind,

/// 与异教经论相关的深奥的难题,……(在他们的)心中,

13a 12—14 ... puran wyakran ulatï šasatrlar ičintäki käntü käntü bošɣunmïš azaɣ šastrlar ... oɣrïntaqï sizik ayütdïlar ...

各就自己所学富兰那、声明记论诸论中的异教经论问疑。

案语：本行内容吐本中文字丢失，内容不够完整，可依据回本作为参考补充。

7（kyo）/// [ā]kṣiññuraṣ traṅkaṣ、‖ niṣkramāntaṃ ‖ śtwar toṣ kārme-

7 /// having pronounced, he says: ‖ In the Niṣkramant [tune] ‖ Those four truths

/// 表态后，他回答道：‖ Nikramant[曲调] ‖ 那四种真理

13a 15—19 anï ymä tükäl bilgä tngri tngrisi burxan inčä tïdïɣsïz tutuɣsuz bilgä biligin inčä adïra yrlïqadï ... anta ötrü tngri tngrisi burxan ikilä ol urïlaraɣ oqïp inčä tip yrlïqadï ... tört türlüg bu irilärin(?)

全智的天中天佛都以无碍智一一作了答复。之后，天中天佛又招呼诸童子这样说道：有四种原则（？）

案语：该行吐火罗文行首处残损不全，仅保留个别词语，而回鹘文本保留信息相对完整，故事情节较为流畅。

8（yäntu）///（sn=ā）ñcām ka rsnālye ' ṣrum nāṃtsu ṣ pa ñ[a]、esañ、ce

8 /// are to be understood (as being without) self. Having become the cause, the five aggregates ...

/// 应被众生所知道。已成为原因，五蕴……

13a 20—25 tüzün tïnlaɣlarnïng uqɣuluq köni kirtü nomlar titir ... tirgin bolmïš biš yapaɣ ät'özning tïltɣïn ...

是众生应知的真正法。第二，应知作为缘积的五蕴

案语：该行对勘主要体现为佛教借词的回鹘语化，比如“五蕴”在回鹘语中被译为“biš yapaɣ”，是一个典型的意译词。除此之外，吐本行首处和行尾处均有残缺，依据文意可补充为“应为众生所知道”和“五蕴”等内容。

三、焉耆本YQ 1.10与哈密本13b 2—14b 10之对勘

YQ 1.10 1/2［正面］

a 1 /// [‖] ta m kaklyuṣuraṣ、klyo ma nt、metrakaṃ ajia 1 /// Having heard that, ...(beginning with) the noble Metrak (and) Ajita,...

/// 听到那些话后,……以弥勒(和)阿耆多(为首),……

13b 2—5 bu muntaɣ titrüm täring tört köni nomlar tözün uqïtdačï nomluɣ sawlar išidip tüzün maitri ačitida öngisi qalmïš tört ygrmi urïlar

听到(佛)演说如此深奥的四正法后,仁者弥勒阿耆多及其十四童子

案语:该行对勘吐火罗文本行文较为简练,“那些话”被译到回鹘文本中意指“bu muntaɣ titrüm täring tört köni nomlar töz(这些十分深奥而正确的四正法)”。

2 (tenäṣṣ aci) /// (sro)[tā] pattune ' kus sakr̥a dāgāmune ' ku ṣ、anā-

2 /// the *srotaāpanna* rank, some the *sakr̥dāgāmin* rank, some the *anāgāmin* rank,

/// 须陀洹果,一些人获得了斯陀含果,一些人获得了阿那含果,

13b 6—9 ... taqï adan tüklüg tümänlig tngri yalnguq šordapan qutïn bultïlar(.) amarïlarï sakardagam qutïnga tägintilär(,) qayularï ymä anagam qutïn bultïlar

以及其他千万天人都获得了须陀洹果,一些人获得了斯陀含果,另一些人获得了阿那含果,

案语:该行吐本和回本内容对应较为工整。

3 (gāmune) ///(prattikaputtiś)[par]nac[a]、sne lotklune tampewātṣaṃ p̱a̱ḻtṣa̱ḵ、arsānṯ、‖

3 /// raised their powerful thought constantly to the Pratyekabuddha rank. ‖

/// 敬奉无漏辟支佛。 ‖

13b 10—11 ... öküšägü ymä aɣïnčsïz prdikabut qu(tïnga köngül) turɣurdïlar

许多人敬信无漏辟支佛。

案语:该行两文本所述内容基本对应。

4 /// (kā)mluneyaṃ āklyuneyā wa ṣ̱ṯa̱ṣ̱ ḻa̱ nṯa̱ ssi āklye yāmu p̱a̱ lkā-

4 /// by being taught(even in his mother's womb), having acquired the insight to go away from the house, he saw (?)

///(甚至在母亲的子宫中时)被教育,获得出家为僧的见解,他看到了

案语:该行吐火罗文本内容暂无回鹘文与其对应,故不做对勘。

5 （t）///（ptāñk̠a̠t̠）k̠a̠ṣṣinac wa ṣ̠t̠a̠ṣ̠ l̠a̠ nt̠ṣ̠a̠l̠、' t̠m̠a̠ṣ̠ s̠a̠ m kāsu wraso m̠、ṣñi wartsyac p̠a̠lkor̠a̠ṣ tr̠a̠–

5 /// will go away from the house to the Buddha–god the teacher. Thereupon, this good person, having looked at his own entourage, says:

/// 将会出家为僧到佛天那里去。之后，善者，看着追随自己的人，说道：

13b 19—22 mn tükäl bilgä tngri tngrisi burxannïng nomïnta siziksiz saqïqsïz toyïn dintar bolur mn （.）munčulayu saqïnïp ol ädgülüg tïnlaɣ (?)käntü quwraɣ tapa körip inčä tip tidi

他在心中这样想道：今天我要按照天中天佛的教导出家为僧。这样想着他望着自己的同伴

案语：本行吐本起始处破损，依据文意可参考回本。关注一组短语的回鹘语翻译，tükäl bilgä tngri tngrisi burxannïng nomïnta（按照全智的天中天佛的教导）< tükäl bilgä tngri tngrisi burxan（全智的天中天佛）+nïng（第三人称领属附加成分，“……的”）+ nom（教导，法规）+ ï（第三人称单数领属附加成分，“……的”）+n（增音，无实义）+ta（位格）。

6 （ṅk̠a̠ṣ̠、）/// –ptāñäkte parnoreṣṣāṣ̠、ṣotreyntu puttiśparṣṣāṣ̠、: klyo ṣ̠a̠ṃsa m̠a̠ s wākmat ṣ̠a̠ṃ putti–

6 ///（we see）of the Buddha–god the（great）signs full of splendor pertaining to Buddha rank; we hear the excellent,（matchless good Law pertaining to Buddha rank）.

///（我们看到）佛天的所有与佛有关的极好的（伟大的）标记；我们听到了（与佛有关的无与伦比的教法）。

13b 23—26 ... biz qamaɣun yögärü kördümüz ... tngri tngrisi burxannïng aɣar uluɣ qutadmaqlïɣ blgülärin ymä bägiz blgülüg išidü qanïnčsïz nomïn tïngladïmiz

这样说道：我们大家现在都目睹了天中天佛的伟大和睿智，并且聆听了他的教法。

案语：本行对勘有两处值得注意：其一，回本中增加修饰语“qanïnčsïz”一词，

意为"不满足的",似无吐火罗文与之相对应;其二,"aɣar uluɣ qutadmaqlïɣ blgülär"直译为"伟大的有福的标记",耿世民先生将其意译为"伟大和睿智",依照回鹘文原文可知,直译可与吐本内容对应工整。

7 <śparṣiṃ sne lyutār krant̠、m̠a̠ rkampal̠、> ///(pr̠a̠ṅ)[k̠a̠]ts(i) mā tiri naṣ kāswone kulypa m̠a̠ ntāp̠、: śol kapśañi krant̠、ākāl̠、mā lmāsaṃntr̠a̠ t̠a̠–

7 /// there is no rule to hinder him who desires virtue;life and body are unable to impede the good wish. Therefore, (quickly)

/// 没有阻止追求善德之人的法规;生命和身体无法阻止这一美好意愿。因此,(很快地)

13b 27—30 ... amtï antaɣ törü yoq kim ädgülüg iškä tïdïɣ tutuɣ sïmtaɣ köngül turɣursar ... nä üčün tip tisär bu bäksiz mängüsüz ät´öz ornaɣsïz köngül ädgülüg kösüš saqïnčïɣ küdgäli (bol)mazlar ...

而今再无阻碍此善功之力。因为不能再守护此非永存之身(和)不定之心。

案语:该行对勘重点是回本翻译手段的使用,在"ät´öz(身体)"一词前,回鹘译者使用两个形容词"bäksiz mängüsüz(非永远的)"和"ornaɣsïz(不固定的)"对其进行修饰,较吐本描写更为细腻。

8 <myo ymā>(r̠、) ///<: 1 ṣokyo (māski) k̠a̠ lpāl̠aṃ>(pu)[tt]iṣparṣṣāṃ praṣtaśśäl ṣiyak kakmu : māski klyossi k̠a̠ lpālye s̠、śtwar kārmeytu kus pat nu

8 /// (the very difficult to obtain) arrival together with the time pertaining to Buddha rank;difficult (it is) to hear the four truths to be obtained or what

/// (很难得到)与佛相关的时代一同到来;很难听到获得四种原则或者

14a 1—4 ... ädgü törükä qataɣlanmïš (alpta alp bulɣulu)q (?) burxanlar ödi-(ntä kälmiš)lär (?) biz ... taqï alpta (al)p išidgäli bolɣuluq tört kirtü nomlar

我们努力于善法,我们在(非常难找到)佛的时候来到(这里)。听到了很难听到的四种真法。

案语:该行对勘主要涉及两文本的此有彼无和词语的相互对应。其一,在吐本起始处破损严重,依据文义可由回本做出补充,即"ädgü törükä qataɣlanmïš (alpta alp bulɣulu)q(我们努力于善法)”;其二,词语的对应方面,吐本中的“四种原则”应与回鹘文的“tört kirtü nomlar(四种真法)”所指内容相同。

YQ 1.10 1/1 [反面]

b 1 <[k](aklyuṣu)ṟa̱ṣ̱、: kās[wa](pa)lā pāṣṣune o[m̱a̱](ske)na> c kātkune ḵa̱rsoṟa̱ṣ̱、śkaṃ : kātkunek nu eṃt s̱a̱ṣ̱ṯa̱ṟ s̱a̱ m mäskaṯa̱ r krañcäśśi mnu lunāṣ̱a̱ḻ、

b 1 (having heard) and having recognized (both) proper observance according to the good rule, and the householdership directed toward evil. He who selects for himself the householdership, he will be one to cause confusion to the good ones.

///(所听到的)和所认为的(二者)恰是依照善法的规则,家长指向罪恶。为自身选择家长的人,他将会扰乱善人之心。

14a 5—13 (kim)ol nomta inčä yrlïqar(ärsär bilig)lärkä iyin tolmïš(ärür ... ol) č(a)hš(u)t tutmaq titir(on ädgü)qïlïn č laɣ törülärkä(ädgü ögli)yir č i ošuɣluɣ tutmaq kartï bolmaq ... münlüg qadaɣlïɣ(bilsär?) kartï körkin(tutsar?o)l tïnlïɣ alqu ädgü kišilär(ning köngüllärin bulɣanturdačï) bolur ...

法是这样的:它充满智慧。它就是保持斋戒。思想好之人把人们导向十善行为之法,外道之罪孽是将扰乱人们之心。

案语:该行对勘主要体现在内容表述方面,其中回鹘文本主要讲述何为四种真法,似与吐火罗文表达内容有出入。

2 (: 2 ‖) <(ṯa̱ m)y[o](näṣ) t(ā)[p̱a̱ rḵ](、) ptā(ñḵa̱ṯ ḵa̱ṣ)yāp k[ā]sw(āk)ṣ(i)–ññunṯ、>m̱a̱ rkampalaṃ wa ṣ̱ṯa̱ṣ̱ ḻa̱ṃtsam m̱a̱ ntne ya s̱a̱ṃ kri tāṣ̱ ṯa̱ mne pyām̱a̱s̱、‖ nm̱a̱–smāṃ kapśiññā

2 (2 ‖)(Therefore am I now)going away from the house in accordance with the law proclaimed so well by the Buddha-(god the teacher). If this is your choice too, do the same! ‖ With body bowed

/// (2 ‖)(为此现在我要)依照(佛天)所倡导的佛法出家为僧。如果这是你们的选择的话,就这样做吧! ‖ 躬身

14a 14—19 ... anïn amtï mn (tängri tängrisi burxann)ïng ädgü titmiš (nomïnta äwdin barq)tïn ünüp toyïn(bolayïn ... qaltï ta)plasar sizlär(inčä qïlïng?ängitä)ät´özin ayalarïn(qawšurup inčä)tip tidilär ... anïn

为此我要遵循天中天佛法出家为僧。如你们愿意,就这样做吧!——又合掌躬身这样说道。

案语:本行对勘回鹘文本增加修饰语“qawšur-(合掌)”一词进行人物描写,其余内容两文本基本吻合。

3 ///<‖ [pa]ñcmamạ>‖ tri poṟa̱ nyo ṣiraś ca ṣ̱ ṣ̱a̱ lpmāṃ lkām̱a̱ s traidhātuḵ、: puḵ、tri poṟa̱ṃ P̱a̱ lṣntāṃ ne-

3 (‖In the Pañcama [tune])‖ We see the tripartite world burning all around with three fires;to the Nirvāṇa,extinguishing all three fires,

///(‖Pañcama[曲调]‖我们看到了燃烧着三种火焰的轮回世界;为了达到涅槃,消灭这三种火焰,

14a 20—23 (üč türlüg ot birlä aɣ)tïnu yala üč äkim(sansar ...)ča körür biz ... üč(ot sayu amïrtɣ)urdačï ürük amal nirwan(ï)ɣ ...

我们看到了燃烧着三种魔火的(轮回),我们愿意成为能熄灭三种魔火、达到涅槃的僧人。

案语:该行对勘主要体现外来词的翻译方式,其中对于佛教专有名词,译者依据“五不翻”原则,使用梵文音译翻译,如“nirwan(涅槃)”一词;此外,对于“三种魔火”,译者为了使其更容易被回鹘民众理解接受,采用意译方式,译为“üč türlüg ot”。

4 (rvānac[ä]、)///(wa ṣ̱ṯa̱ṣ̱ ḻa̱ nṯṣ̱a̱)[ḻ、] ṣāmnuneyac mokat ṣ̱a̱ṃ : ṣāmnuneyä ṣ̱、P̱ḵa̱nṯ、wa ṣ̱a̱ṃ ku ṣ̱、śkaṃ tāki ṣ̱、

4 /// a strong (wish) to go away from the house toward monkhood:what (other way) but monkhood could there be for us?1

///强烈的想出家为僧的(愿望):除了成家为僧我们还有(其他的方法)吗?

14a 24—26 ymä tuta bolɣuluq (toyin bolmaq küsäyür?)biz ... anïn biz ... ädgü ögli törüsinčä(äwdin barqtïn ünär)lär biz..

我们愿意依照佛法，出家(为僧)。

案语：该行吐火罗文本较回鹘文本保留了较多内容，部分词语如“强烈的”和语句如“除了成家为僧我们还有(其他的方法)吗？”无法实现两文本的对应。

5 <yme ālak、(:) 1 > /// (tāp a)r(k、) [wa]ṣtaṣ la ntsa maṣ、‖ tmaṣ、paiṅgike manark、ñañmusāṃ ka-

5 /// (now) we are going away from the house. ‖ Thereupon, Paiṅgika the brahmin youth, with his (body) bowed

/// (现在)我们将出家为僧。‖ 之后，潘吉卡，婆罗门弟子，躬身

14a 27 anta ötrü (payngike törülär nom)lar(?)uqmaqïn ayasïn

之后，(潘吉卡明白了)佛法后，

案语：本行关注人名的翻译，即“潘吉卡”，译者采用音译方式处理，Paiṅgika＞paiṅgike＞payngike，其中该词词尾元音经历了由 a→e 的高化过程，这样处理会比意译更能保留原意，也更能保障译品本身的流畅性。

6 (pśiñño)<ā[ñcā]lyi āṣ(ānikāṃ me)trakna(c t)ra[ṅ]kaṣ、āṣānik ka>(ṣṣi) /// (ka-r) [so]r [ta] ṣ、tñi kusne wa ṣ、"pāpdhyāy ca ṣa k wra m、āksi-

6 (and his palms placed together, says to the venerable Metrak: Oh venerable teacher!)... it is known to you that we (have to) report this precise thing to (our) teacher!

///(合掌，对圣弥勒说道：噢，尊者！)……据您所知，我们(必须)将这里所有的情况报告给(我们的)老师！

7 (ssi) /// <[u]pādhyāy(b)ādharis caṣ wraṃ、ā(kṣi)>ñ[ñ]am ma ntne tam ṣurmaṣ、dakṣiṇāpath ka lymeyaṃ

7 /// I am going to report this matter to Bādhari the teacher, therefore (I would like to go) to the land of Dakṣiṇāpatha.

/// 我要向跋多利师父禀告此事。因此，(我想要到)南天竺国去。

14a 28—14b 6 (qawšurup ayaɣqa) tägimlig maitriqa(inčä tip tidi)qutluɣ tïnlɣ siz ... baxšïm-a(sizingtä?...) muntaqï sawlaraɣ tüzü tükäti yanala al(ï)p tüzü(ačariqa arqïš)bolup k(ä)ltimiz ärti ... anïn(karti igil)körkin barïp baxšï(badariqa bu sawlarïɣ)tüzü tükäti tuyuzayïn ... ol tïltaɣïn dkšanapt iltä buhan(nom)yadalmaqï bolzun ... tüzün maitri b(odisawat)

合掌对尊者弥勒这样说道:您是有福之人。我们是为了完全聆听您的教导来到这里的。为此，我们将以俗人的身份把这里所有的情况向跋多利师父禀告。愿佛法在南印度也广为传播!

案语:吐本中上述两行残损严重,多处文字缺失,即便可释读的内容也不及回本描述得细致,比如回本增加修饰语 kärti igil(凡人)+kِörk(面貌)+in(工具格,“以俗人的身份”),再如“qutluɣ tïnlɣ siz(您是有福之人)”可以补充吐本中缺失的内容。

8 /// <ā[ṣān]ik [m]etrak̲、> lameyäṣ kāk̲a̲ tku āñmaśl̲äkk at s̲、P̲a̲–

8 ///(the venerable Metrak),having risen from his seat,thinks so much to himself:

///(圣弥勒),从座位上站起来,自己这样想到:

14b 7—10 inčä tip tidi ... siz (toyïnlar?) inčä bolzun ötrü ... ayaɣqa tägimlig (tüzün?) maitri bodiswt orn(ïntïn ünüp)

这时弥勒菩萨这样说道:你们应当这样做! 然后尊者弥勒菩萨离开座位,

案语:该行吐本和回本内容基本对应。

四、焉耆本YQ 1.31与哈密本14b 15—15b 17之对勘

YQ 1.31 1/2 [正面]

a 1 <l̲t s̲a̲ṅkā̲ṣ̲ t̲a̲ premṃ śkaṃ> /// (t)sar̲a̲ nyo pt a̲ ñk̲a̲t̲ k̲a̲ṣṣinac kātse kakmur̲a̲ṣ̲、

a 1 /// with ... hands,having approached the Buddha–god the teacher,

/// 双手……,来到佛天处,

14b 15 ötrü iligin qawšu(rup tängri tängisi burhanqa) yaɣuq tägip

于是他合掌走近天中天佛,

案语：本行吐本文字丢失，依据回本可补充出“qawšur-（合掌）”一词，其余内容两文本基本吻合。

2 <āmpi kanweṃ tkanā（to）java> ///（k̲a̲ṣ̲ṣi）[na]c w[i]nāsmāṃ t̲r̲a̲ṅk̲a̲ṣ̲、‖ maitraṃ ‖ asaṃkheṣināṣ̲、

2（having placed both knees on the ground, whispering ...）/// paying his respect to（the Buddha-god）the teacher, says：‖ In the Maitär [tune] ‖（The efforts）of Asaṃkhyeyas

///（双膝跪地，口中念念道……）///向（佛天）致敬，说道：‖ Maitär［曲调］‖ 阿僧祇（的努力）

3 <（ṣtare）yäntu k̲a̲ nt ko-（：）（pu）k kāswoneṣi--·suntac k̲a̲>（--：）[m]（ā）[s]ki k̲a̲ lpāl̲a̲ṃ puttiśparṣiṃ ñemiyac[ä]、：pācar nāṃ-

3 /// to the difficult-to-obtain jewel of Buddha rank. Having become a father

/// 为了难得的佛宝。成为父亲

14b 16—25 ik （i tiz yirkä čökütüp (?))ražawart önglüg（... köküš sa č lïɣ?）töpüsi üzä tängri（tängrisi burxan）nïng adaqïnta（yükünüp ... inčä）tip ötüg ötünti（asanki sanïnča ödtä(?)）ämgänmiš adïnčïɣ tängrim qop(?)（qamaɣ ädgü(?)-）lärning quwraɣi bolm（ïš qop qamaɣ munglartïn(?)）qutɣardačï alp bulɣuluq（... burxan）ärdini qutïnga ... qop qamaɣ（ämgäk utmïš?）yigädmiš tängrim ... siz（manga qang bolmïš siz?）

双膝跪倒在地，用他那长有青发的头顶向天中天佛的脚下膜拜，这样说道：尊敬的佛，您在阿僧祇长时间受苦是为了解救众生出于痛苦，使其得到难得的佛宝，而战胜所有的痛苦。您是我的父亲！

案语：吐本行文简练，而回本则注重人物的细节描写，同样是表达“致敬”，回本较吐本增加了部分语句以动作展示弥勒对天中天佛的崇敬之情。

4（tsu）/// <（ptāñk̲a̲t̲）k̲a̲ṣ̲ṣ（i）[t]r̲a̲ṅ>k̲a̲s̲ m̲a̲ ñcaṃ klyom wañi te napeṃsaṃ ‖ klyom metrak̲、t̲r̲a̲ṅk̲a̲ṣ̲、ā

4 ///（The Buddha-god the teacher）says：What is the noble pleasure among the

mortals? ‖ The noble Metrak says: ...

///(佛天)说道:人世中的幸福是什么? ‖ 圣弥勒说道:……

14b 26—15a 2 anta ötrü tängri (tängrisi burxan) inčä tip yrlïqadï ... näč(ük tüzün) maitri bu yir suwda (ögrünč ol?) ötrü tüzün maitri bod(isawat inčä) tip ötünti ... adan(larqa özkä asïɣ tusu?)(qïlmaq ...) körüp bu yir suwda (...) yür mn ... ötrü

之后,天中天佛这样说道:弥勒,这世上的幸福是什么?之后,弥勒这样答道:是为别人谋利益。我……看到……这世上……之后……

案语:该行对勘主要关注回本选择使用符合人物身份、地位的词语进行表达,比如,表示"回答"之义的回鹘语本行中出现了"yrlïqa-"和"ötün-",其中"yrlïqa-"用于上级对下级的命令,适用于天中天佛对弥勒的回答;而"ötün-"则为下级对上级的回答,符合弥勒对天中天佛的回答这一身份,除此之外,两文本的内容基本一致。

5 /// āṣānik̠、‖ ptāñk̠a̠ṯ k̠a̠ṣṣi t̠r̠a̠ṅk̠a̠ṣ̱、äñcaṃ weṣ tu ṯm̠a̠k̠、ṣñi ṯm̠a̠k̠、ālu

5 /// oh venerable one! ‖ The Buddha-god the teacher says: Which guise ... you ... for your own (good) as well as that of others?

/// 哦尊者! ‖ 佛天说道: 什么样的外表……你……为自己和别人带来利益?

15a 3—6 tängri tängrisi burxan inčä tip yrlïqadï antaɣ araɣ körk mängiz ... qayu törü (to)qu tutup adan tïnlɣlarqa asaɣ (tusu qïlmaq nä) körür sn ...

天中天佛这样说道:你认为以什么样的面貌、什么样的仪礼能为别人带来利益?之后,

案语:本行回鹘文本保存完整,部分文字可为吐火罗文本提供参考,如"qayu törü toqu tut-",意为"持有怎样的礼节(仪礼)"等内容。

6 <kāswone> /// (kly)(o)m metrak̠、t̠r̠a̠ṅk̠a̠ṣ ṣāmnuneṣi we ṣ̱、āṣānik̠、‖ ptāñk̠a̠ṯ、k̠a̠ṣṣi t̠r̠a̠ṅk̠aṣ kā–

6 /// The noble Metrak says: The guise of monkhood, oh venerable one! ‖ The Buddha-god the teacher says: Good,

/// 圣弥勒回答道:哦,尊者,僧人的面貌! ‖佛天说道:好

15a 7—11 ötrü tüzün maitri bodiswt inčä tip (ötünti toyïn) dintar körkin mäng (izin) täginayin tängrim ant(a ötrü tängri) tängrisi burxan inčä(tip yrlïqadï) ädgü ädgü

弥勒菩萨这样说道:师父,我想以僧人的面貌(为众生谋利益)。之后,天中天佛这样说道:好、好,

案语:该行吐火罗文本和回鹘文本内容一致,对应工整。

7 (su) /// (ṣa̱ḵ)ṣa̱ k kalpsaṃ mahāśrāvaki kāswoneytu kro P̱a̱ ntra̱ ākā ṣa̱ rki ṣāmnune we ṣ̱、e(ṃ)tsura̱ṣ̱、ā–

7 /// in sixty Kalpas, the Mahāśrāvakas accumulate merits; in the end, having taken on the guise of monkhood, (they attain the rank of an) Arhat

十长劫,大声闻弟子们积聚了善行。最终,具有僧人的面貌后,(他们得到了)阿罗汉果

15a 12—17 tüzün oɣlum ... ädgü qutluɣ tïnlɣlarnïng köngli ... SWYSL´R (?)... nä üčün tip(tisar ... altmïš kalp(?))uzun ödtä maxa(škawak dintar?)titsilär ... adgü qïlïnč (yïɣarlar ...)QYL ... kin tübintä(toyin dintar körkin)qïlïnïp arhant(qutïnga tägirlär amari)

我的孩子,善良、有福的人之心都是(好的)(?)。这是因为六十劫长时间内大声闻弟子们(积聚了)善行。最后,得到了僧人阿罗汉果。

案语:该行关注表示人名的词词尾元音的弱化现象,即“大声闻弟子 maxašrawak”,该词借自梵文 Mahāśrāvaka,吐火罗文形式写作 mahāśrāvaki,从梵文到吐火罗文,词尾元音发生了弱化现象,但被译作回鹘文时,这种弱化的词尾形式并未保留,而是直接省去词尾元音-a,改为零元音的形式。回鹘语词尾元音的演变在该文献中主要体现在弱化和零形式两大方面,这一点也说明回鹘文《弥勒会见记》由于受到中介语吐火罗语的影响,回鹘语词语的词末形式与源语言(梵语)中词语的词末形式相比发生了变化,而且有规律可循。

8 (rāntiśparäṃ) /// [ka]lpeñ kāswoneytu kro P̱a̱ ntra̱ ākā ṣa̱ rki ṣāmnune e(ṃ)tsura̱ṣ̱、

prattikaputtiśpar̲a̲ṃ k̲a̲ lpnāntr̲a̲

8 /// the ... accumulate merits; in the end, having taken on monkhood, they attain the rank of Pratyekabuddha.

/// ……积聚了善行,最终,具有了僧人的面貌后,他们得到了独觉辟支佛的果报。

15a 18—22 ymä yüz kalp ämgäk (ämgänür kadgavišan) kalp praṭikabut quṭïnga (ädgü qïlïnč buyan) bügtäg yïɣarlar ... kin (tübintä toyin dintar) bolmaq törüg tutup (kadgavišan kalp pratikabut qutï)nga tägirlär ...

有的人受了百劫之苦,积聚了成为独觉辟支佛的善行,最后,成为僧人得到独觉辟支佛的果报。

案语:该行吐本起始处破损,缺失文字可据回本为其做出补充,其余内容两文本基本吻合。

YQ 1.31 1/1 [反面]

b1 ///(kāswoney)tu krop a̲ ntr̲a̲ ākā s̲a̲ rki ṣāmañiṃ weṣ[y]o vajrāsānā lmol̲a̲ṣ̲、kt-set s̲、puttiśpar̲a̲ṃ k̲a̲ lpnā-

b1 /// accumulate (merits); in the end, seated on the diamond throne, they attain the perfect Buddha rank.

/// 积聚了(善行);最终,坐在金刚宝座上,他们得到了无上正等觉。

15a 23—27 taqï ymä (yüz mahakalp üč) asanki kin ödtä (buyan ädgü qïllïnč) qazɣanurlar (kin tübintä toyin dintar) körkin tutup (w)črazan örgün üzä baɣdašïnu olurup tüzgärinčsiz tüzü köni tuymaqqa tägirlär

再有在百劫阿僧祇时内,努力于善行,最后成为僧人,跏趺坐在金刚座上,而获得无上正等觉。

案语:该行对勘主要关注"wčrazan(金刚)"一词,其非回鹘语固有词语,借自梵文 vajrāsānā,对于佛教外来词,译者将其音译处理,使其符合回鹘民众的拼读和发音习惯,同时也可看出回鹘语中元音 a 无长短音之分,所有梵文借词中的 ā 都被回鹘语中的 a 取代。

2（ntr̲a̲）/// [ñ]（t）ākeñc[ä]、ākā s̲a̲ rki ptāññäktac wa s̲̲ta̲s̲̣、laṃtuṣ ṣāmaññiṃ weṣṣ eṃ-tsur̲a̲ṣ̲ se lāntuneṣi

2 /// if they become ..., in the end, having gone away from the house to the Bud-dha-god and taken on the guise of a monk (they attain) ... of princedoom.

/// 如果他们变成……，最终，出家为僧到佛天那里去，具有僧人的面貌后，（他们获得了）王子的……

15a 28—15b 2 taqï ymä tükämiš buyanlaɣ yitlinmiš yiwiklig bodiswtlar ärsär uzun učïnta burxanlar b(irlä) tušulup toyin dintar bolup timin ök tigin (ügä ornïga) abišik törü bulurlar ...

再有，具有全福和……装饰的菩萨们，最后将与佛相会，作为僧人而得到继承人的受位荣誉。

案语：该行对勘体现在两个方面：其一，吐本损毁内容可据回本作参考补充；其二，个别词语的翻译略有差异，如吐本中的“王子”一词，被译作回本中的“tigin ügä(继承人)”。

3 ///（bra）[m̲]（、）ñk̲t̲ä̲t̲、wlāññäktac[ä]、tr̲a̲ṅk̲a̲ṣ̲ ṣakkatsek̲、śkaṃ tāP̲a̲ rk̲、klyom metrak̲、ptāñk̲a̲t̲ k̲a̲-

3 /// God Brahmā says to God Indra: Certainly indeed, now the noble Metrak ... the Buddha-god the teacher

/// 梵天对帝释天说道：的确，现在圣弥勒……佛天

15b 2—5 bu sawaɣ iši(dip äzrua tängri) xormuzta tängrikä inčä tip tidi ... amtï taqï adansïɣ(s)ïz sizigsiz tüzün maitri äwig barqïɣ qodup toyïn bolɣay ...

当梵天听到此言后，对帝释天这样说道：现在弥勒无疑要出家成为僧人。

案语：该行对勘主要体现在回本翻译手法的使用和两文本的此有彼无方面：首先，回鹘译者为了更好地顺通上下文意，增加“bu sawaɣ išidip(听到这些话后)”一类的语句；其次，吐本中有部分内容丢失，释读困难，依据文义可由回本为其做出补充。

4（ṣṣi）/// [nu] ptāñk̲a̲t̲ k̲a̲ṣṣinaṃ wsokone tsopat s̲a̲ṃ yneś yāmu P̲a̲ lkār ño m̲ k̲a̲-

lywāt s̱、'

4 /// having made obvious the great joy in the Buddha-god the teacher-see, oh renowned one,

/// 在佛天那里得到了明显的欢喜——看,圣者,

15b 6—8 ötrü xormuzta tängri inčä tip tidi ... anï körüng ülükdä öngi aɤïnčsïz süzük köngül ... turɤurmïš ärür (.)

之后,帝释天这样说道:梵天,你看,(弥勒)下了毫不动摇的决心!

案语:本行对勘主要体现在吐本和回本叙述内容的差异方面,如吐本中的“明显的欢喜”,回鹘文作“aɤïnčsïz süzük köngül”直译为“坚定不移的虔诚之心”。

5 /// [r ']e pokāṃ swāñcenyo worpu ː treyo ñwasaṃ maññ oki lālaṃ-

5 /// surrounded by a halo having ...; slim like the three-day-old moon

/// 被光环包围着……;像初三新月般纤细的

15b 9—11 yupun önglüg (linxua čäčäk) yapïrɤaqi täg (yaruq yaltrïq kälip) üč yangïdaqï <yangï tuɤmïš > ay tängri osuɤluɤ

像天上紫色莲花叶子一样的光亮射来,他弯下像初三新月的身体,

案语:该行回鹘文本增加使用“yupun önglüg (linxua čäčäk) yapïrɤaqi(像紫色莲花叶子一样)”等修饰语,使弥勒形象更为生动。

6 (ṣ̱a k) /// ṣāmnuneṣiṃ ākālyo ptāñäktac[ä]、sne siñlune

6 /// with the wish for monkhood, toward the Buddha-god (with) insatiable (eyes?)

/// 怀着成为僧人的愿望,用永不满足的眼神(?)望着佛天

15b 12—17 tüzün ät´özi ängitä süzük (köngülin) tängri tängrisi burxannïng äd-(güsin säm)irürčä toyin bolmaq küsüšin (qanïnčsïz közin) körü turur ... anta (ötrü äzrua tängri) inčä tip tidi ... yïl burxan qutï ...

以至诚之心像吮吸天中天佛的善果一样,怀着成为僧人的愿望,目不转睛地看着佛。之后,梵天这样说道:年……佛果……

案语:该行吐本起始处破损严重,文字残缺,其中有一处用语吐本和回本基本吻合,即吐本用“永不满足的”说明弥勒的眼神,回鹘文与其完全对应为“qanïnčsïz”,该句中耿世民先生将其译为“目不转睛地看着”,依据回鹘文原文,我们似可理解为“用永不满足的眼神望着”更为合适。

7 /// [k]āṃl(・)a pas riñluneyo ca m̱、pñi ṯa̱ mnässi mā cäm p̱a̱ṣ̱、

7 /// by giving up ..., he cannot bring forth this merit.

/// 通过放弃……,他便不能带来善行。

15b 18—20 qurla(?)bašïn ... ädgü qïlïnč bolmaz ... iki ... bir tün toyïn bolup ...

那样(?)为首的没有那样的善行……二……一夜成为僧人……

案语:该行吐本和回本内容不能对应起来,无法对勘。

8 /// [n] eyac[ä]、lyutār memaṣ ñi m̱a̱ skatṟa̱ ‖ ṯm̱a̱ṣ̱、

8 /// I have ... an unlimited ... toward ... ‖ Thereupon

/// 我已经……无限的……对……‖ 因此

15b 21 sansïz saqïšsïz ädgü q (ïlïnč ...) anïn qamaɣ bodiswtlar (maytrinïng) toyïn bolɣalï küsä(yür ...)

无数善行……为此,所有菩萨都希望弥勒成为僧人。

案语:本行吐本损毁严重,仅留个别词语可与回本进行比较对勘,如“无限的”可与回本中的“sansïz saqïšsïz”对应。

五、焉耆本YQ 1.33与哈密本15b 26—16b 27之对勘

YQ 1.33 1/2［正面］

a 1 ///[y] u m̱、kāruṇik̲、wk̲a̲ṃ pe knānat̲、pki s̲、sa

a 1 /// ..., oh merciful one, you know also the proper way for all

/// ……,噢,慈悲之人,你也了解对众生……的恰当方式

15b 26—29 inčä tip (ötünti uluɣ) yrlïqančučï biliglig on küčlüg tükäl bilgä biliglig qop qamaɣ tïnlɣlarnïng kö(nglin) kögzin uqtačï siz ...

这样说道：大慈大悲、具有十力的、全智的佛，您了解众生之心，

案语：该行对勘主要涉及译者采用增加修饰语的翻译手法，连用三个修饰语"uluɣ yrlïqančučï biliglig（具有大慈悲之心的）""on küčlüg（十力的）""tükäl bilgä biliglig（足智的）"对天中天佛进行描述，体现了弥勒的崇敬之情。

2 ///（ṣāmn）un（e）ṣ[i] ṃ wk̲a̲ṃ essi : pki s̲、ārtunt̲、wk̲a̲ṃ n̲a̲ṣ penu eṃ–

2 /// to give the proper way of monkhood; I, too, am going to embrace the way revered by everyone

/// 提供僧人称号的恰当方式；我，也将信奉众生所尊崇的方式

案语：回鹘文本暂无对应，故暂不做比较。

3（t s̲a̲ smār）///（klyom）ñ（i）s[e] kucne n̲a̲ṣ puttiśpar̲a̲ṃ k̲a̲ lpo nasa m̲、puk praṣtaṃ nä

3 /// My（noble）son! Ever since I attained the rank of Buddha

/// 我的（好）孩子！自从我得到成佛

16a 1—3（ötrü tngri tngrisi burxan）inčä tip yrlïqadï ... tüzün oɣlum（，）mäning burxan qutïn bulmïšïm tükäl yiti ay boltï

（之后天中天佛）这样说道：好孩子，我得道已七个月了。

案语：本行回鹘文本较吐火罗文本多出了"yiti ay（七个月）"的内容。

4 /// [śā]snaṃ wa s̲t̲a̲ṣ̲、l̲a̲ ñcluneyo tri asaṃkheṣi ṣtare ypic yal ci'

4 /// in（my）teaching, your effort of three Asaṃkhyeyas will come to fruition when you go away from the house

///（我的）教法，当你出家为僧时，你在三阿僧祇的努力将变成现实

16a 4—10 ... kim yiti ayda bärü turqaru säning（t）oyin bolmaq kösüšingin qanturɣalï bütürgäli saqïnur mn ... mäning ymä sini birlä qawïšïp šazanimta（nomu）mta uluɣ asaɣ tusu（bulɣusï bar）... kim ymä säning（toyin bolmaq）ïngïn körsärlär–r

这七个月中我常想要满足你们要出家为僧的愿望。要与你们见面传授我的教法，并度你们为僧。

案语：该行吐本和回本所述内容基本一致，但逐字逐句对应方面显得不够

工整。

5 /// s̲a̲ tkālune tā̲s̲̲、' ku s̲、śkaṃ ne ca s̲、tñi wa s̲̲t̲a̲s̲̲、l̲a̲ ñclune p a̲ lkānt̲r̲a̲ klyo-

5 /// there will be expansion, and those who will observe your going away from the house (will) hear (?) ...

/// 将有影响,那些遵从你出家为僧的人(将会)听到……

6 (señcä、) /// ñc[ä](、) ārtant̲r̲a̲ pālant̲r̲a̲ puk ṣakkat s̲、cem wrasañ ñäktas nape-ṃsaṃ ñäkcyās napeṃṣi-

6 ///...(they) revere and praise; all these beings ... certainly among gods and mortals, divine and human

/// ……(他们)尊崇赞扬;众生……毫无疑问地在天神和众生之间,

案语:上述两行暂无回鹘文对应,故暂不做比较。

7 (nās) /// - kakmu s̲、tñi śāsnaṃ wa s̲̲t̲a̲s̲̲、lantu̲r̲a̲s̲̲ saṃsā̲r̲a̲s̲̲ t s̲a̲ lpeñcä、t̲a̲ myo p̲l̲a̲ c tu klyo m̲、śā-

7 /// having come, according to your teaching, will be freed from the circle of existences through going away from the house. Therefore, go you away, noble one! according to (my) teaching(?)

/// 已经来到,按照您的教导,将以出家为僧的方式从轮回中得到解脱。因此,善人,去吧! 按照(我的)教导(?)

16a 17—20 ... šazanïngta tuɤmaq ölmäkdin (ozɤay) qutrulɤaylar (.) anïn(?) ... mäning šazanïmta äw barq qodup toyïn törüsin tutɤïl (.)

您的教法……(并获得)解救。你们要按照我的教法出家为僧。

案语:该行吐火罗文本保存相对完好,回鹘文本可以据此作参考补充。

8 (snaṃ) /// [k]āckeyo kātkmāṃ nāṃtsu ñañmusāṃ ka[p]ś[i]ño ś=āñcālyi traivācik̲、śaraṇagamyo ptāñk̲ä̲t̲、

8 /// with (immense) joy, overjoyed, with body bowed and palms placed together, through the threefold refuge-taking, ... the Buddha-god

/// 极大的喜悦,满心欢喜,躬身合掌,通过三重的避难,……佛天

16a 21—25 anta ötrü ayaɤqa tägimlig maitri bodiswt uluɤ ögrünč（ün）ögirü säwinü ängitä ät´özin（ayalarïn qaw）šurup üč ïnaɤ（al）u ar（ïɤ čaɤšapt）tamɤa tingläyü toyïn bolɤalï ... –da inčä tip ötüg ötünti ...

之后尊者弥勒菩萨十分高兴地躬身合掌为聆听三皈依（和）纯洁的戒印成为僧人，这样（对佛）说道：

案语：该行吐本中的“三重的避难”似乎可与回本中的“üč ïnaɤ（al）u ar（ïɤ-čaɤ šapt）tamɤa（三皈依和圣洁的戒印）”相对应。

YQ 1.33 1/1［反面］

b 1 ///（‖）wa ṣ̱ṯa̱ṣ̱ lantuntā cwā särky āṣānik wa ṣ̱ṯa̱ṣ̱、l̠a̠ ntsam nä ṣ̱、artmār tñy ārtunṯ、wk̠a̠ṃ ∶ ptāñk̠a̠ṯ k̠a̠ṣṣiṃ

b 1 ///（‖）Following you，who has gone away from the house，oh venerable one，will I go away from the house；I will embrace the way that you have embraced. The Buddha–god the teacher

///（‖）追随您，噢，尊者，谁若出家为僧，我将出家为僧；我将信奉您所信奉的。佛天

16a 26—30 sizing（yrlï）qamïš yrlïqnïngiznï（tü）zü tükäti tuta täginürmn（.）burxan（qu）tïnga uluɤ umuɤ ïnaɤ tuta täginür mn ... nom qutïnga ïnanur mn（.）bursang quwraɤ ärdni qutïnga ïnanur mn（.）

我完全接受您的教诲，我完全相信关于佛、法、僧的三宝。

案语：该行吐本起始处暂无回本对应内容，吐本“我将信奉您所信奉的”，在回本中被细化为佛之三宝，即“burxan（佛）”“nom（法）”“bursang（僧）”。

2 ///ˈ is yä m̠、se m̠a̠śwaṃ ∶ ṣāmaṃ n̠a̠ṣ peṃtsār wa s̠a̠ mpāt yāmunṯ、∶ śol ṣolāra–ṃśolā wärpo–

2 /// I am going to the protector of ... Do accept me as a monk who has taken the vows! For the rest of my life, ... having received ...

/// 我将保护……一定接受我为僧人，我曾立下誓言！我的余生，……已经得到……

16b 1—3 toyïn bolup（wžanpat qïlu täginür mn büküntä）ïnarü ölü ölginčä čɣsapt tamɣa araɣ küzädürmn ...

我要完成具足戒。从今天一直到死，都完全遵守戒印。

案语：吐本“我的余生”完全对应回本中的“büküntä ïnarü ölü ölginčä”，而回本中出现的“wžanpat”和“čɣsapt tamɣa”均因吐本残缺，无法对应。

3（nṯ）、///（w）[e]w[ñu]ṟa̱ṣ̱、āṣāniḵ、mertaḵ、āñcä、wināṣā ' ṣ̱m̱a̱ḵ、śkaṃ wa ṣ̱ṯa̱ṣ̱ ḻa̱–ñclune

3 /// having said（that），the venerable Metrak bowed down low，and right away（his guise）as a person going away from the house

/// 说完那些话后，尊者弥勒顶礼膜拜，很快他的俗人的（面貌）消失了

16b 4—7 bu munča saw sözläp süzük könglin yinčürü töpün yüküntüktä ... ötrü tüzün maitri bodiswtnïng karti körki yitlinip

说完这些话后，又以恭敬之心（向佛）顶礼膜拜。之后，仁者弥勒菩萨的俗人的样子就消失不见，

案语：该行回鹘文本与吐火罗文本内容对应工整，其中在表达弥勒对天中天佛膜拜时，回鹘文本增加修饰语“süzük（虔诚的）+ köngül（心）+ in（工具格，以……）”，意为“以虔诚之心”。

4 ///（ṣāma）[ñ] ī weṣ yoḵ、śkaṃ pāḵa̱ṟ tāḵ、' ṯm̱a̱ḵ sās tri wältseṃ ārkiśoṣṣaṃ tkaṃ wraṃ o–

4 /// and he became visible in the guise of a monk. Thereupon the earth in the three–thousandfold world（trembled）as if on water

/// 变成了僧人的面貌。之后，这三千大千世界的大地像在水上一样（颤动）

16b 7—10 toyïn dintar körki bälgülüg boltï（.）ötrü bu üč mïng uluɣ mïng yirtin–čü yir suw（üzäki kimi）ošuɣluɣ altï türlüg（täprädi qamšadï）

变成了僧人的外貌，之后，这三千大千世界（犹如船）一样，作六种颤动。

案语：该行关注回鹘译者增加修饰语这一翻译手法，如在讲述弥勒脱去俗人面貌成为僧人时天地自然展现出的奇观。其中回鹘文中的“üč mïng uluɣ mïng yirtinčü yir suw”，意指“三千大千世界”，在保留该词原意的基础上，译者按照回鹘语的表达习惯将其意译，这为此后出现的佛教成语如“三千大千”“大千世界”在民众中的推广普及起到了促进作用。

5（ki）/// śāwes ñäktasyo pruṯa̱ḵ、puḵ、eprer wākant oki pāṣāna-

5 /// ‖ The entire sky was filled with great gods-they veiled it as it were;（on Mount）Pāṣāṇaka

/// ‖ 整个天空被诸神占满——（在）孤绝山上

16b 11—13 uluɣ küčlüg tngril（är kök qalïq yüz-）intä tïqmïš täg tolu（turdïlar ... pašanak）taɣda antaɣ kügi üni išt（ildi tüzün）

大力天神在（蓝天上）拥挤地站着。在孤绝山上听到

案语：该行吐本和回本对勘差异体现为两文本的用语差异，如吐本中的“诸神”回鹘文本译作“uluɣ küčlüg tngrilär（大力天神们）”。

6（k ṣulaṃ） ///（ārkiśoṣ）[i]n（tw）ac[ä]、sādhu sādhu kāsu kāsu klyom metrak lo wa ṣ̱ta̱ṣ la̱-

6 /// in the direction of（all worlds）：*sādhu sādhu*，good good! The noble Metrak has finally gone away from the house

///（世界的所有）方向：善哉善哉！圣弥勒最终出家为僧

案语：该行暂无回鹘文对应，故暂不做比较。

7（c）///（wa ṣ̱ta̱ṣ̱ la̱）ñ[c]（lu）ne ' tsārwanṯ、p a̱ ñ cmolu lyoḵa̱ nṯ、ḵa̱ lymeyu

7 /// the going away from the house; the five incarnations rejoiced，the（four）directions shone

/// 出家为僧；五化身变得高兴起来，（四）方发出了亮光

16b 21—23 išidip tört toɣum biš yol ičintäki-i tïnlaɣ（la）r alqu ögirdilär säwin-tilär tört bulung yïngaq ya（rudï ）yašudï

消息后，四生五趣的众生都十分欢喜。大地四方发出了光亮

案语：该行吐本“五化身”被译作回鹘语“tört toɣum biš yol ičintäki-i tïnlaɣ（la）r（四生五趣的众生）”，实现了两文本的内容对应。

8　　/// ñ candaṃṣi cur m̱、warañ^{ä}、ciñcre swāsar ñä–

8 /// sandalwood powder (and) delicate perfumes; divine (flowers) rained

/// 檀香木粉末(和)发出香气;天雨(花)

16b 24—27 kök qalïqda pra asɣuq kölig(älik ä)d taw(arlar) közinti(.) čintan igiš (i birlä qat)ïɣlï (ɣ) ädgü yïdlaɣ kužišay (mntrak) ulatï tngridäm xua čäčäklär yüzkän yaɣmur os(uɣ)luɣ yaɣdïlar

蓝天上出现伞盖之物。天上纷纷落下像混有檀木香味的天雨花。再有

案语:该行吐本行首处残缺,保留下来的内容可与回鹘文对应。

六、焉耆本YQ 1.43与哈密本17a 2—17b 25之对勘

YQ 1.43 1/2 [正面]

a 1 (kcyāñ pyāpyāñ^{ä}、) /// [r]utk(o)ākāś、: wināsa m̱a̱ś̱śi wa ṣ̱ta̱ṣ̱ ḻa̱ ñclune putti–

a 1 /// having moved(?) the sky. We pay homage to you for having gone away from the house (wishing for) the rank of a Buddha

/// 在天空中移动着。我们因您出家为僧的(愿望)而顶礼膜拜。

17a 2—4 kök qalïqdaqï tngrilär uluɣ ... ünin inčä tip tidilär ... sizing toyïn dintar bolmïšïngïzqa yinčürü topün yükünür biz ...

(这时候)空中诸神大声这样说道:我们为您出家为僧而顶礼膜拜。

案语:该行吐本和回本除“在天空中移动着”语句无对应,其余内容两文本基本吻合。

2 (ttispaṟa̱ṃ) /// ypamt̲a̲ rci mar wa ṣ̱ m̱a̱ rsit̲、tskitāṟa̱ m puk̲、klop a̱ ntwä ṣ̱、: 2

2 /// we pay(respect) to you. May you not forget us, may you deliver us from all woes!

/// 我们(尊敬)您。愿您不要忘记我们,愿您为我们解除所有的痛苦!

17a 5—8 bizing alqïšïmzqa kičmädin ara tigin ügä atïnga tägmäkingiz bolzun ... qayu ödün burxan yirtinčüdä blgürsär siz ol ödün bizni ymä unïtmang ...

愿您因我们的赞颂而不久得到(佛的)继承人的称号！当您成佛而出现在世上时,那时请不要忘记我们!

案语:该行内容两文本差异较大,只有个别语句,如“siz ol ödün bizni ymä unïtmang”实现了两文本的对应。

3 /// (p̱a̱ lkoṟa̱)[s̱](、) wlāñäktac[ä]、tṟa̱ṅk a̱s̱ p̱a̱ lkāṟ、kauśike ṣokyo nu klyom metraḵ、

3 ///(God Brahmā), having looked (at the noble Metrak), says to God Indra: See, Kauśika, very much now the noble Metrak

///(梵天),看了看(圣弥勒)后,对帝释天说道:看,乔石迦,现在圣弥勒非常

4 /// [.t](ā)skmāṃ lkātsi tāḵ、ṣokyo nu ṣāmañi weṣaśśäḻ、ritu ‖ wlāñḵä̱ṯ、tṟa̱–

4 /// has become to be seen similar to ..., very well is he now equipped with the guise of a monk. ‖ God Indra says:

///已经变得看上去很像……,现在他以僧人的面貌出现多么合适。‖ 帝释天说道:

17a 9—16 äzrua tngri titirü közin tüzün (maitri) bodiswtaɣ körüp (xormuzta tngrikä) inčä tip tidi(.) (körüng) siz k(au)žiki(,) ančama körklä (kraža ton) birlä yarašmïš ärür ... artuqta (artuq tngri tngrisi) burxan birlä oɣšatï (ärür aɣlaqta aɣ)laq toyïn körki birlä (yarašti ... ötrü xormuz)ta tngri inčä tip tidi(:)

之后,梵天望着仁者弥勒菩萨对(帝释)说道:你看,乔石迦,他穿上袈裟多么合适,真如天中天佛一样。这同他僧人的形象非常相配。之后,帝释天说道:

案语:该行主要关注神名“乔石迦”的词尾元音,借自梵文Kauśika,吐火罗文译作kauśike,译作回鹘文为kauźiki,清晰再现了词尾元音由a到e再到i的演变过程。除此之外,吐本损毁内容,可据回鹘文作补充参考,如“tngri tngrisi burxan birlä oɣšatï ärür(像天中天佛一样)”。

5 (ṅḵa̱s̱、) ///(kā)tkmāṃ nātsu ' klyo m̱a̱ nt metṟa̱ kyāp puk lotksā paloṃ tṟa̱ṅḵa̱s̱、puk lotksā śkaṃ

5 /// having become filled with joy, he constantly says the praise of the noble Metrak, and constantly

/// 变得十分高兴,他不停地赞颂圣弥勒,不断地

17a 17—20 (anï üčün) kök qalïqdaqï qut (waxšiklar angsïz) ögrünčülüg säwinčlig bolup tüzün maitrining öküš türlüg ögdisin ögä käntü ät´özlärin urunčaq tu–tuzurlar

所以天神诸神都十分高兴地赞颂仁者弥勒菩萨并愿把自身交付给他。

案语:本行吐火罗文本中行为动作的主语是“他”,但在回鹘文中被译为复数“waxšiklar(诸神)”,而且“köntü ät´özlärin urunčaq tutuzurlar(把自身托付给弥勒)”一句并未与吐火罗文相对应。

6 /// [t̠m̠a̠]ṣ̠、paiṅgikeṃ lek̠ t̠a̠ rkor̠a̠ṣ̠、ajitenäṣṣ aci śäk̠、śtwarpi manarkāñ[ä]、

6 /// Thereupon, leaving out Paiṅgika, the fourteen brahmin youths, beginning with Ajita,

/// 之后,宾祈奇和十四个婆罗门弟子,以阿耆多为首,

7 /// pkāk ce m̠、āṣānikāṃ klyo m̠a̠ nt̠、metraknaṃ kāpñuneyā traivācik śara–

7 /// altogether. They, out of love for the venerable noble Metrak and ... (with) the threefold refuge(–taking)

/// 一起。他们,出于对圣弥勒的爱,三皈依

17a 22—27 ... anta ötrü paynkikida ulatï öngi qalmïš ačitida ulatï tört ygrmi urïlar (qïrq) tümän udu kälmiš tïnlɣlar (alqu mai)tri bodiswtqa amranmaqïn üč ïnaɣ tutmaq törüsinčä oɣul kiši qodup toyïn dintar boltïlar ...

之后, 宾祈奇和阿耆多及其余十四童子以及跟随来的四十万众生出于对弥勒菩萨的热爱,也都按照三皈依之礼,舍弃妻子儿女出家为僧。

案语:本行对勘主要体现在“三皈依”这一佛教专有名词的翻译方式上,回鹘译者在融会贯通原意的基础上,按照回鹘语的构词法将其意译为“üč ïnaɣ”,便于回鹘信众接受。吐本起始处损毁严重,依据文义回本可做出参考补充,如可补充为“qïrq tümän udu kalmiš tïnlɣlar(四十万追随而来的众生)”和“oɣul kiši qodup toyïn dintar boltïlar(舍弃自己的妻女成为僧人)”。

8 (ṇagamyo) ///(pai)[ṅ]g[i]ke manark̲、k̲a̲ lpo srotāpattune par̲a̲ṃ śla ynāñmune ptāñk̲a̲t̲ k̲a̲ṣṣiṃ

8 /// Paiṅgika the brahmin youth, having attained the rank of a *sro taāpanna* (and having) respectfully (asked) the Buddha-god the teacher

/// 宾祈奇童子在获得了须陀洹佛果后,虔诚地向佛天(问道)

17a 26—27 ... anta ötrü paynkiki urï šordapan qutïn bulup

之后,宾祈奇童子获得须陀洹果。

案语:回鹘译者使用“anta ötrü(之后)”等词语,顺通文义,使得回本较吐本更加口语化。除此之外,吐本中的“虔诚地问佛天”一句暂无回鹘文对应。

YQ 1.43 1/1 [反面]

b 1 /// (dakṣiṇā)[pa]thac yä ṣ̲ l̲a̲ c paiṅgike ‖ t̲m̲a̲ṣ̲、āṣānik̲、ptāñk̲a̲<t̲k̲a̲>ṣṣi klyo-m̲a̲ nt̲、metra-

b1 /// (he) is going to the Dakṣināpatha.Exit Paiṅgika. ‖ Thereupon, the venerable Buddha-god the teacher, (having called) ... beginning with the noble Metrak, ...

///(他)将要去南天竺国。‖之后,尊者佛天,(召唤)……以弥勒为首,……

17a 28—17b 3 uluɣ aɣar ayamaqïn tngri tngrisi burxantïn bošüɣ yarlaɣ alïp kärti igil ät´özin baxšïsï badariqa ol sawlaraɣ ögrünčü ištürgäli dkšanapt ilkä ünüp bardï ... anta ötrü ayaɣqa tägimlig tngri tngrisi burxan tüzün maitri bodiswt bašlayu

他得到天中天佛的允许, 以俗人之身到南天竺国去向他们的师父跋多利通报关于他们成道的喜讯。之后,尊者天中天佛召唤以仁者弥勒为首的

案语:该行对勘主要为吐本和回本的此有彼无方面,其中吐本多处内容残缺,无法释读,依据文意,可参考回本。

2 (knäṣṣ aci) /// (k)[ā]su kakmu ya s̲a̲ṃ ṣāmnāñ kāsu wa s̲t̲a̲ṣ̲、lantu kāsu k̲a̲ lpo ya s̲a̲ṃ

2 /// Good is your coming, oh monks! Good is the going away from the house! Good is your obtaining

/// 噢,孩子们,你们能来到这里很好!你们能出家为僧很好!你们得道很好

17b 4—8 qïrq tümän yangï bolmïš toyïn quwraɣaɣ oqïp inčä tip yrlïqadï ... adɣu ärdämlig qutluɣ ülüglüg oɣlum sizlär ... taqï ädgüdä ädgü toyin dintar bolmïšïngïzlar yigdä yig boltï ... kiši ät´özi bolmïšingïzlar

四十万新僧众这样说道:你们是有福有德的孩子。你们出家为僧非常好,你们获得人身也非常好。

案语:该行对勘主要为两文本的此有彼无、相互补充方面,其中吐本起始处的残缺部分,可据回本补充为“qïrq tümän yangï bolmïš toyïn(对四十万新僧众)”,回本比吐本多出了“adɣu ärdämlig qutluɣ ülüglüg oɣlum sizlär(你们是有德有福的孩子们)”一句。

3 /// kupre ontaṃ tā ontaṃ udumparṣi pyāpy oki ptāñkat kaṣṣi : pākra mska–

3 /// At some time, somewhere, like the Udumbara flower, the Buddha–god the teacher makes his appearance.

/// 在某个时候、某个地方,像优昙花一样,佛天显世。

17b 9—11 ... nä üčün tip tisär udumbar čäčäk yöläsi alpta alp bulɣuluq burxanlarnïng yirtinčüdä bäl(gürmäklär)i bolur(.)

因为如优昙花一样、难得遇见的佛即将显世。

案语:该行对勘重点关注增加修饰语和合璧外来词的翻译。首先,回本中使用修饰语这一翻译手段,如本行中多出了“alp bulɣuluq(难以遇见的)”;其次,“优昙花”一词,采用了音译梵文借词并缀接回鹘语类属名词的形式,即Udumbara(梵文借词,“优昙”)+ čäčäk(回鹘语,“花”),这一合璧词的形式是佛典翻译中非常常见的一种吸纳外来词的造词法。

4 (tar、) /// (ka)[p]ācä、: kapśaṃ rake Palt sa kyo kāsu skamat kākropu ṣ、pṣtāka–s ṣāmnā–

4 /// if you have attained ..., be sure to have become those who have always accumulated virtue with body, word, and mind, oh monks!

/// 如果你已获得……,那么一定要用自己的身体、语言、思想去积累善行

吧，孩子！

17b 12—14 ol antaɣ alp bulɣuluq baxšïɣ bultüngüzlar ärsär ... amtï ät´özin tilin köngülin ädgü qïlïnč buyan bögtäg yïɣïnglar ...

你们若找到那样难得师父，你们就以身、舌、心去积善功吧！去努力

案语：该行对勘主要有两点：其一，吐本内容残缺，可据文义参考回本作补充，即补充为“alp bulɣuluq baxšïɣ（难得的师父）”；其二，关于词语的本义和引申义，吐本中的“语言”“思想”分别对应回本中的“til”和“köngül”，“til”为多义词，本义为“舌头”，“语言”为其引申义；“köngül”本义为“心”，可引申为“思想”。对于这两个词耿世民先生取其本义，我们认为该行中使用本义或使用引申义进行翻译都不影响句意的表达。

5 （ñ^{ä}、:）///（nervāna）[c^{ä}、] ytār̠、riṣaki tāṃ : 1 ‖ t̠a̠ myo picäs yas ṣāmnāñ^{ä}、ṣñi kāswone

5 /// this way to the Nirvāṇa, oh sages! 1 ‖ Therefore go, you monks, ...（for）your own good

/// 达到涅槃之路吧，噢圣人！ 1 ‖ 因此，你们去吧，……（为）自己谋利益

17b 15—18 burxanlar yrlïɣïn bütürü qatïɣla（nïnglar kim nirwan）laɣ yolqa tägdäči bardačï bolɣay siz （lär ... anïn）sizlär barïnglar ... öz （ät´öz）üngüzlärkä ädgülüg adnaɣuqa asaɣlaɣ iškä uduɣ saq äringlär

完成他的命令达到涅槃之路吧！你们去吧！愿你们自觉地为自身和他人做好事。

案语：本行对勘吐本有部分语句残缺，根据行文需要可参考回本，为其补充为“adnaɣuqa（别人的）”和“uduɣ saq（清醒地、自觉地）”。

6 ///（ū）rbilvā kāśyp a̠ näṣ̱ aci vaineṣinäs yātñmār t̠a̠ m wewñur̠a̠ṣ̱、

6 /// 1 will [go and save] the adherents of the Vinaya, beginning with Urubilvā-Kāśyapa. That having been said,

/// 我将要（去拯救）Vinaya 的百姓，从拯救优楼频螺迦叶波的众生开始。说完那些话后，

17b 19—21 ... mn ymä amtï urbilwakašipta ulatï tïnlïɣlaraɣ qutɣarɣalï barïr mn（.）bu yarlɣ yrlïqaduqta ol

我现在还要去拯救优楼频螺迦叶波及其他众生。当（佛）说罢这些话后，

案语：该行对勘主要为吐本和回本的表述差异方面，吐本中的“从……众生开始”，在回本中被译为“urbilwakašipta ulatï tïnlïɣlaraɣ（优楼频螺迦叶波及其他众生）”，吐本中的“Vinaya”一词暂无回鹘文对应。

7 ///（mai）[t]（r）[e]yapravrajaṃ ñomā wä<u>t</u>、nipāt ā<u>r</u>、‖ ca <u>ṣ</u>、pos<u>tak</u>、

7 /// The second act （of the Maitreyasamiti–Nāṭaka）named Maitreya–pravrajana has come to an end. ‖ This book

///（《弥勒会见记》）的第二品“Maitreyapravrajana（弥勒出家成道）”结束。‖这本书

17b 22—25 sansïz tümän yïɣïlmïš quwraɣ yadülïp bardïlar ... maitrisimit nom bitigdä maitri bodiswtnïng toyin bolmaq atlɣ（ikinti）ülüš tükädi ...

云集的万千众人随即散去。《弥勒会见记》书中的弥勒菩萨出家为僧第二品完。

案语：本行对勘需关注吐本和回本内容的此有彼无，吐本起始处残缺的内容，依据文意表达可参考回鹘文本补充为“sansïz tümän yïɣïlmïš quwraɣ yadülïp bardïlar（云集的万千众生随即散去）”。

8 ///（pñintwi）[ss] okoyā ṣakkat <u>ṣ</u>、metra<u>kaṃ</u> ptāñktaśśä<u>l</u>、ṣya<u>k</u> śmimā<u>r</u>、‖

8 /// as fruit of merits ... may I for sure come together with the Buddha–god Metrak! ‖

/// 作为善行之果……愿我一定与弥勒师父一起！ ‖

案语：本行吐火罗文本所述内容暂无回鹘文与之对应，故无法实现两文本的比较对勘。

第三章 接触与互动——《弥勒会见记》外来词的生成与演变

公元前139年汉武帝派遣张骞出使西域,拉开了中原与西域诸地日渐频繁的交往序幕。分属不同语族的中亚语言彼此接触,形成了悠久的历史和丰富的史料。出土于西域的部分文献是以两种或两种以上不同语言书写而成,这些双语或多语文献为学界了解古代西域的语言提供了第一手研究资料,为深入观察和进一步研究语言底层、语言变异及其原因等问题提供了重要史料和线索。梵语、吐火罗语、粟特语、于阗语等对突厥—回鹘语产生了较大影响,其中成书于11世纪的《突厥语大辞典》对上述语言与回鹘语的相互接触和影响做出如下描述:

> 吐蕃有自己的语言。同样,和阗也有自己的语言和文字,二者影响突厥语均较差。在游牧部族中,处密有自己的语言,但他们也懂突厥语。另外,喀依、雅巴库、鞑靼和拔悉密他们每一族都各有其自己的语言,但他们均精通突厥语、黠戛斯、克普恰克、乌古斯、突骑施、样磨。①

作者穆罕穆德·喀什噶里在《突厥语大辞典》中认为语言之间的接触影响,

① 斯哈娃特:《〈维吾尔语罗布方言和蒙古语卫拉特方言词语比较研究〉评介》,《文学教育》2011年第4期,第150页。

使得母语变得“不纯洁”：“最清晰准确的语言应是那些只懂一种语言不与波斯语和外国人来往的人们的语言。那些懂两种语言并与城里人混杂的人们的语言已不纯洁。”①

语言接触是语言演变的一种动力和自然法则。世界上任何一种语言都不是孤立存在的，总是和其他语言存在不同方式的接触，受其不同程度的影响。美国语言学家萨丕尔在其《语言论·言语研究导论》中指出：“语言，像文化一样，很少是自给自足的。相邻的人群互相接触，不论程度怎样，性质怎样，一般都足以引起某种语言上的交互影响。”②语言的发展演变既有自身内部因素的作用，也包含外部因素的影响，内因和外因二者交融共同助推语言的不断变化和发展。因语言相互接触引发而来的语言影响，既包括表层或轻度的影响，也存在深层或重度的作用。对于我们这样一个多民族长期共存的国家，各民族间长期相互交往，语言接触频繁而复杂，不同语言之间你中有我、我中有你，呈现出一幅多类型、多层次的语言接触画面。③

客观而合理地解释语言接触的事实，就需兼顾语言的内部机制和外部影响两大方面。语言的内部机制是实现语言相互接触的基础，通常看来，同一语族或语系中的语言由于内部机制存在的相似性，使得在语言接触过程中接受影响的能力略强一筹。不同语言因其内部机制的差异，接纳外来影响的能力便存在不同程度的差别。在语言相互接触的过程中，不同区域、不同民族间的语言接触，起主要作用的外部条件也各有不同，包括政治氛围、经济状况、地理环境、民族关系、人口分布、书面语、文化教育等外部因素在很大程度上影响语言接触的最终结果。④吐火罗语与回鹘语接触后，双方都产生了不同程度的影响。回鹘文《弥勒会见记》译自吐火罗文，回鹘语在词汇、语法结构和语序均受到了吐火罗语的影响。

---

① 牛汝极：《西域语言接触概说》，《中央民族大学学报（哲学社会科学版）》2000年第4期，第124页。
② [美]萨丕尔著，陆卓元译：《语言论·言语研究导论》，北京：商务印书馆，1985年，第173页。
③ 戴庆厦，罗自群：《语言接触研究必须处理好的几个问题》，《语言研究》2006年第4期，第1页。
④ 李如龙：《论语言接触的类型、方式和过程》，《青海民族研究》2013年第4期，第163页。

第一节 回鹘语语音的规律性演变

语言影响成分从语源角度分析,可以划分为直接借用成分和间接借用成分两大类别。所谓"直接借用成分"是指从直接接触的语言中吸收自己所需成分;"间接借用的成分"是指从另一种语言的借用吸收而来的影响成分,[①]这里就涉及第三方语言(中介语)的存在及其影响,比如佛教初传时期,梵语作为佛经的主要记录语言,从古印度向东方传播的过程中,吐火罗语就扮演了中介语的角色,进而将语言接触的影响作用传导给回鹘语。

一、有关吐火罗

吐火罗问题的提出始于20世纪初。有关吐火罗人的族源及吐火罗语的定性长期以来一直是学界关注和研究的热点问题之一。1890年英国军官鲍威尔(Bower)于新疆库车购得桦树皮写本和德裔梵文家霍恩勒(Hoernle)首次解读其内容拉开了学界对吐火罗、吐火罗人和吐火罗语的研究大幕。

从当前存世的文献加之国内外语焉不详的记载分析,吐火罗人应属于原始印欧人群中的一个支系,最初主要活动区域为现在的中欧或东欧一带。时至公元3世纪上半叶,从之前所属的印欧语言西北组的人群中逐渐分离出来,向东迁徙至新疆天山南北的广大地区,成为西域地区最早定居的古代民族之一。有关吐火罗人所操语言的命名、定性和方言差异及其划分等问题始终是学界争执不休的焦点之一。对于"第一种语言"和"第二种语言"该归属哪一语言谱系,学者们为此付出了持之以恒的努力,其中具有划时代意义的是1907年德国著名东方学家缪勒(F.W.K.Mueller)发表的一篇题名为《对新疆一种不知名语

① 戴庆厦,罗自群:《语言接触研究必须处理好的几个问题》,《语言研究》2006年第4期,第2—3页。

言定名的贡献》[①]的文章，文中选取回鹘文《弥勒会见记》的跋文为其研究对象，以该文献中"toxri"一词和西文文献中所见的"tokhar(吐火罗语)"在语音方面存在的相似性为主要依据，得出了上述二者实为同一种语言的重要观点。随后诸多学者相继对吐火罗语的定性等问题做出了相关研究，尽管各家所持观点有异，但综合考察该类研究成果，值得肯定的是吐火罗语具备西部印欧语的语言特征，而所谓的甲种吐火罗语(A 方言)和乙种吐火罗语(B 方言)应是有亲属关系的两种独立语言[②]。

二、回鹘语词尾元音的演变规律

直至公元 840 年回鹘人从漠北高原西迁至西域之前，吐火罗人尚属较为活跃的古代民族之一，或甲种或乙种吐火罗语仍为彼时西域主要的流行语言之一。当前存世的吐火罗语文献大多成书于公元 6—9 世纪，事实上吐火罗语的使用远比文献的存在更为久远。世界上最早宗教之一的佛教源于古印度，公元前 1 世纪左右东传至西域地区，并在该地落地生根，后经此地向东过河西走廊传入中原。因此，在佛教文献自西向东的传译过程中，活跃于西域地区的众多少数民族曾对佛教文化的传播与教义义理的传布起到了重要的桥梁作用，吐火罗人当然也不例外，而作为中介语的吐火罗语在由源头语言(古印度语)到目的语(回鹘语)二度翻译过程中所起的传播媒介作用值得我们深思。季羡林先生对此曾做出如此评价："最早的汉文里的印度文借字都不是直接从梵文翻译过来的，而是经过中亚古代语言，特别是吐火罗语的媒介……在中印文化交流的初期，我们两国不完全是直接往来，使用吐火罗语的这个部族曾在中间起过桥梁作用……饮水思源，我们不应该忘记曾经沟通中印文化的吐火

---

① F.W.K.Mueller: *Beitrag fuer genaueren Bestimmungen der unbekannten Sprachen Mittelasiens*, *SPAW*, 1907, pp.960-980.

② 耿世民：《吐火罗人及其语言》，《民族语文》2004 年第 6 期，第 29 页。

罗人”。①

该论断同样适用于回鹘佛教及其文献语言的形成。纵观回鹘佛教历史可知，回鹘人崇佛礼佛，民间或官方都曾组织过大规模的佛经翻译活动，汗牛充栋的佛教经典相继译出。就从目前出土于新疆、敦煌等地的回鹘文佛教文献来看，其来源较为丰富，如梵文、汉文、吐火罗文和藏文等。无论译自哪种文字，在回鹘文和梵文二者之间始终存在着一种媒介性质的语言。②在回鹘文哈密本《弥勒会见记》的跋文中反复提及这样一个语言事实：由古印度语向回鹘语的传译过程中，吐火罗语曾作为中介语充当了语言桥梁的角色。

下文我们将以回鹘文哈密本《弥勒会见记》第1品和第2品中典型词语为主要研究对象，依次列出该词的梵文（Skr.）、吐火罗文（Tor.A）和回鹘文（Uyg.）三种不同写法，以词尾元音的规律性演变为切入点，探讨吐火罗语在梵语和回鹘语二者翻译过程中所起的桥梁和过滤作用，进而说明吐火罗语对回鹘语语音演变带来的影响。

（一）词尾元音 a→e→i 的高化现象

pūrṇaka (Skr.) > purṇake (Tor.A) > purnaki (Uyg.) “圆满”

Tiṣya (Skr.) > tiṣye (Tor.A) > tiši (Uyg.) “提舍”

Nirdhana (Skr.) > nirdhane (Tor.A) > niridani (Uyg.) “尼达那”

Maṇibhadra (Skr.) > māṇibhadre (Tor.A) > manibatri (Uyg.) “宝贤”

Pūrṇabhadra (Skr.) > purṇabhadre (Tor.A) > purnabadari (Uyg.) “满贤”

Udraka (Skr.) > udrake (Tor.A) > udaraki (Uyg.) “郁陀迦”

Mogharāja (Skr.) > mogharāje (Tor.A) > mogarači (Uyg.) “摩轲罗倪”

Nanda (Skr.) > nande (Tor.A) > nantï (Uyg.) “难陀”

Upananda (Skr.) > upanande (Tor.A) > upananti (Uyg.) “优波难陀”

Virūpākṣa (Skr.) > virupākṣe (Tor.A) > wirupakši (Uyg.) “广目天王”

---

① 季羡林：《吐火罗语的发现与考释及其在中印文化交流中的作用》，（原载于季羡林：《中印文化关系史论文集》，北京：生活·读书·新知三联书店，1982 年版，第 111—112 页。）

② 杨富学：《吐火罗与回鹘文化》，《龟兹学研究》2007 年第 2 辑，第 73 页。

Jalaprabha (Skr.) > jalaprabhe (Tor.A) > čalaparabi (Uyg.) "阇罗波罗"

Dhṛtarāṣtra (Skr.) > dhṛḍhirāṣṭre (Tor.A) > tritraštri (Uyg.) "三十三天大王"

Saṃtuṣita (Skr.) > saṃtuṣite (Tor.A) > sandušiti (Uyg.) "妙足天"

Suyāna (Skr.) > suyāne (Tor.A) > suyami (Uyg.) "须夜摩"

Vemacitra (Skr.) > vemacitre (Tor.A) > wimačitri (Uyg.) "毗摩质多罗"

piṅgala (Skr.) > piṅgale (Tor.A) > pingali (Uyg.) "冰羯罗"

Elapatra (Skr.) > elabhadre (Tor.A) > ilaptri (Uyg.) "依罗钵多罗"

Upaśima (Skr.) > upaśime (Tor.A) > upasimi (Uyg.) "乌波萨摩"

Kauśika (Skr.) > kauśike (Tor.A) > kauźiki (Uyg.) "乔石迦"

Citraratha (Skr.) > citrarathe (Tor.A) > čitrarti (Uyg.) "奇陀罗陀"

上述语例为我们清晰地勾勒出词尾元音 a→e→i 的高化过程,而这种演变有其规律性,当然并非所有的词尾元音高化都按此规律进行演变,在《弥勒会见记》中也出现了较为特殊的语例,如:Virūḍhaka(Skr.) > virūḍhaki(Tor.A) > wirutaki(Uyg.)"毗卢则迦",其特别之处在于吐火罗文和回鹘文的词尾元音直接实现了从 a 到 i 这样一个高化的过程,比较而言,回鹘文的写法更接近吐火罗文,这也说明了吐火罗语在源头语和目的语之间所起的中介语的关键性作用。

除此之外,还有两个较为特殊的语例值得分析,它们是:

Viśvakarman (Skr.) > viśvakār (Tor.A) > wišwakrmi(Uyg.)"毗湿缚羯磨"

Maudgalyāyana (Skr.) > maudgalyāyan (Tor.A) > motgalyini(Uyg.)"目犍连"

首先,梵语的词尾元音 a 在翻译为吐火罗文时均发生了脱落现象,有趣的是上述两词在被译为回鹘语时,词尾元音则又依照 a→i 的规则进行演变,最终实现了词尾元音的高化。尽管上述 3 例中词尾元音并没有严格依照 a→e→i 的规则进行高化,但从词尾元音变化的结果来看,仍旧实现了元音高化,因此我们将其列入此类别中进行分析。

(二)词尾元音 a 的脱落

Vaiśravaṇa (Skr.) > waiśravaṃ (Tor.A) > wayširwan (Uyg.) "多闻天王"

Pāṣāṇaka (Skr.) > pāṣānak (Tor.A) > pašanak (Uyg.) “孤绝山”

Māgadha (Skr.) > māgaṯ (Tor.A) > magit (Uyg.) “摩迦陀国”

Saṃsāra (Skr.) > saṃsār (Tor.A) > sansar (Uyg.) “轮回”

Mahāśrāvakas (Skr.) > mahāśrāvaki (Tor.A) > maxašrawak (Uyg.) “大声闻弟子”

Nyagrodhārāma (Skr.) > nyagrodharām (Tor.A) > nigodaram (Uyg.) “尼拘陀罗”

Saṃghālambana (Skr.) > pissaṅkaṃ (Tor.A) > sangalamban (Uyg.) “僧迦兰盆”

Pudgalika (Skr.) > pudgalik (Tor.A) > putgalik (Uyg.) “普特迦罗”

Śāriputra (Skr.) > śariputr (Tor.A) > šariputr (Uyg.) “舍利佛”

Ṛṣivadana (Skr.) > rṣiwataṃ (Tor.A) > äršwidan (Uyg.) “鹿野苑”

上述语例我们可以总结出这样一个演变规律，即：当某词的梵文形式以元音 a 结尾时，被翻译至吐火罗语，词尾元音通常以零形式（元音脱落）与之对应，这一演变规律在回鹘语中得以体现。

总之，无论是词尾元音高化还是元音 a 的脱落，上述源自《弥勒会见记》中的典型语例首先说明了中介语——吐火罗语在梵语和回鹘语二者间的确起到了过滤作用，这些词尾形式发生变化的词语通常为佛教外来词，历经回鹘语化这一翻译过程时，回鹘文的写法更接近于吐火罗文，且这种词尾形式的演变是有规律可循的。对此，日本学者庄垣内正弘曾对大量的回鹘语佛教借词进行专门研究，认为在不同的回鹘文佛经中出现的借词常常以同一形式出现①。这也说明这些佛教借词多在佛经翻译的初级阶段进入回鹘语，并且随着佛教在回鹘民众中的普及这些佛教借词逐渐在回鹘语中落地生根。尽管处于佛经翻译的初期，但就上述语例中呈现的规律性演变，可以推断在此后成规模的佛经翻译过程中，回鹘语借词词尾元音的演变也将呈现规律化的趋势。

---

① [日]庄垣内正弘，郑芝卿、金淳培译：《古维吾尔借用印度语词的各种渠道》，(原载于中国社会科学院民族研究所语言室：《民族语文研究情报资料集》(9)，北京：中国社会科学院民族研究所语言室，1986年，第6页。)

第二节 佛教借词的回鹘语化

谈及语言与文化二者关系时,不可否认的是语言作为文化交流与传播的媒介,不同民族语言的发展演变在某种程度、某个侧面或某一层次上受到其特定文化的制约,尤其是语言中的词汇部分,不同类属语言间的接触带来的词语借用,可以视为不同文化交流的记录,即借词可以记录物质文化、制度文化和心理文化之间的交流;文化的创造与传承以语言为其根基,以语言作为记录文化的符号命名造词,进而不断地反映并认知周围的事物或现象,将其编入自身的文化世界,为其规定好各自所属的位置,具体到语言中的词汇系统,词汇的缺位和词汇系统的日趋完善这两个条件是词汇之间互相借用的基本原因。

语言是历史的产物,不同语言间的接触因时间、空间、人物和文化等因素的不同而各式各样,除上述制约因素外,其他社会因素和语言内在的影响也是推动语言中的语音、词汇和语法变化发展的重要动因。借词常被誉为“异文化的使者”,不仅在不同文化的交际中扮演着桥梁和纽带的角色,更在语言接触、借用和融合过程中起到了先锋作用。

世界上罕有孤立的族群,民族的交往势必带来语言的接触。只要存在接触,便会带来影响,民族的融合和宗教的传入等均可助推不同类型语言的接触,而这种接触往往带来语言要素的诸多演变,因而语言接触引发的语言变化是一种普遍存在的现象。正如戴庆厦指出的,“语言接触指不同民族、不同社群由于社会生活中的相互接触而引起的语言接触关系,是语言间普遍存在的一种语言关系”[①]。

---

① 戴庆厦:《语言学基础教程》,北京:商务印书馆,2006年,第280页。

西域,历来为多种语言齐鸣之地。在公元 9 至 15 世纪长达 600 多年的历史中,在同西域其他民族的融合、宗教信仰的嬗变中,以及在中亚游牧文化、古印度佛教文化、中原文化的接触和交流中,回鹘以宽容开放的姿态,积极吸纳各种类型的外来文化,逐步扩充并丰富了回鹘语词汇宝库。其中,众多的外来宗教,诸如祆教、摩尼教、基督教、佛教等在回鹘社会中都得到了传播。毋庸置疑,在众多的外来宗教中,对回鹘文化的发展影响最为深刻的莫过于佛教文化。伴随着这一异质文化的传入,作为语言中最敏感的部分——词汇在某种程度上反映着民族文化变化的脉络。佛教借词输入回鹘语是语言接触的必然结果,是以佛教作品翻译为发生媒介的间接语言接触的结果。

《弥勒会见记》第 1 品结尾处记载的"精通一切经论的、饮过毗婆娑论甘露的圣月菩萨大师从印度语改编为吐火罗语,智护法师译为突厥语的《弥勒会见记》书中跋多利婆罗门做布施第一幕完"①,由此可知该佛教剧本翻译的源头语言为印欧语系的某种古印度语言,而在由西向东传译的过程中,《弥勒会见记》经由吐火罗语这一语言桥梁,被翻译为回鹘语时不可避免地带有鲜明的语言接触的烙印。

正是受到上述跋文的启发,我们以该文献中出现的佛教借词为主要研究对象,分类归纳比较研究后可以得知,在《弥勒会见记》的吐火罗文和回鹘文两大文本的传译过程中,佛教借词呈现出了无有穷尽的延展性和容纳性,既能在不失原意的基础上合理地借用回鹘语的构词法,又能从根本上实现外来词的回鹘语化,保证了其被回鹘民众中所接纳,诚为异质文化间的适应与融合提供了最好的范本,裨益了《弥勒会见记》在西域的流布。

无论是在汉译佛典中还是回鹘文佛教文献译作中,佛教借词异常丰富,回鹘文哈密本《弥勒会见记》保留为数众多的佛教借词,它们与回鹘语固有词汇相得益彰,使回鹘语的词汇更加丰富。

---

① 耿世民:《回鹘文哈密本〈弥勒会见记〉研究》,北京:中央民族大学出版社,2008 年,第 89—90 页。

一、佛教借词的类别

语言中的借词通常来自语言间的相互接触，只要存在语言接触便存在语言间的相互渗透，而这种渗透集中体现在敏感的词汇系统上，表现出来即为借词现象①。在回鹘语词汇丰富和发展过程中，借词的来源丰富多样，分别受到诸如梵语、汉语、粟特语、吐火罗语等多种语言的滋养，可谓历史悠久。借用外来词语是丰富本民族语言的重要方法之一，而借词则是一种语言具有生命力的表现。

为了应对新生事物或新概念的出现，回鹘语多以直接借用外来词或构造新词的方式丰富自身的词汇宝库。通常而言，依照借词的处理方式，在《弥勒会见记》中我们可以将借词大致分为“音译借词”“意译借词”“合璧词”三大类别，至于“意译借词”，则依其所借用的回鹘语构词法不同而细分多种类别。

二、佛教借词的回鹘语化

(一)音译借词

音译词在佛经翻译中占有相当数量。佛教典籍中的人名、地名、经名、神名等专有名词通常以音译的形式出现。译者选择译音的方式将上述名词直译出来，既能保留原词原意，又能增强译品本身的流畅性，这种“零翻译”的借用方式，是指不用目标语(target language)中现成的词语译出源语言(source language)中的词语，而是直接将源语言的东西搬进目标语中，字母词语就是零翻译的一种形式。②对《弥勒会见记》第1—2品中的音译借词做一穷尽式筛选，并根据人名、神名、经名、地名和专有名词等划分为五个大类，按照回鹘语(Uyg.)—

① 程家钧：《现代俄语与现代俄罗斯文化》，上海：上海外语教育出版社，1999年，第157—204页。
② 方欣欣：《语言接触问题三段两合论》，武汉：华中师范大学出版社，2004年，第19页。

吐火罗语(Tor.A)—梵语(Skr.)的顺序再现《弥勒会见记》经由梵语至吐火罗语再至回鹘语的词汇演变历程。

1. 人名类,如:

muktika (Uyg.) < muktikā (Tor.A) < Muktikā (Skr.) “木克提卡”

patina (Uyg.) < paṭṭinī < Paṭṭinī (Skr.) “帕提尼”

čitika (Uyg.) < ceṭikā (Tor.A) < Ceṭikā (Skr.) “且提卡”

maxaparčapati (Uyg.) < mahāprajāpati (Tor.A) < Mahāprajāpatī (Skr.) “大爱道”

gautami (Uyg.) < gautami (Tor.A) < Gautamī (Skr.) “乔达弥”

yažotara (Uyg.) < yaśodharā (Tor.A) < Yaśodharā (Skr.) “耶输陀罗”

gopika (Uyg.) < gopikā (Tor.A) < Gopikā (Skr.) “瞿毗夫人”

tiši (Uyg.) < tiṣye (Tor.A) < Tiṣya (Skr.) “提舍”

niridani (Uyg.) < nirdhane (Tor.A) < Nirdhana (Skr.) “尼达那”

mogarači (Uyg.) < mogharāje (Tor.A) < Mogharāja (Skr.) “摩轲罗倪”

upašimi (Uyg.) < upaśime (Tor.A) < Upaśima (Skr.) “乌波萨摩”

payngike (Uyg.) < paiṅgike (Tor.A) < Paiṅgika (Skr.) “潘吉卡”

čitrarti (Uyg.) < citrarathe (Tor.A) < Citraratha (Skr.) “奇陀罗陀”

2. 神名类,如:

xaymawati (Uyg.) < haimavati (Tor.A) < Haimavati (Skr.) “雪山”

purnaki (Uyg.) < purṇake (Tor.A) < pūrṇaka (Skr.) “圆满”

wayširwan (Uyg.) < waiśravaṃ (Tor.A) < Vaiśravaṇa (Skr.) “多闻天王”

manibatri (Uyg.) < māṇibhadre (Tor.A) < Maṇibhadra (Skr.) “宝贤”

purnabadari (Uyg.) < purṇabhadre (Tor.A) < Pūrṇabhadra (Skr.) “满贤”

arati (Uyg.) < ārāḍṃ (Tor.A) < Ārāḍa (Skr.) “阿蓝迦”

udaraki (Uyg.) < udrake (Tor.A) < Udraka (Skr.) “郁陀迦”

wirutaki (Uyg.) < virūḍhaki (Tor.A) < Virūḍhaka (Skr.) “毗卢则迦”

nantï (Uyg.) < nande (Tor.A) < Nanda (Skr.) “难陀”

upananti(Uyg.) < upanande (Tor.A) < Upananda (Skr.) “优波难陀”

wirupakši (Uyg.) < virupākṣe (Tor.A) < Virūpākṣa (Skr.)“广目天王”

čalaparabi (Uyg.) < jalaprabhe (Tor.A) < Jalaprabha (Skr.)“阇罗波罗”

wišwakrmi (Uyg.) < viśvakārm (Tor.A) < Viśvakarman (Skr.)“毗湿缚羯磨”

tritraštri (Uyg.) < dhr̥ḍhirāṣṭre (Tor.A) < Dhṛtarāṣṭra (Skr.)“三十三天大王”

sandušiti (Uyg.) < saṃtuṣite (Tor.A) < Saṃtuṣita (Skr.)“妙足天”

suyami (Uyg.) < suyāne (Tor.A) < Suyāna (Skr.)“须夜摩”

wimačitri (Uyg.) < vemacitre (Tor.A) < Vemacitra (Skr.)“毗摩质多罗”

ilaptri (Uyg.) < elabhadre (Tor.A) < Elapatra (Skr.)“依罗钵多罗”

pingali (Uyg.) < piṅgale (Tor.A) < piṅgala (Skr.)“冰羯罗”

maxašrawak (Uyg.) < mahāśrāvaki (Tor.A) < Mahāśrāvakas (Skr.)“大声闻弟子”

kauźiki (Uyg.) < kauśike (Tor.A) < Kauśika (Skr.)“乔石迦”

šariputr (Uyg.) < śariputr (Tor.A) < Śāriputra (Skr.)“舍利佛”

motgalyini (Uyg.) < maudgalyāyan (Tor.A) < Maudgalyāyana (Skr.)“目犍连”

3. 经名类，如：

sarwapašantik (Uyg.) < sarvapāṣāṇḍik(Tor.A) < Sarvapāṣāṇḍika (Skr.)“一切异学”

4. 地名类，如：

pašanak (Uyg.) < pāṣānak (Tor.A) < Pāṣāṇaka (Skr.)“孤绝山”

baranas (Uyg.) < bārāṇas (Tor.A) < Vārānāsī (Skr.)“波罗奈(城)”

magit (Uyg.) < māgaṯ (Tor.A) < Māgadha (Skr.)“摩迦陀国”

nigodaram (Uyg.) < nyagrodharām (Tor.A) < Nyagrodhārāma (Skr.)“尼拘陀罗”

äršwidan (Uyg.) < rṣiwataṃ (Tor.A) <Ṛṣivadana (Skr.)“鹿野苑”

5. 专有名词类，如：

sansar (Uyg.) < saṃsār (Tor.A) < Saṃsāra (Skr.) (Skr.)“轮回”

sangalamban (Uyg.) < pissaṅkaṃ (Tor.A) < Saṃghālambana (Skr.)“僧迦兰盆”

putgalik (Uyg.) < pudgalik (Tor.A) < Pudgalika (Skr.)“普特迦罗”

以上所列音译词并非完全照搬梵语或吐火罗语的语音形式，对于回鹘语本身不存在的语音，回鹘译者则根据发音规律来替代外来音节，以使这些音译词更符合回鹘语自身的语音结构特点。从上述例子中我们可以总结出如下演变规律：

第一，元音方面，回鹘语中无长元音 ā/Ā、ī、ū，在被译为回鹘语时以 a、i、u 替代之；

第二，词尾元音形成了由梵语-a 至吐火罗语-e 最终高化为回鹘语的-i 的演变轨迹；

第三，当梵语词语以元音-a 结尾时，吐火罗语一般情况下以零形式与之对应，回鹘语也有规律地采用了这种借词形式。

除了上述有规律可循的音译方式外，《弥勒会见记》中对于来自梵语、粟特语和汉语中的宗教术语借词，大多采取全盘吸收的方式，不加任何语音形式的变化，比如梵语借词的“braman 婆罗门”“arhant 罗汉”“sanbutik 教义”“paramartik 度”，粟特语借词的“tamu 地狱”“šimnu 魔鬼”“čahšapat 斋戒”“noš 甘露”及汉语借词中的“burhan 佛”“qunčuy 公主”“toyïn 道人”等。

（二）意译借词

《弥勒会见记》中的意译借词来源多以梵语借词居多，其次为粟特语和汉语借词。作为黏着语类型的回鹘语，以根词（或词根）缀加词缀的派生法是该语言最主要的构词法，葛勇在论及现代维吾尔语借用汉语词汇的主要特征时曾指出：“任何一个民族不可能孤立存在，势必与其他民族发生互摄性的交流。这种交流在历史的长河中表现出交流时间跨度较大、涉及范围较广的特质来，而不同语言相互之间存在较大范围和较深层次的影响和接纳，并在相互的影响和渗透中不断发展变化。”①

作者还认为“外来词通常是指外来语源的词，即音、义都借自外语的词，借词是外来词，属于新词新语的范畴，是新词新语产生的一条途径，可以包含在新词新语里。最典型的借词或者说外来词应当是音译词，外来词进入一种语

① 葛勇：《略论维吾尔语借用汉语词汇的主要特征》，《西北民族大学学报（哲学社会科学版）》2009 年第 4 期，第 146 页。

言，通常可以有两种形式：一种是全音译；一种是音意兼译两种方式。而作为全意译的词语不应算作借词。全意译就是外来词所包含的概念或意义，对于本民族来说是新鲜的词，或者是本民族语言所没有反映过的，运用本民族语言里已有的构词成分和手段去构造新词，去翻译它，新构的词与外来词所包含的意义或概念相近，但所构成的新词是运用本民族语言材料构词，应当属于本民族语言的新词，这些以'义'为依据翻译构词的新词，是将原外来词的概念或意义所表示的意思，用相应的本民族已有的词汇去表示"。①早在 1997 年符淮青就持有类似的观点，认为"本民族语言的词汇叫本族语词汇。从外国语言和本国其他民族语言中连音带义吸收来的词叫外来词"②，这里的"外来词"并不包括意译词在内，理由在于"意译词是根据原词的意义，用汉语自己的词汇材料和构词方式创造的新词"③，他将其称为"译词"，认为这是一种"只用其义，不用其音，是吸收别的语言词语的一种形式"④而已。

在《弥勒会见记》中出现了相当一部分的复合词，而对于这些表达抽象的佛教义理、教义的专有词，回鹘译者通常采取回鹘民众熟知且能接受的语音形式，加之回鹘语词的构成之法将其译出。从其内部结构分析来看，这类以意译形式出现的复合词大致可分为偏正式、并列（联合）式和主谓式⑤三大类。

1. 偏正式

这类佛教借词多由一个名词中心根词与一个起修饰作用的根词组合构成。以《弥勒会见记》前两品中出现的该类词为例，其修饰性词语多以数词或数量词短语为主，这种以数量词缀加中心名词的"偏正式复合词"是意译佛教借词常见的形式之一。比如：

üč ärdini "三宝" biš yapaɣ"五蕴" üč ot "三种魔火"

---

① 葛勇：《略论维吾尔语借用汉语词汇的主要特征》，《西北民族大学学报（哲学社会科学版）》2009 年第 4 期，第 147 页。

② 符淮青：《现代汉语词汇》，北京：北京大学出版社，2004 年，第 184 页。

③ 符淮青：《现代汉语词汇》，北京：北京大学出版社，2004 年，第 184 页。

④ 符淮青：《现代汉语词汇》，北京：北京大学出版社，2004 年，第 184 页。

⑤ 热孜亚·努日：《回鹘文哈密本〈弥勒会见记〉名词研究》，北京：中央民族大学，2006 年，第 28 页。

üč ïnaɣalu “三皈依” biš čöbik bulɣanyuq iritmiš “五浊”

biš yol ičintäki tïnlaɣlar “五化身” toquz on artuq altï azaɣ“九十六种外道”

üč türlüg ürük ornanmïš ög turïɣïn (öq) “三念住”

tört türlüg šmņu süü “四种魔军” biš ažun tïnlaɣlar “五世众生”

iki qïrq qut buyanlɣ irü bälgülär “三十二相”

üč mïng uluɣ mïng yirtinčü yir suw “三千大千世界”

säkiz on artuqï säkiz utun nizwanilar “八十八种烦恼””

同时还出现了以名词或名词短语为修饰语的复合词，比如：

tngri tngrisi burxan “天中天佛”

tüzkärinčsiz burxan qut “无上正果”

uluɣ küčlüg qut waxšiklar “大力福神”

uluɣ küčlüg tngrilär “大力天神”

2. 并列(联合)式

并列(联合)式复合词通常是指由两个意义相同或相关的外来名词与回鹘语固有的名词联合构成，比如：“yäk ičkäk”为“吸血鬼”之意，其中的“yäk”为梵语借词；“awant tïlaɣ”表达“因缘”之意，其中的“awant”来自粟特语；“didim bäzäg”意指“王冠”，其中的“didim”来自粟特语。

3. 主谓式

主谓式复合词由两个可以表示“主谓关系”的根词构成，这类意译词在《弥勒会见记》中出现较少，比如“yultuz körüm(星相学)”“kirtgünč iyč yorïdačï(随信行)”“nom iyin bardačï(随法行)”等。

除了上述复合法构成形式之外，在佛教借词的处理上，还出现了诸如以回鹘语中固有词表达相应的佛教术语的，如“töpü(顶)”“bört(触)”“biliksiz(痴)”等；借用原摩尼教用语来表示的，如以“äzrua”(粟特语，“梵天”)表示“婆罗门”“dintar”(粟特语，“摩尼教徒”)表示“佛教徒”。

(三)合璧词

“合璧词”(hybrid word) 这一概念和术语最早出现在汉语词汇的研究范

畴中，游汝杰在其文章中指出“合璧词是由来自不同语言或方言的语素(morpheme)合成的同义并列复合词”[1]，显然这是语言接触的产物，“是语言或方言杂交在词汇上的反映”[2]。而在汉译佛典的语言学研究领域，早在梁晓红的《佛教词语的构造与汉语词汇的发展》一文中，就指出“在汉语史上，第一次大规模地利用‘合璧’方法造新词，介绍外来的新概念，就是佛经的翻译”[3]。同类研究在诸如《〈金刚经〉外来词汇研究》[4]中对“梵汉合璧词”有较为翔实的分析。将合璧词的研究理念移植到《弥勒会见记》这一佛教文献中，我们可以发现该文献出现了梵语或吐火罗语搭配回鹘语词汇构成的新词，其构成方式通常为音译词缀接表示类属范畴的回鹘语词，是一种音译加意译的特殊借用方式，比如：

“莲花”：linhua(汉语借词)+ čäčäk “花”

“孤绝山”：pašanak < pāṣānak(吐火罗文)+ taɣ“山”

“波罗奈(城)”：baranas < bārāṇas(吐火罗语)+ känt uluš“城”

“优昙花”：udumbara < Udumbara(梵文借词)+ čäčäk “花”

“如意珠宝”：cintamani < Cintāmaṇi(梵文借词)+ ärdini“珠宝”

综上，从回鹘文本《弥勒会见记》中出现的上述几大类型的借词来看，我们可以形成以下几点认识。

首先，借词，顾名思义就是借用其他语言系统中的显性要素如语音、词汇、语义等和隐性要素(潜性要素)如词法、句法和语义搭配等，而这些借用而来的要素在其排列形式上呈现出有对应关系的词语，具体到回鹘语中，借词的发音首先要符合回鹘语的语音规则，并在长期使用过程中，逐步与回鹘语的语音规律、构词规律和语法规则相适应。

其次，外来词是外来文化在形式上被固有语言文化改造后的结果，是一种

---

① 游汝杰：《合璧词和汉语词汇的双音节化倾向》，《东方语言学》2012 年第 00 期(创刊号)，第 140 页。

② 莫超、马世仁、马玉凤：《保安语中的保汉合璧词与非汉语借词》，《西北民族大学学报(哲学社会科学版)》2010 年第 6 期，第 77 页。

③ 梁晓红：《佛教词语的构造与汉语词汇的发展》，北京：北京语言学院出版社，1994 年，第 66 页。

④ 孔祥珍：《〈金刚经〉外来词汇研究》，《理论月刊》2008 年第 12 期，第 106—108 页。

本族语化的结果。在语言接触过程中出现的借词“本族化”现象，不仅是语言开放性和封闭性的交集体现，也从另一个角度反映出不同民族文化传承中的渗透和融合过程。对于回鹘文《弥勒会见记》这一文本而言，历经由源头语言梵语至吐火罗语的二度翻译，借词的输入满足了当时回鹘民众的语言需要，译者首先在保证这一佛教典籍原意不变的前提下，对于这些首次出现的新概念、新术语以积极开放的心态和思维方式进行移植、改造，创造性地活用到本民族语言中，折射出回鹘和当时诸多外来民族的社会交流和发展状况。

最后，借词的加入能够促使本民族语言得到进一步的创新和发展，在扩充词汇宝库的基础上，更能使词汇实现质的飞越，进而丰富本民族语言的语义内涵和表达方式，具有填补语义空白的积极作用。随着时间的推移，一部分借词昙花一现；另一部分词语渗透力极强，在回鹘语中落地生根，且已成长变化为回鹘语甚或现代维吾尔语的基础词汇进入语言共核，成为民族语言不可或缺的一分子。

由回鹘文《弥勒会见记》睹见的佛教外来词的借用规律，说明了借词与回鹘语的“密切合作”关系，而不同语言的接触也可以为我们厘清部分词语的历史演变提供参考依据。

第三节　个案分析：kim新增句法功能试析

本节重点探讨回鹘文哈密本《弥勒会见记》中 kim 一词的新增句法功能，首先对 kim 在该文献中的出现频率和语篇分布进行初步统计，并在此基础上举例详细分析句法功能的类别及其语法意义，讨论 kim 自《突厥语大词典》以来的句法功能演变轨迹及其语法演变的动因和机制。《弥勒会见记》在由梵语到吐火罗语再到回鹘语的二度传译中，吐火罗语对回鹘语的渗透和影响应是 kim 语法化的主要动因，语言接触带来的影响在其他亲属语言，如现代蒙古语中 kin 得到了延续，而这一理论上的推测亦可为现代维吾尔语中词尾元音弱化等语言问题提供历史佐证。

一、kim的语篇分布

在现代突厥语中,“kim”为疑问代词“谁”之义。而在回鹘文《弥勒会见记》中“kim”还可以充当定语从句、宾语从句、主语从句中的连接词,这一新增句法功能早在《乌古斯可汗传》中就已出现,一直延续至晚期的《金光明经》中。对该词这一新增句法功能,学界均有分析讨论。如国内学者李经纬在其《回鹘文〈乌古斯可汗传〉中 kim 一词的用法举例》一文中就曾做出详细统计,kim 共出现 35 次,作为从句引导词的 kim 出现 16 次,可以说该文最先关注 kim 句法功能的演变,开启了后来者准确解读文献、深入了解词义古今演变的新思路。但对该词的语源、语义及其句法功能演变在该文中并未深入探讨。

学界普遍认为,回鹘文《弥勒会见记》写成于公元 8 至 9 世纪,成书年代比《乌古斯可汗传》早 5 个世纪左右,李经纬最早在《乌古斯可汗传》中探讨 kim 的多种句法功能,但并未指出该词这一用法产生的根本原因,而我们现在通过对《弥勒会见记》具体深入的分析,试图从语言接触的角度来探究论证 kim 充当从句引导词的可能性。

以耿世民先生所著《回鹘文哈密本〈弥勒会见记〉研究》为基础语料,粗略统计 kim 一词的使用有 188 次之多,作为疑问代词的 kim,因其在句中语法意义的不同而出现不同的词形变化形式,比如 kimlär、kimkä、kimning 和 kimni 等,但这些有着词形变化的 kim 出现的频率并不高,共约 10 次,而在使用频率上占有绝对优势的则是作为引导词且无词形变化的 kim。现就 kim 一词在该文献中的语篇分布做一统计,列表内容包括 kim 及其词形变化的诸词在《回鹘文哈密本〈弥勒会见记〉研究》一书中所在页码和具体行数,如“24/7a 9”指的是该书第 24 页第 7 叶正面(a 面)的第 9 行,具体分布情况如下表所示:

kim 及其变化形式	所在页码和行数
kim	24/7a9;30/8b26;36/10b29;36/11a2;37/11a27;37/11b6;38/11b1;40/12b;41/12b14;41/12b17;47/1a14;52/2b27;55/4a14;56/4b12;57/4b21;60/5b28;60/6a5;60/6a7;61/6a9;64/7a29;66/8a5;67/8b;68/8b29;69/9b1;71/10a5;73/11b26;73/12a6;74/12a19;74/12a22;77/13a25;77/13a29;79/13b22;81/14a24;81/14a28;82/14b13;82/14b13;82/14b18;99/2a11;100/2b3;103/4a16;103/4a23;105/5a5;109/6a12;112/7a21;117/8b23;121/10a19;129/12b29;130/13a6;132/13b27;139/16a4;139/16a9;144/17b15;158/2b8;158/2b19;159/2b21;160/3a14;162/3a29;164/4a15;164/4a23;165/4b2;165/4b6;166/4b19;168/5a31;169/5b11;169/5b20;183/b23;186/10b30;187/11a2;190/12b19;190/12b19;205/2b20;205/3a1;205/3a3;205/3a4;207/3a27;208/4a2;211/4b30;211/5a11;213/5b2;222/8b9;223/9a6;237/13b6;239/14a22;243/15b6;243/15b11;237/15b19;244/16a5;246/16b14;246/16b16;254/2a1;257/3a7;262/4a18;273/8a5;275/8b11;282/3a4;283/3a13;284/3b9;291/7b5;294/8b14;296/9b12;305/13a10;309/15a3;309/15a10;321/1b9;322/1b12;322/1b1;326/4b7;326/4b15;334/8a22;334/8b6;334/8b9;337/9b15;343/11b6;343/11b12;345/12a23;362/2a9;369/5b2;370/6a5;371/6a10;384/11b24;387/12b29;401/3b18;402/4a21;408/6a19;410/7a1;412/7b22;412/7b29;416/8b30;423/11b2;425/12a15;428/13a25;430/14a7;431/14b6;435/15b27;435/16a1;435/16a3;445/1b20;451/a;455/1b3;458/3b5;461/5a10;463/19;466/10a4;466/10a8;467/108;468/12a5;476/2b21;478/3a24;479/3b25;480/4b13;482/4b/5a5;482/4b/5a11;483/5b7;484/5b17;484/5b22;484/5b24;484/5b27;484/5b29;485/6a22;485/6a25;486/6b18;486/6b20;487/6b22;487/6b24;487/7a5;487/7a7;488/7a24;488/8a11;490/8b1;490/8b9;492/9a16;492/9a19;493/9b5;494/9b25;496/10b23;506/8b9;524/12;533/6b19; 536/7b12 =178

续表

kim 及其变化形式	所在页码和行数
kimkä	19/5b6；47/1a17；333/8a17=3
kimning	219/7b14；342/11a 8–10；516/13a9；219/7b14=4
kimni	342/11a8–10=2
kimlär	476/2b20=1

从上述语篇分布数据可知，该部文献中作为疑问代词的 kim 多以主格形式出现，可以充当句子的主语、谓语和宾语等语法成分[①]，如下面的几个例子中，可以说明 kim 的上述用法。

1. kim ärki tüzünüm bu yir suwda töpüg uqɣučï.

仁者，在这个世界上谁懂顶法？（kim 在句中作主语）

2. tüzün tïnlïɣ kim ärki ol burxan atlɣ?

仁者，名叫佛的是谁？（kim 在句中作谓语）

3. büküntä ïnaru kimni tapïnayïn kimni körüp ögiräyin kimning udu yorïyïn kimning mingüsin kölüngüsin tutayïn?

从今以后，我将伺候谁？谁人能让我高兴？我将跟随谁？（kim 在句中作直接宾语，其形式为 kimni）

4. küügälig ärdäm körkitip kimkä asag tusu qïltï tip tisär?

要问他用神通为什么人做了利益？（kim 在句中作间接宾语，其形式为 kimk?）

5. kimning küči küsüni bar ärsär ol toyïnaɣ odɣurɣuluq amtï šla tutzun.

现在你来分配戒律，谁有能力唤醒那位僧人，就让他保持戒律。（kim 在句中作定语）

① 张铁山：《回鹘文献语言的结构与特点》，北京：中央民族大学出版社，2005 年，第 186—187 页。

二、kim句法功能例析

除了上述作为疑问代词的基本用法外，在《弥勒会见记》中特别引人关注的则是 kim 作为关系代词的新增语法身份，即可以充当定语、状语、宾语和主语等多种类型从句的引导词。这一新增的句法功能暂可理解为印欧语系英语中的“关系代词”(relative pronoun)，分别举例如下。

(一)引导定语从句

1. äng ilki isilür tözlüg atlaɣ bošɣutsuz tïnlïɣ ärür. kim arxant qutïn bulup yana tayar.

第一是，名为退性的无学。他们获得了罗汉果，但又滑下。

例析：该句中 kim 作为定语从句的引导词，对“无学”内容进行具体的修饰限制，而在该从句中，kim 作为主语，指称“无学”。

2. (amtïqïa yaɣuru ödtä bälgülüg bolmïš ärür)kim tngri tngrisi burxan qutïn bulu yrlïqap bir baɣdašunu yrlïqap yiti yiti kün dyanlaɣ mängi täginü ärtürü yrlïqadï.

(这光辉)是最近出现的。这说明天中天佛已得道，并跏趺而坐，得到并度过了七七(四十九)天禅定之乐。

例析：该句中 kim 所引导的从句是对“这光辉”内容做出的详细解释。

3. anta sizlär ang ilki iki qïrq irü blgü qutïn buyanïn adïrtlaɣalï uqɣalï qataɣlanïnglar kim sizlärkä šastarlarda adartlayu ayïtdïm ärdi.

你们要首先看清他的三十二吉相。(关于)这些我已在书中详细讲过。

例析：在对“三十二相”进行修饰限定的定语从句中，kim 充当从句中的宾语成分。

总结：从上述几个例子可以看出，作为定语从句的引导词，kim 既可以代指上文中出现的人和物，也可代指某种情况，其词汇意义已经不再是疑问代词的“谁、什么”之义，而表现为从句中所代指的具体意义。

（二）引导宾语从句

1. sn yäklär bägi qataɤlanɤï kim dkšanapat iltäki badari bilgä baraman tükäl bilgä tngri tngrisi burxannïng yirtinčü yir suwda blgürmišin otɤuraq quzun.

你们要努力让南印度国的跋多利婆罗门一定知道：全智的天中天佛已显世。

例析：该句中，kim 引导的从句缀接在主句谓语动词“qatašlanɤï”（努力于）之后，充当其宾语成分，用以表达“努力”的详细内容，在该句中，kim 仅为一个连接词，并无实义。

2. amtï tngri baxšï bošuyu yrlïqazun kim tngri tngrisi burxanqa yaqïn barïp äwig barqïɤ qodup toyin bolup.

现在请师父允许，我到天中天佛那里出家为僧。

例析：该句中 kim 的用法与例 1 相似，充当主句谓语动词“bošuyu yrlïqazun”（请您允许）的宾语，无实义。

总结：在宾语从句中，kim 一词仅起到引导词的作用，无词汇意义。

（三）状语部分的引导词

1. ančama yarasïnčiɤ otun qarïmaq sn kim toɤmïšta bärü altmïš yašqa tägi küč küsün ät qan üstälü ükliyü turdï.

你自己是如此衰老。从出生到六十岁，你精力充沛。

例析：kim 引导的部分“toɤmïšta bärü altmïš yašqa tägi”充当主句的状语部分，其中 kim 在从句中无实义。

2. kim anïng atïn išidip inčä saqïnčïm boltï.

我听了他的名字之后这样想了。

例析：该句中 kim 引导的时间状语从句，用法与例 1 同。

3. kim yiti ayda bɤrü turqaru säning（t）oyïn bolmaq kösüšingin qanturɤalï bütürgäli saqïnur mn.

这七个月中我常想要满足你出家为僧的愿望。

例析：kim 引导的状语从句具体表明了弥勒长达 7 个月的所思所想，kim

无实义。

总结：由上述三个例子可以看出，kim 所引导的状语从句与其后表示时间的名词短语一同构成主句的状语，共同表达主句动作发生的具体时间或某一时间段。

（四）主语从句引导词

1. kim bu tonuɣ alïp tngri tngrisi burxanqa kädürgäli bušï birsär.

谁若把它布施给天中天佛穿上。

例析：该句中 kim 充当主语从句的引导词，并在从句中充当主语，根据句意表达“谁、什么人”之义。

2. kim ... (äd)güödün süzük könglin ... (qï)lïn(čï)ɣ arïɣïn küzädsär ... otɣu-(ratï ...)ïlaɣ ädgü öd birlä soqušur.

谁若在良辰以虔诚之心遵守……行为，就一定会与弥勒会见。

例析：该句 kim 的用法与例 1 同，主语从句的引导词且在句中充当主语，表达“谁、什么人”之义。

总结：引导主语从句的 kim 与充当其他从句引导词时存在较大差异，除了起到连接词的作用外，kim 在从句中作主语，因此还保留原词汇意义“谁、什么人”之义。

kim 在《弥勒会见记》整部文献中作为从句的引导词的分类和例析如上，这种有异于疑问代词的句法功能在其他同时代的文献中极为罕见，究竟是何种原因导致，这一问题值得我们深入研究。

三、kim句法功能演变的语言学研究

参阅众多回鹘文献，经过筛查对比，纵向梳理 kim 的词性与语义的历时演变，下文我们将以文献的成书年代为坐标，重点选取《突厥语大词典》《乌古斯可汗传》《金光明经》三大典型文献作为参照，比较鉴别 kim 在回鹘文历代文献语言中的用法，进而探讨该词演变的语言学机理和历史学依据。

(一)kim 的词性和语义演变的语言学机理

首先,在成书年代早于回鹘文哈密本的《弥勒会见记》的文献中,kim 的词性单一,为疑问代词"谁",发展至《弥勒会见记》中在原有基本词性和语义的基础上,增加了新的句法功能,直至在成书于 11 世纪的《突厥语大词典》中,kim 又恢复其基本用法,著者穆罕默德·喀什噶里并未提及 kim 作为连接词的用法,认为在句中可以充当主语、谓语、宾语和定语等语法成分的 kim 仍为疑问代词的基本用法,举例如下:

(1)kim 作句子主语时

kim kür bolsa köväz bolur.

谁是勇敢者,他就自豪。

(2)kim 充当句子的谓语时

sän kinsin?

你是谁?

(3)kim 作句子中的直接宾语和间接宾语时

kimni qalï satɣasa küčin kävär.

它踩着谁,谁就会软弱无力。

anïng täpizliki kimgä talqar?

他的嫉妒会对谁造成损害?

(4)kim 可以充当句子中的定语成分

tavar kimning üklisä bäglik angar kärgäyür.

谁的财富多,就表明他善于持家。

其次,在成书年代晚于《突厥语大词典》的民族史诗性质的《乌古斯可汗传》(亦称《乌古斯可汗的传说》)一书中,如上文所述,李经纬[①]先生对 kim 一词的用法做过详细分类及统计,至此从《突厥语大词典》中的基本词性词义 kim

① 李经纬:《回鹘文〈乌古斯可汗传〉中 kim 一词的用法举例》,《语言与翻译》1988 年第 1 期,第 37—40 页。

又演变为身兼两职的用法。

再次,文殊沟发现的《金光明经》是目前所能见到的成书时间最晚的回鹘文文献,张铁山[①]先生对该文献中 kim 的出现频率、语篇分布和词形变化等做了细致分析,通过数据统计和语例分析可知,kim 的主要用法集中体现在疑问代词上,并且在该部文献中 kim 多以主格形式出现,出现 173 次,其他变格形式如 kimgä 出现 3 次、kimlär 出现 28 次和 kimning 出现 2 次;作为连接词用法的 kim 在文献中主要引导定语从句和宾语从句,这也就说明了从《乌古斯可汗传》直至《金光明经》中,kim 依旧有两种用法。

最后,从对上述几个文献语言的梳理中可以看出,在保持其基本词性和语义的基础上,《弥勒会见记》中首次出现了 kim 作为从句连接词的用法,尽管在《突厥语大词典》中没有收录这一新增用法,但以《乌古斯可汗传》和《金光明经》为代表的其他文献中一直沿用其身兼两职的用法,说明了该词新增用法的演变可能受到了其他语言的影响。

为什么 kim 的新增用法最早出现在《弥勒会见记》而不是其他文献中？这个问题将我们的研究视角带回到了《弥勒会见记》的文本来源上。《弥勒会见记》的跋文多次提及该文献的来源问题,认为作为一部小乘佛教文献,在自西向东的传译过程中,佛教文化的传布在文献中主要表现为吐火罗语和回鹘语这两大不同类型语言间的相互接触与影响上,kim 是回鹘语基本词汇中的一员,在《弥勒会见记》之前的文献中,它始终是疑问代词"谁",伴随由吐火罗语转译到回鹘语的过程,作为印欧语系的吐火罗语中的某些语言结构特征或成分渐次向回鹘语扩散或渗透,这种扩散或渗透使 kim 的语法功能更为丰富。

李如龙在论及语言接触的类型方式及其接触过程这一问题时指出:"语言接触的方式主要有叠加式、双语并用式、借贷式和感染式。其中不同民族语言之间词汇的借用,在借用时都会按照借入语言自身的语音结构折合、转换。所

① 张铁山:《回鹘文献语言的结构与特点》,北京:中央民族大学出版社,2005 年,第 186—187 页。

谓‘感染’不是具体语言成分的借用，而是某种语言特征或结构方式上的模仿和趋同。”[①]

同样试从语言接触途径的角度来分析 kim 这一新增句法功能的话，我们知道不同类型语言间的接触可以分为直接接触和间接接触两大类型，其中直接接触多以操不同类型语言者之间的口语交际来实现，是接触双方在时间和空间上相互不分离的语言接触形式；与之对应的间接接触则并不注重接触双方在时间和空间上的不可分离，是一种时空分离的语言接触方式，多以书面翻译的形式实现，目前学界对于间接语言接触究竟在何种程度上实现语法系统方面的接触影响还未出现更为深入系统的研究。

kim 新增语法功能的演变实质上是一种欧化语法现象的体现。从现代汉语中介词欧化现象来看，“欧化语法现象是指现代汉语在印欧语言、特别是英语的影响和刺激下产生或发展起来的语法现象，这一概念既指汉语中以印欧语言为摹本，通过模仿而产生的新兴语法成分或句法格式，也指汉语中原本处于萌芽或休眠状态的语法形式由于印欧语言影响的推动和刺激而得到迅速发展的现象。而现代汉语中的欧化现象主要是间接语言接触的结果”[②]。这也为我们深入探讨 kim 一词新增语法功能提供了理论依据。

由于佛经翻译的需要，如果在回鹘语中不存在与吐火罗语相对应的词，这个时候就需要新生或新造词语或者在原来某些词的基础上增加新的义项或句法功能来实现对译。而对于一种全新的语法用法，在吸纳其有益成分的过程中，相对于全盘接受一个全新的语法成分而言，接受一个原有语法成分的新用法更为简便容易。从讨论回鹘语中的 kim 一词的新增句法功能这一欧化语法现象来看，目前还没有更为翔实有力的语例可以证明直接接触是造成 kim 语法化演变的原因，但是不可否认的是间接语言接触极有可能是 kim 用法演变的主要动因，这一语言现象和李如龙提出的语言接触类型中的“感染”理论相似。

---

① 李如龙：《论语言接触的类型、方式和过程》，《青海民族研究》2013 年第 4 期，第 165 页。
② 贺阳：《从现代汉语介词中的欧化现象看间接语言接触》，《语言文字应用》2004 年第 11 期，第 83 页。

在间接语言接触中，回鹘语通常采用模仿的方式吸收外来语法成分。模仿手段的使用实现了回鹘语与吐火罗语在表达形式上的对应，而这种形式上的模仿仅是对新语法成分的进一步开发和利用，终归要受到回鹘语固有语法机制的制约。具体到《弥勒会见记》这部文献来看，某一句法标记或句法结构没有与吐火罗语对应的形式，那么模仿手段的使用就可能促使回鹘语派生出与之类似的新用法。通常来看，这种间接语言接触尤其是语法成分的演变多对书面语产生影响，很难改变人们的口语习惯。

语音的演变、词汇的借用和语法规则的吸收等均为语言接触产生的结果。就 kim 一词来看，它原属于古突厥语词语，排除了连接词用法的 kim 为外来词语借用的可能，从理论上推测，kim 这一新的用法是在原有词性和语义基础上派生出来的，新用法的产生一定是受到了吐火罗语的影响，这一点从语言接触的角度而言，是站得住脚的。除此之外，语言接触的历史背景和社会环境等外在因素也是 kim 新增句法功能演变的条件。

（二）kim 新增句法功能演变的历史学依据

语言接触演变离不开特定的时代背景，社会环境等外在因素同样对语言间相互影响起到至关重要的作用，著名社会学家托马森认为“如果不考虑社会因素，那么不存在任何有效的预测因子”，因为“社会因素可以而且常常压倒结构因素对语言所有层面干扰的抵制作用”，“决定语言接触的语言后果的决定性因素是语言使用者的社会语言学的历史而不是其语言结构。纯粹语言上的考虑是相关的，但严格说来是次要的……因为语言干扰首先取决于社会因素而非语言因素”。[①]从历史语言学的视角可以对 kim 句法功能的演变做出一定推断。

在回鹘西迁之前，吐火罗人以吐鲁番盆地为其活动范围。但是公元 8 世纪中叶漠北回鹘汗国灭亡，回鹘民众的西迁及回鹘政权在西域地区的逐步确立

---

① Tomason, Sarah Grey and Terrence Kaufman, *Language Contact*, *Creolization*, *and Genetic Linguistics*. Berkeley and Los Angeles: University of California Press, 1988, pp.19.

等社会因素，使得用吐火罗语的原民众逐步融合于回鹘。政治上的强势决定了回鹘语占主导的地位。在逐步取缔弱势语言——吐火罗语的实践中，回鹘语对吐火罗语并非采用全盘否定的态度，而是保留性地采用了吐火罗语中的某些核心成分或结构形式，并将其化为自身语言的一分子并长期保留下来，这就为 kim 新增句法功能提供了可资借鉴的理论参考和科学依据。[①]

除此之外，目前在阿尔泰语系的亲属语言满—通古斯语中，比如现代蒙古语中同样也存在一个表示“谁”之义的疑问代词“kin”，在句法功能中同样具有连接词的作用。可能蒙古语中“kin”身兼两职的用法与古代维吾尔语中的“kim”用法不应是一种偶然，我们可以做出这样的一种推断：至少说明 kim 一词的新增句法功能在蒙古语中得到了延续。这种语言的接触是深层次的，具有历史延续性。

综上，基于语言学和历史学的研究视角对 kim 新用法的探讨仅可算作该词演变的一种理论推测，从目前掌握的文献语言资料分析，kim 在句法上的新变化应是印欧语影响的体现，至于吐火罗语和回鹘语究竟以何种形式接触影响、吐火罗语的语法结构以怎样的程度影响 kim 的用法等问题值得学界进行更为详尽细致的探讨和研究。

① 孙宏开：《丝绸之路上的语言接触和文化扩散》，《西北民族研究》2009 年第 3 期，第 52—58 页。

第四章　流布与融合——《弥勒会见记》之宗教文化学意义

第一节　高昌回鹘佛教的历史演变

回鹘，中外历史学家和人类学家的研究表明，属突厥的支系。回鹘一词最早出现在《魏书·高车传》中，称为“袁纥”，这是vighur的首次汉文音译。此后回鹘一词几易其名，隋朝时期被称作“韦纥”，公元788年之前写作“回纥”。自公元788年以后直至13世纪后半叶则一直沿用“回鹘”一词。延及13世纪70年代至17世纪40年代史书称其为“畏兀儿”，此后直至20世纪初则被称为“回部”。究其历史，我们可以发现“回鹘”名称之演变有二十几种，直至1934年才最终定名为“维吾尔”。[①]

历史上，回鹘民众信仰过多种宗教，历经从原始宗教到多元宗教崇奉的演变过程。

一、原始宗教崇拜期

据史料记载，回鹘人最早信奉的宗教当属萨满教。萨满教是产生于母系氏

① 陈新齐:《回鹘宗教演变考》,《新疆地方志》1991年第3期,第53页。

族时期的原始宗教，是以祖先崇拜、自然崇拜为主的原始多神教，曾在我国东北到西北地区的阿尔泰语系满—通古斯、蒙古、突厥语的诸多民族中广泛流传。

它的崇拜对象包罗万象，可以是天象、星辰、树木、水火和鬼怪等事物，认为万物皆有灵性。汉文史籍诸如《史记》《汉书》《周书》等曾着大量笔墨对我国古代北方诸多民族如匈奴、乌桓、鲜卑、高车、突厥、契丹等的萨满教信仰进行过翔实的记载。

最初在活动于漠北高原的回鹘先民高车人中，萨满教就极为盛行。《魏书·高车传》中记载过萨满女巫师主持一场祭祀的场景："喜致雷霆，每震则叫呼射天而弃之移去。至来岁秋，马肥，复相率候于震所，埋羖羊（公羊），燃火，拔刀，女巫祝说，似如中国祓乳，而群队驰马旋绕，百匝乃止。人持一束柳桋，回竖之，以乳酪灌焉。"[①]

据《多桑蒙古史》记载："畏吾尔人先奉之宗教为萨满教，与亚洲北方诸部族同。其教之巫者曰萨满，即此粗野宗教之教师也。"[②]刘义棠先生认为活动于漠北高原的回鹘，崇尚自由，"回鹘社会之宗教信仰，向极自由。初居漠北时期，为一草原游牧部落，信仰原始的萨满教"[③]。

萨满教具有浓厚的泛灵性信仰色彩，它以万物有灵论为思想基础，常以"苍天"（Tangri，突厥语读作"腾格里"）崇拜为其核心，同时并存有自然崇拜（山、火、日、月、星辰等自然现象）、图腾崇拜（狼、鹰、熊及乌鸦等动物）及祖先崇拜等原始信仰[④]。

笔者认为，万物有灵论和集体性宗教仪式活动是萨满教最为显著的特色，旨在通过频繁祭祀、降神、驱鬼、卜问等巫术活动来达到祈福免灾之目的。据史书记载，回鹘人出征之前往往先卜问神灵，或驱使"萨满"巫师决疑，或令巫师

---

① 《魏书·高车传》卷一〇三，北京：中华书局，1974 年，第 2307 页。
② ［瑞典］多桑著，冯承钧译：《多桑蒙古史》卷一，北京：中华书局，1962 年，第 64 页。
③ 刘义棠：《维吾尔研究》，台北：正中书局，1984 年，第 435 页。
④ 李中和：《唐代回鹘宗教信仰的历史变迁》，《甘肃社会科学》2009 年第 2 期，第 209 页。

为其创造得天时的自然条件,“使巫师致风雪”为其呼风唤雨,然后再征战。

起初回鹘萨满巫师由于深受回鹘统治者的信赖和倚重,拥有极其显赫的社会地位。但是随着回鹘社会的持续发展,贫富分化日渐加剧,阶级矛盾日益凸显,回鹘萨满巫师的地位也岌岌可危。此时萨满教已经不能满足汗国集权统治的需要,新兴的摩尼教遂取而代之。萨满教虽然不再被统治者所器重,无法染指官方宗教的权重,但它作为回鹘民族的传统信仰,并没有因此销声匿迹,相当一部分回鹘民众仍保留着萨满教的传统信仰和宗教仪轨。直至西迁部族建立高昌王国之后,回鹘人中还有相当一部分人保留着萨满教的习俗。根据社会的需要萨满教不断转变自身的形式从而形成影响习俗的强大力量,甚至后来在回鹘民众相继信仰的摩尼教、佛教乃至伊斯兰教的教规仪式中都有多少不等的残留影响。可以说,萨满教渗透到回鹘社会生活的诸多方面,对高昌回鹘具有强大而深远的影响力。

二、漠北回鹘汗国佛教接触期

一般认为,回鹘在西迁之前,即早在漠北高原的回鹘汗国时期就已接受过佛教的熏染[①]。公元8世纪中期,操突厥语的回鹘部族取代突厥在漠北高原建立了回纥(后改称为回鹘)汗国(744—840年),史载在漠北时期回鹘人似乎已经出现了接触佛教的迹象。

其一,据《新唐书·回纥传》记载:“时健死,部人贤菩萨,立之。”[②]“贞观三年,始来朝,献方物。”[③]这段史实历来为学者们津津乐道,公元629年回鹘首领“菩萨”曾向唐朝朝贡,而“菩萨”一词在佛教中通常指“成正觉”的圣者,据《拉施德史集》又进一步考证该词与佛教术语“菩萨”的梵语读音略同,认为该回鹘

① 耿世民:《佛教在古代新疆和突厥、回鹘人中的传播》,《新疆大学学报(哲学人文社会科学版)》1978年第2期,第72—74页。

② [宋]欧阳修、宋祁等:《新唐书》卷一百四十二《回纥传》,北京:中华书局,2003年,第1769页。

③ [宋]欧阳修、宋祁等:《新唐书》卷一百四十二《回纥传》,北京:中华书局,2003年,第1773页。

首领之名应与佛教有关。

其二，建于公元820年前后的《九姓回鹘可汗碑》，在论及其首领牟羽可汗于762年接受摩尼教之初，已有其先民似曾信仰过佛教的记载，汉文原文曰："……往者无识，谓鬼为佛，今已悟真，不可复事……应有刻画魔形，悉令焚爇……"①

似乎上述两个文献历来被史学家视为漠北回鹘汗国时期回鹘民族信仰佛教最直接的史料依据，但是也有部分学者对此持不同观点：田卫疆在《试析高昌回鹘内部的三次宗教传入及其后果》一文中指出，漠北回鹘汗国建立以前，回鹘人一度归属突厥汗国，依据《北齐书·斛律羌举传》的记载"代人刘世清……能通四夷语，为当时第一。后主命世清作突厥语翻《涅槃经》以遗突厥可汗"②，以及《续高僧传·阇那崛多传》卷二中如是记载"以周明帝武成年初届长安……西归……路出甘州，北由突厥……（阇那）崛多及和上乃为突厥所留。未久之间和上迁化，隻影孤寄，莫知所安。赖以北狄君民颇弘福利，因斯飘寓，随方利物。有齐僧宝、道邃、僧昙等十人，以武平六年相结同行，采经西域，往返七载，将事归东。凡获梵本二百六十部，行至突厥。俄属齐亡，亦投彼国。因与同处讲道相娱。所斋新经请翻名题勘旧录目"③。可见，在天竺佛僧的大力传播下，当时突厥汗国乃至上层统治者中已有人开始信仰佛教，这一状况势必会对当时的回鹘民众产生一定的影响，但是突厥人信奉佛教并不等同于回鹘民众就一定信奉它，目前还没有最直接的史料为此提供支撑。

再者，仅据《新唐书·回纥传》的记载就断然下结论：回鹘民众已然信奉佛教，未免有失偏颇。但在《旧唐书·回纥传》中亦有相关记载："有特健俟斤，死，有子曰菩萨，部落以为贤而立之。"④由此可见，部人因为特健俟斤之子有贤能才称之为汉文译文中的"菩萨"，显然与佛教术语的"菩萨"不是一回事。

---

① 程溯洛：《释汉文〈九姓回鹘毗伽可汗碑〉中有关回鹘与唐朝的关系》，（原载于程溯洛：《唐宋回鹘史论集》，北京：人民出版社，1993年，第104页。）

② ［唐］李百药：《北齐书》卷二十《刘世清传》，北京：中华书局，1975年，第267页。

③ ［唐］道宣：《续高僧传》卷二《阇那崛多传》，北京：中华书局，2014年，第1145页。

④ ［后晋］刘昫：《旧唐书》卷一四五《回纥传》，北京：中华书局，1975年，第079页。

最后,对于碑文中提到的“谓鬼为佛”并非专指佛教,在唐代出现的讲经文文献中随处可见的诸如“摩尼佛、波斯佛、火袄佛”等说法。退一步讲,即使的确受到佛教的一些影响,也如碑文中所言,由于受到摩尼教的影响,所以“……应有刻画魔形……并摒斥而受明教”。这样看来,对于学界在探讨回鹘民众初次接触佛教所引征的史料我们无可厚非,但是我们应该看到无论是史书还是碑文记载,尽管不能算作漠北回鹘汗国时期回鹘民众信仰佛教的最为直接的史料依据,但是不影响我们得出这样的观点,即回鹘民众在漠北回鹘汗国时期已然受到了佛教的影响,这是一个不争的事实。

三、摩尼教初传漠北回鹘社会

摩尼教是一种外来宗教,兴起于 3 世纪中叶西亚地区,因其创始人摩尼而得名。摩尼教最早在波斯境内传播,后广泛流布于亚、非、欧广大地区,约在唐代传入中原地区。其基本教义可以概括为“二宗三际论”,“二宗”是光明与黑暗、善与恶的代称,而“三际”指初际、中际和后际,也就是时空概念中的过去、现在和未来。摩尼教主张世界上存在光明和黑暗两种势力,在初际、中际和后际中这两种势力相互斗争,呈现彼此消长之态势,但最终光明会战胜黑暗。因此,摩尼教又被称为明教。对于其教规,在《佛祖统记》中有着明确的记载:“以不杀、不饮、不荤辛为至尊。”①

至于漠北回鹘民众皈依摩尼教的确切时间,依据《九姓回鹘可汗碑》的记载可确定为唐代宗广德元年(763 年)。其碑文第 5 至第 8 行如是记载:“……可汗(牟羽可汗)乃顿军东都(即洛阳),因观风俗,□□□□师将睿息等四僧入国,阐扬二祀,洞彻三际。况法师妙达明门,精通七部,才高海岳,辩若悬河,故能开正教于回鹘,□□□□□□□为法,立大功绩,乃□□蹊悉德。于时,都督、刺史、内外丞相□□□□□□□□□□曰:‘今悔前非,愿事正教。奉旨宣示,此法微

① [宋]释志磐:《佛祖统记》卷三九,扬州:江苏广陵古籍刻印社,1991 年,第 83 页。

妙,难可受持。'再三恳□,'往者无识,谓鬼为佛,今已悟真,不可复事,特望□□。'□□□曰:'既有志诚,往即持受。'应有刻画魔形,悉令焚爇,祈神拜鬼,并□□□□受明教。薰血异俗,化为饭之乡;宰杀邦家,变为劝善之国。故□□之人,上行下效。法王闻受正教,深赞虔□□□□□德领诸僧尼入国阐扬。自后幕闍徒众,东西循环,往来教化。"[①]

依据碑文记载我们不难发现,在中原爆发"安史之乱"之时,回鹘首领牟羽可汗于宝应元年(762 年)率领军队开赴两京,助唐平叛。凯旋之际,在东都洛阳结识摩尼教徒,并对其才能大加赞赏,决定将睿息等四位摩尼僧带回漠北汗庭,令其布道以"阐扬二际",这是最早以文字形式记录下来的有关摩尼教传入回鹘的开始。

事实上,在创立之初,摩尼教因得到波斯王沙普尔一世的大力支持,曾在波斯地区盛极一时。约在 3 世纪末时,受到波斯王瓦拉姆一世的残酷镇压,摩尼被处死,其教徒信众为躲避迫害而四处逃散,其中一支向东进入中亚粟特人居地,而历史上粟特人"善商贾,好利,丈夫年二十,去傍国,利所在无不至"[②]。学界认为入回鹘汗国传教的"睿息等四僧"本身就是粟特人[③],可以说精于商贾之道的粟特人成为回鹘与中亚地区经济、文化交流的主要群体。事实上,随着粟特人在摩尼教盛行地区频繁的商贾活动,他们也深受摩尼教的熏染,开始信奉摩尼教,并伴随着他们追逐利益的脚步将摩尼教逐渐传至西域诸地。鉴于这样的史实,台湾学者刘义棠认为,"回纥民间或已在广多之徒众,惟自此四位高徒入国后,为可汗所信奉,始克更为普遍,以致成为回纥国教"[④],也就是说,早在 763 年之前摩尼教已经在回鹘民众之间得以传播,只是没有明确的文字记载罢了。

摩尼教在回鹘"国教"地位的确立并非一帆风顺。在摩尼教传入之前,萨满教被汗国民众极为崇奉,萨满教也逐渐渗透到民众思想的深处,成为回鹘民族文化的一部分,因此改信摩尼教并不能使人们在思想上和心理上立刻与原有

① 程溯洛:《唐宋回鹘史论集》,北京:人民出版社,1993 年,第 104 页。
② [宋]欧阳修,宋祁等:《新唐书》卷二二一《西域传》,北京:中华书局,2003 年,第 267 页。
③ 林悟殊:《摩尼教及其东渐》,北京:中华书局,1987 年,第 67 页。
④ 刘义棠:《维吾尔研究》,台北:正中书局,1975 年,第 456 页。

的萨满教分道扬镳。在吐鲁番出土的残卷《牟羽可汗入教记》中,大篇幅地记述了摩尼教僧人入回鹘后,就是否皈依该教这一问题,回鹘可汗及民众曾同摩尼僧展开过激烈的辩论。对改信摩尼教这一全新的外来宗教,最初牟羽可汗摇摆不定,后“……与众僧一起讨论了两天两夜。第三天,他们继续争论到很晚。此后,天王(牟羽可汗)就有所动心了。……”①直到后来被摩尼教僧从汗国统治、自身喜悦和王者权威等角度说服,“……其心变软了。那时,天王牟羽可汗亲自来到徒众聚集处,恭敬地跪在众僧面前,乞求恕罪……当破晓时分……,他们持斋了。……天王还公布了这样一个法规:在每十个男子中,委任一个头领作为行善和精神(活动)的监督者。……”②

这部文献再现了摩尼教僧到回鹘汗庭布道传教时所经历的艰辛遭遇,以及他们如何劝说回鹘可汗,最后牟羽可汗又如何经历内心痛苦最终“今悔前非,愿事正教”,且下令全境民众随之信仰的全过程。在牟羽可汗的大力支持下,摩尼教得以迅速传播,并在回鹘汗国中确立为“国教”。即便改宗摩尼教,萨满教也并没有完全被否定、排斥,而是在漠北回鹘汗国境内呈现出一派以摩尼教为国教,萨满教和佛教长期并存的景象。

四、西迁初期的和平过渡期

9世纪上半叶,漠北回鹘汗国统治者内部斗争频仍,可汗更迭,政治混乱,《旧唐书·回纥传》中说道:“开成初,其相有安允和者,与特勤柴革欲篡萨特勤可汗。萨特勤可汗觉,杀柴革及安允和。又有回鹘相掘罗勿者,拥兵在外,怨诛柴革、安允和,又杀萨特勤可汗。”③上层统治阶层间频繁的内讧,直接削弱了汗国的统治基础,加之“连年饥疫,羊马死者被地,又大雪为灾”④,回鹘汗国经济

---

① 牛汝极:《回鹘文〈牟羽可汗入教记〉残片释译》,《语言与翻译》1987年第2期,第48页。
② 牛汝极:《回鹘文〈牟羽可汗入教记〉残片释译》,《语言与翻译》1987年第2期,第48页。
③ [后晋]刘昫:《旧唐书》卷一四五《回纥传》,北京:中华书局,1975年,第5213页。
④ [宋]王溥:《唐会要》卷九八,上海:上海古籍出版社,2006年,第1035页。

损失惨重，国力衰微，处于天灾人祸的困境之中。史载840年，在内忧外患的状况下，黠戛斯十万骑兵在回鹘将军句录莫贺的带领下一举攻破回鹘城，汗国灭亡，诸部四散外逃，“有回鹘馺职者，拥外甥庞特勤及男鹿并遏粉等兄弟五人、一十五部西奔葛逻禄，一支投吐蕃，一支投安西。又有近可汗牙十三部，以特勤乌介为可汗，南来附汉”[①]。

据此记载，回鹘部族大致向南和西两个方向逃散，其中人数较多的十三部在乌介的率领下，南下归附唐朝，其余部分则分为三支西迁。其中，一支西迁至天山北麓，后南下高昌、北庭一带，史称西州回鹘，建立今吐鲁番、吉木萨尔、库车、拜城、哈密及敦煌以西部分地区为其治所的高昌回鹘王国；一支居于河西走廊，称甘州回鹘；一支迁入喀什噶尔，联合葛逻禄、样磨、处月等建立喀喇汗王朝。

在西迁回鹘中，迁入河西走廊的那部分回鹘人分别以甘州(今张掖)、沙洲(今敦煌)为中心建立起了两个汗国，史称甘州回鹘和沙洲回鹘，它们同高昌回鹘一样，尊崇佛教，后受藏传佛教的影响，河西回鹘佛教比起高昌回鹘佛教来，更具浓厚的密教色彩。

而在喀喇汗王朝初期，其治下的臣民大都信仰佛教，10世纪初期，王室成员萨图克率先皈依伊斯兰教，“王国境内也有伊斯兰教流行，伊斯兰教的渗入发生在西辽统治时期，因西辽采用宗教宽容政策，禁止各属国迫害异教徒，故而当时西域各种宗教都可以自由传教。到12世纪末期，伊斯兰教已传至属王国辖境的昌吉以西地区”[②]。之后在几代可汗的坚持下，大力推行宗教战争，1388年，黑的儿火者为汗对新疆境内残余的佛教势力发动最后的“圣战”，攻下最后一个佛教中心吐鲁番，“圣战”宣告胜利，佛教被伊斯兰教所取代，至此伊斯兰教成了主导性宗教。

《北史·西域传》有云：“高昌者，车师前王之故地，……地势高敞，人庶昌

---

① [后晋]刘昫：《旧唐书》卷一四五《回纥传》，北京：中华书局，1975年，第5213页。
② 薛宗正：《中国新疆古代社会生活史》，乌鲁木齐：新疆人民出版社，1997年，第353—354页。

盛,因名高昌。"[①]西迁此地的回鹘人曾建立了长达400余年之久的高昌回鹘王国政权,由于高昌处于东西交通要塞,幅员辽阔,"其地南距离于阗,西南距大食、波斯,西距西天步路涉、雪山、葱岭,皆数千里"[②],凭借这一得天独厚的地理环境,初入高昌的回鹘社会呈现出一派摩尼教与佛教共荣的局面。

在高昌回鹘王国初期,人人崇奉摩尼教为其国教,但同时又对佛教采取了扶持、奖掖的宽容政策,使得王国境内的佛教在这一时期得到了进一步发展,为其后的兴盛繁荣积聚力量打下坚实的基础。

史载约在公元3世纪末到4世纪初,佛教便已传入高昌地区。"高昌地区受佛教的影响较早,日本大谷探险队曾在吐峪沟收集到一份晋元康六年(296年)书写的《诸佛要集经》。这是现存西域最早的有纪年的佛经,是迄今吐鲁番出土的有确切纪年的佛经"[③]。前秦建元十八年(382年),车师国国师鸠摩罗跋提就曾向苻坚献梵文本《大品经》一部,公元400年,法显西行取经途经高昌之地时,也得到了车师国的供给行资。时至5世纪中叶,"吐鲁番地区执政的那些王子们都是虔诚的佛教徒……当时高昌王国似乎是按照更靠西部的龟兹王国的楷模,变成了当地一个佛教中心"[④]。由此可以推断,上至王室成员都已然变成了虔诚的佛教徒,佛教在该地区普及程度较高,成了当时高昌民众的主导宗教信仰。

关于高昌回鹘信奉佛教的准确时间,目前学界普遍采用《宋史·高昌传》中的记载"乾德三年(965年)十一月,西州回鹘可汗遣僧法渊献佛牙等"[⑤],这也是已知文献里关于高昌回鹘信奉佛教的最早记载。其实仅据这一条汉文文献的记载就断定回鹘人皈依佛教在宋初,这一观点值得进一步商榷。早在波斯史学家志费尼的著作《世界征服者史》中,就记载了一个回鹘人改信佛教的故事:

① [唐]李延寿:《北史·列传》卷八五《西域》,北京:中华书局,1977年,第1241页。
② [元]脱脱:《宋史》卷四九〇《高昌传》,北京:中华书局,1977年,第14114页。
③ 丛德新:《大漠明珠——丝绸古道上的秘宝》,成都:四川教育出版社,1996年,第106页。
④ [法]莫尼克·玛雅尔著,耿昇译:《古代高昌王国物质文明史》,北京:中华书局,1995年,第62页。
⑤ [元]脱脱:《宋史》卷四九〇《高昌传》,北京:中华书局,1977年,第14110页。

> 畏吾儿人崇拜偶像，原因在于那时候他们会巫术。行使巫术的人，他们称之为珊蛮。……当时契丹的宗教是偶像教。不可汗派一名使者给（该国）的汗，招请脱因（和尚）去见他。他们来到后，不可汗命他们跟珊蛮辩论，哪方驳倒对方，畏吾儿便归信哪方的宗教。脱因诵读一段他们的[圣书]《那木》，包括他们的神学理论，其中有些无稽之谈和传说；但是，其中也找得到与诸先知的法规、教义相吻合二度优良训诫，……最典型的是轮回说。……脱因读完几篇《那木》，珊蛮哑口无言。所以，畏吾儿人采用偶像教为他们的宗教，其他部落大多仿效他们的榜样。谁都比不过东方偶像教徒之执迷不悟，谁都比不过他们之敌视伊斯兰。……我们记录的这些迷信事，仅仅是许多传说中的几个，可以讲述的百分之一。①

可以说上述记载极为重要，虽为传说，但折射出高昌回鹘皈依佛教的经过。其中的“不可汗”应为卜古可汗，是回鹘西迁后创立西州回鹘政权的仆固俊，这段资料尽管是元人追记，但记载的是西迁之后的回鹘史事，是高昌回鹘皈依佛教的有力证明。

简言之，高昌回鹘皈依佛教，一方面与漠北汗国时期接触佛教有关；另一方面也是最为主要的因素，即在回鹘人西迁之前佛教已在高昌原住居民中广泛传播。受原住居民的影响，回鹘逐渐改奉佛教，统治者出于统治目的的需要，对佛教大肆扶植，从而成就了佛教作为官方宗教的地位。

西迁而来的回鹘人将漠北时期的摩尼教一并带到了高昌。“古高昌从此之后就叫和卓，那里不但变成了回鹘人的都城之一，而且还是西域的一个摩尼教中心。摩尼教僧侣们继续在高昌回鹘汗国的事务中扮演重要角色”②。在这段记载中可以看出摩尼教僧仍然可以参与外事外交和重要事务的决策中，摩尼教依旧拥有不可撼动的国教地位，其传播进入了鼎盛时代。“粟特的摩尼教徒由于

---

① [伊朗]志费尼著，何高济译：《世界征服者史》（上集），北京：商务印书馆，2004年，第367页。

② [德]冯·佳班著，邹如山译：《高昌回鹘王国的生活（850—1250年）》，吐鲁番：吐鲁番地方志编辑室，1989年，第62页。

西土耳其斯坦(中亚)和伊朗新兴的拜火教徒的排斥异己,而使得他们在自己国内无法生活下去,因而也来到这个地区(指高昌国)。他们到东方找到了新的故乡,向他们的新同胞传播他们的思想。"[①]可以说,摩尼教的传播大大丰富了高昌地区的文化,"它使回鹘这个粗犷而尚武的民族接触到了一种本身就包含有丰富文化遗产的教理。其最早的成果之一就是使回鹘人拥有了一种文字。……然而,在回鹘人统治时代,吐鲁番地区似乎享受到了一种一派繁荣与和平的大治景象,因为这个时代在宗教方面是特别宽容的。……回鹘人还继承了这一地区悠久的历史文化传统"[②]。

至此,在高昌回鹘王国建立初期,宽松的宗教政策一方面使得在广泛吸收该地区原有优秀文化传统的基础上,回鹘人真正地皈依佛教;另一方面又继续崇奉早已信仰的摩尼教,该地区呈现出一幅摩尼教与佛教、道教及儒家传统文化等并存的和平图景。

五、高昌回鹘王国佛教崇奉期和兴盛期

据史料记载,佛教早在东汉后期已经传入高昌地区。延及魏晋南北朝时期,佛教在高昌地区业已鼎盛。回鹘自 840 年由漠北西迁至西域建立高昌回鹘王国之后,尽管一段时间内摩尼教仍被树为国教,但官方对佛教采取扶持、奖掖的政策,使得王国境内旧有的佛教在这一时期得到进一步发展,加之各朝各代统治者以身垂范,弘扬佛法,上行下效,佛法盛行,这为高昌回鹘王国佛教的繁荣昌盛奠定了坚实的基础。

对于佛教在高昌回鹘王国境内的全面隆盛之况的描述,《宋史·高昌传》有云:"佛寺五十余区,皆唐朝所赐额,寺中有《大藏经》《唐韵》《玉篇》《经音》等,居民春月多群聚遨乐于其间。"[③]作为使臣王延德目睹了高昌地区佛寺数量之

① [德]冯·佳班著,邹如山译:《高昌回鹘王国的生活(850—1250 年)》,吐鲁番:吐鲁番地方志编辑室,1989 年,第 65 页。

② [法]莫尼克·玛雅尔著,耿昇译:《古代高昌王国物质文明史》,北京:中华书局,1995 年,第 62 页。

③ [元]脱脱:《宋史》卷四九〇《高昌传》,北京:中华书局,1977 年,第 14112 页。

多，寺中香火繁盛，且备有佛教典籍《大藏经》等现状，这些所见所闻是极为宝贵的原始资料。

除了这一汉文史籍的记载，我们在敦煌写本文献中也可为高昌回鹘王国占主导地位的佛教之兴盛提供佐证。编号 S.6551 的文本为正反两面讲经文书，其中正面书写《根本所一切有部别解脱戒经疏释》，背面为《十诵戒疏》及《佛阿弥陀讲经文》。文书中详细记载了高昌王国举国上下崇信佛教的盛况：

> 天王乃名传四海，得（德）布乾坤，三十余年，国安人泰。早授诸佛之记，赖蒙圣贤加持，权称帝主人王，实乃化身菩萨。……善男善女，檀越信心，奉戒持斋，精修不倦。更有诸都统毗尼法师、三藏法律、僧政、寺主、禅师、头陀、尼众、阿姨师等，不一一称名，并乃戒珠朗耀，法水澄清，作人天师，为国中宝。①

之所以认为这篇讲经文可以作为旁证反映高昌回鹘王国时期宗教状况的真实记录，是因为在该文中，我们可以获取如下信息。

（一）由文中人物的排名顺序窥见一斑，将佛教的首领“都统”至于王室贵戚之后宰相等官员之前，尽管在高昌地区彼时多种宗教共存，除佛教外还有波斯、摩尼、火祆、哭神之辈，但佛教处于主导地位是显而易见的。

（二）不同的佛教寺院僧官名称显示出当时佛教内部已然存在完备的教阶制度，这从另一个侧面也透露出佛教在回鹘民众中的传播之深和普及之广。

佛教在高昌回鹘王国的繁荣兴盛体现在以下三个方面：

（一）从广度而言，佛教遍及高昌回鹘王国的辖区全境，几近达到全民信仰的程度，在高昌王国治所内形成了多个典型的佛教中心。

---

① 张广达，荣新江：《有关西州回鹘的一篇敦煌汉文文献——S.6551 讲经文的历史学研究》，《北京大学学报》1989 年第 2 期，第 24—36 页。

汉代以来,佛教业已传播至高昌回鹘王国控制区域及其周边地区,当时的高昌、焉耆、龟兹、于阗、疏勒等几大绿洲都已成为重要的佛教中心。回鹘徙入高昌之后,在原有佛教文化的基础上进一步加快了佛教向更广阔的领域发展的步伐。

龟兹作为高昌回鹘王国另一个极为发达的佛教圣地,从目前存世的大量高昌回鹘壁画、回鹘文题记及回鹘文木简等文明遗产中可以想见彼时佛教之繁荣景象。对于高昌王国时期的壁画,印度学者B.N.普里曾评价说:"在伊朗文化和汉文化的交替影响下,吐鲁番事实上是一个纽带,它把前伊斯兰教伊朗的情趣倾向和东方亚洲的美学思潮联结在了一起。"①除此之外,在汉文史籍中又存有为数众多的龟兹佛教徒的活动,以及龟兹佛教与中原王朝密切关系的记载,这些都是龟兹佛教文明昌盛的再现。

作为高昌回鹘王国的夏都——北庭,其佛教文化昌盛主要体现在涌现出大量的佛经翻译家和彪炳史册的佛典翻译作品。我们熟知的胜光法师就是在该地译出了一批质量上乘的佛经,如《金光明最胜王经》《玄奘传》《观身心经》等。《至元法宝勘同总录》和《元史》中记录了诸如安藏、阿鲁浑萨理、全普安萨里、洁实弥尔、阔尔古斯等众多元代时期的回鹘佛教大师的事迹。

哈密佛教在高昌回鹘王国时期也得到了蓬勃发展。佛教文学剧本《弥勒会见记》在哈密的发现,足以说明崇佛、礼佛深入人心。葛玛丽·冯佳班认为:

> 回鹘文《弥勒会见记》是戏剧艺术的雏形。在寺院附近举行的群众节日场合,通常是在正月十五日信徒们来朝拜圣地时,他们进行忏悔,向寺院做供奉,举行宗教仪式超度亡灵。晚上则聆听劝人从善的故事,或观赏挂有图画或有人物表演的(佛教)作品,如《弥勒会见记》或是师傅和弟子

① [印度]B.N.普里著,许建英、何汉民编译:《中亚佛教艺术》,乌鲁木齐:新疆美术摄影出版社,1992年,第373页。

之间的对话。[①]将弥勒信仰这一佛教理论通过喜闻乐见、通俗易懂的戏剧形式向佛教信众普及，佛教文学剧本的诞生足见该地区佛教文化的隆盛之状，即使发展到了蒙元时期，哈密地区的佛教依旧盛行不衰，……（哈密）居民皆是偶像教徒，自有其语言[②]。

从以上论述可以看出，9—10世纪是高昌回鹘佛教的第一个大发展时期，高昌、龟兹、北庭、哈密等地已然成为回鹘佛教及其艺术的传播中心，居于主导地位的佛教思想在地域上实现了更为广泛的传播。

（二）从长度而言，佛教在高昌回鹘王国流传的时间持久，长达4个多世纪。

自佛教作为第一宗教在高昌回鹘王国确立起，回鹘统治者推行兼容并蓄的宗教政策，使得回鹘佛教在唐宋时期得到了长足发展。直至西辽和元时期，佛教在高昌回鹘依旧十分兴盛。据史料记载，长春真人西游至“回纥昌八剌城”（今昌吉县）时，当地的回鹘僧人对他坦言“西去无僧道”。

根据出土文书的显示，元代高昌畏兀儿地不少佛僧都是汉人，最知名者若定大师等。……佛教在这一带地区的影响一直延续到明朝末期，明朝立国之初，佛教仍在吐鲁番等地占据主导地位……[③]

据此笔者可以断言，直到元末明初，佛教仍是高昌居民所信仰的主要宗教之一。

据波斯史学家失哈不丁·阿不都剌·本·鲁特甫拉·哈瓦非在其著作 *A Persian Embassy to China* 中所记载的那样，公元1420年其国王沙哈鲁·巴哈都派

① [德]冯·佳班著，邹如山译：《高昌回鹘王国的生活（850—1250年）》，吐鲁番：吐鲁番市地方志编辑室，1989年，第86页。

② [意]马可波罗著，冯承钧译：《马可波罗行记》，北京：中华书局，2004年，第24页。

③ 薛宗正：《中国新疆古代社会生活史》，乌鲁木齐：新疆人民出版社，1997年，第504页。

遣使节出使明代疆域，途经吐鲁番地区时，目睹“大部分居民是异教徒，崇拜偶像。他们有极美丽的大偶像寺庙，并且有很多偶像”[①]。这里所指偶像即为佛祖释迦牟尼，大偶像寺就是佛寺，这是对当时民众佛教信仰的真实记录。除此之外，陈诚在永乐十二年（1414 年）途经吐鲁番时对该地的宗教信仰做出这样的描述：“土鲁番……居民信佛法，多建僧寺。”[②]只可惜此时的佛教已经出现了衰落的景象“佛堂佛寺过半，今皆零落”，“梵宫零落留金像，神道荒凉卧古碑”。[③]

直至 15 世纪初，尽管佛教在高昌等地已呈现衰颓情状，但并未完全退出历史舞台，在明代的正史中于此有如下记载：

> [永乐六年（1408）五月]辛酉，土鲁番城僧清来率其徒法泉等来朝，贡方物，命清来为“灌顶慈惠圆智普应国师”，法泉等为土鲁番等城“僧纲司”官。[④]
>
> [宣德四年（1429）五月]己未，……命土鲁番成（城）僧桑果大师为本处僧纲司都纲。[⑤]

直至《明英宗实录》中，依然有佛僧出使的记载：

> [正统二年（1437）]七月丁巳，……土鲁番地面国师巴剌麻答失遣僧人格来贡马及方物。[⑥]

可能这是目前能够看到佛教僧侣在吐鲁番活动的最后记载，自公元1437

---

① K.M.Matitra, *A Persian Embassy to China.Being an Extract from Zubdatu't Tawarikh of Hafiz Abru*. New York 1970, pp.12–13.

② [明]陈诚：《竹山先生文集》内篇卷二《哈密火州城》，第 6 页下。

③ [明]陈诚：《竹山先生文集》内篇卷二《哈密火州城》，第 6 页下。

④《明太宗实录》卷七九，台北：“中央研究院”历史语言研究所，1962 年，第 1062 页。

⑤《明太宗实录》卷七九，台北：“中央研究院”历史语言研究所，1962 年，第 1294 页。

⑥《明太宗实录》卷七九，台北：“中央研究院”历史语言研究所，1962 年，第 0638 页。

年之后，明代史料中再未出现有关吐鲁番佛教的记载了，这可以作为吐鲁番地区佛教进一步衰落失势的佐证。在吐鲁番地区，在佛教衰落的同时，伴随出现的是伊斯兰教的崭露头角。有几条史料记载可以为证：

> [永乐十四年(1416年)]十月丙子，撒马儿罕、土鲁番地面回回法忽儿丁等贡马百七十匹，[①]时隔十年之后，在公元1426年，即明宣宗宣德元年，土鲁番城回回僧巴剌马答失里等来朝贡马。[②]

15世纪后期，吐鲁番王室也开始信奉伊斯兰教，“[成化五年(1469)]其酋阿力自称‘速檀’”，至此，我们可以做出如下推断吐鲁番王室改信伊斯兰教，以及回鹘佛教在该地区的消亡就在1437至1469年之间。[③]

纵观佛教在高昌回鹘立足、发展、繁盛直至衰落的历史，可以看出能够作为回鹘王国崇信的第一宗教，前后持续时间长达4个多世纪，在时间的原野上，在高昌及其周围区域，佛教得以枝繁叶茂。

（三）就深度而言，高昌回鹘王国一直以来推行宽容的宗教政策，采取各宗教平等对待、和睦相处的宗教态度，使得多种宗教在高昌地区能够共存共荣。佛教为该地区的第一宗教，但绝非“一枝独秀”，宽松的政治环境使得各宗教得以发展繁荣，呈现出“百花齐放”的多种宗教并行的图景。

以佛教为主导，摩尼教、景教、祆教、道教、基督教等多种宗教共存共荣，不同宗教间的交流可以从以下几个方面得以证明。

首先，不同宗教拥有自己独特的教义教理、宗教习惯及对信众在行为习惯等诸多方面的约束，而在高昌回鹘社会中，伴随着佛教在信众中广泛而深入地传播，加之统治者推行的兼容并蓄的宗教政策，为各种宗教提供更为广阔的发展空间，其中对于不同宗教徒间的通婚问题，有关史料可以为我们提供借鉴参考。

---

① 《明太宗实录》卷一八一，台北：“中央研究院”历史语言研究所，1962年，第1960页。
② 《明宣宗实录》卷一九，台北：“中央研究院”历史语言研究所，1962年，第0514页。
③ 杨富学：《回鹘之佛教》，乌鲁木齐：新疆人民出版社，1998年，第42页。

比如，元代时期是高昌回鹘佛教的繁荣期，彼时"畏兀儿（指高昌）为一大州，……居民为偶像教徒……基督徒常与偶像教徒通婚。……（哈密）居民皆是偶像教徒，自有其语言"①。可见，高昌存在基督教徒与佛教徒的通婚现象，这也从一个侧面反映出高昌地区宗教信仰之宽容。除此之外，同样在《马可波罗行记》中也有对景教徒与佛教徒混杂相处、相互通婚已成为常态的记录。

由于宗教间的相互影响和渗透，元代回鹘社会中的景教在其教义和形式上发生了变化，"高昌回鹘人信奉景教的人数不多，而且王国后期，景教一定程度上与当地风俗相混合，形式上出现了某些变化"②。

在高昌回鹘社会中，在以佛教为主要宗教的氛围下，伊斯兰教在元代已广泛传播到高昌回鹘各地。伊斯兰教传入西域在9世纪末到10世纪初。11世纪初，喀喇汗王朝在征服高昌回鹘失利后，喀喇汗王朝与高昌回鹘王国便成为天山以南的伊斯兰教和天山北部的佛教的天然分界线。这一情景一直延续到西辽和元时期，伊斯兰教才打破宗教壁垒，开始大举东传。而"高昌畏兀儿地中，早在归附蒙古之前，已经出现个别伊斯兰教徒在该地传播教义，诸如1209年亦都护巴而术阿尔忒的斤遣往大蒙古国朝觐的使臣中，一位名叫乌马儿的人便是穆斯林"③。这便说明在回鹘上层社会中伊斯兰教已经具有一定的影响力，这也是宗教政策宽容的直接反映。

其次，宗教文化间的相互渗透和融合是高昌回鹘社会宗教繁荣的一大景象。

摩尼教和佛教这两大宗教先后作为回鹘社会中的主导宗教，彼此之间的影响和渗透是潜移默化的，在后世出土的大量文献中有迹可循。摩尼教的佛教化和佛教对摩尼教成分的吸收利用，使得二者在高昌回鹘社会中的关系相对于其他宗教而言更为友好密切。

---

① [意]马可波罗著，冯承钧译：《马可波罗行记》，北京：中华书局，2004年，第118页。
② 薛宗正：《中国新疆古代社会生活史》，乌鲁木齐：新疆人民出版社，1997年，第353—354页。
③ 薛宗正：《中国新疆古代社会生活史》，乌鲁木齐：新疆人民出版社，1997年，第506页。

摩尼教的教理核心为善恶二元论，这一点在佛教经典的再翻译过程中有所体现，比如伦敦所藏敦煌本《天地八阳神咒经》中就有摩尼教的影子。同时回鹘社会中的摩尼教在其发展过程中，浸透了诸多的佛教因素，呈现了摩尼教的佛教化特征，我们熟知的敦煌文本出土一批为数众多的摩尼教经典，其中就出现了“南无佛、南无法、南无僧”等佛教用语，当然在吐鲁番出土的回鹘文本《妙法莲华经·普门品》中，第一行也有“namo but ... namo dr(a)m ... namo sang”(南无佛、南无法、南无僧)。[①]除此之外，摩尼教与佛教相互杂糅、互相影响、相互吸收的现象，在回鹘石窟壁画中亦有所体现，最为典型的就是柏孜克里克第38窟中出现的“生命树”，该树有三个杆，分别指向东、西和北三个方位，对这幅象征摩尼教所称的光明王国的图案的定性，森安孝夫称之为“佛教—摩尼教二重窟”，两种宗教共处一窟充分说明了二者之间的共容性[②]。

最后，在高昌回鹘社会中佛教的繁荣从来都不是以排斥、打击其他宗教为代价，而是给予各种宗教以宽松的环境长足发展，共存共荣。

以道教为例，13世纪元时期高昌回鹘佛教迎来了它的第二个繁荣期，在道教的传世文献《长春真人西游记》中，对于高昌回鹘佛教蓬勃发展、各宗教共荣的景象有着较为详尽的记载：

> 西即马大城(即北庭)，王官、士庶、僧、道数百，具威仪远迎。僧赭衣，道士衣冠与中国特异……时回纥王部族供葡萄酒……侍座者有僧、道、儒……有龙兴细寺……寺有佛书一藏……又历二城，重九日至回纥昌八刺城，其王率众部族及回纥僧皆远迎……有僧来侍座，使译者问看何经典？师云‘剃度受戒，礼佛为师’[③]，宽容的宗教氛围，使得佛教、道教和中原的儒家传统能够共处一室。

① 张铁山：《回鹘文〈妙法莲华经·普门品〉校勘与研究》，《喀什师范学院学报》1990年第3期，第57页。
② 杨富学：《回鹘之佛教》，乌鲁木齐：新疆人民出版社，1998年，第64页。
③ 薛宗正：《中国新疆古代社会生活史》，乌鲁木齐：新疆人民出版社，1997年，第509页。

总之,凭借着丰厚的文化底蕴,高昌回鹘勇于汲取多种宗教文化之长,涵养出独具特色的文化精神。“回鹘在此多种宗教信仰下,能转变其思想,改变其民族性,稗凶忍粗放之习性一转而为平和纯朴者,宗教之功不可泯灭,尤以摩尼教为然。同时,回鹘在此多种宗教信仰下,将中国与西方诸民族之传统文明,渐次集合,浑然而成回鹘式合成式文明”。[①]可见回鹘佛教在与东西方佛教文化的交流中,对其多元文化交融的肯定。“在新转入定居的所谓回鹘文化的处女地东汉播下的所有种子都得到了发育成长。……现回鹘人则不问文化系统的种类,广泛予以摄取,这些东西在其社会渐次融合,于是形成浑然一体的合成文化,这一点不是不可思议的。……但是到了这种没有偏见、处于较低级文化状态的回鹘人据有该地后,这就成了不可避免之势了。换言之,西域这种混合式文化的产生是伴同回鹘人占有该地而产生的必然现象”[②]。

六、高昌回鹘佛教的没落期

历史表明,约在15世纪,佛教在西域最终被伊斯兰教所取代。历史学家米尔扎·海达尔在《拉希德史》中认为,吐鲁番地区是在东察哈台汗黑的尔火加时期(约1383—1399年)才被迫接受伊斯兰教。到15世纪时,伊斯兰教排除了其他宗教,在维吾尔族地区逐渐占据统治地位,基本成为全民信仰的宗教。[③]这样在高昌地区,回鹘人的宗教信仰最终完成了由多种宗教信仰逐步演变为伊斯兰一元宗教信仰的历史过程。对此羽田亨曾这样评价:“自公元10世纪起,西域之回教文明渐次发展,至公元14世纪末顷止,完全风靡于其地,旧时之西域文明,竟至不留其形。”[④]

① 李进新:《新疆宗教演变史》,乌鲁木齐:新疆人民出版社,2003年,第10页。
② [日]羽田亨著,耿世民译:《西域文化史》,乌鲁木齐:新疆人民出版社,1981年,第76页。
③ 《维吾尔族简史》编写组:《维吾尔族简史》,北京:民族出版社,2009年版,第97页。
④ [日]羽田亨著,耿世民译:《西域文化史》,乌鲁木齐:新疆人民出版社,1981年,第45页。

第二节 弥勒信仰及其东传

一、有关弥勒信仰

(一)“弥勒”与“慈”

“在整个佛教史上,不管是印度佛教史,还是中亚、中国、东南亚和东北亚的佛教史,弥勒都是非常突出的一位佛爷”。[①]对于出现在汉译佛典中的“弥勒”一词,究其词源季羡林先生曾对此做过细致的研究,其梵文 Maitreya、巴利文 Metteya、吐火罗文作 Metrak,上述三种在汉文中有“梅呾利耶”“弥勒”等多种音译和“慈氏”的意译。这是从语言学角度探讨“弥勒”一词的来源,问题是为何将“弥勒”意译为“慈氏”,“弥勒”与“慈”之间的语义关联又是怎样的呢?在弥勒下生经典《弥勒大成佛经》有云:“……此法之要:命一切众生断五逆种、净除业障报障烦恼障、修习慈心与弥勒共行,如是受持;……依名慈心不杀不食肉经,如是受持……” [②]这是我们能够看到的汉译佛典中首次将二者联系在一起的文献,慈的观念、慈心修行与弥勒信仰三者之间相互联系在该部弥勒下生信仰的经典中得到了充分的体现,这也传递出弥勒信仰——慈心不杀生不食肉的基本教法[③]。又《心地观经》中说道:“弥勒菩萨慈氏尊,从初发心不吃肉。”[④]《悲华经》中“弥勒发愿于兵刀劫中,拥护众生,是则慈降即世,悲臻后劫,至极之慈,一切权小皆无能胜,故以名焉”。可见,弥勒姓慈,有“至极之慈”。[⑤]

---

① 季羡林:《季羡林文集》第十二卷《吐火罗文研究》,南昌:江西教育出版社,1998 年,第 134 页。
② 《佛说弥勒大成佛经》,《大正藏》第 14 册,第 434 页上。
③ 王雪梅:《弥勒信仰研究》,上海:上海古籍出版社,2016 年,第 80 页。
④ 余清:《略论弥勒信仰》,《五台山研究》2008 年第 4 期,第 24 页。
⑤ 余清:《略论弥勒信仰》,《五台山研究》2008 年第 4 期,第 24 页。

（二）弥勒信仰

“崇信弥勒应该是中国佛教史上的重要史实，在佛教传入中国之后，首先取得人们崇信的就是弥勒，由崇信弥勒而开辟了初期净土宗，奠定了保证佛教在中国流传的基础”[①]。弥勒信仰属于我国佛教净土信仰中的一个流派，是一种佛菩萨信仰，选取弥勒作为信众的崇拜对象，以皈依弥勒净土为终极目的。在不断的流布过程中，逐步完善其作为宗教信仰的基本形态，包括经典教义、修道方式和心理皈依等诸多基本要素，同时不断丰富关于信众、场所和活动等外在要素，呈现出了作为宗教信仰形态的完整性。[②]

“弥勒信仰在中国的传布，在佛教史，特别是中国佛教史上，是一件比较重大的事件。中外学者论之者众矣”[③]。弥勒信仰在中国佛教思想史中占据着极其重要的地位，它不仅促进了中国佛教理论的传播发展，而且对众多信教群众的宗教体验都产生了深远影响。

崇信弥勒的思想约在公元 4 世纪传入，从魏晋时起逐步发展，时至北魏一直盛行，隋时由盛转衰，唐代之后式微直至最后衰落，它是我国早期非常流行的净土法门。古代印度弥勒信仰不仅包含非净土的内容，而且伴随净土思想在信众中的普及传播，崇信弥勒净土产生并得以系统化，包含了上生信仰和下生信仰两大主要方向，其中追求弥勒下生人间、普度众生的弥勒人间净土信仰，即下生信仰；而往生兜率天宫的信仰为弥勒兜率净土信仰，即为弥勒上生信仰。可以说，无论弥勒上生信仰还是下生信仰，这两种净土信仰是古代印度弥勒信仰向东方传播发展的较为完善的信仰形态或信仰模式。

二、弥勒信仰研究综述

在佛教典籍中，与弥勒有关的经典蔚为大观，“在小乘佛典中它出现，在几

---

① 季羡林：《季羡林文集》第十二卷《吐火罗文研究》，南昌：江西教育出版社，1998 年，第 213 页。
② 李利安：《当代中国宗教的基本形态及其发展趋势》，《世界宗教研究》1998 年第 2 期，第 11 页。
③ 季羡林：《季羡林文集》第十二卷《吐火罗文研究》，南昌：江西教育出版社，1998 年，第 230 页。

乎每一部大乘佛典中都有它。这一方面充分说明了,弥勒菩萨或弥勒佛在佛典中,也就是在佛教中的重要性”①。

(一)“弥勒三部经”与“弥勒六部经”

有关弥勒信仰的汉译经典有“弥勒三部经”和“弥勒六部经”之说,它们分别为:

1.《佛说弥勒上生经》,一卷,收于《大正藏》第14册,为西晋月氏三藏竺法护所译;

2.《弥勒下生经》,一卷,姚秦鸠摩罗什译,于《大正藏》中名为《佛说弥勒下生成佛经》,为竺法护译本之异译;

3.《弥勒成佛经》,一卷,姚秦鸠摩罗什译,于《大正藏》中名为《佛说弥勒大成佛经》,与前二经相较,基本内容大致相同,唯一不同之处在于该经增加了大乘佛教六度思想;

4.《弥勒来时经》,一卷,收于《大正藏》第14册,译者人名逸,付于东晋录,为前几部经的节抄本;

5.《弥勒下生成佛经》,一卷,收于《大正藏》第14册,唐义净译,内容与前四部经几无差异;

6.《观弥勒菩萨上生兜率天经》,一卷,收于《大正藏》第14册,北凉安阳侯沮渠京声译。

除此之外,像在许多大乘经典如《华严经》《首楞严经》《贤愚因缘经》《菩萨处胎经》《弥勒菩萨所问本愿经》《法灭尽经》《持心梵天所问经》(《思益梵天所问经》)和《般若经》等佛教典籍中,均有涉及弥勒本愿(成佛因缘)、弥勒净土、弥勒信仰与弥勒下生成佛及其佛国殊胜等方面内容。此外,在四部《阿含经》中提到弥勒的经典共计15部。

除了上述佛典之外,在佛教史传中也出现了有关弥勒信仰或弥陀信仰的相关记载,比如在收于《大正藏》第50册的由陈代真谛所译得《婆薮槃豆法师

① 季羡林:《季羡林文集》第十二卷《吐火罗文研究》,南昌:江西教育出版社,1998年,第136页。

传》、梁代慧皎撰《高僧传》、唐玄奘、辨机原著《大唐西域记》中就有对高僧大德的弥勒或弥陀信仰及其活动的记述。

（二）弥勒信仰研究学术史回顾

日本和我国的台湾学者较早关注弥勒信仰，自 20 世纪初期以来，研究成果层出不穷，其中比较具有代表性的当属松本三郎和宇井伯涛。他们分别对在中印佛教历史上是否真正出现过弥勒其人等诸多问题展开探讨，并由此得出了让人较为信服的观点。除此之外，对于净土信仰和净土教义教理等系统研究成果可参看印顺法师的《净土新论》和望月信亨的《净土教理史》等专著。张曼涛主编的《现代佛教学术丛刊》可谓系统整理收集上述相关研究成果的集大成之作。

我国学界对于弥勒信仰的研究可以说起步较晚，研究范围较为宽泛，自 20 世纪 90 年代以来，研究成果不断涌现，分别从历史学、宗教学、文学艺术、文献语言学、社会学、民俗学等方面展开讨论，显著的成果在一些专题性的著作的某些篇章中勾连所得，举其要者如下：任继愈主编的《中国佛教史》可谓佛教研究的圭臬之作，其中第三卷下属的第五章第二节中集中笔墨对弥勒信仰由古印度传至我国，以及弥勒信仰在民间的广泛流行等问题进行探讨；陈扬炯在其著作《中国净土宗通史》的第三章中以时间为轴线，专题研究弥勒信仰在我国的初传、发展、盛行和衰落的问题；李进新在《新疆宗教演变史》一书中以多种宗教在古代新疆的历史演变大视野，重点探讨佛教尤其是弥勒信仰与西域的关系；何劲松主编的《布袋和尚与弥勒文化》中对弥勒造型、弥勒崇拜、弥勒信仰的兴衰等主题发表了自己独到的见解；贾应逸、祁小山的《印度到中国新疆的佛教艺术》一书，从艺术研究的角度，以印度和西域的石窟为考察对象进而展示弥勒信仰在历史时空中的演变。

弥勒信仰内涵广泛，对它的深度研究还可参阅如下文献：普惠《略论弥勒、弥陀净土信仰之兴起》一文，首先从语言学的角度讨论“弥勒”一词产生的语源语义，同时还对弥勒及其经典的翻译等问题有所论及；张文良在《弥勒净土与弥陀净土》一文中从源头上梳理出了弥勒信仰中的上生信仰和下生信仰，探讨两种信仰在中国彼消此长的传布历程;季羡林《弥勒信仰在新疆的传布》一文重点论述弥勒信仰在佛教东传中的地位和价值,并以多文种的弥勒文献考察弥勒信仰在新疆的传布;贾应逸的《克孜尔第 114 窟探析》则从石窟的形制和壁画布局角度,考察弥勒信仰在龟兹的流行。

上述是以研究成果的形式——著作和论文进行分类,显得不够严谨科学,不能从研究本体的多视角、多层次全面客观地回顾总结弥勒信仰的研究历史。

首先,从历史学的研究视角看,该类研究多涉及弥勒信仰的兴衰演变,对于不同历史阶段传布的弥勒信仰进行断代史的深入考察,其中涌现出诸多我们熟知的经典著述。唐长孺在其《魏晋南北朝史论拾遗》一书中,用专门的一节谈论北朝时期弥勒信仰在中原的传播状况及其衰落。周绍良就弥勒信仰传入的历史分期,尤其是隋唐之前的弥勒信仰状况及民间的弥勒造像的价值和意义等问题有颇多精到论述,可参看两篇代表作即《弥勒信仰在佛教初入中国的阶段和其造像意义》和《隋唐以前之弥勒信仰》。除此之外,以某个地域和朝代为时空参照系进而探讨弥勒信仰兴衰议题的还可参看华方田的《隋朝的弥勒信仰——以弥勒信仰的兴衰为主线》、王素的《高昌至西周时期的弥勒信仰》。

系统梳理弥勒信仰流布的历史,还可参阅杨白衣的《弥勒信仰在中国的流传》和杨增文的《弥勒信仰的传入及其在民间的流行》等文章,此类研究更多关注的是弥勒信仰的演变历史阶段,这是他们的研究长项和优势,但同时也显示出研究中缺乏对弥勒信仰兴衰的整体性把握和更深层次的研究。

其次,弥勒信仰本属于佛教体系内佛菩萨信仰的一个派系,一些宗教学大家曾就弥勒信仰的内涵、历史上高僧大德的弥勒信仰问题、弥勒信仰中的上生和下生信仰,以及弥勒信仰与弥陀信仰的比较等宗教学问题展开过深入研究,成果可参阅诸如季羡林《弥勒信仰在印度的萌芽》《汉译佛典中有关研究弥勒的资料》《季羡林文集》、方立天的《弥勒信仰在中国》、牟钟鉴的《弥勒信仰与弥陀信仰》等。

这类研究的最大贡献在于对弥勒信仰内涵的讨论,能够以出土文献和史籍记载对弥勒信仰在不同历史时期和不同区域的传播做出较为明确细致的区分，对于弥勒信仰从古印度到我国的内涵变化做出详尽得当的分析。

再次，以西域、敦煌等地出土的汉译佛典和少数民族文字记载的佛经译作为基础，从文献学和语言学多视角展开对弥勒信仰的学术考察，在数量上，这类研究成果不敌汉文的研究成果，但其学术价值不可不相提并论。相关成果可参阅季羡林的《梅呾利耶与弥勒》《弥勒信仰在新疆的传布》、杨富学的《回鹘弥勒信仰考》《敦煌吐鲁番文献所见回鹘之弥勒信仰》等。

此类研究以大乘经典文献较多，对《阿含经》及小乘经典中的弥勒信仰触及较少，但是该类研究不仅关系到弥勒信仰在少数民族文献中的研究，而且使弥勒信仰的研究不再局限于历史学或宗教学等范围，某种程度上对弥勒信仰的研究起到了良好的拓展作用。

三、弥勒信仰东传路径及其演变

弥勒信仰是偶像崇拜，更是对弥勒思想的一种仰慕和信服，本质上是一种思想崇拜。其作为印度佛教净土信仰的内容之一，可追溯到婆罗门教和小乘佛教。在大乘佛教形成之时，为解决人生未来等问题，产生了弥勒兜率净土的内容，而这种思想在印度本土社会中的影响并不明显，只是在东传后，因与特定的社会历史背景相结合，这一思想才得以广泛传播。崇信弥勒的思想，不同时代有不同特色的传播内容和方式。最先得到传播的是弥勒上生信仰，在其推动下，弥勒下生信仰随之传播开来，之后又产生了完全本土化的弥勒化身信仰。

弥勒信仰源于古印度，属于印度佛教体系净土信仰中的一个支派，伴随着佛教思想的东传，净土型的弥勒信仰开始经由西域至河西走廊传入中原。其中最先得到传播且有史料记载的是弥勒上生信仰。这一信仰有其理论基础，即《观弥勒菩萨上生兜率天经》。据目前已知的最早文献记载，东晋高僧道安（312—385 年）是倡导弥勒兜率净土的先驱者，后随道安及其弟子四处弘扬佛法，弥勒上生信仰在中原遍地开花。自然，弥勒净土思想的倡导与宣传，离不开信众希望了解相应佛典的要求和希冀，于是关于该种信仰的佛经翻译便应运而生。之后的《弥勒上生经》在北方大地广泛传播开来。汤用彤曾对早期弥勒经典的传译做出如此评价："而传译经典于中国者，初为安息、康居、于阗。"①

其实早于大量成规模的佛典翻译之前，在西域和河西走廊等地就曾以石窟的开凿和图像塑造的方式传播着弥勒上生兜率天宫讲经说法的思想。比如龟兹克孜尔石窟中保留了许多此类题材的壁画，其位置多设在与石窟正壁龛中佛像相对的中心柱窟主室的门上方或甬道之上，在众多同题材壁画中，最为典型的是第 77 窟，它以《弥勒上生经》内容为参照，描绘出着菩萨装跏趺而坐的弥勒在佛国净土中的欢乐与幸福；第 38 窟以《弥勒说法》为内容，通过细致入微地刻画弥勒两侧、两排姿态各异的听讲菩萨，描述出一副弥勒在天宫讲经说法的生动画面。甘肃的河西走廊地区，以敦煌莫高窟北凉时期的洞窟为例，至今保留着大量以弥勒为主像的展现上生天宫场景的塑像，炳灵寺石窟第 1699 窟中，有一幅被称为我国现存最早弥勒画像的遗迹，标有题为"西秦建弘元年"的"弥勒菩萨"壁画。南朝刘宋时期，民间便开始盛行大造佛像，其中的瓦棺寺中保存的两尊弥勒行像便是最早的文化遗迹。

从上述弥勒壁画的分布地域和出现的时期，可以非常清楚地看出弥勒上生信仰的传播路径：由古印度经由西域至河西走廊再至中原。而弥勒下生信仰是在上生信仰广泛传播的基础上产生和发展起来的，弥勒的化身信仰是在弥勒下生信仰无法满足民间信众宗教愿望的前提下，人民对未来的"光明"和来生的"幸福"已无所期冀应运而生的新的宗教观念，也就是说弥勒下生信仰和化身信仰都是在弥勒上生信仰传播的基础上延伸而来，所以他们的传播路径应与上生信仰的一致，因此，我们可以说弥勒信仰由印度向东方大地传播开始，首先经过西域，继续东传至其邻近区域河西走廊，再广泛至中原，落地生根，遍

① 汤用彤：《汉魏两晋南北朝佛教史》，上海：上海人民出版社，2015 年，第 33 页。

地开花。[①]

第三节 《弥勒会见记》与弥勒信仰东渐

公元4世纪末叶，高昌地区开始流行大乘佛教。此后，高昌与于阗成为西域大乘佛教的两大传播中心。自漠北迁至高昌后，回鹘并未执着于原有的小乘佛教，而选择了皈依大乘佛教，这一史实充分说明了高昌回鹘佛教信仰是继承当地固有的信仰传统与积极吸纳他地佛教理论精粹之涵化和融通的结果。“这个佛教文化，深受内地佛教文化的影响，两者在信仰和艺术风格等方面极其相近，可以说高昌回鹘的佛教文化是汉族和回鹘两个兄弟民族文化交流的结晶，盛开的友谊之花，是研究汉和回鹘两个兄弟民族关系史的重要资料之一”[②]。“可被视为汉传佛教在西域的一种翻版，是汉传佛教强烈影响我国周边民族的一个典型范例”[③]。

一、高昌回鹘弥勒信仰之传弘方式

佛法来华，首经西域。汤用彤在谈及“开辟西域与佛教”这一论题时，提出“盖在西汉文景帝时，佛法早已盛行于印度西北。其继续向中亚传播，自意中事”[④]。随着汉武帝锐意开辟西域，中西交通的大动脉由此开通，“中印文化之结合即系于此”[⑤]。随着交往的不断加深，源于古印度的佛教文化源源不断地输送，以弥勒信仰为代表的净土型信仰也随着这种交往而传入我国。

① 干树德:《弥勒信仰与弥勒造像的演变》,《宗教学研究》1992年第Z2期,第28页。
② 孟凡人:《略论高昌回鹘的佛教》,《新疆社会科学》1982年第1期,第72页。
③ 杨富学:《回鹘弥勒信仰考》,《佛学研究》2018年第1期,第129页。
④ 汤用彤:《汉魏两晋南北朝佛教史》,上海:上海人民出版社,2015年,第33页。
⑤ 汤用彤:《汉魏两晋南北朝佛教史》,上海:上海人民出版社,2015年,第33页。

(一)佛经的宣讲与翻译

史料记载,中原的弥勒信仰始于晋代佛典的翻译。而在西域诸地,尤其是焉耆和龟兹等小乘佛教盛行之地,弥勒信仰的传布依然离不开对此类信仰经典的翻译,其中尤以回鹘文本的《弥勒会见记》为其典型代表。

20世纪以来,在高昌、哈密、焉耆等地相继出土多部题为《弥勒会见记》的文本,足以说明弥勒信仰在上述地区的盛行之况。但特别有趣的是,《弥勒会见记》并不见于汉文的《大藏经》中,至今没有检索到与该文献内容对等的汉文文献。即便如此,也不能抹杀回鹘文《弥勒会见记》在弥勒信仰东传中所做出的贡献。季羡林先生曾就吐火罗文本的《弥勒会见记》的价值做出过如此评价:“在佛教东传过程中,弥勒信仰起过极其重要的作用,这一点是毫无可疑的。”[①]“弥勒在佛教东传过程中所起的特殊作用,古代新疆各族(当时多称为国)人民,必先有所了解或觉察。这就是弥勒信仰在新疆许多地方都流行的根本原因”。[②]

弥勒净土信仰在回鹘民众中广为流传,这一现象在《弥勒会见记》中有所体现。在该文献的序章中就有供养人所发出的虔诚愿望:

> 还有在被赞颂之月、吉日、特选的良辰福时、羊年闰三月、二十二日,我敬信三宝的优婆塞(夠)塔思·依干·都督与我的妻子土尊一起,为了将来能和弥勒佛会面,特让人画弥勒像一幅,并让人抄写《弥勒会见记》经书一部。[③]

之后便是长篇的功德回向愿文。在以《弥勒会见记》为代表的纸质文献资料中,诸如此类的发愿文较为常见,以供养人为代表的佛教信众的内心深处非常希冀与弥勒在兜率天宫相会。

① 季羡林:《弥勒信仰在新疆的传布》,《文史哲》2001年第1期,第6页。
② 季羡林:《弥勒信仰在新疆的传布》,《文史哲》2001年第1期,第7页。
③ 耿世民:《回鹘文哈密本〈弥勒会见记〉研究》,北京:中央民族出版社,2008年,第12页。

当然,《弥勒会见记》属于弥勒下生人间、普度众生的佛教题材的文学剧本,无论何种文学形式,均出现对弥勒思想的崇奉、对弥勒的崇拜就可以想象弥勒信仰彼时在高昌地区的传播之众。除了像《弥勒会见记》这样大部头的翻译作品外,以诗歌的形式赞美弥勒的文献也值得一提,也是弥勒信仰盛行的见证和再现。

如在耿世民先生翻译整理的《古代维吾尔诗歌选》中,就有一首以四偈的形式赞颂弥勒的小诗,其原文如下:

> 我以四偈的颂诗,不断地赞美;这样的功德必有善报,愿能与您相会,弥勒!
>
> 无人想起,在轮回中受苦的我,当您证成佛果时,千万别忘记我,弥勒!
>
> 愿从三毒污染的三界行为中,借佛法之伟力,将我拯救出来,弥勒!
>
> 六贼之敌把我带入地狱,今天,我求求您,请将我救出,弥勒!
>
> 由于恶行累累,眼见我要坠入地狱,愿四信使我尝到法药,弥勒!①

这首诗歌尽管篇幅简短,但是信众期待与弥勒相会的愿望非常强烈,对弥勒的呼唤力透纸背,期许自己能通过弥勒的力量从生死轮回和浊世中脱离出去,可见弥勒信仰对于广大信众具有极强的吸引力,也是弥勒信仰盛行的原因之一。

除此之外,类似内容的发愿文在回鹘文经幢的题记中也有记载,比如“愿以此三宝胜因,使我的母亲、父亲和我所尊敬的长者及无量间之众生永离尘缘,遂其心愿,再生兜率天宫”②。还有编号为 TIII TV 68 Mz 813 的发愿文,相对而言篇幅较长,共计 41 行,这种功德回向的思想在回鹘盛行不衰,直至 15 世

---

① 耿世民:《古代维吾尔诗歌选》,乌鲁木齐:新疆人民出版社,1982 年,第 73—76 页。
② 高士荣,杨富学:《汉传佛教对回鹘的影响》,《民族研究》2000 年第 5 期,第 76 页。

纪佛教在回鹘中消亡为止。

除了上述倚重文学体裁形式传播的弥勒信仰外，在高昌出土的回鹘文木杵铭文也可以见证弥勒信仰在高昌回鹘中的广泛传播，原文是这样记载的：

> 但愿这一功德善业所产生的力量能使我们以后与崇高的弥勒佛相会；但愿我们能从弥勒那里得到崇高的成佛的胜因；但愿我们借助这一胜因所产生的力量，在永劫间和三无量限中将六条解脱之路走完。①

这段铭文清楚地向我们展示出信众期许与弥勒相会并借助弥勒的力量从永劫间解脱的坚定信念。当然在保存至今的回鹘文题记中也有表达对弥勒崇奉的内容，如回鹘僧菩提瓦伽西拉的题记和敦煌出土的回鹘文编号 Or.8212-122 对佛、法、僧礼赞的文字。

由此可见，采用不同形式来表达对弥勒的崇信之情在高昌回鹘普遍流行，无论是期许上生兜率天宫与弥勒相会，还是希冀弥勒下生人间，借助弥勒的力量将自己度出浊世，这些都表明了弥勒上生信仰和下生信仰深入人心，且弥勒信仰的传播范围不断扩大，呈现出一个连续不断、逐步深化的过程，由最初佛经典籍的翻译到文学剧本的呈现、诗歌题记铭文等传播方式的多样化，这些层出不穷的传播路径和方式为弥勒信仰的传播奠定了理论基础。民间对弥勒信仰的接受层面不断扩大，反过来也促进了弥勒经典的不断传译，弥勒经典的不断传译对于佛教在我国的传播也起到了重要的推动作用。②

（二）弥勒图像的绘制与塑造

西域作为佛教东传的首冲之地，自然成了弥勒信仰最先传播流布的地区，其中龟兹和焉耆两地最为密集。

---

① 杨富学：《回鹘之佛教》，乌鲁木齐：新疆人民出版社，1998 年，第 181 页。

② 刘慧：《弥勒信仰、造像经典传译之探源》，《艺术理论》2009 年第 12 期，第 57 页。

> 依史实言，释教固非来自与我国接壤之匈奴，而乃传自武帝所谋与交通之各国也。盖匈奴种族向未以信佛教著称。而传译经典于中国者，初为安息、康居、于阗、龟兹。①

这说明了早期弥勒信仰的传播依赖于佛典的翻译，焉耆和龟兹等地也不例外，而作为弥勒信仰盛传之地，除了上文提及的《弥勒会见记》等纸质文献外，焉耆和龟兹的弥勒石窟壁画和佛像的塑造更具有说服力。

首先，龟兹石窟中与弥勒信仰有关的壁画数量丰富，择其要者有克孜尔石窟中的第17、173、92、38号石窟等，库木土拉石窟中有第14、46、43号石窟，克孜尔尕哈石窟中的第14号石窟。在上述诸多石窟中都绘有弥勒说法图，而且他们均绘在石窟窟门上壁这个相同的位置上。当然也不尽然，在克孜尔石窟第80、97石窟的主室前壁的上方绘有“弥勒兜率天说法”图，尽管弥勒说法的绘制位置有所区别，但以壁画这种通俗易懂的形式将弥勒信仰的盛行展现得淋漓尽致。

其次，“焉耆流行佛教，在佛教信仰中最突出的是弥勒信仰”②。焉耆地区石窟虽然保留得不及龟兹石窟清晰完整，但是从这些“弥勒兜率天说法图”中依旧能够看出焉耆弥勒信仰的流传情况，因此晁华山在《七世纪前的丝绸之路和东西文化交流》一书中指出，“在塑像与壁画题材方面，大约有一半的面积与龟兹系相同，如主室侧壁说法图与伎乐供养，前壁上方弓形面的弥勒说法，行道的涅槃系列”③。

二、高昌回鹘弥勒信仰的主要特征

弥勒信仰这一佛教思想初传西域并在一定时期内落地生根且枝繁叶茂，

---

① 汤用彤：《汉魏晋南北朝佛教史》，北京：中华书局，1983年，第79页。
② 季羡林：《弥勒信仰在新疆的传布》，《文史哲》2001年第1期，第11页。
③ 晁华山：《七世纪前的丝绸之路和东西文化交流》，北京：新世界出版社，1996年，第498—499页。

是该种宗教信仰民族化、本土化最具说服力的代表。这首先得益于为弥勒信仰的传播提供丰厚土壤的高昌汉地佛教,高昌回鹘佛教、艺术与中原佛教之间的承袭关系,可以体现在以下几个方面。

首先,回鹘文佛经大都经由汉文文本翻译而来,许多经卷中出现汉文或用汉文数字编页的现象,一些佛教术语如“大乘”“小乘”“莲花”等亦出自汉语。比如回鹘文哈密本《弥勒会见记》中出现了大量汉语借词,而这些借词多与佛教内容相关,这就体现出该文本尽管出现在大乘佛教盛传的哈密地区,其原文本又译自焉耆语,但这并不能否定该文献汉传佛教的明显痕迹和深刻影响。

其次,在佛教艺术方面,高昌回鹘与中原尤其是河西走廊之敦煌有着非常紧密的联系。高昌地区独特的地理位置,使其长期深受中原文化之熏染,加之高昌回鹘与中原佛教文化的交融,加深了中原对其佛教艺术的影响。这种影响表现在许多方面,比如在高昌回鹘佛教壁画题材方面,与敦煌莫高窟唐末五代宋时期的壁画题材大同小异,典型的有中原和敦煌晚唐后期新起的“十王与地狱图”在高昌回鹘佛教中同样比较流行,回鹘文哈密本《弥勒会见记》中有关地狱的描述和目连救母的情节,在敦煌出土的变文和经变图中大量呈现;高昌回鹘佛教画中存有数量丰富的汉文题记或汉文回鹘文合璧的题记,而敦煌莫高窟北区为僧人的生活区,在编号为 464 等窟的洞窟内发现有回鹘文题记等,由此可见,高昌回鹘的佛教文化、艺术和中原的佛教文化有着千丝万缕的联系,它的发展、繁荣与中原佛教文化的影响密不可分。

焉耆地区的佛教原属于小乘系统,但在高昌回鹘进据该地区以后,在大乘佛教的影响下,逐渐由小乘向大乘转化,因此译自焉耆语的《弥勒会见记》,尽管发现在大乘佛教中心之一的哈密,本质上属于小乘佛教作品,但是已呈现出了大乘佛教的影子,涉及该文献的宗教性质归属问题时,耿世民先生认为,回鹘文《弥勒会见记》与藏文《大藏经》中对于弥勒成佛的侧重点有所不同:藏文《大藏经》中强调弥勒被指定为佛的继承人是在兜率天,而回鹘文《弥勒会见记》则更强调弥勒成佛在人间,甚至连天上的神仙要成道,也必须先下生人间才能最后得道成仙。所以,对于宗教性质的归属问题,耿世民先生认为《弥勒会见记》虽性质上为小乘作品，但已见大乘的影响。这里信徒们追求的不仅是阿罗汉，而且是菩萨理想，希望将来弥勒下生到人世时，能聆听他的教导，会见未来佛，从而成道并得到解放。[①]

三、《弥勒会见记》在弥勒信仰东传中的历史贡献

谈及弥勒信仰在佛教东传中的作用时，季羡林先生曾提出这样的一个论题："世界上许多国家用众多不同文字写成的《印度佛教史》或《中国佛教史》一类的书籍，我几乎都读过或翻过，但是迄今我还没有在任何一部这样的书中发现强调弥勒佛在佛教由印度传入中国的过程中所起的重要作用的叙述。"[②]这段话指出在佛教史的研究范畴中，大家几乎忽略了弥勒及弥勒信仰在助推佛教东传中原的价值和贡献所在。无论从《法显传》《大唐西域记》还是《大正大藏经》《法苑珠林》《释迦方志》中我们都应该从多个角度考察弥勒信仰的价值并且肯定其在传播学方面所起的不可或缺的作用。

古印度佛教中的弥勒信仰约于公元 1 世纪兴起，后传入西域，在西域广泛流行，呈现一番盛行之貌。以西域佛教石窟壁画、西域佛教出土文献及西域佛教经典翻译等视角阐述弥勒信仰在西域的传布盛况，为弥勒信仰在西域佛教中所处的特殊地位提供强有力的佐证。

弥勒信仰曾在西域广泛传布的观点已然为多数学者认同。用多种文字记载的《弥勒会见记》在西域的出现绝非偶然，至少说明时至唐代后期，哈密地区已经成为高昌回鹘佛教的一个重要的辐射点和传播中心。将《弥勒会见记》这一佛教文献重新创制编辑为剧本的文学形式，兼顾了剧本所塑造的"舞台效果"与弥勒的"活生生"的故事情节。[③]

---

① 耿世民：《回鹘文哈密本〈弥勒会见记〉研究》，北京：中央民族大学出版社，2008 年，第 6 页。
② 季羡林：《弥勒信仰在新疆的传布》，《文史哲》2001 年第 1 期，第 5 页。
③ 张敬全：《试析弥勒信仰在西域佛教中的地位》，《陕西教育(高教)》2016 第 9 期，第 9 页。

第五章 继承与吐纳——《弥勒会见记》翻译风格探析

第一节 西域翻译史概述

西域历史上就是多种民族、多种语言、多种宗教和多种文化汇合的古代文明传播区域之一。在东渐西传的文化交流中可以探寻到古代希腊文明、波斯文明、印度文明等痕迹。在漫长的历史中，西域是文化交流的大海，其中语言是交流的纽带，翻译是架起沟通的桥梁，可以说一部西域翻译史是一部多民族的交流史，更是众多历代翻译家和无数不见史册译者的心血结晶。频繁的语言接触和众多的翻译活动使得西域成为翻译研究的资料宝库。

西域向来以民族交流和语言接触著称，文化典籍异常丰富，在尊重西域史实的基础上，借鉴我国传统翻译理论和西方现代翻译研究方法，从翻译学的角度来认识西域的典籍翻译情况，并对其做出基本判断和规律性分析，可为少数民族典籍翻译研究带来实践和理论上的启发，从而推动学界对西域少数民族典籍翻译的深入研究。

我国传统的翻译理论是建立在汉译典籍翻译实践的基础上，而古代西域地区的翻译活动有其独特的翻译特征，关于梳理和总结西域翻译活动的著述目前能够看到主要有热扎克·买提尼牙孜的《西域翻译史》[①]和陈世民的《新疆现代翻译史》[②]。其中《西域翻译史》可谓研究西域翻译历史的开山之作，以编年史的体例对上古至清末西域地区的翻译情况做出了纵向的资料搜集和文献整理，划分翻译活动的五个阶段，总结翻译活动的基本特征，该著作尊重原始文献，史料翔实，论证得当，为深入研究西域翻译历史提供了史料基础；陈世民的《新疆现代翻译史》某种程度上可以看作《西域翻译史》的续篇，将研究对象的时间延续至民国初期至20世纪90年代初期，研究对象不仅包括该时期内文学、历史、语言学和宗教学等方面的翻译活动和翻译成果，而且还介绍了新疆当代翻译家的成就等。

一、西域翻译的历史分期

（一）萌芽期

所谓的"萌芽期"是与成规模的翻译活动时期相对而言，主要包括自上古时期至东汉桓帝（147—167年）止，历经五帝、夏、商、周、秦和汉等朝代，时间跨度长达2000年之久，与中原的汉译佛经相比，这个萌芽期应大致与中原佛经翻译兴起之前的时期相对应。

从现有的史料分析，我们约可推断出这一时期的翻译活动以口译为主，翻译内容以官方的政令居多，以西域土著民族的语言同匈奴语与匈奴语同华夏语之间的互译为主要翻译类型。虽然这一时期翻译史料零散不成体系，但它为后期西域的翻译事业打下了长足发展的基础，从这个角度来看，将早期的西域翻译活动称之为萌芽阶段的翻译是比较妥当可取的。

（二）发展期

这一时期主要包括东汉至隋代，历经东汉、三国、两晋、南北朝和隋几个朝

① 热扎克·买提尼牙孜：《西域翻译史》，乌鲁木齐：新疆大学出版社，1994年。
② 陈世民：《新疆现代翻译史》，乌鲁木齐：新疆大学出版社，1998年。

代,有 500 多年的历史。史料记载自东汉桓帝时期开始,西域僧人、居士到中原传教和译经活动增多,有文字记载的有 40 余人,其中著名的有安世高、竺法护、康僧会、鸠摩罗什等,他们是东渐僧人的代表,既是去中原传教的高僧,又是文化典籍的翻译家。这一时期的翻译方式沿袭了萌芽期的口译,随之转入笔译,后因为所译佛经以胡本居多,对翻译者熟谙胡汉两种语言提出了较高的要求,出现了胡僧与汉僧合作译经的形式。该时期翻译活动主要以佛经翻译为主,兼顾官方文书、文学作品和其他宗教典籍的翻译,翻译内容的丰富多样、翻译方式的转变等将该时期的翻译活动推向了高潮。在翻译实践中,文质之争使得翻译派别出现了直译和意译的差异,开始产生翻译理论总结和研究的萌芽。

(三)活跃期

翻译活动的活跃期出现在唐宋之际,历经两宋、辽、金等政权在内的近 6 个半世纪的时间,该时期的翻译活动以回鹘西迁为分水岭,呈现出分期性、分流性的主要特征。隋末唐初,中原佛经翻译家所依据的翻译底本逐渐由胡本向梵本转变,这一时期去中原传教、译经的西域僧人明显减少,除翻译佛教典籍外,流行于该地区的摩尼教、景教等经典被翻译为回鹘文等,西域土著民族的民间文学被译为汉文等。

回鹘迁徙至西域诸地,分别建立起三个汗国政权,西域的民族成份发生很大变化,回鹘语和回鹘文成了通用的语言文字,这一变化使得翻译语种从西域土著民族语言转变为回鹘语、汉语、吐蕃语和粟特语等。其中的高昌和河西回鹘民众崇信佛教,翻译活动以佛经译介为主;而喀喇汗王朝信奉伊斯兰教,译经活动自然以伊斯兰文化为核心,涌现出能够用阿拉伯文、波斯文创作和翻译的学者和翻译家。因此该时期的翻译活动呈现出以回鹘西迁为分期,以佛教文化与伊斯兰文化为两大核心的基本特征,翻译活动范围广泛,翻译成果汗牛充栋,可谓西域翻译史上的活跃期。

(四)元明两代的翻译

这一阶段主要涉及元和明两大朝代,前后持续近 4 个半世纪的时间。元明之际,察哈台汗国境内的蒙古人逐渐回鹘化,伊斯兰教在西域处于统治地位,从而结束了唐宋时期翻译活动的分流状态，该时期的翻译活动出现了新气象：一方面，在政府的大力支持下，出现了一批与西域翻译活动密切相关的中央翻译机构，如元代专门设立西域译史、回回译史、回回通事等翻译官职，建成了一批从中央到地方的庞大翻译队伍；明代设四夷馆，官修多种民族语与汉语对译的辞书；另一方面，由于察哈台语言的使用及文学的兴起，导致这一时期的翻译由佛经翻译转向文学翻译等，察哈台文学作品的创作与境外文学作品的翻译一度繁荣。

（五）清代的翻译活动

该时期的翻译活动从 1644 年至 1911 年。官方的翻译机构为会同四译馆，官方翻译队伍逐渐强大，翻译出以《五体清文鉴》和《西域同文志》为典型代表的大型双语或多语辞书。民间的翻译活动以叶尔羌汗国境内的察哈台文学及文学翻译为主，涌现出大量的维吾尔族翻译家。翻译对象出现了重大转变，相对于先前以宗教经典翻译为主的时期，该时期文学作品的翻译占据主要地位，翻译活动十分活跃，为数众多的阿拉伯、波斯和印度文学名著被译成了维吾尔语。

二、西域翻译活动的历史特征

1. 多民族杂居呈现的双语种或多语种的民间口译活动频繁。

在这片翻译实践的沃土上，西域多民族长期杂居的史实直接导致多民族交流交往中多语种语言的接触，民族种类多、杂居时间长是西域各个历史时期民族关系史中的重要特征之一。不同民族之间基于生产生活的需要，彼此交流思想，互相学习语言，自然而然就使得以口译为主的民间翻译活动变得普遍起来。

2. 多种宗教并存，宗教典籍的翻译显得格外突出。

西域历来被视为各种宗教东传至中原的要冲之地，多种宗教曾在西域诸地共存共荣，出于对宗教的崇信之情，信徒们在其信教、传教和兴教的过程中以高度的热情投身到经书的翻译活动，涌现出一批又一批宗教典籍的翻译者,将宗教文化典籍从其他语言翻译为本民族语言。纵观西域翻译史,除萨满教本身没有典籍流传外,其他大部分宗教诸如佛教、摩尼教、景教、伊斯兰教等典籍先后被译成西域各民族语言流传于世。

3. 官方翻译机构的出现和翻译队伍的培养是西域翻译史的一大特色。

中央政权出于加强与西域各国交往的目的,从中央到地方设立众多的翻译机构,并着力培养翻译人才,其中有史可考的最早的翻译机构可以追溯到周朝。自汉代开始,在西域设立管理翻译机构,此后历代沿袭这一做法,翻译机构规模宏大、翻译人员众多是西域翻译史上的一大亮点。

4. 翻译语种丰富,翻译活动频繁亦为西域翻译史上的典型特征。

西域是东西方文化的接触地带,西方文化经由西域传入中原,东方文化也借此走向西方。翻译架起了东西方文化交流的桥梁。[①]佛教初传西域,佛教典籍被译成不同民族语言向中原传播流布。像《弥勒会见记》就经历了由梵语到吐火罗语再至回鹘语的二度翻译过程,这些翻译活动大大加快了西域文化事业的发展和繁荣。

第二节 汉译佛经翻译历史沿革及其翻译理念

作为世界三大宗教之一的佛教,典籍浩瀚,哲理广博。学界普遍认为,自西汉佛教始入中土,来自西域的佛教一经进入我国便与固有文化产生渗透、交融的互动过程,成为中国传统文化中不可分割的组成部分,对中国古代文明产生了深远影响。笔者以为,佛教在我国之所以得到快速传布不外乎以下两个主要因素:其一,得益于一大批僧团的积极传教;其二,大量西域佛经被传译,“言之无文,行而不远”,一种文化的成功传布,自然少不了语言文字的

① 李宁:《维吾尔(西域)典籍翻译研究——丝路遗珍的言际旅行》,大连:大连海事大学出版社,2016年,第23页。

媒介桥梁。佛教初入,以不同质素语言间的转换为特征的佛经翻译成为阐发佛教义理的主要手段。因此,始于汉代的汉译佛经成为佛教在中国传播流布的重要保障。

一、汉译佛经翻译历史沿革

我国古代的翻译活动,以佛经翻译为主。中原的翻译活动,应以东汉桓帝末年安世高译经为起点,之后历经魏晋南北朝的进一步发展,于唐代臻于全盛,北宋时期式微,元代之后则趋于尾声。随着佛教在中原的逐步传播,我国汉译佛经翻译历经四个主要阶段:东汉至西晋的草创期、东晋至隋代的勃兴期、唐代的鼎盛期和北宋之后的尾声期。[①]

(一)汉译佛经翻译的草创期

有文字记载的汉译佛经历史可以追溯到东汉时期。据载早在汉末桓帝、灵帝时,西域东来的安世高、支谶、支曜、安玄、康巨等僧侣就已成为著名的译经师。他们一边传教一边从事佛教典籍翻译事业。所译作品以小乘佛教典籍为盛,翻译中秉承直译之朴素之风,忠实原典,鲜有润饰,译文玄奥难解,因而对后世影响有限。延至三国两晋时期,著名的译经师主要有支谦、维祇难、竺将炎、康僧会等人。这一时期译经师因精通汉语所译经籍少有晦涩难解之弊,在译作中融进印度民间寓言故事题材,以哲理入诗,或四言或五言,深得广大民众青睐。可以说,这一时期的汉译佛经极大丰富了文学宝库的素材,促进了文学的繁荣。例如,西晋时期的翻译大师竺法护,他是一位久居敦煌的月氏人,在追随师父周游西域时,携《正法华》《贤劫》《光赞》等 165 部典籍,学习并精通 36 国语言,终生致力于弘扬法理、佛典翻译,孜孜不倦,为后世所敬仰。

---

① 马祖毅:《中国翻译简史》,北京:对外翻译出版公司,1984 年,第 17 页。

值得注意的是,由于佛教尚处于初传期,这一时期的佛经翻译工作多属僧侣的个人行为,鲜有政府主持和资助,译经人员不固定,常常是出于所译佛经的需要临时拼凑而成,造成所译佛典文体不一,译名混淆现象时有发生。随着佛教在中原广泛而深入地流播,汉译佛经工作也步入了一个崭新的阶段。

(二)汉译佛经翻译的勃兴期

魏晋南北朝是我国封建社会一个典型的大动荡、大分裂时期。彼时群雄割据,民不聊生,处于现实苦难中的人们将注意力转向佛法以寻求心灵的安宁。佛教的安于现状、转世轮回思想满足了劳苦大众的心理需求,因此,这一时期佛教广为传布,佛经汉译在这一时期亦得到了极大发展。彼时译经数量陡增,译经质量上乘,涌现出一批杰出的译经大师,举其要者有东晋的道安、苻秦的鸠摩罗什、南朝的真谛等。这一时期译经事业大发展得益于两个原因:一方面由于法显、智猛、宝云等中原僧人频繁西行求法,加快了东西方文化的交流;另一方面也得益于一批又一批的梵僧携经来华,极大丰富了汉译佛经的选材范围,加之朝廷对佛教的护持与奖掖,译经规模不断壮大。

该时期汉译佛经活动呈现三大特征:一是由于得到了统治阶层的支持和资助,译经出现了较为完备的译场组织,场地、人员渐趋固定化,为译经活动提供了物质保障;二是随着研读佛理工作的不断普及和深入,译者对佛经义理掌握渐趋娴熟,在翻译实践中出现了诸如道安的"五失本,三不易"等汉译佛经的早期理念;三是译经事业日渐勃兴,出现了大批代表不同翻译风格的佛学理论家,以及翻译史上的"文""质"之争。可以说,该时期汉译佛经成果斐然,这不仅促成了佛教传播进入高潮期,而且给中华文化增添了浓墨重彩的一笔。

(三)汉译佛经翻译的鼎盛期

唐代是我国封建社会发展的巅峰时期,经济繁荣,国力强盛。盛唐以开放包容的气度大规模地吸收外来文化之长,尤其是佛教文化,促成了汉译佛经事业进入了鼎盛时期。该时期由于封建统治阶级认识到佛教有资教化、有助政治,对佛教采取了"恩惠扶和"的政策,促进了佛教的大繁荣、大发展,出现了中国化的佛教流派,译经活动随之步入空前绝后之境,新译经、律、论有 400 余部,2600多卷,收入大藏,充实佛典,初步奠定了汉文大藏经的基本架构。

这一时期佛经汉译活动出现了三次高潮,玄奘、义净和不空分别为历次译经高潮的主要代表人物,佛经汉译活动也展现出独特的时代特色:

1. 政府的大力支持,出现大批官办译场,场地、经费等完全由政府资助;

2. 译经人才辈出,译经组织完备,分工明确且形成定制,例如在《翻译名义集》卷三和《宋高僧传》卷三中均记载有译主、证义、证文、书字等多达11类的译经分工;

3. 以玄奘的"五不翻"为典型代表的汉译佛经翻译理论逐渐成熟。

综上,帝王支持、译师辈出及译经理论逐步完善构成了唐代汉译佛经事业的典型特色。

(四)汉译佛经翻译的尾声期

经历了隋唐的繁盛时期,汉译佛经逐渐式微,译经重心渐次转向经录和著述。尤其是唐宪宗元和六年(811年)译成《本生心地观经》后,汉译佛经活动事实上已经中断。延至宋太宗天平兴国七年(982年)译经活动方有恢复,出现了天息灾、法天和施护等代表人物。

该时期译经活动尽管无法与盛唐相媲美,但也颇具时代特色:

1. 官办译场在唐代译场的基础上,在组织制度上进行了细微的调整,译经职位由唐代的11种减少至9种;

2. 所译佛经多是对唐代译经的查漏补缺,鲜有大规模的译经活动,译作数量较之盛唐亦大幅减少,译本质量也逊色不少;

3. 最为值得关注的是,此前汉译佛经工作虽然出现了些许翻译理念,然多为"译余废墨",不成体系,未能触及汉译佛经的翻译本质、译经历史、翻译策略等方面,而该时期的高僧赞宁在总结前人经验的基础上,完成了《大宋高僧传》,其间对汉译经典翻译工作多有总结,并初步构建了中国汉译佛经的理论体系,被誉为中国汉译佛经翻译史上一部里程碑式的理论专著,赞宁高僧亦被称为“中国千年佛经翻译的总结者”[①]。

二、汉译佛经翻译中的主要论争——由“文”“质”之争到“文”“质”融合

纵观汉译佛经翻译的历史流变，我们不难发现，由于译师在译学理念、语言文化和自身观念等方面的差异，加之其对佛教理论性和普及性之间的权衡，都在一定程度上影响了他们的翻译观，从而形成了不同的翻译主张，由此引发了有关“文”与“质”的主要论争。早期的佛经翻译，常用“文”“质”二字作为译文的标准。所谓的“质”（直译）则指的是“朴质”，要求翻译时必须严格遵照佛典原文，无须增饰、删减，只需“径达”，或者“案本而传”的实录；所谓的“文”（意译）可以理解为“辞采”，主张翻译时在不违背经义并且能传达经旨的前提下，允许对译文做一些必要的删繁就简、文辞修饰，以避免词不达意，实现以文传意。纵观我国翻译史，名家辈出，译作丰硕，不同的译经师在佛经翻译实践中围绕“文”“质”做出了各自的判断与取舍。可见，“文”“质”之争不仅是我国古代翻译理论争论的焦点所在，也是贯穿我国佛经翻译全过程的一个中心议题。

通过梳理汉译佛经的发展变迁史，我们可以发现，我国古代的汉译佛经翻译理论大致经历了单纯追求“质”、渐趋求“文”、“文”“质”结合的发展轨迹。在“文质之争”中具有代表性的观点首推东晋时期的道安、苻秦的鸠摩罗什及唐代的玄奘提出的“五失本，三不易”和“五不翻”理论。

在总结汉译佛经翻译实践经验的基础上，东晋道安经师提出了佛经翻译中存在着五种令译文失去本来面目和三种不易处理的情况，即“五失本，三不易”。所谓的“五失本”：“一失本”为“胡语尽倒而使从秦”，即因梵语和汉语有着不同语序和语言结构，导致佛经汉译本难于通而晓之，因此要遵从汉语语法；“二失本”为“胡经尚质，秦人好文，传可众心，非文不合”，这一点从语体风格层面指出梵经质朴，在汉译时需增加一些修饰方能达至“顺俗晓畅”，不愧义、文

---

① 张松涛：《中国千年佛经翻译的总结者——赞宁》，《外交学院学报》2002 年第 2 期，第 67 页。

并举的上乘之作;"三失本"为"胡经委悉,至于咏叹,丁宁反复,或三或四,不嫌其烦,而今裁斥",即指出梵经行文中常常存在着反复赘述现象,在译为汉文时应当进行必要的删繁就简;"四失本"为"胡有义说,正似乱辞,寻说向语,文无以异,或千五百,刈而不存",主张针对梵经中存在大量影响阅读的解释性或总结性文字,在传译时应该将其剔除,以确保译本的连贯流畅;"五失本"为"事已全成,将更傍及,反腾前辞,已乃后说,而悉除此,"说的是梵经在一事论述完毕后、再叙他事前,常常赘述一些重复性语句,这些文字在译本中也可以删除。

在中国古代汉译佛经历史上,无论是秉承"朴质""求信"的直译派,还是提倡"辞采""化境"的意译派,他们要么以传达经旨为本,强调翻译须复制原文的语言;要么奉以文传意为圭臬,认为译者必须要和原作者惺惺相惜,方能文美意达、言精旨近。但是,二者考虑问题的出发点都是从原作者和译者角度,鲜有虑及读者角度。道安的"三不易"是中国翻译史上最早涉及读者的接受性问题和原作者、译者和读者三者关系问题的论述。

所谓的"三不易",在《摩诃钵罗若波罗蜜经抄序》中,道安写道:

> 然般若经三达之心,覆面所演,圣必因时.时俗有异,而删雅古以适今时,一不易也。愚智天隔,圣人叵阶,乃欲以千岁之上微言,传使合百王之下末俗,二不易也。阿难出经,去佛未远,尊者大迦叶令五百六通迭察迭书,今隔千年,而以近意量裁,彼阿罗汉乃兢兢若此,此生死人而平平若此,岂将不知法者勇乎? 斯三不易也。[①]

道安认为汉译佛经存在着三种不易处理的翻译困境:其一,"圣人"依据当时的习俗来弘法,而古今时俗有异,翻译时要改古以适今实为不易;其二,古人智慧今人无法洞悉,而将先贤之微言大义泽被后世,实难契会;其三,自释迦牟尼之后,其弟子造经斟酌谨慎,而今由于环境差异,佛经传译实属不易。

① 陈福康:《中国译学理论史稿》,上海:上海外语教育出版社,2000 年,第 16 页。

诚然,道安的“五失本,三不易”翻译观,阐明了梵汉两种语言之间存在的五对矛盾,内容涉及语言运用、表达风格、行文规则及著者、译者、读者关系等议题,委实有开我国汉译佛经翻译理论先河之功,极大丰富了中国佛经翻译理论。因此,道安被誉为汉译佛经翻译理论的发轫者,其主要贡献在于首次对梵汉两种不同语系的语言展开了比较研究,并关涉原作者、译者及读者之间的关系问题,对翻译实践进行了较为系统的规律性总结,从而为后继者提供了继续研究的线索。在译经实践中,道安亦一以贯之,取“义”而不用“饰”的做法最大程度上保持了佛经的原貌,沿袭了三国时期支谦提出的“因循本旨,不加文饰”的翻译观,成为翻译史上直译派的典范。因此,翻译史学家将以道安为代表的翻译法称为“古译”。

客观地说,尽管“质”的翻译方法强调用朴质的语言表现原文,措辞精当,不铺张也不粗俗,是一种朴素的翻译风格为后世广为青睐,但其自身也存在着不可避免的弊病,“或辞句出入,先后不同;或有无离合,多少各异;或方言训诂,字乖趣同;或其问梵越,其理亦乖;或文义混杂,在疑似之间”[①]。这种过分拘泥于原文的做法,忽视了受众的语言习惯、文化变迁等因素,某种程度上影响了其思想的广为传布。

古代四大译师之一的鸠摩罗什(344—413 年)是一位既深谙佛理又能娴熟驾驭梵汉两种语言的译经大师。在主持佛经翻译期间,他曾率僧肇等弟子 800 多人,共译出《妙法莲花》《阿弥陀》《维摩诘》《摩诃般若》《金刚》等多部经和《中》《百》《十二门》《大智度》等论,共 74 部 384 卷。在佛经翻译之余,鸠摩罗什善于总结、继承前人的佛经翻译理论并积极创新翻译方法。他提出“对于原本,或增或减,务在达旨”的“意译”原则,并首倡译者署名,文责自负。其译作在着力传播佛教文化之余,还关注语趣问题。由于鸠摩罗什“既华梵两晓,则游刃有余地”,因此,其译文简洁流畅,妙趣盎然,佛理妙义诠显无碍,堪称上乘之作,

① 陈福康:《中国译学理论史稿》,上海:上海外语教育出版社,2000 年,第 22 页。

至今仍被视为我国文学翻译的奠基石。概言之，鸠摩罗什的翻译成就得到了历代翻译史学家的首肯，后世称其翻译为“旧译”，以区别与道安为代表的“古译”，一定意义上说，鸠摩罗什的“文”翻译理念将我国古代佛经翻译理论推向了新的阶段，开创了一个新的翻译时代。

综上，“文质之争”代表了中国佛经史上两种截然不同的翻译理念，对当时乃至后世的翻译理论产生了深远的影响。其实“文”“质”二者各有利弊，道安弟子慧远（334—416 年）认为主“文”的“文过其意”，而主“质”的则“理胜其辞”。在全面比较上述两种翻译观的优劣之后，他提出研究原文本和目标文本两种不同语言质素的基本规律，依据实际情况将“文”“质”两种方法结合起来“以裁厥中”，从而达到既“文不害意”又“务存其本”的双重效果。[①]慧远将质派与文派观点相融合，结束了翻译学界长期存在的“文质之争”。

佛典翻译的进一步发展是与文化繁荣相对应的。逮至唐代，经济繁荣，唐王朝以开放包容的姿态吸纳外来文化，文化交融带来大发展，佛经翻译遂同步进入了鼎盛时期。在这一时期，汉译佛经翻译在翻译理念、翻译方法和策略等方面得到了长足发展和完善。论及佛经翻译工作在唐代的发展，则不得不提玄奘了。

玄奘（600—664 年）精通梵文、汉文，又谙熟佛理。他融“文”“质”二法为一体，提出了“五不翻”理论。玄奘所谓的“不翻”即音译，以“五不翻”作为翻译原则指导实践，使其译作“音不讹，语不谬”“义不失，理不乖”，不仅最大限度地保留了佛经源语言的含义，而且巧妙地处理了因文化和语言导致的差异，为佛经翻译领域带来了新气息，译学理论家将此译法称为“新译”，来表彰以玄奘为代表的唐代佛经翻译在中国译经史上的开创之功。

关于“五不翻”的记载，最早见于唐昭宗乾宁二年（895 年）景霄编纂成书的《四分律行事钞简正记》，之后于智园作《涅槃玄义发源机要》和法云编《翻译名

① 陈福康：《中国译学理论史稿》，上海：上海外语教育出版社，2000 年，第 40 页。

义集》中均有记载[①]。对于“五不翻”的顺序各家说法不一,此处我们参考景霄在《四分律行事钞简正记》中的顺序:一为“生善不翻”,即可以令人生尊重之意词语,可以不用翻译,如此“佛陀”“菩萨”等“皆存梵音”,“般若”尊重,“智慧”轻浅;二为“秘密不翻”,即为保持佛语的神秘、庄重和典雅,对密宗经典中神秘莫测的咒语一律用音译,如“陀罗尼”等;三为“含多义故不翻”,即对一词多义词语采取音译,如“薄伽”,梵具六义;四为“顺古不翻”,即过去广泛使用且约定俗成的音译词语不再作义译,如“阿菩耨提”,非不可翻,而摩腾以来,常存梵音;五为“无故不翻”,即目的语中没有的事物名称采用音译,如“阎浮”树,中夏实无此木。“五不翻”理论分门别类地指出追求特殊效果的词、具有神秘色彩的词、文化局限词、多义词、约定俗成的通行译法等不宜进行语义翻译而保持其梵语原音的理据,这不仅有效指导了彼时的翻译实践,还极大地丰富了我国翻译理论。

除此之外,在“五不翻”理念指导下,对翻译技巧的选择,玄奘还成功地运用了省略法、补充法、变位法、分合法、译名假借法、运用代词还原法等,有效调动各种翻译策略,实现了“文”“质”的完美统一,译经质量达到了汉译佛经以来的最高水平。梁启超曾赞誉,“若玄奘者,则直译意译,圆满调和,斯道之极轨也”[②]。精通三藏、深谙梵汉的玄奘娴熟运用多种翻译技巧,使译文真正做到了“质文有体,义无所越”。其“五不翻”原则告诉译者在五种情况下对佛典不译其义,只传其音,待到讲经时再做全面讲解,层层阐发。采用音译之法,照搬原文,根本上就是为了不“失本”,这显然是对道安“五失本”的继承与发展。

不难看出,从道安到鸠摩罗什再到玄奘,关于“文”“质”的论辩,显然已经超出了佛典本身,其间论述多已涉及佛典源语言、句式的选择、文体的处理、翻译原则及译者素养等诸多问题。纵然这些理论散见于各个时期佛典译作的序文跋语中,但仍不失其在翻译理论上熠熠生辉。正是在佛经翻译理念创新的滋

---

① 张建木:《玄奘法师的翻译事业》,《法音》1983 第 4 期,第 11 页。
② 罗新璋:《翻译论集》,北京:商务印书馆,1984 年,第 62 页。

养下，历代译经大师才能将卷帙浩繁的佛教经典陆续译为汉文，极大地促进了佛教义理的流布。

第三节 《弥勒会见记》翻译技巧及风格

近一个世纪以来，伴随着回鹘文文献的相继出土，国内外学者便致力于此类文献的译释和研究工作，陆续刊布出大批弥足珍贵的回鹘文佛典，尽管这些典籍大多残缺不全，但它们可以为我们还原有关回鹘社会生活、宗教信仰、对外交往等方面的真实面貌提供不可多得的资料。

回鹘文的佛典翻译始自印度佛教的东传，并伴随中原佛教的兴盛和藏传佛教的影响逐步成长并成熟起来，终结于伊斯兰教进入并在西域诸地占据统治地位。就回鹘佛教之源头来说，Johan Elerskog 认为其来源有三，粟特、吐火罗和汉地佛教[①]；牛汝极先生在全面梳理现存回鹘佛教文献之后，认为回鹘佛教应该存在四个来源，粟特佛教、吐火罗佛教、汉地佛教和藏传佛教等[②]。

粟特语和吐火罗语在回鹘语通行西域之前曾被广泛使用，因此探讨回鹘文佛教经典来源，我们认为主要有三大板块：早期的佛经主要来源于西域某几种古代语言，比如我们熟知的《弥勒会见记》便是其中的典型代表；回鹘文佛经的重头戏来源于汉文佛经，比如常见的有《玄奘传》《金光明最胜王经》《八阳神咒经》等；还有部分佛经译自藏文，如《胜军王问经》等。

对回鹘文佛典翻译阶段的划分，可以参考森安孝夫的划分标准和结果：第一阶段，也是回鹘文佛经翻译的草创阶段，可以界定在自公元 10 世纪的最后 10 年到 11 世纪的最初 10 年期间，持续时间短暂，前后总共二十几年，其中较为典型的翻译作品有保存于伦敦的《八阳神咒经》卷子、《弥勒会见记》《善恶两

---

① Johan Elerskog, *Silk Road Studies I: Uyghur Buddhist Literrature*, Brepols1997, Turnhout, pp.8.
② 牛汝极：《回鹘佛经翻译活动简述》，《民族翻译》2008 年第 2 期，第 45 页。

王子故事》《阿烂弥本生故事》《观无量寿经》《妙法莲花经》残片等；第二个阶段自公元 11 世纪至 13 世纪止，这是回鹘佛经翻译事业的高潮高产期，这一时期的原始文献绝大多数来自汉文佛经，这也为回鹘佛典翻译历史写下了浓墨重彩的一笔；第三阶段即元时期，该时期回鹘文佛教经典主要受藏传佛教的深刻影响，并且出现了回鹘文的雕版和活字印刷品等。

我们目前看到的回鹘文哈密本《弥勒会见记》属于回鹘佛典翻译的早期作品。在回鹘佛教的传布过程中，佛典翻译工作也经历了漫长的发展历程。那些名载史册和不见经传的众多翻译者为回鹘佛经翻译事业做出了不可磨灭的贡献，并为后人留下了极其宝贵的翻译经验。尽管这些零星的经验没有被系统汇总和记录下来，但是它们真实地保存在翻译作品的字里行间。文本对勘之法的运用，可为我们梳理汉文—回鹘文本、吐火罗文—回鹘文本、藏文—回鹘文本等佛典原本与译本之间的关系，甄别不同文本间的异同，进而为总结回鹘文本的翻译方式和翻译技巧提供方法论方面的便利。

认真对勘和比较吐火罗文本和回鹘文本《弥勒会见记》，我们发现回鹘译者在实际翻译过程中，常使用增加话题转移标记如 anta ötrü 等、使用呼语、增加修饰类词语、增加数量词类修饰语、增加佛的尊号类的修饰语、增加名词性修饰语等翻译手法，在上下语境的连接贯通、人物形象的塑造等方面使得回鹘文本较吐火罗文本更具口语化，其佛教文学作品或者作为早期的文学剧本性质更为突出。

一、呼语的使用

呼语是在言语交际对话中对受话人的指称，属于语言学话语范畴，作为一种在不同语言翻译实践中尤其在戏剧语言中使用频率较高的语言现象，当前翻译学界将研究视角主要集中在呼语的定义、类型和语用功能等方面。根据呼语的功能，语言学家 Zwicky（1974）、Levinson（1983）、Quirk（1985）等学者把英语中的呼语划分为"呼唤语"和"称呼语"两大类[①],前者用来引起受话者注意的呼语,多放在句首;后者用来维持或强调发话者同受话者之间的联系,多在句中或句尾。由此可知,呼语一般具有两个功能,唤起功能(在句首)和指别功能(在句中或句尾)。

在回鹘文《弥勒会见记》中,由于该文本译自印欧语系的吐火罗语,从吐火罗语翻译到回鹘语的过程中,回鹘译者根据语篇的需要增加使用呼语这一翻译手段,使得演员在现实的表演过程中演绎出对话的语气,作为文学语言,尤其是在两种不同语言的翻译中,译者能够将书面语言的言外之意表达出来尤为重要,因此译者通过合理添加语气词使得句意在语境中更加顺畅。

例 1 第 2 品"弥勒菩萨出家成道"的 1a 4—6 行中:

(anta) ötrü badari braman tang yarïn(ïnta) turup inčä tip tidi ... ač bu muntaɣ kimsizlär.

译文:之后,跋多利婆罗门早上起床之后这样说道:"啊,你们是谁?"

在口语中,呼语常缀加在名词词尾,以起到联结作用的强调语气词 ač结尾,表示说话人力求引起对方的注意。该处使用 ač这样的语气词,来表达跋多利婆罗门的疑问之情。

例 2 第 2 品"弥勒菩萨出家成道"的 1b 5—10 行中:

anï išdip tüzün maitri bodswt öz könglingä inčä tip tidi (:)manga ymä bu sawaɣ tünkit ünlä šudawas tngri yirintäki tngrilär tüzü tükäti uqït dïlar..ötrü mogarači urï inčä tip tidi ... tngri baxšï-ya(,)

译文:听到这些话后,仁者弥勒菩萨暗自想道:这些话昨夜净居天诸神也向我说了。之后,摩轲罗倪童子这样说道:师父啊,

显然,该句中在名词师父"tngri baxšï"之后缀接语气助词"-ya",使得此处的译文更加流畅,口语色彩更为浓重。

---

① 鲁军虎:《英汉呼语的语用功能在翻译中的转换对比分析——以〈温夫人的扇子〉为例》,《兰州交通大学学报》2013 年第 5 期,第 89 页。

从第1、2两品中抽离出含有呼语表述的语句，以语篇视角探讨在吐火罗语和回鹘语两种不同类型语言的翻译实践中呼语语用功能的转换。尽管在上述两品中，呼语的使用共两次，但这并不影响我们讨论呼语在整篇文献乃至在其他回鹘文献中的语用价值和功能，比如在回鹘文本《金光明经·舍身饲虎》中，多次使用了呼语，它们或以-a的形式缀接在名词之后，比如"anand-a，öngrä ärtmiš ötdä bočam budïwïpulušda m(a)haratï atlïɣi ligxan bar ärti：(607/6—10)"汉译过来就是这样的，"佛告阿难陀。阿难陀。过去世时有一国王。名曰大车"。该句中的anand-a，语气词-a的使用，与汉文译文相比，回鹘文译文更具口语色彩。还有一种位置形式就是在句首使用ay，译为"啊"来起到呼唤的效果，比如在《金光明经·舍身饲虎》第608页的第16—17行中，原文"ang uluïɣ tiginiki in-iläringä ïnča tip tidi ay inilärim mäning bügünki kün ärtingü qorqum bälinglä güm-kälir"，其中"ay inilrim"应该译为"啊，我的弟弟们"，但是在汉文佛经的原文中是这样翻译的："第一王子。作如是言。我于今日。心甚惊惶。"相对于汉文经文较为呆板的译文，回鹘译者将第一王子失去弟弟的悲痛心情以呼语的形式表现得更为丰满到位。

尽管在回鹘文本中每幕之中并无词牌名，但呼语的使用使得严肃庄重的宗教语言口语化，给人一种咏叹调的感觉，一方面益于佛经的传播，另一方面有助于文学作品中人物形象的塑造。

二、修饰语的增加

此类修饰语关涉人物形象和舞台效果，按照词类可细分为以下几种。

（一）增加形容词

这类词语主要用来描述人物的体貌特征、心理状态、情景性状、颜色声音等，在《弥勒会见记》中，使用增加形容词这一翻译手段的有二十几处，举其要者如下。

例1　yitinčsiz ädgü（无量的德行），该词出现在描述天中天佛时，回鹘文本增加了“yitinčsiz”(无量的)一词,耿世民先生将该词组意译为“无所不能”。

例 2　ol oɣurda yitinčsiz yaɣïz yir altï türlügin täbrädi..qamšadï(那时,褐色大地作六种颤动)。该句中在名词“yir(大地)”前增加了表示颜色的修饰语“yaɣïz(褐色的)”。

除此之外,摘离原文典型词语可见这一翻译手法使用之频繁,如“ägrilmiš bükülmiš ät'özin(弯曲的身体)”“qutluɣ tïnlïɣ(有福之人)”“äzrua tngri-bilgä(具有梵天睿智)”“bägiz bälgülüg(清楚,清晰)”;连用“oysuz(不凹的)kötkisiz(不凸起的)tüz(平直的)”三个词语描述佛之骨骼;用“bïšurmïš šopaɣ altun ošuɣluɣ(像提炼过的纯金一样的)aɣlaq yinčkä(单细的)äwinlig(柔软的)”等语词对佛的皮肤进行修饰;用“tüz(整齐)”示其整齐之状用于佛之牙齿的描述;用“araɣ(纯洁的,洁净的)”一词说明弥勒的高贵出身;分别用“titrüm täring(很深的,深邃的)”和“bilgä(贤明的,智慧的)”来说明老师的睿智;在“äzrua tngri(梵天)”之前多出了修饰语“maitrilaɣ(具有慈悲之怀的,仁慈的)”,耿世民先生将其译为“慈氏”;用“bäksiz mängüsüz(非永远的)ornaɣsïz(不固定的)”两个修饰语来说明“生命和身体”;在“在某时某地”这一时间状语前增加“alp bulɣuluq(难以遇见的)”修饰语等。

(二)增加动词

动词是用来表示人物的动作、语言,揭示人物的性格特征,符合舞台演出的动作化,塑造惟妙惟肖、有声有色、有血有肉的人物形象,这类词的使用在原文中并不多,总共出现 3 次,举例如下。

例 1　... (ili)gin yoqaru kötürüp öküš türlüg ayayu aɣïrlayu ...(高举双手、恭敬地)。

在尼达那婆罗门出场时,吐火罗文本没有过多描述,但是在回鹘文本增加了上述修饰语,惟妙惟肖地描述主人公的出场情形。

例 2　alqu adata arïlɣučï adïnčïɣ tngri tngrisi burxanaɣ körmädin ölür mn.(见不到脱离一切危险的奇异的天中天佛而死去。)

该句中在天中天佛之前增加“alqu adata arïlɣučï(脱离一切痛苦的)”这一修

饰语，用以表达跋多利婆罗门对佛的崇敬之心。

（三）增加副词

副词的使用可以增强动作行为的程度、语气等；回鹘语中的工具格通常在名词之后缀接附加成分-ïn/-in/-un/-ün/-n，用来表示动作行为的方式、工具等意义，可以渲染气氛，给人以更广阔的想象空间。在回鹘语文献中工具格主要表示两大语法意义：其一为表示动作行为的方式或完成该动作所使用的工具，其二为表示动作行为发生的时间或地点等。在《弥勒会见记》中，据统计工具格在前两品内容中前后共出现 8 次。

例如 ... yumšaq sawïn inčä tip tidi ...（温柔地说道：）

该句增加了表示程度的工具格“yumšaq saw（温柔的话语）+ïn（工具格，表示‘用、以’之义）”，可以达到使描写更加形象生动的效果。

除此之外，吐火罗文本中“愁容满面地”在回鹘文本中用工具格的形式表达出来，被翻译为“burqïraq（忧愁的）+yüz（脸）+in（工具格，‘以……’）”，意为“生气地”；“braman sawarünin”（用洪亮的声音）其中，“braman sawar”，意为“梵音”，其后缀接意义类属词 ün（声音），起到解释说明的作用，此处-ün 为工具格，表示“用、以”之义；在其他行文中出现的如“yumšaq sawïn（用温柔的话语）、bögülüg könglin（以睿智的心）、arslan ätinin（以狮子般的声音）、kärti igil körkin（以俗人的身份）、süzük könglin（以虔诚之心）”等都是以工具格的形式进行的细腻入微的描写。

除了工具格的使用，在具体行文中，回鹘译者还常常在人物动作行为之前增加使用副词，这样的情况在文中出现 10 次之多，举例如下：“täbränčsiz inturdi（一动不动地停在）、aqru aqru mangla-（慢慢迈步走向）、amraqlaɣu（友爱）、köngülčä（用心地）、aɣarayamaqïn（尊重地、恭敬地）、siziksiz（无疑）、otɣuraq（一定）”等等。

再如：anïng ara urïlar quwraɣïn tägrikläp aqru aqru manglayu ayaɣqa tägimlig maitri badari(bra)manqa yaqïn tägip (ili)gin yoqaru kötürüp öküš türlüg ayayu aɣïr-layu inčä tip tidi(:)

译文：这时尊者弥勒在众童子的簇拥下缓步走近跋多利婆罗门高举双手恭敬地说道：

该句中，回鹘文本较吐火罗文本多出了一组这样的介词短语“anïng ara urïlar quwraɣïn tägriklä-（在众僧童的簇拥下）”，用来描述弥勒出场时被众多僧童环绕的情形，画面感极强。

（四）增加数量词

数量词的使用可以使人物形象或场景描述更为细致。在《弥勒会见记》第1—2品中，回鹘文本较吐火罗文本多出了3处增加数量词，举其中1例以作说明：

例1　ol oɣurda yitinčsiz yaɣïz yir altï türlügin täbrädi ... qamšadï（那时，褐色大地作六种颤动）。

该句中“altï türlüg（六种）”这个数量短语增加至“täbrä-qamš-”前，用大地震动的特异自然现象这一侧面描写的手段，再现弥勒获得了无上佛果。

除此之外，在回鹘文本中出现了增加使用数量词的语句，比如“yüz iki ygrmi türlüg uluɣ qut buyanlaɣ čoɣ yalïnïn（一百二十种吉祥和威严）”，还有增加了数量词“mïng mïng tümän tümän（千千万万的）”，用概述词来描述追随弥勒出家的各色人等。

（五）佛的尊号前增加“天中天”、在弥勒之前增加“尊者”等修饰语

例1　biz tükäl bilgä tngri tngrisi burxanaɣ körälim ... ikint imatre bodiswt qatapïnalïm ät´öz.

让我们（首先）见全智的天中天佛吧！其次，让我们向弥勒菩萨膜拜吧！

该句中在“佛”之前还增加了“全智的（tükäl bilgä）”“天中天（tngri tngrisi）”两个修饰性短语，类似情况在前两品中共出现16次之多。

例2　YQ1.2 1/1　1a 2所对应的回鹘文原文如下：

anïng ara urïlar quwraɣïn tägrikläp aqru aqru manglayu ayaɣqa tägimlig maitri badari(bra)manqa yaqïn tägip(ili)gin yoqaru kötürüp öküš türlüg ayayu aɣïrlayu inčä tip tidi(：)

译文：这时尊者弥勒在众童子的簇拥下缓步走近跋多利婆罗门高举双手恭敬地说道：

在弥勒之前增加修饰语“tägimlig”（令人尊敬的），表达出对弥勒的崇敬之情，此类情况在《弥勒会见记》的第1品和第2品中共出现7次。

三、anta ötrü的翻译学和语用学价值

anta ötrü 这个词组在前两品中共出现43次，在吐火罗文到回鹘文的翻译过程中，该词组可以看作增译的话题转移标记，起到顺通文义的作用。

通过吐火罗文和回鹘文对勘和异译比较，我们发现了话题结构中的一个显著特点，即无论吐火罗文本中有没有直接对应词，只要遇到话题转换，在回鹘文译文的句首话题位置经常会添加表示“之后”“尔时”等显性标记词，借以开启新话题，使得句子与句子之间原本隐含的界限更为明晰。这一增译手段的使用，与汉译佛经在句首增加“尔时”“今（者/日）”“复次/次复”“（复）有”等话题转移标记词相同，翻译效果深得译者的青睐，在佛经翻译中越来越成为一种有意识的自觉行为。

吐火罗语属于印欧语系 centum 语族中的一种独立语言，其形态变化丰富，不仅在一个句子中，主语和谓语之间可以通过性、数、格的一致变化实现主语对谓语的限定，而且较为突出的是句子与句子之间的话题转换是通过实词的性、数、格、人称等范畴的屈折变化来实现的，因此表示话题转换的标志词就没有存在的必要。尽管回鹘语言在类型上同样属于屈折语，语句之间的衔接也是借助名词、动词等的词形变化等屈折手段表达出来，但是作为阿尔泰语系突厥语族的回鹘语，在《弥勒会见记》中句首频繁使用话题转换标记 anta ötrü 是其翻译实践中值得关注的显著风格特征。

反复比较吐火罗文和回鹘文这两大文本，我们可以看出回鹘文本频繁出现的 anta ötrü 在吐火罗文本中并没有直接对应词，那么在翻译过程中，译者直接接触原文，最容易受到原文话题转换处词语自身屈折变化的影响和启发，依

照对篇章语义的整体把握，在可用亦不可用显性话题转移标记的语境下，倾向选择使用诸如 anta ötrü 之类的标记词，从而实现吐火罗语和回鹘语之间更为深层的对应。从某种程度上也说明了《弥勒会见记》各大语言版本流传于世得益于译者高水平的翻译，明确传达出源头语和目的语语言类型的差异，呈现出的对应就越成系统、越有规律，就越能体现出更为深层次的类型对应。

其实在汉译佛经中较早就出现了像“复次”等词频繁用于句首的现象，而在回鹘文中这样的典型当属 anta ötrü 词组了。对于此类具有话题转移特征的词语，汉语语法学界早已发现并对此做出过性质归属和判定。周一良先生很早提出频繁用于句首的“复次”是汉译佛经的一大特色[①]，“复次”“尔时”等词是伴随译经产生的新词，在语篇功能上它们跟其他句首表达话题转换的标记一样，都是用来开启新话题，同时兼具话题转移功能的，其实这种语法现象在早于汉译佛经之前的中土文献中已普遍存在。蒲立本[②]认为在汉译佛经中出现的像“今”“时”“是时”“尔时”等词语可以定性为表示引介性的小品词，他们并不表达特定的时间概念，而由这类词语起首的句子罗杰瑞[③]称之为“无主语型”存在句，曹逢甫[④]认为是引介句，李佐丰[⑤]认定它可以起到介绍的作用，可以为篇章引入一个新的话题。

总之，像《弥勒会见记》中出现的以 anta ötrü 为例的句法标记词语，在实际的翻译过程中译者有意增加话题标记的倾向可以说对此类带有明显翻译色彩的话题结构起着至关重要的作用，他们的主观自觉直接作用于译文，并凭借译文的广宣弘传深刻影响着全民的表达习惯和表达方式。在《弥勒会见记》由梵语到吐火罗焉耆语再到回鹘语的二度翻译过程中，频繁增加话题转移标记的特点

---

① 周一良：《论佛典翻译文学》，(原载于中国社会科学出版社编：《周一良文集》，北京：中国社会科学出版社，1993 年，第 165 页。)

② [加拿大]蒲立本(Pulleyblank，Edwin)著，孙景涛译：《古汉语语法纲要》(*Outline of Classical Chinese Grammar*)，北京：语文出版社，2006 年。

③ 罗杰瑞：《汉语概说》，北京：语文出版社，1995 年。

④ 曹逢甫著，谢天蔚译：《话题在汉语中的功能研究——迈向语段分析的第一步》，北京：语文出版社，1995 年。

⑤ 李佐丰：《文言实词》，北京：语文出版社，1994 年。

再一次论证了各种语言逻辑结构相通、表达形式互译的这一语言事实。

第四节 继承与吐纳的经典之作——《弥勒会见记》

一、《弥勒会见记》对佛经翻译理念的涵化

作为佛经翻译史上力作之一的《弥勒会见记》,浸染隋唐时期汉译佛经翻译理论,同时彰显自身特有的翻译魅力。历史上,佛经的翻译方式大致经历了从"口授"到经本的翻译过程,在不断积累翻译经验的基础上,道安秉持直译的翻译理念,并提出了在翻译的实际操作过程中常常遇到的"五失本,三不易"的问题,指向了佛经翻译所遇到的五种偏向和三个不易翻译的困难。此外翻译大师玄奘在经年累月的佛经翻译中,认识到梵语到汉语两种不同语系语言之间转换的实际问题,提出了佛经翻译的"五不翻"原则:

> 一、秘密故,如陀罗尼;二、含多义故,如薄伽梵具六义;三、此无故,如阎浮树,中夏实无此术;四、顺古故,如阿耨菩提,非不可翻,而是摩腾以来,常存梵音;五、先善故,如般若尊重,智慧轻浅。[①]

在回鹘文《弥勒会见记》中,译者基本采用直译方式,忠于原典。由于该文本译自吐火罗文本,通过对佛教专门术语的整理,我们可以发现吐火罗语对回鹘语的影响较大,比较同一个佛教词语的梵文、吐火罗文和回鹘文的书写形式,可知回鹘文的形式更接近吐火罗文的书写形式,列表如下,以供参考:

---

① 方立天:《中国佛经文化》,北京:中国人民大学出版社,2006年,第85—88页。

回鹘文写法	吐火罗文写法	梵文写法
muktika	muktikā	Muktikā
patina	paṭṭinī	Paṭṭinī
čitika	ceṭikā	Ceṭikā
maxaparčapati	mahāprajāpati	Mahāprajāpatī
gautami	gautami	Gautamī
yažotara	yaśodharā	Yaśodharā
gopika	gopikā	Gopikā
tiši	tiṣye	Tiṣya
niridani	nirdhane	Nirdhana
mogarači	mogharāje	Mogharāja
upašimi	upaśime	Upaśima
payngike	paiṅgike	Paiṅgika
čitrarti	citrarathe	Citraratha
xaymawati	haimavati	Haimavati
purnaki	purṇake	pūrṇaka
wayširwan	waiśrava	Vaiśravaṇa
manibatri	māṇibhadre	Maṇibhadra
purnabadari	purṇabhadre	Pūrṇabhadra
arati	ārāḍṃ	Ārāḍa
udaraki	udrake	Udraka
wirutaki	virūḍhaki	Virūḍhaka
nantï	nande	Nanda
upananti	upanande	Upananda
wirupakši	virupākṣe	Virūpākṣa
sandušiti	saṃtuṣite	Saṃtuṣita
suyami	suyāne	Suyāna
wimačitri	vemacitre	Vemacitra
pingali	piṅgale	piṅgala

上述例证可以为我们提供这样的信息:佛经中出现的人名、地名、经名等专有名词,译者尽量采用直译的方式翻译该类词语,而对于那些在回鹘语中本不存在的语音则根据自身的发音规律来替代外来音节,以便使这些音译词更符合回鹘语自身的语音结构特点。

除了上述有规律可循的音译方式外,《弥勒会见记》中对于来自梵语、粟特语和汉语中的宗教用语借词,大多采取直接使用的方式,而不加任何语音形式的变化,比如梵语借词的"braman 婆罗门""arhant 罗汉""sanbutik 教义""paramartik 度",粟特语借词的"tamu 地狱""šimnu 魔鬼""čahšapat 斋戒""noš 甘露"及汉语借词中的"burhan 佛""qunčuy 公主""toyïn 道人"等。

因此,在处理宗教专有名词时回鹘译者基本坚持了直译的翻译理念,尽量与吐火罗文本保持一致,同时在不影响原典原意的基础上,能直译的坚持按照原文直译,于是产生了一批回鹘文的仿译词,比如在前两品中出现的:"üč ärdini 三宝""biš yapaɣ 五蕴""üč ot 三种魔火""üč ïnaɣalu 三皈依""biščöbik bulɣanyuq iritmiš 五浊""biš yol ičintäki tïnlaɣ(la)r 五化身""toquz on artuq altï azaɣ 九十六种外道"等,这些仿译词对于回鹘佛教的传播和回鹘语词汇的发展起到了重要作用,它们的出现既利于佛教思想在回鹘信众中的传播,又利于回鹘语词汇的扩充。

通观回鹘文《弥勒会见记》的翻译实践,既有对汉文佛经翻译思想的继承,有效处理佛教专有名词,在不改变原典、原文的前提下,尽量保持直译的翻译风格,同时又有彰显出自身独特的翻译特色,增加修饰语、呼语等翻译手法可以说《弥勒会见记》是继承和吐纳佛经翻译理念的经典之作。

二、《弥勒会见记》之翻译学和传播学价值

关于《弥勒会见记》的渊源及其演变,哈密本《弥勒会见记》中存在多处记载:"洞彻并深研了一切论、学过毗婆尸论的圣月菩萨大师从印度文改编成吐

火罗语,智护戒师又从吐火罗语译成回鹘文。"[1]这段记载至少说明了三个至关重要的问题:《弥勒会见记》最初是来源于古印度的梵语剧本;圣月大师将此剧本改编为吐火罗语剧本,吐火罗语《弥勒会见记》是一部比较典型的剧本形式,标明了场次、场景变化、出场人物、演出曲调等;回鹘文《弥勒会见记》是由吐火罗文本传译而来,依然保留剧本形式。

在由古印度语至吐火罗语再至回鹘语的传译过程中,《弥勒会见记》不同译本所述母题基本保持一致,但二次翻译不可避免地留有异质文化之间碰撞与融合的历史印记。从某种程度上看,《弥勒会见记》的传译不仅是相关语言转换的问题,而是包含着文化交流等方面的复杂内容,其传译价值应是多方面的。

首先,《弥勒会见记》的传译为丰富和发展回鹘文文献提供了良好的前提条件。尽管《弥勒会见记》主要讲述弥勒出家为僧会见佛祖释迦牟尼的故事,但在回鹘文本中我们依然可以捕捉到有关摩尼教的片段信息,比如第 3 品中的第 9 叶 b 面的第 11 行中出现的"on čɣšapt(十戒)",耿世民先生认为其与摩尼教内容相关。由此可见,彼时西域多元宗教之间的融通,从中可以折射出回鹘社会发展的某些历史情况,为我们了解回鹘文化和宗教特点提供极高的历史学价值。

其次,《弥勒会见记》的传译为审视民族文化交流打开了一扇窗。翻译,就其本质而言,实为文化与文化之交流。翻译不仅是译者跨语言体系的转化,更是一种跨文化的行为。"任何一个发展着的民族,必然要吸收可能吸收到的其他民族的文化来丰富自己,愈能吸收别人的长处(不是短处),愈对自己有利"[2]。可见文化交流是本民族文化发展不可或缺的途径。而作为外来文化的佛教,"其托命在翻译,自然之数"[3],借以翻译途径东传,与古代西域诸民族关系密切,影响日隆,与传统文化息息相通,最终成为中国传统文化的重要组成部分。毋庸置疑,《弥勒会见记》同样是我国历史文化宝库中的一颗璀璨明珠,译

---

① 耿世民:《回鹘文哈密本〈弥勒会见记〉研究》,北京:中央民族大学出版社,2008 年,第 89—90 页。
② 范文澜:《中国通史简编》,北京:人民出版社,1965 年,第 289 页。
③ 梁启超:《中国佛教研究史》,北京:社会科学出版社,2008 年,第 156 页。

本对勘对研究佛经翻译在古代中外各民族文化的交流融合与传承发展方面具有重要意义。

从文化交流的大视域观之,佛经翻译所引进的不仅仅是具象的佛教经典,更是一种特有的异质文明。根植于印度文明深厚土壤的佛教是印度文明的一个重要宗教形态,该种理念和信仰体系承载着印度文明独有的文化成果。大量不同类型的佛教经典被译为西域各民族文字,为佛教与古代西域民族文化的交融提供了现实途径,一定程度上丰富和发展了西域和中土既有的价值理念和文化体系。

再次,《弥勒会见记》的传译为古代维吾尔语言文学带来了深远影响。回鹘文本《弥勒会见记》能够流布存世,得益于译者娴熟而高超的语言驾驭能力和良好的文学修养。在对勘《弥勒会见记》两个译本过程中,我们不得不惊叹于回鹘译者的多语言天赋,其在保证原文本内容不变的前提下,通达义旨,灵活运用直译、意译、改译等多种翻译方法,相得益彰,各展其长。

《弥勒会见记》的传译"不但在输入新的内容,也在输入新的表现法"[①]。伴随着佛教的传播和大量梵文、吐火罗文新语言要素的输入,成批的佛教词语融入回鹘语词汇,为回鹘语词汇输入新鲜血液,丰富了回鹘语的词汇宝库。

同时以《弥勒会见记》为代表的佛经译作,也为西域诸民族甚或华夏民族的文学发展提供了可资借鉴的内容素材和表现形式。正如梁启超指出的:"盖有外来'语趣'输入,则文学内容为之扩大,而其质素乃起一大变化也。""不特为我思想界辟开一新天地,即文学界之影响亦至巨焉"[②]。

整体而言,对勘不同文本的《弥勒会见记》为我们全面了解和蠡测佛教在西域的流布、不同语系间语言的接触提供了可能性。无论是吐火罗文本还是回鹘文本的《弥勒会见记》,译本的流传都将印度佛教的精深和奥妙,经由西域引入儒家和道家占主导地位的中土,给广大百姓提供了思考人生、探讨宇宙的另外一条新奇之路。

---

① 鲁迅:《关于翻译的通讯》(原载于黎照:《鲁迅梁实秋论战实录》,北京:华龄出版社,1997 年,第 315 页。)

② 梁启超:《佛学研究十八篇》,台北:台湾中华书局,1976 年,第 29 页。

第六章 反思与重构——《弥勒会见记》之文学史价值

第一节 佛典翻译对中国文学之影响

佛教与中国文学相互影响和交流的关系，梁启超在《翻译文学与佛典》中曾指出："凡一民族之文化，其容纳性愈富者，其增展力愈强，此定理也。我民族对于外来文化之容纳性，惟佛学输入时代最能发挥，故不惟思想界生莫大之变化，即文学界亦然。"[①]由此可见，佛教经由西域至中土传播并生根开花，结成丰硕果实，是古代中外文化交流的重大成果，也是中华民族具有巨大包容性的卓越体现。

从佛教自身发展历史看，无论是在发源地古印度（这里使用约定俗成的称呼，泛指以中印半岛为中心的南亚和中亚地区，即佛教发源和早期传播的地区），还是后来在诸国的弘传，从经典的结集到教法的传播，从对教主、教义的赞颂到信仰心的抒发，如此等等都要广泛地采用文学手段，历代创造出为数众多的"佛教文学"作品使得佛教成为文学的一种载体。

① 梁启超：《佛学研究十八篇》，台北：台湾中华书局，1976年，第27页。

"佛教文学"已是约定俗成的称呼,但具体所指有较大差距。就佛教典籍而言,广义的佛教文学泛指经、律、论"三藏",狭义的则限制在具有浓厚文学色彩和较大文学价值的作品。在学术研究领域,广义的佛教文学包括世俗文学中表现佛教观念、受到佛教影响的作品,狭义的则限制在僧俗所创作的主旨为赞佛、护法、宣扬佛教信仰的作品,而在具体运用中又存在差别。

从更广阔的视野看,在世界宗教史上,中华民族积极接受佛教,经过不断的发展、创新而实现"中国化",形成独具特色与成就的"汉传佛教",进而对周边民族有所影响并做出贡献,乃是文化交流史上的范例。反之,中土人士通过佛教认识并接受了印度和西域文化,融摄消化作为创作本民族文学的滋养和借鉴,继而又把自己创造的新成果贡献给其他国家和民族,这也是世界文化、文学交流史上的佳话。

一、宗教与文学的关系

宗教与文学本来有着密切、类似孪生的关系,二者在内容和形式上具有极大的共通性,黑格尔在论述"艺术对宗教与哲学的关系"时指出,"宗教却往往利用艺术,来使我们更好地感到宗教的真理,或是用图像说明宗教真理以便于想象;在这种情形之下,艺术却是在为和它不同的一个部门服务"[①],简单地说,解释艺术可以为宗教服务,黑格尔又指出"最接近艺术而比艺术高一级的领域就是宗教"[②]。在黑格尔看来,艺术与宗教是客观真理的体现形态,从而沟通了二者之间的关系。而从宗教史的实践来看,各民族的文学艺术往往把宗教作为重要表现内容,对于宗教信徒而言,文学艺术创作不仅是表达信仰心的主要手段,更是重要的宣教工具。

这些"佛教文学"作品随佛典传译输入中土,成为中土民众接受佛教的机

① [德]黑格尔著,朱光潜译:《美学》第一卷,北京:人民文学出版社,1962年,第125—128页。
② [德]黑格尔著,朱光潜译:《美学》第一卷,北京:人民文学出版社,1962年,第125—128页。

缘。统治阶层出于巩固统治和施行教化的目的，一般均实行“三教齐立”的宗教政策，这就促成了源远流长的“三教调和”以至“三教合流”的社会潮流。就狭义的“佛教文学”作品而言，有外来翻译的和本土创造的，英国印度文学家C·埃利奥特在论述佛陀事业时说：“他不仅传播了就严格意义而言的宗教，而且也传播了印度艺术和文学远及印度国境以外。”①

东汉以来，伴随佛典传译的是规模空前的外国文化和文学的输入。传译为西域诸多语言的部派佛教的佛传、本生、譬喻故事等可被视为翻译文学作品，如《法华经》《维摩经》《华严经》等，其文学成就被人们赞赏，给历代文人学士提供了众多的创作材料及思想艺术借鉴。

中国文学从中受益良多。从文学创作的艺术表现层面看，佛教影响更普遍地及于主题、题材、人物形象、情节结构、语言修辞、事例典籍和写作技巧等诸多方面。语言本是文学创作的基本素材，佛教给中国文学增添了无数新的词汇、句式、修辞方式和表现手法等。佛典行文中的韵、散结合方式直接给讲经文、变文、宝卷、鼓词等众多说唱文体提供了借鉴，更间接影响到唐传奇、宋元话本、章回小说的行文结构；而在创作体裁方面，借鉴翻译佛典和佛教的宣教方式更促使一批新文学体裁的形成；就艺术方面而言，佛教提供的信息使得中国文学更加丰富多彩。

二、佛典翻译对中国文学的影响

佛典，一般称为“佛经”，即经、律、论“三藏”，是佛教的根本典籍。我国佛典翻译年代可考最早的一部是安世高于东汉桓帝元嘉元年(151年)所出的《明度五十校计经》。荷兰学者许理和曾指出，自有记载的第一位译师安世高系统地翻译佛典，就“标志着一种文学活动形式的开始，而从整体上看来，这项活动必

① [英]查尔斯·埃利奥特著，李荣熙译：《印度教与佛教史纲》第一卷，北京：商务印书馆，1982年，第11页。

定被视为中国文化最具影响的成就之一”[①]。佛教传入我国，其“文学活动形式”也被发扬光大。

日本的中国学泰斗吉川幸次郎在评论中国正统文学创作传统时曾言“重视非虚构素材和特别重视语言表现技巧可以说是中国文学史的两大特长”[②]，同时在谈及中国哲学时说，“抑制对神、对超自然的关心，而只把目光集中在地上的人。这种精神同样地支配着文学”[③]。就吉川所提出的上述两方面论述佛教、佛典及佛典翻译文学的输入，仅对中国文学艺术的影响而言，其贡献不可估量：一方面它推进了中土固有传统的扩展和变化，另一方面则是对它的丰富和补充。正如刘熙载所言：“文章蹊径好尚，自《庄》《列》而出一变，佛书入中国又一变。”[④]佛典翻译文学对中国文学的影响可以从文学语言、行文体制、文学体裁等诸多方面展开论述。

(一)文学语言方面

语言是文学作品的表现载体。历朝历代传入的佛典翻译作品，为西域语言及汉语带来了数量可观的外来语词汇、语法、修辞手法及表达方式等。外来词语被翻译为回鹘语言大体可分为三种情况：一种是利用回鹘语中固有词赋予新的概念，如“空”“真”“观”“法”等词是赋予原有词语以特殊宗教含义，实际上等于创造新词；另一种是利用回鹘语词素的本义结合成仿译词“四谛”“五蕴”“因缘”“法界”之类；再一种则是另造新词语，如“实际”“境界”“法门”“意识”“大千世界”等。较为特殊的一类是音译词，即在玄奘的“五不翻”理论下译出的词语，诸如“般若”“菩提”“涅槃”“陀罗尼”“阎浮提”等。随着佛典翻译作品的大量涌入，许多外来词语逐渐沉淀在回鹘语的底层，成为回鹘语中的基本词汇。

词汇是语言中最活跃的因素，如此众多的外来词语的输入极大丰富了回

---

① [荷兰]许理和著，李四龙等译：《佛教征服中国》，南京：江苏人民出版社，1998年，第46页。
② [日]吉川顺次郎著，钱婉约译：《我的留学记》，北京：光明日报出版社，1999年，第168页。
③ [日]吉川顺次郎著，钱婉约译：《我的留学记》，北京：光明日报出版社，1999年，第168页。
④ [清]刘熙载：《艺概》卷一《文概》，上海：上海古籍出版社，1978年，第9页。

鹘文学乃至中国文学创作的材料来源，从语法角度看，梁启超曾做出如下论断：

> 吾辈读佛典，无论何人，初展卷必生一异感，觉其文体与它书迥然殊异。其显著者：（一）普通文章中所用“之乎者也矣焉哉”等字，佛典殆一概不用除之谦流之译本；（二）既不用骈文家之绮词丽句，亦不采古文家之绳墨格调；（三）倒装句法极多；（四）提挈句法极多；（五）一句中或一段落中不含解释语；（六）多复牒前文语；（七）有连缀十余字乃至数十字而成之名词——一名词中，含形容词格的名词无数；（八）同格的词语，铺排叙列，动至数十；（九）一篇之中，散文诗歌交错；（十）其诗歌之译本为无韵的。凡此皆文章构造形式上，画然辟一新国土。直言之，则外来语调之色彩甚浓厚，若与吾辈本来之“文学眼”不相习，而寻玩稍近，自感一种调和之美。①

上述文字中的除第（二）（八）两项属于修辞范畴外，其余六项均属于对汉语语法的评论。佛典中多用比喻、夸张等修辞手法，展卷即是，毋庸赘述。总之，佛典翻译的过程本身就是西域语言、汉语等和外来语长期广泛交流的过程，这在一定程度上丰富了汉语文学语言及其表现手段。

（二）行文体例方面

长期的译经实践，形成了“译经体”，这是一种华梵结合、韵散间行、雅俗共赏的文体。梁启超所言“既不用骈文家之绮词丽句，亦不采古文家之绳墨格调”和“一篇之中，散文诗歌交错”指的就是这种文体特征。胡适在谈到翻译文体时做出这样的论述：

> 这样伟大的翻译工作自然不是少数滥调文人所能包办的，也不是那

① 梁启超：《翻译文学与佛典》，（原载于《佛学研究十八篇》，台北：台湾中华书局，1976 年版，第 28—29 页。）

含糊不正确的骈偶文体所能对付的。结果便是给中国文学史上开了无穷新意境,创了不少新文体,添了无数新材料。新材料和新意境是不用说明的,何以有新文体的必要呢?第一因为外国来的新材料装不到那对仗骈偶的滥调里去。第二因为主译的都是外国人,不曾中那骈偶滥调的毒。第三因为最初助译的很多是民间的信徒;后来虽有文人学士奉敕润文,他们的能力有限,故他们的恶影响也有限。第四因为宗教的经典重在传真,重在正确,而不重在词藻文采;重在读者易解,而不重在古雅。故译经大师多以"不加文饰,令易晓,不失本义"相勉。到了鸠摩罗什以后,译经的文体大定,风气已大开,那般滥调的文人学士更无可如何了。①

另一方面,则是行文中韵散间行,胡适对此指出:

印度的文学有一种特别的体裁:散文记叙之后,往往用韵文(韵文是有节奏之文,不必一定有韵脚)重说一遍。这韵文的部分叫"偈"。印度文学自古以来多靠口耳相传,这种体裁可以帮助记忆力。但这种体裁输入中国以后,在中国文学上却发生了不小的意外影响。弹词里的说白与唱文夹杂并用,便是从这种印度文学形式得来的。②

"译经体"里的偈颂是一种不规则的韵文,使用五、四、七言或六言句,基本不用韵,节奏和句式则根据文义安排。回鹘文《弥勒会见记》中韵文部分的形式和作用与之相似。这种"偈颂体"是一种独特的"自由体"诗歌,后来颇有中土文人加以模仿。鸠摩罗什翻译的《法华经》被称赞为"可谓折中,有天然西域之语趣"③,乃是既合乎汉语规范又保持外语风格成功译经的典型例子。这种具有异域情调的译文对中土文人产生相当的吸引力,对文风的演变也起到了一定的

① 胡适:《白话文学史》,上海:上海古籍出版社,1999年,第98页。
② 胡适:《白话文学史》,上海:上海古籍出版社,1999年,第109—110页。
③ [宋]赞宁:《宋高僧传》卷三《译经论》,北京:中华书局,1997年,第724页。

作用:就文章结构而言,如晋代陶渊明写下了脍炙人口的《桃花源诗》,之后又创作了传颂至今的《桃花源记》,唐代文人写传奇小说也常常与诗歌相配合,都是借鉴佛典韵散相结合的新创举。至于民间说唱体裁的变文、宝卷等,则更直接地取法佛典的行文体例,而唐宋时期创造的新"古文",也是从译经体中得到的启发。

(三)文学体裁方面

佛典的经藏和律藏主要是叙事,而论藏重在议论。论藏中的议论很有特色,值得关注。比如部派佛教的"阿毗达摩"作为议论文字,其特点在于:注重名相、事教的辨析、由因及果的论证、条分缕析的行文结构和举事为譬的说明方式。随着佛典的传译,它们对中土文人的议论文字产生了重大影响。更为值得关注的是佛典对中土叙事文学发展带来了不可估量的影响。隋唐以前中土叙事文学主要是史传和志怪、志人小说。志怪小说常见的如《搜神记》、志人小说如《世说新语》,或者记录奇闻异事,或者传述名士逸闻,终归没有脱离"街谈巷语,道听途说"[①]的"残丛小语,近取譬喻,以作短书"[②]的模式。鲁迅说唐人"始有意为小说"[③],意指此前的文人创作还没有自觉地通过"幻设"创作小说的观念和实践。而佛典尤其是大部佛传和一些大乘经中常常充满玄想的具有复杂情节的叙事文字。因此,陈寅恪在谈及《顶生王经》《维摩诘经》等与《说唐》《重梦》等关系时指出:"虽一为方等之圣典,一为世俗之小说,而以文学流别言之,则为同类之著作。然此只可为通识者道,而不能喻于拘方之士也。"[④]正因为如此,后来中国小说的发展,包括长篇小说的兴盛,有形无形间与佛典有一定关系。除此之外,服务于佛教宣传还形成了一批新的文体,陈寅恪在论及当时被称为"佛曲"的《维摩诘讲经文》时说:"佛典制裁长行与偈颂相间,演说经义自然仿效之,故为散文与诗歌互用之体。后世衍变既久,其散文体中偶杂以诗歌者,遂

---

① [汉]班固:《汉书》卷三〇《艺文志》,北京:中华书局,第1745页。
② [梁]萧统编,[唐]李善注:《文选》卷三一李陵《行军》,北京:中华书局,1997年,第444页。
③ 鲁迅:《中国小说史略》第八篇《唐之传奇文(上)》,北京:中华书局,2011年,第70页。
④ 陈寅恪:《敦煌本维摩诘经文殊师利问疾品演义跋》,北京:三联书店,2009年,第185页。

成今日章回体小说。其保存原式,仍用散文诗歌合体者,则为今日之弹词。”[①]这里所说的“佛曲”实际所指讲经文,这种散韵结合的章回体演说形式可以补充为敦煌出土的变文、押座文、缘起等一系列讲唱文体和明清时期的宝卷等。

(四)观念层面

佛教翻译文学对中国文学的影响,主要在艺术思维、谋篇布局的艺术构思等方面带来了一场“思想风暴”。牟子在《理惑论》中曾指出:

> 佛者,谥号也。有名三皇神、五帝圣也。佛乃道德之元祖,神明之宗绪。佛之言觉也,恍惚变化,分身散体,或存或亡,能大能小,能圆能方,能老能少,能隐能彰,蹈火不烧,履刃不伤,在污不辱,在祸无殃,欲行则飞,坐能扬光,故号为佛也。[②]

范晔在《后汉书》中这样描写佛陀及佛典文学带来的新奇印象:

> ……然(佛典)好大不经,奇谲无已,虽邹衍谈天之辩,庄周蜗角之论,尚未足以概其万一。又精灵起灭,因报相寻,若晓而昧者,故通人多惑焉[③]。

源于古印度而后又经西域东来的佛教及其翻译作品,在艺术上和美学上代表的是完全不同于中土的文学传统,使用特殊的构思和表现技巧,体现着自身独特的思维方式。中土文人在其震惊、赞赏之余,必然要加以模仿和借鉴。对此,吉川幸次郎认为:“小说和戏曲使文学从以真实的经历为素材的虚构限制戒律中解放出来……戏曲和小说都是虚构的文学。”[④]佛教和佛典中大量玄想的内容、虚构的方式有力地促进了中国小说、戏曲创作想象力的解放,对其艺术

① 陈寅恪:《敦煌本维摩诘经文殊师利问疾品演义跋》,北京:三联书店,2009年,第180页。
② [汉]牟子:《理惑论》,《弘明集》卷一,成都:四川人民出版社,1999年,第52卷第1页。
③ [宋]范晔:《后汉书》卷八八《西域传论》,北京:中华书局,2000年,第2932页。
④ [日]吉川幸次郎著,钱婉约译:《我的留学记》,北京:光明日报出版社,1999年,第176页。

发展具有重大意义。

这首先表现在佛典中想象手法的运用之普遍、表达方式之大胆新奇，是中土文学所无法企及的。自部派佛教时期发展出独特的宇宙观、佛陀观，从而想象的世界变得无限恢宏和神异。玄想和虚构的内容与中土文学重"实录"的精神存在根本的差异。在佛教的宇宙观念中，有情世界有过、现、未三世和六道；诸佛及其佛国土更超越三世、遍及十方。佛典中塑造的人物形象不止有三世轮回中的人，还有罗汉、天神、天龙八部、恶魔和饿鬼等。在俗的佛陀自不必说，就是罗汉、菩萨以至佛陀的敌人、恶魔等都有无数神通。正是这些超乎想象的"人物"和神异无比的事件才构想出了千奇百怪、五彩缤纷的佛教故事。佛典里的奇思异想不仅超凡绝伦，而且充满幽默感，具有强烈的艺术魅力。后代的小说、戏曲从中取得借鉴，遂开创作的新生面。

富于玄想的佛教故事，行文结构更是恢宏自由。尽管在一些佛典中存在本生、譬喻故事具有程式化、教条化的弊病，但是相对于同时期的中土文学而言，佛典中已然包含篇幅相对较长、情节更为复杂的作品。作为外来文化的产物，佛典反映出与中土截然不同的思维方式，构思、结构与中土文学传统有着质的差异。例如有些篇幅较长的佛典在佛陀说法的大框架之下，组织进另外的故事，从而形成双重或多重的结构。《佛本行集经》中就组织进不少本生故事，《贤愚经》里的故事很多是多重结构的，而《维摩经》从佛陀在庵罗树园说法开始，到文殊师利率众子弟、菩萨等来维摩方丈问疾，再回到庵罗树园听佛陀说法，像是三幕戏剧，其中每一部分又插入另外的故事，形成极其复杂但又统一的结构。佛典里那些常见的观念，如神变、拟人外，还有变形、分身、幻化（化人、化物、化现境界）、魔法、异变（地动、地裂、大火等，这在《善恶两王子的故事》中体现得更加突出）、离魂、梦游、入冥（地狱）、升天、游历它界（龙宫、大海等）等，都是超出常识的构思，成为构造故事情节的重要方式，给六朝等传奇小说的创作以启迪。

在具体的写作技巧方面，佛典更具有其优势和特长，大量使用比喻、夸张和排比等修辞技巧。佛典中的比喻修辞多种多样、层出不穷。《大涅槃经》里提出了佛典中常见的比喻有八种具体类型，“喻有八种：一者顺喻，二者逆喻，三者现喻，四者非喻，五者先喻，六者后喻，七者先后喻，八者遍喻”[①]。该经同卷中还指出了另一种比喻类型，谓其“分喻”，即喻体只比喻被喻者的一部分。《大智度论》指出“譬喻有两种：一者假以为喻，二者实事为喻”[②]，即谓“假喻”和“实喻”。除此之外，还有连用多种比喻类型的“博喻”。至于佛典中的“好大不经”，即指多用极度夸张的手法，超越时空限制，超越常识度量，这也是印度人富于玄想性格的体现。比喻和夸张相结合则能造成更为强烈的表达效果，除此之外，佛典中也常常将复叠和排比连用，胡适在《白话文学史》中指出：

> 《华严经》末篇《如法界品》占全书四分之一以上，写善财童子求法事，过了一城又一城，见了一大师又一大师，遂敷演成一部长篇小说……这种无边无际的幻想，这种‘瞎嚼咀’的滥调，便是《封神传》‘三十六路伐西岐’，《西游记》‘八十一难’的教师了。[③]

尽管反复使用复叠和排比会显得枯燥乏味，但运用得当则能强化艺术效果。

总之，就其文学归属而言，佛典翻译文学是古代的外国和外民族文学，带有外来文学本身的特征；作为翻译作品，他们身兼多重属性，一为外国、外来民族文学之特征，二作为宗教圣典具有宗教文献之特征。这就使得这些作品呈现出极其复杂丰富的面貌来。历代文人吸收、借鉴佛典翻译文学成果，不断开拓出文学创作的新生面。中国文学与外来文学的交流和结合从而成为文学发展的巨大推动力，结成众多丰硕而精美的果实。

---

① 《大般涅槃经》卷二九《狮子吼菩萨品》，上海：上海古籍出版社，1991 年，第 536 页。
② 龙树：《大智度论》卷三五《释报应品》，上海：上海古籍出版社，1994 年，第 320 页。
③ 胡适：《白话文学史》，上海：上海古籍出版社，1999 年，第 122—123 页。

第二节　西域戏剧与中原戏剧

一、西域戏剧传入中原的假说

（一）有关“西域”

“西域”是一个典型的时空范畴。从地域范围上讲，有广义和狭义之分，狭义的“西域”指称我国西部的玉门关、阳关以西，葱岭以东的广大区域，常指今新疆维吾尔自治区境内；而广义的“西域”是指以狭义的西域为津梁，通过它所能达到的区域，涵盖的范围更为广泛，多包括亚洲中、西部，印度半岛，欧洲东部和非洲北部等。从时间广度上而言，“西域”一词始自《汉书·西域传》的记载，汉武帝派遣张骞初通西域，汉宣帝始置西域都护，唐在西域地区设立安西、北庭两大都护府，“西域”之名屡见史册，延至19世纪末期，“西域”之名才废弃不用，因此本书中的“西域”多指古代西域境内与汉至清代这一历史之间。①

古代的西域地区曾经是世界几大文明文化交汇之处，印度文化、中华文化、伊斯兰文化等先后在这片土地上交流融汇，佛教、伊斯兰教和基督教曾在此处汇流。西域一度是古代中国对外交流交往的重要通道，这不仅是一条经济通商之路更是一条文化交流的长廊。西域文化和经由此处东传的印度佛教文化，对中原文化的影响无论提到怎样的高度都不过分。②

（二）西域戏剧

西域自古便是歌舞胜地，乐舞戏剧的传统在这里悠久绵长。独特的地理优势和多种文化间的交流融汇造就了西域开放、多元的文化品格，早在真正意义

① 黎蔷：《20世纪西域古典戏剧文本的发掘与研究》，《文学遗产》2003年第4期，第135页。
② 钟涛，李颖：《新疆出土戏剧文献与中国戏剧史研究》，《文学前沿》2000年第1期，第127页。

上的戏曲产生之前,原始意味和初级形态的古代戏剧便在我国的西域地区获得了较为充分的发展。早期发现的大量岩画中就已存在表现人类早期从事乐舞创作的生动场面,之后最早出现在文献记载中,有关西周时期表演歌舞戏弄娱世的傀儡戏的演出,《汉书·张骞传》曾记载了西域地区角抵、奇戏的各种表演形式,《晋书·吕光传》中留下了有关龟兹地区的"奇伎异戏"的演出记载,这些散见于史书记载的百戏散乐,着实对中国戏曲艺术的形成和发展产生过重要影响。援引王国维先生在《宋元戏曲史》中的精当评述足以佐证上述论点:

> 合歌舞以演一事者,实始于北齐。……盖魏、齐、周三朝,皆以外族入主中国,其与西域诸国,交通频繁,龟兹、天竺、康国、安国等乐,皆于此时入中国,而龟兹乐则自隋唐以来,相承用之,以迄于今。此时外国剧戏,当与之俱入中国。如《旧唐书·音乐志》所载'拨头'一戏,其最著之例也。①

在唐代文献《乐府杂录·鼓架部》中出现了关于"拨头"最早的记载。对于《钵头》的来源在《旧唐书·音乐志》中这样记载:"《拨头》出西域,胡人为猛兽所噬。其子求兽杀之,为此舞以象之。"两处文献记载中的《钵头》和《拨头》实乃同名异译,记载内容基本一致,故事情节较为简单,讲述的是"寻父打虎"的故事,表演者依据情节内容的需要,配合以"面作啼,盖遭丧之状",故事演绎在歌舞中完成,"山有八折,故曲八叠""求兽杀之",配合演出的乐器有"乐有笛、拍板、答鼓"。对于这部来自西域的"拨头"戏业已突破了单纯的角抵、歌舞等竞技性质的表演,其艺术形式和内容已朝着有故事情节、有矛盾冲突、有演员表演、有歌舞伴奏的戏曲形式迈出了重要的一步,这也充分表明了《拨头》在中国戏剧史中所占据的特殊地位和艺术价值。②

---

① 王国维:《宋元戏曲考》,(原载于《王国维戏曲论文集》,北京:中国戏剧出版社,1984 年,第 4 页。)
② 黄永明:《西域戏曲艺术探源》,《西域研究》1997 年第 1 期,第 64 页。

除了上述简要提及的隋唐时期西域歌舞戏之外，散落于丝绸之路上的众多出土文物也体现了西域歌舞戏对中国戏曲表演发展存在的密切关系，重要的有如：唐代克孜尔石窟第80窟中水人戏蛇图，唐代吐鲁番阿斯塔纳第206号张维夫妇墓绢衣戏俑，唐代吐鲁番阿斯塔纳第336号墓顶竿倒立木俑、狮子舞泥俑、大面舞泥俑、男女戏弄泥俑等，唐代龟兹舍利盒苏幕遮乐舞图等，这些文物栩栩如生地再现了公元七八世纪西域地区所流行的主要戏剧或与戏剧相关的艺术形态，它们为我们当今深入思考西域戏剧发展的主要历程及其与中原戏剧间的关系提供了真实且宝贵的文物依据。

直到宋金时期，西域戏剧的发展状况仍屡见史册。在《宋史·高昌传》中，宋太宗的供奉官王延德奉皇帝之命出使高昌回鹘王国，归朝之后，在其著述《西州使程记》中有如此记录：

> 至七日，见其王及王子、侍者，皆东向拜，受赐。旁有持磬者击以节拜，王闻磬声乃拜，既而王之儿女亲属皆出，罗拜以受赐。遂张乐饮宴，为优戏，至暮。明日泛舟于池中，池四面作鼓乐。①

对于上述记述，德国学者葛玛丽·冯佳班在《高昌回鹘王国的生活(850—1250年)》一书中这样分析：

> 从王延德的珍贵的记录中，可以了解到高昌回鹘王朝承继了历代回鹘王朝的乐舞艺术传统，可以知道该王朝自建立以来，乐舞艺术以及戏剧、戏剧音乐在高昌回鹘人中的发展。②

高昌回鹘王国时期盛行的西域歌舞戏在陶九成《游志续编》中亦有记载，

---

① [元]脱脱：《宋史》卷四九〇《高昌传》，北京：中华书局，1977年，第14113页。

② [德]冯·佳班著，邹如山译：《高昌回鹘王国的生活(850—1250年)》，吐鲁番：吐鲁番地方志编辑室，1989年，第68页。

金代礼部侍郎乌古孙仲端于公元1221年访问高昌回鹘王国的相关资料，在《北使记》中写道：

> 其妇人衣白，面亦衣，止外其目。间有髯者，并业歌舞音乐。其织纴裁缝皆男子为之。亦有倡优百戏。①

这些宝贵的文字记录为人们再现了高昌回鹘时期西域诸地歌舞百戏的盛行之况。

（三）西域戏剧传入中原的假说

欧洲和印度戏剧对中国戏剧的直接影响在目前出土的文献和文物中尚无法得到最具说服力的证明，但西域的乐舞和佛教宣讲性质的文学源源不断地在中原涌现，为戏曲的兴起和成熟提供了较为强烈的外界刺激，这应该是一个不争的事实。历史上西域一直是中外宗教文化尤其是印度佛教文化的交汇处，并以此为载体形成了异彩纷呈的西域文化，而西域戏剧算得上是集东西方文学艺术之大成者，丰富多彩的音乐、舞蹈、文学、美术、服饰、表演等艺术形式，使得西域戏剧成为中华民族文化宝藏中的一枝瑰丽的奇葩。

戏剧是一种以语言文字为主的综合表演艺术，与当地民族所使用的古代语言与文字有着极为密切的联系。从我国西域诸地和河西走廊等地出土的卷帙浩繁的古代遗书来看，存世的宗教文献尤其是佛教戏剧写本在其内容和形式上异常丰厚②。传统文献为我们提供了有关西域歌舞游戏的众多记载，可以想见音乐歌舞在西域的繁盛之景，而这些仅是西域古代歌舞和音乐的相关记载，而对于西域戏剧的直接文字记载并不多见。近年来相继出土的非汉文文献却弥补了此类研究的不足，这使我们领略到了西域文化广博丰富的一面③，通

---

① ［金］刘祁：《归潜志》卷一三《北使记》，北京：中华书局，1983年，第168—169页。

② 黎蔷：《西域戏剧的缘起及敦煌佛教戏曲的形成》，《敦煌研究》1990年第2期，第105页。

③ 姚宝瑄：《试析古代西域的五种戏剧——兼论古代西域戏剧与中国戏曲的关系》，《文学遗产》1986年第5期，第62页。

过对这些文献写作抄录和翻译年代的辨析，对我们进一步认识中国戏剧早期的发展历史亦有重要的学术价值，这也正是西域戏剧与中原戏剧关系问题的发现和提出，始于西域出土的三部梵文戏剧文本。

20世纪初，在新疆库车的克孜尔千佛洞，德国考察队发现了大批梵文佛教写本，随后德国著名梵文学家吕德斯(Heinrich Lüders)对上述写本进行了归类整理，于1911年出版专著《佛教戏剧残本》(*Bruchstücke buddhistischer Dramen*)①。在这批梵文写经中共存3部佛教戏曲的剧本残卷，保存较为完整的《舍利佛传》卷末注明了"金瞳(Suvarṇākṣī，或译为金目)之子马鸣所著《舍利佛剧》"②，其余两部尽管残缺不全，但学界也多推断为马鸣之作，就其抄写所用的婆罗米文字体而言，吕德斯认为上述作品应划归为古印度贵霜王迦腻色伽(Kaniṣka)或胡维色伽(Huviṣka)时期，即公元2世纪左右。这些梵文剧本的发现要比吐火罗文《弥勒会见记》早上几百年，这些在隋唐甚至更早的时间里已经成熟的西域戏剧，在"通过河西走廊，西域的(其中也包括印度的)歌舞伎进入我国。像《弥勒会见记》剧本这样的源于印度的戏剧传入我国是完全可以想象的。至于传入的是吐火罗文，还是回鹘文，那就很难说。也许二者都不是，而是通过一种在二种之外的文字，现在无法确定"③。季羡林先生的这一论断在情理上是讲得通的，但是在传统文献中我们尚未发现有明确的记载，至于西域戏剧何时传入、传入的途径如何、传入的剧目为何等详细内容我们已无从知晓，所以对于西域戏剧传入中原仅可看作是一种学术假说和揣测而已。

西域自古具有悠久的戏剧传统。兴起于以歌舞闻名天下的西域诸地的歌舞戏发展至唐代进入其鼎盛时期，并对中原戏剧的产生和发展带来了巨大的影响。④毫无疑问，西域戏剧本属中国古代戏剧的一个组成部分，甚至

---

① H.Lüders, *Bruchstücke buddhistischer Dramen.Kleinere Sanskrit-Texte I*, Berlin, 1911.idem., "*Das Śāriputra-prakaraṇa, ein Drama das Aśvaghoṣa*," SPAW, 17, 1911, pp.388-411.

② 陈明:《西域出土文献与印度古典文学研究》,《文献》2003年第1期,第48页。

③ 季羡林:《吐火罗文A(焉耆语)弥勒会见记剧本和中国戏剧发展之关系》,(原载于季羡林:《比较文学与民间文学》,北京:北京大学出版社,1991年,第7页。)

④ 阿布都外力·克热木:《从碑铭文学看唐代与回鹘的和谐关系》,《西北民族研究》2007年第4期,第144页。

在元杂剧成熟之前的唐代，它已经在西域大地开花结果，并逐步趋向成熟，且一度较为繁盛。它隶属于中国古代戏剧，我们理应把它归入中国古代戏剧的宏观学科体系加以考察研究，更应该将其写进中国古代戏剧发展史。

二、中国戏剧的来源考

（一）本土说

在论及戏曲的起源和形成这一问题时，学界观点向来莫衷一是，大抵有本土说和外来影响说两类观点。而在本土说中，又有源于歌舞说、始于角抵说、出自傀儡说及发生优巫说等学术观点。上述观点大多立论于古代中原地区，局限于汉族文化圈这一范畴，并未将少数民族戏曲纳入考量的范围。

回溯中国戏剧发展史可知：先秦时代，巫觋的歌舞娱神；汉代的俳优已改娱神之功能转而用以乐人；时至汉武帝时期出现的角抵戏，《史记·大宛传》中记载由西域传入中原，“安息以黎轩善眩人献于汉”；至魏晋时期，倡优依旧以歌舞戏谑以演故事，实为汉代角抵戏的遗风；北齐之时出现的《踏摇娘》《兰陵王入阵曲》等有歌有舞还有故事情节；北朝时期民族交往频繁，中原雅乐逐渐遗失，龟兹、天竺、康国和安国等乐曲进驻中原，对中国戏曲的词曲歌舞影响深远，且该时期，西域戏剧“当与之俱入中国”。[1]

（二）外来说

自20世纪20年代许地山是第一个将中国戏剧与印度梵剧联系起来研究的学者，此后关于中国戏剧的起源与形成问题，便又多出了一种新的假说——“梵剧说”[2]。

---

① 高人雄：《〈弥勒会见记〉与中国戏曲——古代维吾尔族戏剧与中国戏剧之刍议》，《新疆大学学报（哲学·人文社会科学版）》2005年第5期，第52页。

② 孙玫：《“中国戏曲源于印度梵剧说”再探讨》，《文学遗产》2006年第2期，第75—83页。

1. 有关梵剧

历史上，印度民族在表演艺术方面向来就是一个富于创造创新的民族，印度戏剧可以说是东方文化土壤孕育生成的很早的戏剧形态之一，因其记录语言为梵语(Sanskriti)，学界通常将这种较为成熟的戏剧称之为梵剧。公元纪年之后至公元5世纪左右，印度梵剧即兴盛于古印度。古印度梵剧最初兴起于宗教仪式——婆罗门教祭祀仪典中，后经颂神歌曲和拟神行为逐步演变为梵文戏剧。梵剧是印度梵语古典文学的重要组成部分，同时也是世界文化史上成熟较早的戏剧形态之一，对此金克木先生曾这样评价："从现有的古典戏剧和演剧理论来看，它在公元前后已经达到了成熟的阶段，文人的戏剧已经产生而且有了相当完备的固定的形式。"[①]

2. 梵剧东传的介质

随着中印两国文化交流的频繁与深入，古印度梵剧逐渐向外浸渗，渐次影响到古代中国。只是梵剧在古印度于中世纪后期便逐渐式微，彼时已不具备向外传播扩散的条件与契机，并且在出土文物和文本资料中并没有看到可以直接印证印度梵剧确曾影响中国戏剧的相关资料，显然从印度梵剧和中国戏剧之间客观存在的诸多相似的艺术品相和性格基因来看，二者间必然存在着文化交流和沟通的传播介质——佛兴天竺，法流中土——佛教文化的渐次东传与传播。[②]

王国维在《宋元戏曲考》中表示中国古代演剧起源虽早，但是因为缺乏富饶的叙事文学土壤，戏剧文学长期处于停滞不前的状态，随着佛教的传布，印度古典文学中的奇思妙想及其思维方式一并传入我国，且深入人心。以《目连救母》为例，源于佛经故事，流传至西域的《弥勒会见记》中的简要叙述，再至敦煌变文中增加对目连上天入地、阿鼻地狱恐怖之状的生动描述，人物形象生动

① 金克木:《梵语文学史》，南昌:江西教育出版社，1999年，第251页。

② 王燕:《梵声佛曲与汉辞华章——中印古典戏剧因缘》，《外国文学研究》2005年第1期，第134—140页。

传神，描写的地狱及救母情节夸张离奇，可以想见没有《目连救母》从剧本到变文的流布，该题材就不能在民间广泛流传，恐怕在北宋就不可能凭空出现《目连救母》的杂剧形式，由此可见作为梵剧东传介质的佛教及其文化对我国叙事文学的发展乃至戏剧的形成具有不可估量的意义和价值。[①]

3. 梵剧影响中国戏剧关系研究综述

早在《宋元戏曲考》中，王国维谈及中国戏曲外来影响因素时就已引发了梵剧影响中国戏曲这一论题，文中指出：

> 盖魏齐周三朝，皆以外族入主中原，其与西域诸国，交通频繁，龟兹、天竺、康国、安国等乐，皆于此时入中国。而龟兹乐则自隋唐以来，相承用之，以迄于今。此时外国戏剧，当与之俱入中国。[②]

这一论断的价值在于探讨梵剧或外域外族的相似文化品类时，考察中国戏剧起源、发展及其转型等问题时，为后来者提供了全新的研究思路和学术灵感。之后，就梵剧影响中国戏剧这一论题，后来者如许地山、郑振铎等人都沿着该思路致力于二者关系的研究。试图阐述印度梵剧与中国戏剧之间的关系，早年许地山曾以论文《梵剧体例及其在汉剧上底点点滴滴》，从比较文学影响的视角，运用比较文学研究方法从事戏剧起源和关系问题的研究，试图证明“同一种材料在两方面文学中都可以找得出来底事情”[③]。这篇论文向来为中国戏剧文化的学者所推崇，被视为开启中外戏剧跨文化研究的开山之作。该文分别从戏剧的艺术综合性、戏剧情节、戏剧中的行当角色等诸多层面比较论证了我国宋元戏剧与古印度梵剧之间的相同或相似之处，对后人进一步对中国戏剧乃至东方戏剧的整体把握和体系研究具有重要的学术启

---

① 孙玫：《“中国戏曲源于印度梵剧说”再探讨》，《文学遗产》2006年第2期，第75页。

② 王国维：《宋元戏曲考》，（原载于王国维：《王国维戏曲论文集》，北京：中国戏剧出版社，1984年，第4页。）

③ 《小说月报》第17卷，《中国文学研究》专号，上海：商务印书馆，1927年6月。

迪价值。[①]

继许地山研究之后,郑振铎在谈及"戏文"的体制问题时对许地山所提的观点进行了补充。同样是研究不同文本之间的渊源和影响问题,郑振铎认为"戏文"——传奇的体制受到印度戏剧的影响,在故事内容和情节结构等方面,中国戏剧中常见的"痴心女子负心汉"的题材与印度梵剧中的《沙恭达罗》极为相似。无论是许地山还是郑振铎他们所进行的是关于中国戏剧起源和印度梵剧影响中国戏剧关系研究等极具深刻学术价值的开创性工作,上述研究思路和观点的提出一定程度上拓宽了我国戏剧文学研究的学术视野,甚至为此后比较文学中的影响研究提供了实践性的方法论楷模。[②]

将 20 世纪以来学术界关于梵剧影响中国戏剧研究做一总结整理的可以参看龙志强的《印度梵剧影响中国戏曲研究述评》一文,文章分别从五大方面爬梳整理二者关系研究的相关成果:

(1)影响的可能性前提;

(2)具体可能存在的影响;

(3)影响的实现方式;

(4)影响的性质;

(5)二者关系影响研究的前景与方向。

作者认为就中国戏剧的起源问题,本土论和梵剧说我们不能各执一论,应该将研究视角多加关注在出土梵剧与中国戏剧的更多相似点和不相似点等方面,方能更有力地探讨两种戏剧相互渗透与影响的意义和价值。[③]

"梵剧说" 认为中国戏剧是在印度梵剧的直接影响下产生并发展而来的,该学说的发起者和赞同者通过一种平行研究,列举梵剧和中国戏剧之间的相似之处,试图证明前者影响了后者,实际上这是将一个原本复杂的问题简单化

① 王燕:《梵声佛曲与汉辞华章——中印古典戏剧因缘》,《外国文学研究》2005 年第 1 期,第 135 页。
② 王燕:《梵声佛曲与汉辞华章——中印古典戏剧因缘》,《外国文学研究》2005 年第 1 期,第 135 页。
③ 龙志强:《印度梵剧影响中国戏曲研究述评》,《艺术百家》2007 年第 1 期,第 29 页。

的过程。从古代不同文化之间的交流史实来看,文化的交流远不止剧本的传播再译那么简单直观,否则我国成熟的剧本和戏剧文学就应该出现在中原与西域往来频繁的隋唐时期,甚或更早的年代,而不是在这两种文化交往基本处于停滞和歇息的宋代了。从目前出土的文物文献及相关史籍记载可知,印度梵剧在中国戏剧中的确留下了某些痕迹,即便如此我们也不能低估古代不同文化交流中存在的复杂曲折的一面。[①]

三、西域戏剧对中原戏剧之影响——以回鹘文《弥勒会见记》为例

(一)目犍连救母戏剧题材的演变

印度佛教传说故事对于中国戏剧的影响最为显著的莫过于目犍连救母的故事。目连戏是中国戏剧中一个很重要的剧目,从宋元直至明清时期,与之内容相关的剧目有几百部。目连的事迹最早见于《经律异相》和《佛说盂兰盆经》两部佛教典籍中,其中西晋时期月氏三藏竺法护将《佛说盂兰盆经》由梵文译为汉文,佛经翻译是目连故事原型传入中原的重要途径之一。除此之外,梵文剧本《舍利佛传》记述目犍连皈依佛教的故事和《弥勒会见记》的回鹘文众多写本中记载的目连救母等故事素材经由西域传入中原的第二条路径。两种途径的故事素材输入中原,使得目连故事成为中国戏剧史中第一个篇幅较长、剧目完整的戏剧原型,在北宋杂剧表演中,《目连救母》是我国第一部见诸文献记载的剧名。孟元老的《东京梦华录》卷八中留下了对目连戏演出的记载:

> 又以竹竿斫成三脚,高三五尺,上织灯窝之状。谓之盂兰盆会,挂搭衣服冥钱在上焚之。构肆乐人,自过初七,便搬演《目连救母》杂剧,观者

① 孙玫:《"中国戏曲源于印度梵剧说"再探讨》,《文学遗产》2006年第2期,第80页。

倍增。[①]

显然，这种借助佛教节日连演目连戏的习俗，从冯·佳班的分析中可以推断出这可能受到了西域戏剧传统的某些影响，在《高昌回鹘王国（公元850年—1250年）》一文中这样说道：

> 前面提到的回鹘文本子的《弥勒会见经》可以说似［回鹘］戏剧艺术的雏形。在民间节日，如正月十五日，［回鹘］善男信女云集寺院，他们进行忏悔、布施，为死去的亲人举行超度，晚上听劝谕性故事，或者欣赏演唱，挂有连环画的有声有色的故事。讲唱人（可能由不同的人扮演不同的角色）向人们演唱诸如《弥勒会见经》之类的原始剧本，或者讲说某法师同其学生关于教义的对话。从而达到向群众宣传教理的目的。[②]

《弥勒会见记》兼具文化、学术与艺术价值，不仅是目前发现最早的戏剧文本，而且在我国戏剧发展史上具有开拓性的地位。曲六乙先生在《中国少数民族戏剧丛书》序言中对西域出土的古代戏剧文本做出如下精辟论断："《弥勒会见记》是一部非常有价值的历史珍品，是研究我国多民族戏剧发展史的瑰宝，也是中外宗教戏剧交流的结晶。"[③]在异质文化交流中，《弥勒会见记》《舍利佛传》等文本的发现，为我们传递出如下几点信息。

首先，作为多种文化交会点的西域地区最早吸收并传播了外来的戏剧文化，这一过程相比中原，西域进行的时间最早，吸收外来文化更为丰富多彩，在异质文化的传播交流中做出了突出的贡献。

---

① 钟涛，李颖：《新疆出土戏剧文献与中国戏剧史研究》，《文学前沿》2000年第1期，第129页。

② ［德］葛玛丽著，耿世民译：《高昌回鹘王国（公元850年—1250年）》，《新疆大学学报》1980年第2期，第60页。

③ 曲六乙等编：《中国少数民族戏剧丛书》，北京：中国戏剧出版社，1988年，第3页。

其次，尽管目前尚无确凿资料可以证明回鹘文本的《弥勒会见记》曾在古代西域诸地作为戏剧的形式演出过，但是作为古代维吾尔民族的文学剧本，其产生的时间要远远早于南宋时期的戏文剧本，这必将改变学界长期以来所秉持的我国戏剧源于元杂剧的传统见解，这也是我们重新审视《弥勒会见记》这一文献的必要性所在。在 20 世纪 20 年代，德国人在吐鲁番地区发现了三部残缺不全的古印度梵文剧本，将其结集出版命名为《佛教戏剧残本》，其中的《舍利佛传》主要讲述佛的两位大弟子舍利佛和大目犍连皈依佛教的故事，其中大目犍连就是我们熟知的目犍连，之后在回鹘文本的《弥勒会见记》中首次出现了目犍连救母的故事原型，此后便在唐代出现了《大目犍连冥间救母变文》、北宋时期出现的《行孝道目连救母》杂剧，后发展到明代的《目连救母劝善戏文》、清代出现的《劝善金科》等，这一最早出现在西域佛教文学中的目连救母的主题历经发展，在由西域东传至中原的过程中，不断繁衍出戏曲剧种的许多目连戏演出文本，并在此基础上进一步演变出多种折子戏，常见的剧目有《尼姑下凡》《和尚下山》《哑子背疯》《王婆骂鸡》《定计化缘》《瞎子观灯》《男吊》《女吊》《滑油山》《戏目连》等，这些经由西域传入中原的佛教戏剧文学，为中国佛教戏曲的出现提供了丰富的创作资料，在中国戏曲舞台上生息繁衍了上千年。可以想见长达 27 幕的《弥勒会见记》应该是一个相当长的演出过程，这个在中原流传甚广的故事，在回鹘文本《弥勒会见记》中却有踪迹可寻。

（二）《弥勒会见记》在中国戏剧史上的贡献

目犍连救母的内容最早出现在回鹘文本《弥勒会见记》中，在向东传布过程中出现了讲唱形式、变文及多种成熟的文学形式。下面我们将回鹘文本有关目犍连救母的原文记述摘录如下，以供后文论述之用。

回鹘文哈密本《弥勒会见记》敬章第五叶正面的第 1 至 25 行中有关目犍连救母的描述：

> 他还有通过‘一切智’来清楚知道被拯救的人，哪些由佛拯救，哪些由罗汉拯救，哪些由诚心（膜拜）舍利骨拯救。第三，他以‘摩诺迦瓦’（迅速如

意)的神通(为众人)谋利益是这样的:当一个时候目犍连罗汉为救其母,登上无数万须弥山顶,以其神通到达蔑戾车(边地)金城国,救出其母再返回时,由于天佛'摩诺迦瓦'神通之力,在弹指间他就回到自己的香殿房间。此外,他能为无数众生迅速谋利益,全靠名叫'摩诺迦瓦'的神通。①

伊斯拉菲尔·玉素甫、多鲁坤·阚白尔转写和翻译的回鹘文《弥勒会见记(1)》的序章第五叶正面第11行至25行对于目犍连救母情节的描述如下:

曾有一次,摩利吉为拯救目犍连罗汉的母亲,涉越无数须弥山的山峰,因目犍连罗汉的圣尊美德,而到达伽阇跋提国,就拯救(目犍连罗汉之母)一事(向天佛)请述时,天佛为(目犍连罗汉)圣尊美德之因,一瞬间抵达伽提伽陀城再显神灵。从那时起,如果为了把善德施向无数众生而神速行事尽力者,均被称作摩奴沙圣尊美德之因。②

上述两个文本的记载内容大同小异,文字简洁,为我们勾勒出目连救母的主要故事情节,但细究起来不难看出,至少在《弥勒会见记》文本成书之前,目连救母的故事早已在西域地区流传开来。当然,在梵文的佛教典籍中仅记录了目犍连皈依佛教的故事,并未提及阿鼻地狱中救母的情节,但是该故事流经西域在汉文化孝道思想的影响下,在皈依佛祖的基础上扩增出救母的环节是可以想象和理解的。

古希腊戏剧通过丝绸之路,印度戏剧通过佛教对维吾尔族古代戏剧的产生具有很大的影响。《弥勒会见记》是小乘佛教派系中的剧本,在佛学领域被视为《世界万物》的经典之作,在该文献中一方面称颂了释迦佛的万能,另一方面

① 耿世民:《回鹘文哈密本〈弥勒会见记〉研究》,北京:中央民族大学出版社,2008年,第18—19页。
② 伊斯拉菲尔·玉素甫,多鲁坤·阚白尔:《回鹘文〈弥勒会见记〉(1)》,乌鲁木齐:新疆人民出版社,1987年,第10—11页。

又展示了未来佛弥勒的仁慈。该文献主要讲述了诸佛、天佛、弥勒等如何欲将世间的生灵从苦难中解救出来，论述了佛教的理论、佛教的哲学及其观点。本剧本详细叙述了弥勒的降生，以及他的仁慈乐善，辞别恩师投奔释迦摩尼佛的种种艰辛，释迦摩尼佛的姨母亲手为天中天佛缝制金色袈裟并被依次转至天佛的过程，姨母向天中天佛替未来佛弥勒乞求及为拯救生灵而乐善好施，最终弥勒历经千辛万苦终于来到释迦牟尼身边成道等一系列感人故事，赞颂了佛教教义的博大精深。

《十色》是一部关于古代戏剧理论的专著，大约成书于公元 10 世纪，该书明确记载了印度戏剧的相关内容，认为印度戏剧种类繁多，内容多源于古印度的传说故事，戏剧人物多由汗王及其子女构成，故事内容较为单一，主要描述战争和爱情，戏剧的结构依据故事情节从 5 场到 10 场不等，穿插在戏剧中的人物基本为 2 至 3 人，最多不超过 7 人。相比之下，我们再来重新审视一下回鹘文本的《弥勒会见记》，出场人物和场次远远多于古印度戏剧，全剧前后出场人物有 30 多人，共 27 场，人物涉及佛的各个阶层，同时还涉及农业、手工业、商业等各行各业的人物。由此可见，《弥勒会见记》除了篇幅足够长、内容涉及广、人物相对多，在剧中人物形象的塑造方面展现了出众的才能和独特的风格，所有这些在当时可谓达到了与古印度成熟戏剧及其他民族戏剧相媲美的水平。①

西域佛教戏剧传入中原，促进了中原固有戏剧的发展，从而助推了中国戏剧逐步走向成熟②。中国古代戏剧并非源于印度，但与印度戏剧确实存在一定联系，而这种联系可以从《弥勒会见记》从吐火罗焉耆文本到回鹘文本之间的传译便可窥见古代西域戏剧的演变轨迹，源于古印度的戏剧在西域地区经历了再次创作过程，在向东传布的过程中戏剧因素逐步削弱，有向变文过渡的迹象，在古印度戏剧、西域戏剧和中国戏剧之间，西域戏剧扮演了印度戏剧对中

① 穆罕穆德·艾莎，杨新亭译：《维吾尔族古代戏剧初探》，《民族文学研究》2002 年第 4 期，第 15 页。
② 朗樱：《西域佛教戏剧对中国古代戏剧发展的贡献》，《民族文学研究》2002 年第 4 期，第 8 页。

国戏剧文学发生影响的一个津梁的角色，而这种影响不可能是整体的影响而是戏剧中的某些因素的影响而已。作为中国戏剧外来影响的中间环节的西域戏剧，其本身所具有的西域文化中原汁原味的本土文化对中国戏剧的影响亦不可忽视，其中的“拨头戏”，从彼时西域音乐等在中原盛行的这一事实来看，戏剧本身的这种影响存在可能，且确实存在。[①]

2002年季羡林先生曾在《新日知录》一文中指出，如果要重写中国文学史，必须要重新研究中国戏剧的渊源问题[②]。事实上，在面对古印度梵剧是否影响我国戏剧起源这一问题时，不论是支持者还是反对者，我们首先应该将研究思路返回到考察印度本土的梵剧及我国丝绸之路沿线出土的相关戏剧史料上来，并结合印度古典戏剧理论对梵剧本身的特点及东传至西域的传播和演变形态做一彻底的梳理，方能找到解开中国戏剧“外来说”此类问题的关键，最终使得中国戏剧的起源、发展脉络清晰起来。[③]

第三节　《弥勒会见记》之文学价值再思考

佛教作为世界三大宗教之一，创立于公元前6世纪至前5世纪的古印度，延至公元前3世纪孔雀王朝的阿育王时代第三次佛教集结后，印度佛教开始在南亚地区广泛流布，并传衍至今克什米尔、巴基斯坦和阿富汗等地。佛教传入西域的时间，学界颇多争议。一般以为约公元前1世纪时“佛教由罽宾（迦湿弥罗）向东越过葱岭进入于阗。由于独特的地理位置，于阗成为西域佛教和佛教传入内地的一个重镇”[④]。

① 姚宝瑄：《试析古代西域的五种戏剧——兼论古代西域戏剧与中国戏曲的关系》，《文学遗产》1986年第5期，第62页。

② 季羡林：《新日知录》，《北京大学学报》2002年第4期，第9页。

③ 陈明：《阿富汗出土梵语戏剧残叶跋》，《西域研究》2011年第4期，第99页。

④ 任继愈：《佛教史》，北京：中国社会科学出版社，1991年，第50页。

佛教传入西域后，便得到城郭诸国王室的接受和支持，迅速在西域各地传衍流布。延至魏晋南北朝时期，佛教发展成为西域地区占主导地位的宗教信仰。有唐一代，国力鼎盛，西域一统保障了丝绸之路的通畅，西域佛教的发展也随之达到了其历史巅峰。佛教在西域的长期流传形成了独具西域特色的佛教文化艺术，其中尤以佛教典籍的交流传译为甚，其时产生了诸多极具文学艺术价值的佛典如《妙法莲华经》《金光明最胜王经》《维摩诘经》《本生经》等，其中以《弥勒会见记》为代表的佛教剧本在中国戏剧史的地位尤为突出。

一、佛教文学译典——《弥勒会见记》

《弥勒会见记》是一部长达28幕(1个序幕和27个正幕)佛教说唱剧本，以讲述弥勒生平事迹为其主要内容。作为我国现存最早的戏剧文学作品，《弥勒会见记》目前主要保存在新疆维吾尔自治区博物馆和德国科学院吐鲁番研究中心，学界以该文献的发现地将其分别命名为：哈密本、德国胜金口本和德国木头沟本。若以该文献的记录语言归类，存世的《弥勒会见记》主要有两大语言版本，一为以吐火罗文为书写载体的文本，另一为由回鹘文书写而成的文本。

在回鹘文哈密本的《弥勒会见记》的序章中，译者明确指出该文本并非回鹘语的原创作品，而是一部由古印度文转译至吐火罗文再至回鹘文的翻译之作。在二度翻译的过程中，回鹘文本译者采用喜闻乐见的形式，运用长达28幕的文字篇幅详细讲述未来佛弥勒弘扬佛法、普度众生的传奇故事。

该文本的序幕为佛教义理的说教和施主所写的功德回向，除去序幕和尾声(第27幕)两部分外，第2至26幕为该剧的主体，主要描述聪颖灵慧的弥勒自幼拜跋多利婆罗门为师修行，一天，跋多利婆罗门梦中受天神启示，得知释迦牟尼佛已成正觉得佛果，此刻正在摩揭陀国孤绝山上布道说法，只因自己年迈体衰、老态龙钟而不能长途跋涉亲见佛祖为憾，于是派弥勒等16位弟子出家修道。此后佛祖释迦牟尼到波罗奈国讲经说法，讲述未来佛弥勒的故事，弥勒听后便向佛陀请愿要求自己愿作解救众生脱离苦海的未来佛。之后作品描述了弥勒菩萨升上兜率天，后因怜悯受苦众生，降生于一大臣家中，又因“宝幢毁坏”感悟无常之理，弃家成道，终在龙华菩提树下修成正果，又于大小地狱之中解救受难众生。

笔者以为，在已知的回鹘文佛教典籍中，哈密本《弥勒会见记》的戏剧文学价值斐然，原因有二：

其一，《弥勒会见记》是融宗教色彩和文学创作于一体的翻译作品。据该文本的跋语可知，回鹘文《弥勒会见记》的母本最初用“印度文”（änätkäk tili）写成，分别经由圣月菩萨大师（aryačantri bodiswt kši ačari）和智护戒师（prtnarakšit kranwanziki）之手，历经由古印度语到吐火罗语再到突厥语的二度翻译过程，不仅是一部描述未来佛弥勒生平事迹的原始剧本，更是一部不可多得的文学再创造的译典。

其二，《弥勒会见记》是西域戏剧剧本的滥觞之作，可以为重新审视中国文学史提供参考价值。内容宏富的回鹘文佛教经典——《弥勒会见记》在严谨紧凑的场景结构中，运用古朴典雅的人物语言对白贯以跌宕起伏的故事情节，将众多耳熟能详的佛教人物形象诸如释迦牟尼、弥勒、跋多利婆罗门、王阿那律、摩轲罗倪等活灵活现、有血有肉地呈现在观众面前，栩栩如生、引人入胜。因而，耿世民先生在论及《弥勒会见记》在西域戏剧史中的地位时曾感言：

> 自古以来，新疆的塔里木盆地不仅以歌舞之乡闻名于世，而且还以最早表演戏剧闻名于世。在历史上，新疆戏剧对内地汉族戏剧的产生和发展起到很大作用。①

可见，《弥勒会见记》不但开启了回鹘民族戏剧文学创作的先河，而且是我国现存最早的戏剧文学作品，在中国戏剧发展史上的意义不言而喻。

---

① 耿世民：《古代维吾尔佛教原始剧本〈弥勒会见记〉研究》，《文史》1982 年第 12 辑，第 48 页。

二、回鹘文《弥勒会见记》之研究现状

19世纪末20世纪初以来,西域、敦煌等地出土为数丰富的古代回鹘文文献,其中绝大部分内容关涉佛教。这些文献填补了许多历史记载的空白,为古代回鹘佛教、历史、文学、语言等诸多方面的研究提供了前所未知的资料,引起了国际学术界的广泛重视,涌现出大量的研究成果。可以说回鹘佛教文献研究是20世纪西域佛教史研究中成果最为辉煌的,伴随着回鹘文本和吐火罗文本的《弥勒会见记》的相继发现、刊布与释读,对该文献进行相关研究具有重大意义。

(一)国内研究现状

1959年新疆哈密发现回鹘文《弥勒会见记》,随后冯家昇于1962年发表《1959年哈密新发现的回鹘文佛经》(《文物》1962年第7、8期)一文,回鹘文《弥勒会见记》开始引起国内学者的普遍关注。其研究路径主要有以下三方面:

其一为文本内容的释读与刊布(如耿世民1979、1980、1982、2004、2008,伊斯拉菲尔·玉素甫1987,多鲁坤·阚白尔1989,李经纬1982,等等);

其二为语音、词汇等语言学研究(如伊斯拉菲尔·迪拉娜2005、热孜亚·努日2006、柳元丰2008、艾力·阿布拉2011等);

其三为对该文献文学剧本特征的讨论,以黎嫱(1986、1990、1999、2003)、郎樱(2002)等为代表。此外,对于不同语言版本的《弥勒会见记》展开的对勘研究亦开启了学界研究的新视野、新思路:张铁山的《吐火罗文和回鹘文〈弥勒会见记〉比较研究——以吐火罗文YQ1.3 1/2、YQ1.3 1/1、YQ1.9 1/1和YQ1.9 1/2四页为例》一文,首次运用对勘之法对两文本展开逐页逐句比较,标注差异,进行语言学、文献学、佛教学等多学科研究尝试。

从已有成果来看,研究的局限性主要表现在以下几点:

一是研究范式单一,多从文献学、语言学层面释读该文献,介绍性著述占主流,而跨学科的综合性研究尚未展开。

二是研究总量不足,成果较为单一。除伊斯拉菲尔·玉素甫的《回鹘文弥勒会见记(1)》和耿世民的《回鹘文哈密本〈弥勒会见记〉研究》是唯一的两部转写和翻译性质的专著外,其余均为学术论文,同质性研究较多,理论性有待提高。

三是研究视域相对狭窄。由于研究者学科背景多集中于古代突厥语和文献学领域,缺乏相关学科如文学、翻译学、民族学、宗教学等学术积累,因此多学科交叉性研究难以展开,尤其是以文本对勘之法对哈密本《弥勒会见记》进行的综合性考察尚未引起学界足够重视,不失为一个潜在的学术增长点。

(二)国外研究现状

国外学者研究《弥勒会见记》起步早,著述丰富,已由宏观走向微观,由释读、刊布等基础性研究转向文本对勘和多学科的交叉性研究,业已形成语文学研究的国际范式。早期研究是以葛玛丽·冯佳班(A.v.Gabain 1957、1961)和色那西·特肯(Ş·Tekin 1980)为主要代表的文献释读、刊布,而 2008 年以来研究开始转向多文本对勘和跨学科解读,成果频出,如 Peter Zieme 的《回鹘文〈弥勒会见记〉及其可能存在的平行本》、Georges-Jean Pinault 的《〈弥勒会见记〉之平行本吐火罗文本对回鹘文本之影响》、Jens Wilkens 的《"新日"与〈弥勒会见记〉——中世纪宗教问题研究》、Simone-Christiane Raschmann 的《柏林吐鲁番研究中心藏吐火罗文本与回鹘文本〈弥勒会见记〉之比较研究》、Yukiyo Kasai 的《古代突厥中的弥勒信仰源起考》、Jens-Uwe Hartmann 的《佛教剧本〈弥勒会见记〉与回鹘文〈弥勒会见记〉之比较》、Dieter Maue 的《一个被忽略的回鹘词语"m'ytry"的语音问题研究》及 Ablet Semet 的《回鹘弥勒信仰的历史研究》等。但受所藏文献版本之限,研究对象以德国胜金口和木头沟本为主,而对哈密本《弥勒会见记》的研究则鲜有论及。

三、反思与重构:《弥勒会见记》文学价值再思考

纵观世界文学史,“所有国家戏剧的起源几乎都与宗教活动有关”①。可以说西域戏剧的形成与印度佛教文化的传播密切相关。在长达千余年的时间里,佛教文化始终以处于主导地位的文化形式影响着西域诸民族的生产生活。作为古代西域民族之一的回鹘,从漠北高原西迁并定居西域后,在积极参与当地民族融合的过程中,吸收异质文化并为己用。20 世纪以来,在新疆吐鲁番、哈密、焉耆等地,先后发现出土多语种的戏剧文献,这些文献或为梵语,或为焉耆语(吐火罗 A),或为回鹘文,就其性质而言多为佛教宗教剧剧本。

在数量丰富的回鹘文佛教写经中,讲经文书占据重要地位,它们大多为譬喻经或本生经,极受普通佛教信徒的喜爱。其中译自吐火罗语的《弥勒会见记》在回鹘佛教讲经文中极具特殊意义,主要原因在于它并非靠单纯呆板的说教向广大信众灌输佛教思想,而是成功地运用舞台表演的形式将枯燥乏味的佛教理念转化为鲜活灵动的故事情节,极富艺术感染力。

伴随着诸多戏剧文献的出土、刊布,为重新思考和再度审视中国戏剧的起源与形成提供了新的着力点。回鹘文本《弥勒会见记》的发现表明通过佛教经典的传译,回鹘人学会了来自古印度的戏剧表演,并且将这一新颖的艺术形式活学活用,经过再次创作,使得回鹘文《弥勒会见记》的文学风格异于吐火罗文本。回鹘文《弥勒会见记》的发现、刊布与阐释,为古印度文学在西域的传播史实提供了有力的佐证。无论是吐火罗文本还是回鹘文本的《弥勒会见记》,作为出土于西域的戏剧史料,它们对于讨论中国戏剧产生发展的外来影响均具有至关重要的作用。

对于《弥勒会见记》的文学归属问题,学界众说纷纭,莫衷一是,或认为它

---

① 季羡林:《吐火罗文 A(焉耆文)〈弥勒会见记剧本〉与中国戏剧发展之关系》,《社会科学战线》1990 年第 1 期,第 7 页。

是指图讲故事的底本、或为讲唱形式、或为剧本雏形，都终归不应忽视所包含的戏剧文学要素，该剧本中每幕又细分为多个场次，有明确的演出时间、地点和场景，还标明了出场人物及演唱曲调，并由此向我们展示了史诗型壮阔宏伟、纵横捭阖的戏剧艺术结构，时空转换跨度极大，上可至天堂，下可达地狱，大千世界，无所不包；近可至时下，远可推及亿年，纵横驰骋，无所不及。其舞台艺术规模较之古希腊戏剧和古印度梵剧增扩不少，这也充分证明了在西域这片热土上，回鹘民族以其开放的胸襟积极吸收异质文化因子，并将其有机融入传统文化的积淀层，创造性发展了兼具古代东西方各民族优秀戏剧文化的融合体。[①]

对于中国戏剧的形成这一命题，学界普遍接受中国戏剧发端于宋末、形成在元明时期这一观点。近代学者王国维是第一个比较准确阐述戏曲基本特征的戏曲史论家，在《戏曲考原》中指出："戏曲者，谓以歌舞演故事也。"[②]而在《宋元戏曲考》中，他又提出了"真戏曲"的概念，认为"真戏曲"，就是"必合言语、动作、歌唱、以演一故事"[③]，他认为只有这样的戏剧之意义始全，才能称得上是真戏剧。通过对中国戏曲漫长的历史过程和大量翔实史料考证，王国维认为"南北曲之形式及材料，在南宋已全具矣"[④]，因此他得出"宋金二代而始有纯粹演故事之剧""真正之戏剧，起于宋代""而论真正之戏曲，不能不从元杂剧始也"[⑤]的结论。但是忽视西域戏剧的存在及其对中国戏剧的贡献及影响，便急于得出中国戏剧发端于宋末的观点，未免有点偏颇。因此，反思西域戏剧在中国戏剧发展史中的重要地位，可以为我们客观而全面审视中国戏剧发展史提供一个全新的研究视角。

作为西域戏剧典范之作《弥勒会见记》的发现打破了"西域无戏剧"的学术猜疑，甚至将中国古代戏剧的历史提前到了隋唐或者更早的时候。因此，重构

① 李强：《丝绸之路戏剧文化研究》，乌鲁木齐：新疆人民出版社，2009 年，第 8—9 页。
② 王国维：《王国维戏曲论文集》，北京：中国戏剧出版社，1957 年，第 201 页。
③ 王国维：《王国维戏曲论文集》，北京：中国戏剧出版社，1957 年，第 36 页。
④ 王国维：《王国维戏曲论文集》，北京：中国戏剧出版社，1957 年，第 51 页。
⑤ 王国维：《王国维戏曲论文集》，北京：中国戏剧出版社，1957 年，第 68 页。

《弥勒会见记》在中国戏剧发展史甚或在中国文学史中的地位就不能避开该剧本的形成时间问题了。

对于吐火罗语文本的《弥勒会见记》，季羡林先生通过分析研究馆藏于新疆博物馆编号为 76 YQ1.11/25 的片段认为吐火罗文 A（焉耆文）本《弥勒会见记》应该出现在“中国隋唐时代”“它比戏曲繁荣的宋、元要早得多”，并由此得出了“戏剧这个文学体裁在中国新疆兴起，比内地早数百年之久”[①]的重要结论。

笔者认为以回鹘文本的《弥勒会见记》为例，无论以该剧本的书写字体还是以功德回向的文字描述作为断代依据，我们可以推断出该剧本在西域的形成与流布的时间最晚不迟于公元 8 世纪左右。而作为西域戏剧时期的代表作，《弥勒会见记》的出现远远早于中原戏剧的形成，伴随着佛教文化的东传，西域戏剧对中原戏剧的产生和发展必然形成了相当的影响力，可见，在戏剧发展史上，《弥勒会见记》的里程碑意义不言而喻。以《弥勒会见记》为代表的西域戏剧对中国戏剧的影响及贡献突破了戏剧成熟于元杂剧的传统观点。

在《弥勒会见记》中，有主题突出的故事内容，情节完整且环环相扣；有专供演员演出而设置的场次背景，并配以人物演唱的曲调；有饱满丰盈的人物形象，有血有肉。若以王国维先生的“以歌舞演故事”的标准予以衡量，《弥勒会见记》不失为一部戏剧意义始全、文学色彩浓郁的剧本，它既不同于印度梵剧，又有别于中原戏曲，是我国少数民族戏剧中形成时间较早、艺术形式较为成熟的一个特殊的戏剧品种，是汉唐以来中西宗教与世俗文化交流的光辉结晶。因此值得我们反思该剧本在中国戏剧发展史中的价值，重构其在中国文学史中的地位。

① 季羡林：《吐火罗文 A（焉耆文）〈弥勒会见记剧本〉与中国戏剧发展之关系》，《社会科学战线》1990 年第 1 期，第 7 页。

结语 文化交流的典范之作——回鹘文本《弥勒会见记》

一、研究目的和意义

民族古籍文献不仅是民族文化的记录,更是中华文化的重要组成部分。本书选取回鹘文哈密本《弥勒会见记》作为研究对象,采用文本对勘的基本研究范式,对吐火罗文和回鹘文两大文本展开逐字逐句对勘,深入探讨不同语系间的语言接触问题、回鹘佛经翻译理念及翻译技巧、厘清佛教在西域的传播流变过程、反思重构该文献在中国文学史中的地位等问题,旨在开展多学科、多角度综合研究,还原其历史原貌,为相关领域的研究提供第一手原始文本。

二、主要内容和重要观点

西域,历来为多种文化交融之地。在公元 9 至 15 世纪长达 600 多年的历史中,在同西域其他民族的融合,宗教信仰的嬗变,以及中亚游牧文化、古印度佛教文化、中原文化的接触和交流中,回鹘曾以宽容开放的姿态,积极吸纳各种类型的外来文化,众多的外来宗教诸如袄教、摩尼教、佛教、基督教等在回鹘社会中得到了传播。毋庸置疑,在众多的外来宗教中,对回鹘文化的发展影响最为深刻的莫过于佛教文化。佛教传入西域后，便得到城郭诸国王室的接受和支持，迅速在西域各地传播和流布。延至魏晋南北朝时期，佛教发展成为西域地区占主导地位的宗教信仰。有唐一代，国力鼎盛，西域一统保障了丝绸之路的通畅，西域佛教的发展也随之达到了其历史巅峰。佛教在西域的长期流传过程中，形成了独具西域特色的宗教文献典籍，其中尤以佛教典籍的交流传译为甚，其时产生了诸多极具文学艺术价值的佛典。作为一个富有文学传统的民族，历史上以鸠摩罗什、胜光法师等为典型代表的回鹘译者在引用佛教故事的基础上，进行独立创作，涌现出了数量颇丰、体裁多样的文学作品，戏剧艺术也得到了空前发展，其中不得不提的当属《弥勒会见记》。

本书立足于中外学者的相关研究成果，将《弥勒会见记》置于大语文的视域中，以耿世民先生解读的哈密本《弥勒会见记》为底本，对勘季羡林先生释读的吐火罗文本《弥勒会见记》，严格遵循国际语文学研究惯例，依次列出吐火罗文转写、英文译文、汉文译文和与之对应的回鹘文转写、汉文译文以及注释、考证等，比较甄别、梳理分析，摘取其在不同学科中的闪光点深入研究，多侧面剖析其多学科价值及意义，涉及语文学、语言学、宗教学、翻译学、文学史等学科领域的理论和方法，该书既有对文本的基本释读，又有多层面的深层探析。

本书是在文献释读基础上进行的二次考证和对比研究，试图在研究视角、研究方法和研究内容上有所创新：

首先，从研究视角层面而言，纵观当前学界的相关研究成果，研究视角单一，而从语言学、宗教学、翻译学和中国文学史等多维度关注回鹘文《弥勒会见记》的综合研究，尚属少数。

其次，在研究方法上，无论是吐火罗文本还是回鹘文本的《弥勒会见记》，自出土之日起，前贤时彦多聚焦于文献释读等基础性研究，纵然研究成果丰硕，而多集中于某一专业研究领域，选取吐火罗文本和回鹘文本两大不同语言版本展开对勘研究的，目前能够见到的成果主要有张铁山的《吐火罗文和回鹘文〈弥勒会见记〉比较研究——以吐火罗文 YQ1.3 1/2、YQ1.3 1/1、YQ1.9 1/1 和 YQ1.9 1/2 四页为例》，应该说本书在传统经典文献研究基础上，在对勘研究方法的使用上实现了新的突破。

再次，研究内容的创新主要体现在摒弃文献释读、对勘、语言学、翻译学、宗教学等割裂开来的研究范式，采用跨学科、多领域的研究方法，全面展现回鹘文《弥勒会见记》的多学科价值及意义。

本书主要从以下五个维度探讨回鹘文哈密本《弥勒会见记》之价值所在。

第一，同源异本之《弥勒会见记》研究

本研究属于文献学范畴内的对勘研究，对勘所用原始材料分别为吐火罗文焉耆语本的《弥勒会见记》和回鹘文哈密本《弥勒会见记》，其中吐火罗文本已被季羡林先生全文释读并已结集出版，而回鹘文本则由耿世民先生解读并做了系列研究，可以说，本研究是二手文献的再研究，是站在巨人肩膀上的再研究。

除去研究导论部分，本课题研究共包含 6 章 35 节内容，其中的第一章和第二章是文本对勘部分，展现的是回鹘文本中第一、二品（幕）与吐火罗文本所对应部分的比较对勘，具体的每一节按照吐火罗文本的编号顺序进行划分，将内容对等或相似部分展开对勘，对勘格式采用吐火罗文转写、吐火罗文英文译文（这两部分内容是季羡林先生所译）、吐火罗文汉文译文（作者本人翻译）和回鹘文转写、汉文译文（这两部分内容是耿世民先生所译）并举，每行对勘之后增加作者案语，主要关注吐本和回本中文字的增删、有无、措辞差异、词语借用、语音演变、翻译技巧等诸多方面。

第二，接触与互动——《弥勒会见记》外来词的生成与演变

西域出土文献有相当一部分是用两种或两种以上语言书写的，这些双语文献为我们了解古代西域的语言提供了第一手资料，为我们观察和研究语言变异、语言底层及其原因等提供了重要史料和线索。因与吐火罗文本存在母本与译本的渊源关系，回鹘文《弥勒会见记》颇具语言学研究价值。无论哪一版本的回鹘文《弥勒会见记》均译自吐火罗文本，在不同质素语言传译过程中，语言接触势必带来语言、词汇、语法等方面的变化。以语言接触理论为切入点，对比季羡林释读的吐火罗文本，以回鹘语中的佛教词汇为例，分析吐火罗语对回鹘语的影响。该部分内容主要涉及佛教外来词的回鹘语化、词尾元音弱化和 kim

新增句法功能等诸多问题。

首先,回鹘语在吸纳梵语借词的过程中,词尾音节呈现出有规律的演变和元音弱化等现象,通过筛选《弥勒会见记》中的佛教借词,我们可以总结出如下演变规律:

1. 在元音方面,回鹘语中无长元音 ā/Ā、ī、ū,在译为回鹘语时以 a、i、u替代之;

2. 词尾元音形成了由梵语 a 至吐火罗语 e 最终高化为回鹘语的 i 的演变轨迹;

3. 当梵语词以元音 a 结尾时,吐火罗语一般情况下以零形式与之对应,回鹘语也很有规律地采用了这种借词形式。

其次,在语言接触过程中出现的借词“本族化”现象,不仅是语言开放性和封闭性的交集体现,也从另一个角度展现出不同民族文化传承中的渗透和融合过程。在《弥勒会见记》中出现了数量丰富的“合璧外来词”,其构成方式通常为音译词缀接表示类属范畴的回鹘语词,这种特殊的借用方式,不仅使本民族语言词汇实观量的突破,更能实现质的飞跃,丰富本民族语言的内涵、表达方式和构词方式,一定程度上填补本民族语言的语义空白。佛教外来词汇借用规律,说明了外来词汇与回鹘语的“密切合作”关系,而不同语言的接触也可以为我们厘清部分词语的历史演变提供参考依据。

最后,吐火罗语在语法层面对回鹘语的影响集中体现在 kim 新增句法功能上。在历代重要文献及至现代维吾尔语中,kim 首先保持了疑问代词“谁”的基本用法,自《弥勒会见记》开始,新增了作为句与句之间连接词的句法功能,这一新的功能基本延续至晚清时期。而在现代突厥语族语言中,kim 的用法又再次回归到疑问代词“谁”上来。kim 新增语法功能的演变实质上是一种欧化语法现象的体现。在所能接触到的阿尔泰语系的亲属语言通古斯语中,现代蒙古语中也存在一个表示“谁”之义的疑问代词“kin”,在句法功能中同样有连接词的作用。我们可以推断:至少说明 kim 一词的新增句法功能在蒙古语中得到了延续。这种语言(语法)的接触是深层次的,具有历史延续性。

第三,流布与融合——《弥勒会见记》之宗教文化学意义

该部分主要围绕三个方面的问题展开讨论:高昌回鹘佛教特征、弥勒信仰在西域的流布及《弥勒会见记》在弥勒信仰东渐中的历史贡献。

回鹘自漠北迁至高昌后,随地应化皈依大乘佛教,而没有信奉周围地区广为流传的小乘佛教,这一点充分说明了高昌回鹘的佛教信仰是与当地固有的佛教信仰一脉相承,高昌回鹘的佛教和佛教艺术是当地原来佛教和佛教艺术的继续和发展。

> 这个佛教文化,深受内地佛教文化的影响,两者在信仰和艺术风格等方面极其相近,可以说高昌回鹘的佛教文化是汉族和回鹘两个兄弟民族文化交流的结晶,盛开的友谊之花,是研究汉和回鹘两个兄弟民族关系史的重要资料之一。①

杨富学在《回鹘弥勒信仰》一文中也认可高昌回鹘佛教深受中原佛教的影响,“可被视为汉传佛教在西域的一种翻版,是汉传佛教强烈影响我国周边民族的一个典型范例”②。

汤用彤曾对早期弥勒经典的传译做出如此评价:“而传译经典于中国者,初为安息、康居、于阗。”③其实早在大量成规模的佛典翻译开始之前,在西域和河西走廊等地就曾以石窟开凿和图像塑造的方式传播着弥勒上生兜率天宫讲经说法的思想,或以石窟造像或佛典传译等形式传播佛教弥勒信仰,其传播路径大致可勾勒为由古印度经西域至河西走廊再至中原。

在谈及弥勒信仰在佛教东传的作用时,季羡林先生曾提出这样一个论题,“世界上许多国家用众多不同文字写成的《印度佛教史》或《中国佛教史》一

---

① 孟凡人:《略论高昌回鹘的佛教》,《新疆社会科学》1982 年第 1 期,第 72 页。
② 杨富学:《回鹘弥勒信仰考》,《佛学研究》2018 年第 1 期,第 129 页。
③ 汤用彤:《汉魏两晋南北朝佛教史》,上海:上海人民出版社,2015 年,第 33 页。

类的书籍，我几乎都读过或翻过，但是迄今我还没有在任何一部这样的书中发现强调弥勒佛在佛教由印度传入中国的过程中所起的重要作用的叙述”[①]。这段话指出了在佛教史的研究范畴中，大家忽略了弥勒及弥勒信仰在助推佛教东传中原的价值和贡献所在。无论从《法显传》《大唐西域记》还是《大正大藏经》《法苑珠林》《释迦方志》中我们都应从多角度考察弥勒信仰的价值，并且肯定其在传播学方面所起的不可或缺的作用。

古印度佛教中的弥勒信仰约于公元1世纪兴起，后传入西域，在西域广泛流行，呈现一番盛行之貌。以西域佛教石窟壁画、西域佛教出土文献及西域佛教经典翻译等视角阐述弥勒信仰在西域的传布盛况，为弥勒信仰在西域佛教中所处的特殊地位提供强有力的佐证。

弥勒信仰曾在西域广泛传布的观点已然为多数学者认同。因而用多种文字记载的《弥勒会见记》在西域的出现绝非偶然，至少说明时至唐代后期，哈密地区已经成为高昌回鹘佛教的一个重要的辐射点和传播中心。

第四，继承与吐纳——《弥勒会见记》翻译风格探析

该部分主要从西域佛经翻译史、汉译佛经翻译理论及《弥勒会见记》之翻译技巧及风格三个维度试析该剧本之翻译特色。作为佛经翻译史上力作之一的《弥勒会见记》，浸染隋唐时期汉译佛经翻译理论，在继承汉译佛经翻译理论之精华的基础上，同时彰显自身特有的翻译魅力。

西域历史上就是多种民族、多种语言、多种宗教和多种文化汇合的古代文明传播区域之一，在东渐西传的文化交流中可以探寻到古代希腊文明、波斯文明、印度文明等痕迹。在漫长的历史中，西域是文化交流的大海，其中语言是交流的纽带，翻译是沟通的桥梁，可以说一部西域翻译史是一部多民族的交流史，更是众多历代翻译家和无数不见史册的译者的心血结晶。频繁的语言接触和众多的翻译工作使得西域成为翻译研究的资料宝库。

西域向来以民族交流和语言接触著称，文化典籍异常丰富，在尊重西域史

① 季羡林:《弥勒信仰在新疆的传布》,《文史哲》2001年第1期,第5页。

实的基础上，借鉴我国传统翻译理论和现代西方翻译学界的研究方法，从翻译学视角认识西域典籍翻译，并对其做出基本判断和规律性分析，可为少数民族典籍翻译研究带来实践和理论上的启发，从而推动学界对西域少数民族典籍翻译的深入研究。

认真对勘比较吐火罗文本和回鹘文本《弥勒会见记》之后，我们发现回鹘文译者在实际翻译过程中，一方面传承汉文翻译中如“五失本”“三不易”等基本理念，又使用增加话题转移标记如 anta ötrü 等、使用呼语、增加修饰类词语、增加数量词类修饰语、增加佛的尊号类的修饰语、增加名词性修饰语等翻译手法，再现独具特色的翻译风格，使得回鹘文本在上下语境的连接贯通、人物形象的塑造等方面较吐火罗文本更具口语化，其佛教文学作品或者作为早期文学剧本的性质更为突出。

在由古印度语至吐火罗语再至回鹘语的传译过程中，《弥勒会见记》不同译本所述母题基本一致，但二次翻译不可避免地留有异质文化之间碰撞与融合的历史印记。从某种程度上看，《弥勒会见记》的传译不仅是相关语言转换的问题，而是包含着文化交流等方面的复杂内容，其传译价值应是多方面的。对勘不同译本的《弥勒会见记》为我们全面了解和蠡测佛教在西域流布、不同语系间的语言接触提供了可能性。

第五，反思与重构——《弥勒会见记》之文学史价值

该部分主要关注佛典翻译对中国文学之影响、西域戏剧与中原戏剧关系考以及《弥勒会见记》文学史地位及其价值的再思考三个方面的问题。《弥勒会见记》不仅是一部佛教典籍，更是一部价值颇丰的文学作品，作为异质文化传播的典范之作，回鹘文本《弥勒会见记》的发现，为我们传递出这样的信息：

首先，作为多种文化交汇点的西域地区最早吸收并传播了外来的戏剧文化，这一过程相比中原，西域进行的时间最早，吸收外来文化更为丰富多彩，在异质文化传播交流中做出了突出贡献。

其次，尽管目前尚无确凿资料可以证明回鹘文本的《弥勒会见记》曾在古代西域诸地作为戏剧形式演出过，但是作为古代维吾尔民族的文学剧本，其产

生的时间要远远早于南宋时期的戏文剧本，这必将改变学界长期秉持的我国戏剧源于元杂剧的传统见解，这也是我们重新审视《弥勒会见记》这一文献的必要性所在。

西域佛教戏剧传入中原，促进了中原固有戏剧的发展，从而助推了我国戏剧逐步走向成熟。中国古代戏曲并非源于印度，但与印度戏剧确实存在着一定的联系，而这种联系可以从《弥勒会见记》吐火罗焉耆文本到回鹘文本之间的传译便可窥见古代西域戏剧的演变轨迹，源于古印度的戏剧在西域地区经历了再次创作的过程，在向东传布的过程中戏剧因素逐步削弱，有向变文过渡的迹象，在古印度戏剧、西域戏剧和中国戏剧这三个概念之间，西域戏剧扮演了印度戏剧对中国戏剧文学发生影响的一个津梁的角色，而这种影响不可能是整体的影响而是戏剧中的某些因素的影响而已。

伴随着诸多戏剧文献的陆续出土、刊布，为重新思考和再度审视中国戏剧的起源与形成提供了新的着力点。回鹘文本《弥勒会见记》的发现表明通过佛教经典的传译，回鹘人学会了来自古印度的戏剧表演，并且将这一新颖的艺术形式活学活用，经过再次创作，使得回鹘文《弥勒会见记》的文学风格异于吐火罗文本。这也为古印度文学在西域的传播史实提供了有力的佐证。同时也决定了《弥勒会见记》在中国戏剧发展史上的重要地位和影响。无论是吐火罗文本还是回鹘文本的《弥勒会见记》，作为出土于西域的戏剧史料，对于讨论中国戏剧产生发展的外来影响均具有至关重要的作用。

《弥勒会见记》的出现远远早于中原戏剧，伴随着佛教文化的东传，西域戏剧对中原戏剧的产生和发展必然形成了相当的影响力，可见无论在西域戏剧史上，还是在中国戏剧发展史上，《弥勒会见记》的里程碑意义不言而喻。以《弥勒会见记》为代表的西域戏剧对中国戏剧的影响及贡献突破了戏剧成熟于元杂剧的传统观点，因此也凸显出该剧本在中国戏剧发展史中的价值，重构其在中国文学史中的地位。

《弥勒会见记》的发现肯定了印度戏剧经由丝绸之路传入中原的事实。在其由西向东传译过程中，戏剧艺术已臻成熟，在促进西域戏剧繁荣、对中国戏剧史的贡献方面具有不可或缺的作用。

三、区域文献与文化交流

区域文献是地方文化在一定历史时期内的浓缩与沉淀，是留存和传承中国传统文化的重要承载。它反映了某一区域的文化，是世人了解地域文化的重要媒介。正确认识区域文献，不仅对认识一个地区的发展特点和文化的形成过程有重要意义，而且也有助于对中华文化的认知和理解。以《弥勒会见记》为代表的西域文献是史料性很强的文献，是促进学术研究的重要文化基础和文化参考依据。

文献的基本功能在于记录信息，因而具有传播与交流的价值。以回鹘文《弥勒会见记》为代表的西域戏剧文献是我们认识西来的佛教文化、印度的梵剧和中原文化等诸多文化交流交融叠加发展的重要参考。它的问世得益于佛教文化的广泛传播与中原文化的不断西传。

佛教思想中弥勒信仰的宣扬，目犍连救母的戏剧题材由西向东地传播与演变，《目连救母》东传过程中内容主题的日渐丰富，演出和表现形式的地域化、典型的戏剧舞台表现形式是东西方文化以及西域内多种本土文化交流交融的结果和再现，该文献由吐火罗文本向东传译为回鹘文本的过程本身就是西域地区回鹘民族对于外来文化尤其是东西方文化的选择性吸收和中国化的改造过程，众多文化不同时期、不同程度的影响沉淀形成回鹘民族的底层文化，并以传统文化的形式继续影响着当今维吾尔文化的发展，它彰显了中华文明的特质和走向，构成了中华文化不可分割的一部分。作为历史与文化的重要载体，回鹘文本《弥勒会见记》的出土释读，其价值远远超出其本身的文献学价值，更多地体现在其文学史的价值和文化交流、文化自信的价值中，是开展多学科学术研究的信息宝库。

参考文献

专著类：

(一)汉文及汉文译著

1. 阿布都克尤木·霍加、吐尔逊·阿尤甫、伊斯拉菲尔·玉素甫：《古代维吾尔文献选》(维吾尔文)，乌鲁木齐：新疆人民出版社，1983 年。

2. 阿布都热西提·亚库甫：《古代维吾尔语赞美诗和描写性韵文的语文学研究》，上海：上海古籍出版社，2015 年。

3. 阿英：《晚清文学丛钞·小说戏曲研究卷》，北京：中华书局，1960 年。

4. [汉]班固：《汉书》，北京：中华书局，1975 年。

5. 毕长朴：《回纥与维吾尔》，台北：新文丰出版公司，1986 年。

6. 曹逢甫著，谢天蔚译：《主题在汉语中的功能研究——迈向语段分析的第一步》，北京：语文出版社，1995 年。

7. [英]查尔斯·埃利奥特著，李荣熙译：《印度教与佛教史纲》(第 1 卷)，北京：商务印书馆，1982 年。

8. 晁华山：《十世纪前的丝绸之路和东西文化交流》，北京：新世界出版社，1996 年。

9. 陈福康：《中国译学理论史稿》，上海：上海外语教育出版社，2000 年。

10. 陈士强:《佛典精解》,上海:上海古籍出版社,1992 年。

11. 陈寅恪:《金明馆丛稿二编》,上海:上海古籍出版社,1980 年。

12. 陈寅恪:《读书札记三集·高僧传初集之部》,北京:生活·读书·新知三联书店,2001 年。

13. 陈寅恪:《敦煌本维摩诘经文殊师利问疾品演义跋》,北京:生活·读书·新知三联书店,2009 年。

14. 陈垣:《中国佛教史籍概论》,北京:中华书局,1962 年。

15. 程家钧:《现代俄语与现代俄罗斯文化》,上海:上海外语教育出版社,1999 年。

16. 程溯洛:《唐宋回鹘史论集》,北京:人民出版社,1994 年。

17. 陈世民:《新疆现代翻译史》,乌鲁木齐:新疆大学出版社,1999 年。

18. 丛德新:《大漠明珠——丝绸古道上的秘宝》,成都:四川教育出版社,1996 年。

19. 崔正森:《五台山佛教史》,太原:山西人民出版社,2000 年。

20. 戴庆厦:《语言学基础教程》,北京:商务印书馆,2006 年。

21. [唐]道宣:《续高僧传》,北京:中华书局,2014 年。

22. 邓浩、杨富学:《西域敦煌回鹘文献语言研究》,兰州:甘肃文化出版社,1999 年。

23. 丁敏:《佛教譬喻文学研究》,台北:东初出版社,1996 年。

24. [瑞典]多桑著,冯承钧译:《多桑蒙古史》,北京:中华书局,1962 年。

25. 方立天:《中国佛教文化》,北京:中国人民大学出版社,2006 年。

26. [宋]范晔:《后汉书》,北京:中华书局,2000 年。

27. 冯承钧:《西域南海史地考证论著汇辑》,北京:中华书局,1963 年。

28. [德]冯·佳班著,邹如山译:《高昌回鹘王国的生活(850—1250)》,吐鲁番:吐鲁番地方志编辑室,1989 年。

29. 冯家昇、程溯洛、穆广文:《维吾尔族史料简编》(上、下),北京:民族出版社,1981 年。

30. 冯家昇:《冯家昇论著辑粹》,北京:中华书局,1987 年。

31. 范文澜:《中国通史简编》,北京:人民出版社,1965 年。

32. 冯志文、吴平凡:《回鹘史编年》,乌鲁木齐:新疆大学出版社,1992 年。

33. 高木森:《印度艺术史概论》,台北:渤海堂文化公司,1993 年。

34. 高永久:《西域古代民族宗教综论》,北京:高等教育出版社,1997 年。

35. 耿世民:《乌古斯可汗的传说(维吾尔族古代史诗)》,乌鲁木齐:新疆人民出版社,1980 年。

36. 耿世民:《古代维吾尔诗歌选》,乌鲁木齐:新疆人民出版社,1982 年。

37. 耿世民:《维吾尔族古代文化和文献概论》,乌鲁木齐:新疆人民出版社,1983 年。

38. 耿世民:《敦煌突厥回鹘文书导论》,台北:新文丰出版公司,1994 年。

39. 耿世民:《新疆文史论集》,北京:中央民族大学出版社,2001 年。

40. 耿世民:《回鹘文哈密本〈弥勒会见记〉研究》,北京:中央民族大学出版社,2008 年。

41. 龚方震、晏可佳:《祆教史》,上海:上海社会科学院出版社,1998 年。

42. 古正美:《贵霜佛教政治传统与大乘佛教》,台北:晨允文化出版公司,1993 年。

43. 郭淑云:《原始活态文化——萨满教透视》,上海:上海人民出版社,2001 年。

44. 海热提江·乌斯曼:《维吾尔古代文学研究》,乌鲁木齐:新疆大学出版社,1999 年。

45. [德]黑格尔著,朱光潜译:《美学》,北京:人民文学出版社,1962 年。

46. 何学威:《佛话经典》,长沙:湖南文艺出版社,1996 年。

47. 胡适:《白话文学史》,上海:上海古籍出版社,1999 年。

48. 胡小鹏:《元代西北历史与民族研究》,兰州:甘肃文化出版社,1999 年。

49. 黄卉:《元代戏曲史稿》,天津:天津古籍出版社,1995 年。

50. 黄文弼:《吐鲁番考古记》(考古学专刊丁种第 5 号),北京:中国科学院出版社,1954 年。

51. 黄征、张涌泉:《敦煌变文校注》,上海:中华书局,1997 年。

52. [梁]慧皎著,汤用彤校注:《高僧传》,北京:中华书局,1992 年。

53. [日]吉川顺次郎著,钱婉约译:《我的留学记》,北京:光明日报出版社,1999 年。

54. 季羡林:《大唐西域记校注》,北京:中华书局,1985 年。

55. 季羡林:《印度古代文学史》,北京:北京大学出版社,1991 年。

56. 季羡林:《季羡林学术论著自选集》,北京:北京师范学院出版社,1991 年。

57. 季羡林:《敦煌吐鲁番吐火罗语研究导论》(敦煌学导论丛刊 6),台北:新文丰出版公司,1993 年。

58. 季羡林:《吐火罗文〈弥勒会见记〉译释》,南昌:江西教育出版社,1998 年。

59. 贾应逸:《印度到中国新疆的佛教艺术》,兰州:甘肃教育出版社,2002 年。

60. 姜伯勤:《敦煌吐鲁番文书与丝绸之路》,北京:文物出版社,1994 年。

61. 金克木:《梵语文学史》,北京:人民文学出版社,1964 年。

62. 宽忍:《佛学辞典》,北京:中国国际广播出版社,1993 年。

63. [唐]李百药:《北齐书》,北京:中华书局,1975 年。

64. 李符桐:《回鹘史》,台北:学生书局,1992 年。

65. 李国香:《维吾尔文学史》,兰州:兰州大学出版社,1992 年。

66. 李经纬:《吐鲁番回鹘文社会经济文书》,乌鲁木齐:新疆人民出版社,1996 年。

67. 李经纬:《回鹘文社会经济文书研究》,乌鲁木齐:新疆人民出版社,1996 年。

68. 李进新:《新疆宗教演变史》,乌鲁木齐:新疆人民出版社,2003 年。

69. 李宁:《维吾尔(西域)典籍翻译研究——丝路遗珍的言际旅行》,大连:

大连海事大学出版社,2016 年。

70. 李强:《丝绸之路戏剧文化研究》,乌鲁木齐:新疆人民出版社,2009 年。

71. [唐]李延寿:《北史·列传》,北京:中华书局,1977 年。

72. 李增祥、买提热依木、张铁山:《回鹘文文献语言简志》,乌鲁木齐:新疆大学出版社,1999 年。

73. 李增祥:《耿世民先生 70 寿诞纪念文集》,北京:民族出版社,1999 年。

74. [唐]李肇:《唐国史补》,上海:古典文学出版社,1957 年。

75. 李佐丰:《文言实词》,北京:语文出版社,1994 年。

76. 梁启超:《佛学研究十八篇》,台北:台湾中华书局,1976 年。

77. 梁启超:《饮冰室合集》,北京:中华书局,1989 年。

78. 梁启超:《梁启超史学论著四种》,长沙:岳麓书社,1998 年。

79. 梁晓红:《佛教词语的构造与汉语词汇的发展》,北京:北京语言学院出版社,1994 年。

80. 林幹、高自厚:《回纥史》,呼和浩特:内蒙古人民出版社,1994 年。

81. 林幹:《中国古代北方民族通论》,呼和浩特:内蒙古人民出版社,1998 年。

82. 林梅村:《西域文明》,北京:东方出版社,1996 年。

83. 林梅村:《汉唐西域与中国文明》,北京:文物出版社,1998 年。

84. 林悟殊:《摩尼教及其东渐》,北京:中华书局,1987 年。

85. 柳洪亮:《吐鲁番新出摩尼教文献研究》,北京:文物出版社,2000 年。

86. 刘美裕:《两唐书回纥传回鹘传疏证》,北京:中央民族学院出版社,1988 年。

87. [金]刘祁:《归潜志》,北京:中华书局,1983 年。

88. [后晋]刘昫:《旧唐书》卷一四五《回纥传》,北京:中华书局,1975 年。

89. [清]刘熙载:《艺概》,上海:上海古籍出版社,1978 年。

90. 刘义棠:《维吾尔研究》,台北:正中书局,1975 年。

91. 刘义棠:《维吾尔语文研究》,台北:正中书局,1978 年。

92. 刘义棠:《中国西域研究》,台北:正中书局,1997 年。

93. 刘志霄:《中国维吾尔历史文化研究论丛》第 1—2 辑,乌鲁木齐:新疆人民出版社,1998—2000 年。

94. 龙树:《大智度论》,上海:上海古籍出版社,1994 年。

95. 鲁迅:《鲁迅全集》,北京:人民文学出版社,1981 年。

96. 鲁迅:《鲁迅辑录古籍丛编》,北京:人民文学出版社,1999 年。

97. 鲁迅:《中国小说史略》,北京:中华书局,2013 年。

98. [美]罗杰瑞著,张惠英译:《汉语概说》,北京:语文出版社,1995 年。

99. 罗绍文:《西域钩玄》,兰州:兰州大学出版社,2002 年。

100. 罗新璋:《翻译论集》,北京:商务印书馆,1984 年。

101. 罗香林:《唐元二代之景教》,香港:香港中国学社,1966 年。

102. 吕澂:《印度佛学源流略讲》,上海:上海人民出版社,1979 年。

103. 麻赫穆德·喀什噶里:《突厥语辞典》(1—3 卷)(维吾尔文),乌鲁木齐:新疆人民出版社,1980—1984 年。

104. [意]马可波罗著,冯承钧译:《马可波罗行纪》,北京:中华书局,2004 年。

105. 马品彦、赵荣织:《新疆宗教史略》,乌鲁木齐:新疆大学出版社,2001 年。

106. 马祖毅:《中国翻译简史》,北京:中国对外翻译出版公司,1984 年。

107. [法]莫尼克·玛雅尔著,耿昇译:《古代高昌王国物质文明史》,北京:中华书局,1995 年。

108. [汉]牟子:《理惑论》,成都:四川人民出版社,1999 年。

109. 牛汝极:《维吾尔古文字与古文献导论》,乌鲁木齐:新疆人民出版社,1997 年。

110. 牛汝极:《回鹘佛教文献——佛典总论及巴黎所藏敦煌回鹘文佛教文献》,乌鲁木齐:新疆大学出版社,2000 年。

111. [宋]欧阳修,宋祁:《新唐书》,北京:中华书局,2003 年。

112. ［印度］B.N.普里著，许建英、何汉民编译：《中亚佛教艺术》，乌鲁木齐：新疆美术摄影出版社，1992年。

113. ［加拿大］蒲立本著，孙景涛译：《古汉语语法纲要》，北京：语文出版社，2006年。

114. 钱穆：《中国近三百年学术史》，北京：商务印书馆，1997年。

115. 曲六乙、李肖冰：《西域戏剧与戏剧的发生》，乌鲁木齐：新疆人民出版社，1992年。

116. 饶宗颐：《梵学集》，上海：上海古籍出版社，1993年。

117. 热扎克·买提尼牙孜：《西域翻译史》，乌鲁木齐：新疆大学出版社，1994年。

118. 任半塘：《敦煌歌辞总编》，上海：上海古籍出版社，1987年。

119. 任继愈：《佛教史》，北京：中国社会科学出版社，1991年。

120. 仁钦道尔吉、郎樱：《阿尔泰语系民族叙事文学与萨满文化》，呼和浩特：内蒙古大学出版社，1990年。

121. 荣新江：《中古中国与外来文明》，北京：生活·读书·新知三联书店出版社，2001年。

122. 芮传明：《东方摩尼教研究》，上海：上海人民出版社，2009年。

123. ［美］萨丕尔著，陆卓元译：《语言论·言语研究导论》，北京：商务印书馆，1985年。

124. 尚衍斌：《元代畏兀儿研究》，北京：民族出版社，1999年。

125. 史金波：《西夏佛教史略》，银川：宁夏人民出版社，1988年。

126. ［宋］释志磐：《佛祖统记》，扬州：江苏广陵古籍刻印社，1991年。

127. 宋仲净、徐建华：《中国佛话》，上海：上海文艺出版社，1994年。

128. 苏北海：《西域历史地理》，乌鲁木齐：新疆大学出版社，1988年。

129. 苏北海：《丝绸之路与龟兹历史文化》，乌鲁木齐：新疆人民出版社，1996年。

130. 孙昌武：《佛教与中国文学》，上海：上海人民出版社，1988年。

131. 唐长孺:《魏晋南北朝史论拾遗》,北京:中华书局,1983 年。

133. 汤用彤:《隋唐佛教史稿》,北京:中华书局,1982 年。

133. 汤用彤:《汤用彤学术论文集》,北京:中华书局,1983 年。

134. 汤用彤:《汉魏两晋南北朝佛教史》,上海:上海人民出版社,2015 年。

135. 娣丽达·买买提明:《回鹘文佛教文书研究:〈师事瑜伽〉与〈文殊所说最胜名义经〉》,乌鲁木齐:新疆大学出版社,2001 年。

136. 田卫疆:《蒙古时代维吾尔人的社会生活》,乌鲁木齐:新疆美术摄影出版社,1995 年。

137. 田卫疆:《吐鲁番史》,乌鲁木齐:新疆人民出版社,2004 年。

138. 拓和提:《维吾尔历史文化研究》,北京:民族出版社,1995 年。

139. [元]脱脱:《宋史》,北京:中华书局,1977 年。

140. 王邦维:《南海寄归内法传校注》,北京:中华书局,1995 年。

141. [宋]王溥:《唐会要》,上海:上海古籍出版社,2006 年。

142. 王国维:《宋元戏曲史》,上海:华东师范大学出版社,1996 年。

143. 王雪梅:《弥勒信仰研究》,上海:上海古籍出版社,2016 年。

144. 王瑶:《中古文学史论》,北京:北京大学出版社,1998 年。

145.《维吾尔族简史》编写组:《维吾尔族简史》,乌鲁木齐:新疆人民出版社,1991 年。

146. [梁]萧统编,[唐]李善注:《文选》,北京:中华书局,1997 年。

147. 向达:《唐代长安与西域文明》,北京:三联书店,1957 年。

148. 项英杰:《中亚:马背上的文化》,杭州:浙江人民出版社,1993 年。

149. 谢尔弗丁·乌玛尔:《维吾尔古典文学史纲》(维吾尔文),乌鲁木齐:新疆人民出版社,1982 年。

150.《新疆戏剧史》编委会:《新疆戏剧文化资料汇编》,乌鲁木齐:新疆八一印刷厂,1988 年。

151. [荷兰]许理和著,李四龙等译:《佛教征服中国》,南京:江苏人民出版社,1998 年。

152. 许明:《中国佛教经论序跋记集》,上海:上海辞书出版社,2002 年。

153. 薛宗正:《突厥史》,北京:中国社会科学出版社,1992 年。

154. 薛宗正:《中国新疆古代社会生活史》,乌鲁木齐:新疆人民出版社,1997 年。

155. 杨富学、牛汝极:《沙州回鹘及其文献》,兰州:甘肃文化出版社,1995 年。

156. 杨富学:《西域敦煌宗教论稿》,兰州:甘肃文化出版社,1998 年。

157. 杨富学:《回鹘之佛教》,乌鲁木齐:新疆人民出版社,1998 年。

158. 杨富学、杨铭:《中国敦煌学百年文库·民族卷》(1—4 册),兰州:甘肃文化出版社,1999 年。

159. 杨富学:《中国北方民族历史文化论稿》,兰州:甘肃人民出版社,2001 年。

160. 杨富学:《回鹘文献与回鹘文化》,北京:民族出版社,2003 年。

161. 杨富学:《印度宗教文化与回鹘民间文学》,北京:民族出版社,2007 年。

162. 杨进智:《裕固族研究论文集》,兰州:兰州大学出版社,1996 年。

163. 伊斯拉菲尔·玉素甫、多鲁坤·阚白尔、阿不都克由木·霍加:《回鹘文弥勒会见记(1)》,乌鲁木齐:新疆人民出版社,1987 年。

164. [日]羽田亨著,耿世民译:《西域文化史》,乌鲁木齐:新疆人民出版社,1981 年。

165. 余太山:《西域文化史》,北京:中国友谊出版公司,1995 年。

166. [宋]赞宁:《宋高僧传》卷三《译经论》,北京:中华书局,1997 年。

167. 张碧波、董国尧:《中国古代北方民族文化史·民族文化卷》,哈尔滨:黑龙江人民出版社,1993 年。

168. 张碧波、董国尧:《中国古代北方民族文化史·专题文化卷》,哈尔滨:黑龙江人民出版社,1995 年。

169. 赵明鸣:《〈突厥语词典〉语言研究》,北京:中央民族大学出版社,2001年。

170. 张铁山:《回鹘文献语言的结构与特点》,北京:中央民族大学出版社,2005 年。

171. [伊朗]志费尼著,何高济译:《世界征服者史》(全两册),北京:商务印书馆,2004 年。

172. 中国社会科学院考古研究所:《北庭高昌回鹘佛寺遗址》,沈阳:辽宁美术出版社,1991 年。

173. 钟进文:《裕固族文化研究》,北京:中国民航出版社,1995 年。

174. 周菁葆、陈重秋:《丝绸之路宗教文化》,乌鲁木齐:新疆人民出版社,1999 年。

175. 周叔迦:《周叔迦佛学论著集》,北京:中华书局,1991 年。

176. 周一良:《魏晋南北朝史札记》,北京:中华书局,1985 年。

177. 周育德:《中国戏曲文化》,北京:中国友谊出版公司,1995 年。

(二)外文文献

1. Clauson, G., *An Etymological Dictionary of Pre-Thirteenth-Century Turkish*, Oxford, 1972.

2. Gabain, A. von, *Maitrisimit* I–II. *Faksimile der alttuerkischen Version eines Werkes der buddhistischen VaibhaṣīkāSchule*. 1, Wiesbaden, 1957,1961.

3. Geng Shimin, *Qaedimqi Uygurcae iptidayi drama piyesasi"Maitrisimit"(Hami nushasi)ning ikinchi paerdaesi haeqqidiqi taetqiqat*, Journal of Turkish Studies of Harvard University, vol.4, 1980.

4. Geng Shimin-H.J.Klimkeit, *Das 16.Kapitel der Hami-Version der Maitrisimit*, Journal of Turkish Studies 9, 1985.

5. Geng Shimin-H.J.Klimkeit-J.P.Laut, *Der Herabstieg des BodWsattva Maitreya vom Tusita-Goetterland zur Erde. DasKapitel der Hami-Handschrift der Maitrisimit*, Altorientalische Forschungen XIV, 1987.

6. Geng Shimin –H.J.Klimkeit, *Das Zusammentreffen mit Maitreya, Die esten fünf Kapitel der Hami–Version der Maitrisimit*.Bd. 1–2, Wiesbaden, 1987.

7. Geng Shimin –H.J.Klimkeit, *Das Zusammentreffen mit Maitreya, Die ersten fuenf Kapitel der Hami–Version der Maitnisimit*.Teil I: Text, Uebersetzung und Kommentar; Teil II: Faksimiles und Indices, 1988.

8. Geng Shimin–H.J.Klimkeit–J.P.Laut, *Die Weltflucht des Bodhisattva. Das 13. Kapitel der Hami–Handschrift der Maitrisimit*, AOF XVIII, 1991.

9. Geng Shimin–H. J. Klimkeit–J.P.Laut, *Der Gang zum Bodhi–Baum. Das 14. Kapitel der Hami–Handschrift der Maitnsimit*, Materialia Turcica 16(1992/1993), Varia Turcica XIX, 1992.

10. Geng Shimin–H. J. Klimkeit–J. P. Laut, *Nachtrag zum Erlangen der unvergleichlichen Buddhawuerde*, AOF 20, 1993.

11. Geng Shimin –H.J.Klimkeit –J.P.Laut, *Eine buddhistische Apokalypse –Die Hoellenkapitel (20–25)und die Schlusskapitel (26–27)der Hami–Handschrift der alttuerkischen Maitnsimit*, Einleitung, Transkription und Uebersetzung, Opladen / Wiesbaden, 1998.

12. Moerloose, E., *The way of Vosion (Darsanamarga)in the Tocharian and Old Turkish Versions of the Maitrreyasamitinataka*, CAJ 23, 1979.

13. Ji Xianlin–W.Winter–G.J.Pinault, *Fragments of the Tocharin A Maitreyasamiti–Nataka of the Xinjiang Museum, China*, 1998.

14. Ş. Tekin, *Maitrisimit nom bitig. Die uigurische Übersetzung eines Werkes der buddhistischen Vaibhāṣika–Schule, I–II(=BTTIX)*, Berlin, 1980.

15. 森安孝夫:《ウイグル=マニ教史の研究》(=《大阪大学文学部紀要》第31—32卷合并号),大阪:大阪大学文学部,1991年。

论文类：

（一）期刊论文

1. 阿布都外力·克热木:《从碑铭文学看唐代与回鹘的和谐关系》,《西北民族研究》2007 年第 4 期,第 139—144 页。

2. 陈福康:《古代佛经翻译理论的传统文化意义》,《外国语(上海外国语学院学报)》1991 年第 4 期,第 59—65。

3. 陈明:《西域出土文献与印度古典文学研究》,《文献》2003 年第 1 期,第 47—65 页。

4. 陈明:《阿富汗出土梵语戏剧残叶跋》,《西域研究》2011 年第 4 期,第 90—100 页。

5. 陈文杰:《同经异译语言研究价值新探》,《古汉语研究》2008 年第 1 期,第 82—87 页。

6. 陈文杰:《汉译佛典译语分析》,《中国人民大学学报》2008 年第 3 期,第 147—152 页。

7. 陈新齐:《回鹘宗教演变考》,《新疆地方志》1991 年第 3 期,第 53—55 页。

8. 戴庆厦, 罗自群:《语言接触研究必须处理好的几个问题》,《语言研究》2006 年第 4 期,第 1—7 页。

9. 董琨:《"同经异译"与佛经语言特点管窥》,《中国语文》2002 年第 6 期,第 559—566 页。

10. 方广錩、许培玲:《敦煌遗书中的佛教文献及其价值》,《西域研究》1996 年第 1 期,第 40—49 页。

11. 冯家昇:《1959 年哈密新发现的回鹘文佛经》,《文物》1962 年增刊第 2 期,第 90—97 页。

12. 干树德:《弥勒信仰与弥勒造像的演变》,《宗教学研究》1992 年第 Z2

期,第 26—31 页。

13. 高人雄:《〈弥勒会见记〉与中国戏曲——古代维吾尔族戏剧与中国戏剧之刍议》,《新疆大学学报(哲学·人文社会科学版)》2005 年第 5 期,第52—55页。

14. 高士荣、杨富学:《汉传佛教对回鹘的影响》,《民族研究》2000 年第 5 期,第 71—76 页。

15. [德]葛玛丽著,耿世民译:《高昌回鹘王国(公元 850 年—1250 年)》,《新疆大学学报》1980 年第 2 期,第 47—65 页。

16. 葛勇:《略论维吾尔语借用汉语词汇的主要特征》,《西北民族大学学报(哲学社会科学版)》2009 年第 4 期,第 146—149 页。

17. 耿世民:《佛教在古代新疆和突厥、回鹘人中的传播》,《新疆大学学报(哲学人文社会科学版)》1978 年第 2 期,第 69—76 页。

18. 耿世民、张广达:《唆里迷考》,《历史研究》1980 年第 2 期,第 147—159 页。

19. 耿世民:《古代维吾尔语佛教原始剧本〈弥勒会见记〉(哈密写本)研究》,《文史》1981 年第 12 辑,第 221—226 页。

20. 耿世民:《回鹘文佛教原始剧本〈弥勒会见记〉第二幕研究》,《西北民族研究》1986 年第 00 期,第 129—157 页。

21. 耿世民:《古代维吾尔说唱文学〈弥勒会见记〉》,《中央民族大学学报》2004 年第 1 期,126—130 页。

22. 耿世民:《〈古印度和中国新疆——语言和文化的接触〉简介》,《语言与翻译(汉文)》2004 年第 2 期,79—80 页。

23. 耿世民:《吐火罗人及其语言》,《民族语文》2004 年第 6 期,第 29—31 页。

24. 耿世民:《新发现的回鹘文哈密本〈弥勒会见记〉第二品第十四叶研究》,《法源》2006 年第 24 期,第 260 页。

25. 耿世民:《新发现的回鹘文哈密本〈弥勒会见记〉第二品第十四、十六叶(六面)研究》,《新疆大学学报(哲学社会科学版)》2006 年第 6 期,第 137—143 页。

26. [法]哈密顿、杨富学、牛汝极:《榆林窟回鹘文题记译释》,《敦煌研究》1998 年第 2 期,第 3—5 页。

27. 贺阳:《从现代汉语介词中的欧化现象看间接语言接触》,《语言文字应用》2004 年第 4 期,第 82—89 页。

28. 洪勇明:《论语言影响的若干规律——以新疆语言接触为例》,《中央民族大学(哲学社会科学版)》2007 年第 3 期,第 131—136 页。

29. 黄永明:《西域戏曲艺术探源》,《西域研究》1997 年第 1 期, 第 61—66 页。

30. 黄行:《语言接触与语言区域性特征》,《民族语文》2005 年第 3 期,第 7—13 页。

31. 季羡林:《吐火罗语的发现与考释及其在中印文化交流中的作用》,(原载于季羡林:《中印文化关系史论文集》,北京:三联书店,1982 年版,第 111—112 页。)

32. 季羡林:《弥勒信仰在新疆的传布》,《文史哲》2001 年第 1 期,第 5—15 页。

33. 季羡林:《新日知录》,《北京大学学报》2002 年第 4 期,第 5—11 页。

34. 贾应逸:《新疆吐峪沟石窟佛教壁画泛论》,《佛学研究》1995 年第 4 期,第 240—249 页。

35. 孔祥珍:《〈金刚经〉 外来词汇研究》,《理论月刊》2008 年第 12 期,第 106—108 页。

36. 朗樱:《西域佛教戏剧对中国古代戏剧发展的贡献》,《民族文学研究》2002 年第 4 期,第 3—8 页。

37. 李经纬:《回鹘文〈乌古斯可汗传〉中 kim 一词的用法举例》,《语言与翻译》1988 年第 1 期,第 37—40 页。

38. 黎蔷:《西域戏剧的缘起及敦煌佛教戏曲的形成》,《敦煌研究》1990 年第 2 期,第 109—116 页。

39. 黎蔷:《 20 世纪西域古典戏剧文本的发掘与研究》,《文学遗产》2003 年第 4 期，第 135—138 页。

40. 李如龙：《论语言接触的类型、方式和过程》，《青海民族研究》2013 年第 4 期，第 163—166 页。

41. 李中和：《唐代回鹘宗教信仰的历史变迁》，《甘肃社会科学》2009 年第 2 期，第 209—212 页。

42. 梁晓红：《论梵汉合璧造新词》，《福建师范大学学报（哲学社会科学版）》1986 年第 4 期，第 65—70 页。

43. 梁晓红：《佛经翻译对现代汉语吸收外来词的启迪》，《语文建设》1992 年第 3 期，第 14—17 页。

44. 梁晓红：《简论佛教对汉语的影响》，《汉语学习》1992 年第 6 期，第 33—38 页。

45. 刘萍：《佛教的传播对古代维吾尔书面语的影响》，《语言与翻译》1994 年第 4 期，第 42—49 页。

46. 龙志强：《印度梵剧影响中国戏曲研究述评》，《艺术百家》2007 年第 1 期，第 27—29 页。

47. 鲁军虎：《英汉呼语的语用功能在翻译中的转换对比分析——以〈温夫人的扇子〉为例》，《兰州交通大学学报》2013 年第 5 期，第 88—92 页。

48. 柳元丰：《古代维吾尔语借词研究》，《喀什师范学院学报》2010 年第 4 期，第 49—51 页。

49. 孟凡人：《略论高昌回鹘的佛教》，《新疆社会科学》1982 年第 1 期，第 58—74 页。

50. 孟万春：《佛教与汉语外来词研究》，《江淮论坛》2010 年第 2 期，第 81—83 页。

51. ［日］梅村坦著，杨富学译：《中华人民共和国藏回鹘文写本》，《西北民族研究》1993 年第 2 期，第 151—161 页。

52. 莫超、马世仁、马玉凤：《保安语中的保汉合璧词与非汉语借词》，《西北民族大学学报（哲学社会科学版）》2010 年第 6 期，第 77—82 页。

53. 穆罕穆德·艾莎，杨新亭译:《维吾尔族古代戏剧初探》,《民族文学研究》2002 年第 4 期,第 13—15 页。

54. 牛汝极:《回鹘文〈牟羽可汗入教记〉残片释译》,《语言与翻译》1987年第 2 期,第 43—49 页。

55. 牛汝极:《回鹘佛经翻译活动简述》,《民族翻译》2008 年第 2 期,第 45—48 页。

56. 牛汝极:《西域语言接触概说》,《中央民族大学学报（哲学社会科学版)》2000 年第 4 期,第 122—125 页。

57. 普惠:《佛典汉译及汉译佛教哲学对中国古代诗学的影响》,《文艺研究》2005 年第 3 期,第 54—61 页。

58. 孙宏开:《丝绸之路上的语言接触和文化扩散》,《西北民族研究》2009 年第 3 期,第 52—58 页。

59. 孙玫:《“中国戏曲源于印度梵剧说”再探讨》,《文学遗产》2006 年第 2 期,第 75—83 页。

60. 孙修身:《五代时期甘州回鹘可汗世系考》,《敦煌研究》1990 年第 3 期,第 46—51 页。

61. 谈宏慧:《鸠摩罗什佛经翻译的社会接受视角》,《长江大学学报（社会科学版)》2006 年第 2 期,第 107—109 页。

62. 王红梅:《元代高昌回鹘语概略〈转轮王曼陀罗〉残卷语言分析》,《民族语文》2001 年第 4 期,第 55—61 页。

63. 王继红:《语言接触与佛教汉语研究》,《安阳工学院学报》2006 年第 3 期,第 91—94 页。

64. 王燕:《梵声佛曲与汉辞华章——中印古典戏剧因缘》,《外国文学研究》2005 年第 1 期,第 134—140 页。

65. 王远新:《突厥语言学界语言影响与语言关系研究综述》,《喀什师范学院学报》1989 年第 5 期,第 66—73 页。

66. 吴福祥:《关于语言接触引发的演变》,《民族语文》2007 年第 2 期,第

3—23 页。

67. 吴福祥:《语法化的新视野——接触引发的语法化》,《当代语言学》2009 年第 3 期,第 193—206 页。

68. 辛刚国:《六朝佛经翻译的文饰倾向及其对文学的影响》,《宁夏社会科学》2004 年第 1 期,第 117—121 页。

69. 徐嘉媛:《浅析佛经翻译对中国语言的影响》,《延安大学学报（社会科学版）》2010 年第 3 期,第 114—116 页。

70. 徐世璇:《借词和词语输入》,《贵州民族学院学报》2011 年第 2 期,第 91—97 页。

71. 颜洽茂:《中古佛经借词略说》,《浙江大学学报（人文社会科学版）》2002 年第 3 期,第 77—80 页。

72. 杨富学、牛汝极:《牟羽可汗与摩尼教》,《敦煌学辑刊》1987 年第 2 期,第 86—93 页。

73. 杨富学、牛汝极:《敦煌研究院珍藏的一页回鹘文残卷》,《敦煌研究》1991 年第 2 期,第 33—36 页。

74. 杨富学:《吐鲁番出土回鹘文木杵铭文初释》,《甘肃民族研究》1991 年第 4 期,第 76—85 页。

75. 杨富学:《西域、敦煌文献所见回鹘之佛经翻译》,《敦煌研究》1995 年第 4 期,第 1—36 页。

76. 杨富学、杜斗城:《河西回鹘之佛教》,《世界宗教研究》1997 年第 3 期,第 43—48 页。

77. 杨富学:《回鹘弥勒信仰考》,《佛学研究》2018 年第 1 期,第 129—137页。

78. 杨富学:《藏传佛教对回鹘的影响》,《法源》2002 年总第 20 期,第 247—252 页。

79. 杨富学:《吐火罗与回鹘文化》,《龟兹学研究》2007 年第 00 期,第 72—93 页。

80. 杨富学:《回鹘改宗摩尼教问题再探》,《文史》2013 年第 1 期,第 197—

230 页。

81. 姚宝瑄:《试析古代西域的五种戏剧——兼论古代西域戏剧与中国戏曲的关系》,《文学遗产》1986 年第 5 期,第 54—62 页。

82. 伊斯拉菲尔·玉素甫、多鲁坤·阚白尔、阿不都克尤木·霍加:《哈密本回鹘文〈弥勒会见记〉第三品(1—5 叶)研究》,《民族语文》1983 年第 1 期,第 50—64 页。

83. 尤俊成:《试论佛教对汉语词汇的影响》,《内蒙古师大学报(哲学社会科学版)》1993 年第 2 期,第 94—99 页。

84. 游汝杰:《合璧词和汉语词汇的双音节化倾向》,《东方语言学》2012 年第 00 期(创刊号),第 140—151 页。

85. 俞理明、顾满林:《东汉佛教文献词汇新质中的外来成分》,《江苏大学学报(社会科学版)》2011 年第 3 期,第 46—50 页。

86. 余清:《略论弥勒信仰》,《五台山研究》2008 年第 4 期,第 24—27 页。

87. 余欣:《回鹘文中的汉语借词》,《西域研究》2000 年第 4 期, 第 65—71 页。

88. 余志鸿:《语言接触语语言结构的变异》,《民族语文》2000 年第 4 期,第 23—27 页。

89. 袁江:《浅论佛教与汉语词汇》,《法音》1993 年第 9 期,第 14—16 页。

90. 张广达、荣新江:《有关西州回鹘的一篇敦煌汉文文献——S.6551 讲经文的历史学研究》,《北京大学学报》1989 年第 2 期,第 26—38 页。

91. 张海娟、杨富学:《蒙古豳王家族与河西西域佛教》,《敦煌学辑刊》2011 年第 4 期,第 84—97 页。

92. 张敬全:《试析弥勒信仰在西域佛教中的地位》,《陕西教育(高教)》2016 第 9 期,第 9 页。

93. 张建木:《玄奘法师的翻译事业》,《法音》1983 第 4 期,第 8—13 页。

94. 张松涛:《中国千年佛经翻译的总结者——赞宁》,《外交学院学报》2002 年第 2 期,第 67—71 页。

95. 张铁山:《回鹘文〈妙法莲华经·普门品〉校勘与研究》,《喀什师范学院学报》1990 年第 3 期,第 56—68 页。

96. 张洋:《古代新疆多语种双语的流向》,《中央民族大学学报(哲学社会科学版)》2003 年第 2 期,第 133—136 页。

97. 钟涛,李颖:《新疆出土戏剧文献与中国戏剧史研究》,《文学前沿》2000 年第 1 期,第 122—133 页。

98. 朱雄全:《论民族古籍文献的文化价值》,《黑龙江民族丛刊》2006 年第 4 期,第 107—112 页。

99. [日]庄垣内正弘,郑芝卿、金淳培译:《古维吾尔借用印度语词的各种渠道》,(原载于中国社会科学院民族研究所语言室:《民族语文研究情报资料集》(9),北京:中国社会科学院民族研究所语言室,1986 年,第 1—26 页。)

(二)学位论文

1. 艾力·阿布拉:《〈弥勒会见记〉之中的对偶词研究》,新疆师范大学硕士学位论文,2011 年。

2. 方欣欣:《语言接触问题三段两合论》,华中师范大学博士学位论文,2004 年。

3. 韩文慧:《佛教文化视域下的西域戏生成研究》,陕西师范大学博士学位论文,2016 年。

4. 康颖宽:《〈弥勒会见记〉研究》,中国艺术研究院硕士学位论文,2014 年。

5. 李梅:《维吾尔戏剧研究》,华东师范大学博士学位论文,2014 年。

6. 柳元丰:《回鹘文〈弥勒会见记〉语言研究》,喀什师范学院硕士学位论文,2007 年。

7. 区佩仪:《高昌回鹘的弥勒信仰研究》,中央民族大学博士学位论文,2019 年。

8. 屈玉丽:《龟兹文化与唐五代文学研究》,浙江大学博士学位论文,2018 年。

9. 热孜亚·努日:《回鹘文哈密本〈弥勒会见记〉名词研究》,中央民族大学硕士学位论文,2006 年。

10. 吴孔义:《敦煌目连救母变文母题及文化意义研究》，西北民族大学硕士学位论文,2014年。

11. 伊斯拉菲尔·迪拉娜:《回鹘文〈弥勒会见记〉动词词法研究》,中央民族大学硕士学位论文,2005年。

12. 郑玲:《〈弥勒会见记〉异本对勘研究——回鹘文(哈密本)与吐火罗A(焉耆)文本之比较》,中央民族大学博士学位论文,2013年。